낙원

세계문학전집
211

Abdulrazak Gurnah : Paradise

낙원

압둘라자크 구르나 장편소설

왕은철 옮김

문학동네

일러두기

1. 번역 대본으로는 *Paradise*(Abdulrazak Gurnah, Bloomsbury, 2004)를 사용했다.
2. 주석은 모두 옮긴이주다.
3. 본문 중 고딕체는 원서에서 이탤릭체로 강조한 부분이다.

살마 압달라 바살라마를 위하여

차례 ▮

담장이 있는 정원

1

소년 먼저. 그의 이름은 유수프였다. 그는 열두 살 때 갑자기 집을 떠났다. 그는 그때를 하루하루가 전날과 똑같은 가뭄철이었다고 기억했다. 예상치 않은 꽃들이 피었다가 죽었다. 이상한 벌레들이 돌 밑에서 종종걸음으로 나와 뜨거운 햇빛 속에서 몸부림치다가 죽었다. 태양은 멀리 있는 나무들이 대기 속에서 떨게 만들었고 집들이 부르르하며 숨을 헐떡이게 만들었다. 저벅저벅 걸음을 내디딜 때마다 먼지구름이 피어올랐고 낮시간에는 날카로운 정적이 감돌았다. 계절의 막바지에는 그런 순간들이 어김없이 돌아왔다.

그는 그때 기차역에서 두 유럽인을 보았다. 처음 본 유럽인이었다. 그는 두렵지 않았다, 처음에는 아니었다. 그는 기차역에 자주 갔다. 기차들이 요란한 소리를 내며 우아하게 들어오는 모습을 보기 위해서였다. 그러고는 그 기차들이 간신히 다시 움직일 때까지 기다렸다. 기차들은 험악한 인상의 인도인 신호수가 깃발을 흔들고 호루라기를 불며 안내하는 대로 움직였다. 유수프는 종종 기차가 오기를 몇 시간이고 기다렸다. 두 유럽인도 차양 밑에 서서 기다리는 중이었다. 그들의 여행가방과 중요해 보이는 물건들이 조금 떨어진 곳에 차곡차곡 쌓여 있었다. 남자는 몸집이 컸다. 키가 너무 커서 해를 피하기 위해 들어가 있던 차양에 닿지 않으려면 고개를 숙여야 했다. 여자는 좀더 안쪽 그늘에 서 있었다. 땀으로 번들거리는 그녀의 얼굴 일부가 모자 두 개에 가려져 보이지 않았다. 주름장식이 있는 흰 블라우스는 목과 손목까지 단추를 채운 채였고 긴 치마가 구두를 스쳤다. 그녀도 키가 크고 몸집이 컸지만, 그와는 달랐다. 그녀는 모습을 바꾸는 게 가능하기라도 한 것처럼 풍실풍실하고 유연해 보인 반면, 그는 나뭇조각을 깎아낸 것 같은 모습이었다. 그들은 서로 모르는 사이인 양 딴 데를 보고 있었다. 유수프는 여자가 손수건으로 입술 거스러미를 아무렇지 않게 떨어내는 모습을 보았다. 남자의 얼굴은 붉고 얼룩덜룩했다. 기차역의 답답한 풍경 위로 남자의 시선이 서서히 옮겨가 자물쇠가 채워진 목조 창고와 이글거리는 눈의 검은 새가 그려진 거대한 노란 깃발을 향하는 사이, 유수프는 오랫동안 그를 바라볼 수 있었다. 문득 그가 고개를 돌려 자신을 빤히 쳐다보는 유수프를 보았다. 처음에는 눈길을 돌리더니 다시 유수프를 오랫동안 마주보았다. 유수프는 바로 시선을 피할 수 없었다. 갑자기 남자가 설명할 수 없는 방식으로 손가락을 구부리며, 자기도 모르게 이를 드러내고 으르렁거렸다. 유수프는 그 경고를 감지하고, 신의 예기치 못한 도움이 갑자기 필요해질 때 쓰라고 배웠던 말들을 중얼거리며 도망쳤다.

그가 집을 떠난 그해는 테라스의 기둥들에 나무좀이 들끓던 해이기도 했다. 그의 아버지는 그 곁을 지나칠 때마다 화가 나서 기둥들을 손바닥으로 쳤다. 마치 그것들이 무슨 장난을 치려는지 알고 있다고 알려주려는 것 같았다. 나무좀은 기둥마다 메마른 시내 바닥에 동물들이 굴을 파놓아 불룩해진 땅 같은 흔적을 남겼다. 유수프가 두드릴 때마다 기둥들은 부드럽고 공허한 소리를 내며, 썩어버린 거칠고 작은 입자들을 뿜어냈다. 그가 먹을 것을 달라고 투덜거리면 어머니는 그 벌레들을 먹으라고 했다.

"저, 배고프단 말이에요." 그가 해마다 더해가는 걸걸함으로 어머니를 향해 예의 다듬어지지 않은 뻔한 말을 늘어놓으며 투덜거렸다.

"나무좀을 먹으렴." 어머니가 말했다. 그가 역겨운 고뇌의 표정을 과장되게 짓자 어머니는 웃음을 터뜨렸다. "아무때나 먹고 싶으면 가서 그걸로 배를 채워. 내가 너를 말리게 놔두지 말고."

그는 그녀의 농담이 얼마나 한심한지 보여주려고 자신이 시험중이던, 세상사에 지친 듯한 한숨을 쉬었다. 때때로 그들은 뼈를 고아 먹었다. 어머니가 뼈를 푹푹 삶아 고아낸 묽은 수프의 표면은 특유의 빛깔과 기름기로 번들거렸고 수프의 깊은 곳에는 검고 말랑말랑한 골수 덩어리가 숨어 있었다. 최악의 경우에는 오크라 스튜뿐이었다. 그러나 유수프는 아무리 배가 고파도 그 미끌미끌한 국물은 도저히 삼킬 수 없었다.

'아지즈 아저씨'도 당시에 그들을 찾아왔다. 짧고 드문 그의 방문은 대개 여행자들과 짐꾼들과 악사들을 대동했다. 그는 바다에서 산맥까지, 호수와 삼림에 이르기까지 메마른 평원과 내륙의 헐벗은 바위투성이 언덕들을 가로지르는 기나긴 여행 도중에 그곳에 들렀다. 그의 원정에는 종종 북, 탐부리*, 뿔피리, 시와**가 함께했다. 그의 일행이 마을로 행진해 들어오면 동물들은 놀라서 도망가고 아이들은 통제 불능이었다. 아지즈 아저씨에게서는 이상하고 색다른 냄새가 났다. 짐승 가죽과 향수, 고무진과 향신료가 뒤섞인 냄새였고, 유수프로 하여금 위험을 연상케 하는 알 수 없는 다른 냄새도 났다. 그는 평소 고운 면으로 지은 얇고 너울거리는 칸주***를 입었고, 작은 뜨개모자를 머리 뒤쪽으로 밀쳐 쓰고 있었다. 그의 세련된 분위기와 예의바르면서도 감정을 드러내지 않는 태도를 보면 가시덤불과 독을 뿜는 독사떼를 지나 조심스레 발걸음을 옮기는 상인이라기보다, 늦은 오후 산책을 나온 사람이나 저녁기도를 하러 가는 참배객 같았다. 그들이 도착하면서 생긴 열기와 부려놓은 짐들로 인한 혼란과 무질서의 한가운데에서도, 지치고 소란스러운 짐꾼들과 경계를 늦추지 않고 발톱을 세우는 상인들에게 둘러싸여 있을 때조차 아지즈 아저씨는 평온함과 편안함을 잃지 않았다. 이번 방문은 그 혼자였다.

유수프는 늘 그의 방문이 반가웠다. 아버지는 그가 아주 유명한 거상—타지리 음쿠브와****—이기 때문에 그들에게는 영광이라고 했다. 그러나 그게 전부는 아니었다. 물론 영광은 늘 환영이기는 했지만. 아지즈 아저씨는 올 때마다 어김없이 그에게 10안나짜리 동전을 주었다.

---

* 오스만제국에서 유래한 몸통이 커다란 현악기.
** 측면에 취주구가 있는 대형 뿔피리.
*** 동아프리카 지역에서 남자들이 입는 흰색의 헐렁한 겉옷.
**** 스와힐리어로 '타지리'는 '상인' '부자', '음쿠브와'는 '지도자'.

그에게 뭘 요구하는 것도 아니었다. 그저 그는 적당한 시간에 모습을 드러내면 되었다. 아지즈 아저씨는 그를 찾아보고, 미소를 지으며 동전을 주었다. 그런 순간이 올 때마다 유수프도 미소를 짓고 싶었지만, 그러는 게 잘못일 것 같아 그만두었다. 유수프는 아지즈 아저씨의 반들반들한 피부와 신비로운 냄새가 경이로웠다. 심지어 그가 떠난 후에도 그 향수 냄새는 며칠이고 더 머물렀다.

그가 방문한 지 사흘째 되는 날이었다. 아지즈 아저씨가 떠날 날이 가까워진 게 분명했다. 부엌 쪽의 움직임이 평소 같지 않았다. 진수성찬일 게 틀림없는 온갖 음식 냄새가 진동했다. 달콤한 튀김 향료, 끓고 있는 코코넛 소스, 효모를 넣은 번과 플랫 브레드, 한창 구워지고 있는 비스킷, 삶은 고기. 유수프는 온종일 집에서 너무 멀리 있지 않으려고 했다. 어머니가 요리를 준비하면서 그의 도움을 필요로 하거나 음식맛을 봐달라고 할 경우를 대비해서였다. 그런 문제에 대해서는 그녀가 자신의 의견을 중시한다는 것을 알고 있었다. 혹은 그녀가 소스 젓는 것을 잊어버린다거나 채소를 넣기에 딱 알맞은 온도로 기름이 끓는 순간을 놓칠 수도 있었다. 그것은 까다로운 문제였기에, 그는 최대한 부엌에서 눈을 떼지 않으려 했다. 그러면서도 밖을 주시하며 빈둥거리는 모습을 어머니에게 들키고 싶지 않았다. 그랬다가는 끝없이 심부름을 시킬 게 분명했다. 그것만으로도 충분히 달갑잖은 일이지만, 어쩌면 아지즈 아저씨에게 작별인사할 기회를 놓칠 수도 있었다. 10안나짜리 동전의 주인이 바뀌는 것은 언제나 출발의 순간이었다. 아지즈 아저씨는 자신이 내민 손에 유수프가 입을 맞추면 그에게로 몸을 숙여 뒷머리를 쓰다듬어주곤 했다. 그러고는 능숙하게 유수프의 손에 동전을 슬

며시 놓아주었다.

그의 아버지는 대개 정오 직후까지 일을 했다. 유수프는 아버지가 돌아올 때 아지즈 아저씨와 함께일 거라고 짐작했다. 그러니 빈둥거릴 시간은 충분했다. 아버지의 생업은 호텔 운영이었다. 이것이 그가 재산과 명예를 얻기 위해 시도해온 일들 가운데 가장 최근의 것이었다. 그는 마음이 동하면 자신이 성공할 것이라고 생각했던 다른 계획들에 대해 식구들에게 들려주었다. 터무니없기도 하고 우습기도 한 이야기였다. 그것이 유수프의 귀에는 어떻게 그의 삶이 잘못되어왔고, 그가 시도한 모든 것이 실패했었는지 불평하는 소리로 들리기도 했다. 그 호텔이란, 위층에 있는 방 하나에 깨끗한 침대 네 개를 갖추고 있는 식당에 불과했는데, 그들이 사 년 넘게 살고 있는 소도시 카와에 있었다. 그전까지는 아버지가 가게를 냈던 남쪽 농업지역의 또다른 소도시에 살았다. 유수프는 푸른 언덕과 멀리 보이는 산그림자, 그리고 가게 앞 도로에 놓인 등받이 없는 의자에 앉아 명주실로 모자에 수를 놓던 노인을 기억했다. 그들이 카와에 온 것은, 독일인들이 그곳을 내륙의 고지대로 가는 철도 건설을 위한 기지로 삼으면서 신흥도시로 부상했기 때문이다. 그러나 벼락경기는 빠르게 지나갔고, 기차는 이제 목재와 물을 싣기 위해서만 그곳에 멈췄다. 지난 여행에서 아지즈 아저씨는 카와까지 기차를 이용하고 거기서부터 서쪽으로는 걸어서 이동했다. 다음 원정 때는 기차를 타고 최대한 멀리까지 이동해 북서쪽이나 북동쪽 경로를 택하겠다고 말했다. 그 지역에는 아직도 괜찮은 장사를 할 수 있는 곳들이 있다고도 했다. 이따금 유수프는 도시 전체가 생지옥이 되어가고 있다고 아버지가 말하는 소리를 들었다.

해안으로 가는 기차가 이른 저녁에 떠났고, 유수프는 아지즈 아저씨가 거기에 탔을 거라고 생각했다. 아지즈 아저씨의 태도에 밴 무언가로 미루어 그가 집으로 가는 길이 아닐까 생각했다. 그러나 사람들에 대해서는 결코 확신할 수 없는 노릇이었다. 그러니 그가 실은 오후 중반에 떠나 북쪽 산맥으로 가는 기차에 타고 있을지도 모를 일이었다. 유수프는 어느 쪽이든 마음의 준비가 되어 있었다. 그의 아버지는 정오기도가 끝난 오후면 그가 호텔에 나타나기를 기대했다—아버지 말로는, 사업을 익히고 자립하는 법을 가르치기 위해서라고 했지만, 사실 부엌일을 거들면서 손님들에게 음식을 나르는 두 젊은이의 부담을 덜어주기 위해서였다. 호텔 요리사는 술을 마시고 욕을 했는데, 유수프만 빼고 눈에 보이는 모두에게 욕설을 퍼부었다. 험한 말을 한참 늘어놓다가도 유수프가 눈에 띄면 미소를 지었으나, 그는 요리사 앞에만 가면 여전히 무섭고 떨렸다. 그날 그는 호텔에 가지 않았고 정오기도도 하지 않았으며, 그렇게 지독하게 더운 시간에 누군가 자기를 찾느라 애쓸 거라고 생각하지도 않았다. 대신 그늘진 구석이나 뒤뜰의 닭장 뒤에 숨었다. 이른 오후의 먼지와 함께 올라오는 질식할 듯한 냄새가 그를 몰아낼 때까지 그러고 있었다. 그는 그들의 집 옆에 있는 어두운 목재저장소에 숨었다. 어두운 보랏빛 그림자들과 둥근 초가지붕이 있는 곳이었다. 거기서 몰래 다가오는 도마뱀들이 조심스럽게 종종걸음치는 소리에 귀기울이며 10안나를 받을 기회를 내내 엿보았다.

혼자 노는 데 익숙했던 그는 목재저장소의 적막과 음울함에도 당황하지 않았다. 그의 아버지는 그가 집에서 멀리 떨어져 노는 것을 좋아하지 않았다. "우리는 야만인들에게 둘러싸여 있단다." 그가 말했다. "와셴지*는 신을 믿지 않고 나무와 바위에 사는 정령들과 악마들을 섬기지. 그들은 아이들을 납치해 마음대로 부리는 걸 가장 좋아해. 아무 관심도 없는 떠돌이들과 그들의 아이들을 따라갔다가는 큰일난다. 그들은 들개들이 너를 먹어치우도록 그냥 내버려둘 테니까. 그러니 여기 가까이, 누군가 너를 지켜볼 수 있는 안전한 곳에 있어라." 유수프의 아버지는 그가 이웃에 사는 인도인 가게 주인의 아이들과 노는 것을 좋아했다. 인도인 아이들이 가까이 가려고 하는 그에게 모래를 던지며 야유할 때를 제외하고 말이다. 그들은 그를 향해 "골로, 골로"라고 외치며 침을 뱉었다. 때때로 그는 나무나 집 그늘 아래서 빈둥거리는 더 나이든 소년들 무리와 함께 앉아 있었다. 그가 그들을 좋아한 건 그들이 늘 농담을 하며 웃었기 때문이다. 그 아이들의 부모들은 독일인들을 위해 철로를 건설하는 날삯꾼으로, 철도의 끝머리에서 작업을 하거나 여행자들과 상인들의 짐을 들어주는 일을 했다. 그들은 일한 만큼만 돈을 받았고, 때로는 일이 없었다. 유수프는 독일인들이 열심히 일하지 않는 사람들을 목매달아 죽인다고 소년들이 말하는 것을 들었다. 목매달아 죽이기에 너무 어리면 불알을 잘라버린다고 했다. 독일인들은 아무것도 두려워하지 않는다고 했다. 그들은 원하는 대로 뭐든 했고 아무도 그들을 제지할 수 없었다. 소년들 중 하나는 자기 아버지가 어느 독일인이 활활 타는 불에 손을 집어넣고도 마치 유령이라도 되는 것처럼 화상을 입지 않는 모습을 실제로 보았다고 말했다.

---

* 해안지대의 무슬림들이 무슬림이 아닌 내륙지대의 아프리카인들을 지칭하는 말로 '야만인'을 의미함.

소년들의 부모들인 날삯꾼들은 곳곳에서 왔다. 카와 북쪽 우삼바라 고원지대에서도 왔고, 고원지대 서쪽의 아름다운 호수지역에서도 왔고, 전쟁에 짓밟힌 남쪽 사바나에서도 왔다. 상당수는 해안 출신이었다. 소년들은 부모 얘기를 하며 웃고, 그들의 노동요를 흉내내고, 그들이 귀가할 때 묻어오는 혐오스럽고 시큼한 냄새에 얽힌 이야기들을 서로 비교했다. 그들은 서로 욕하고 조롱해왔던 우스꽝스럽고 불쾌한 이름들을 부모의 출신지에 아무렇게나 갖다붙였다. 때때로 그들은 구르고 차고 서로를 아프게 하며 싸웠다. 할 수만 있다면 나이든 소년들은 하인이나 심부름꾼 일을 했지만, 대부분은 성인 남자들의 일을 할 만큼 충분히 강해지기를 기다리면서 어슬렁어슬렁 쓰레깃더미를 뒤지고 다녔다. 유수프는 그들이 허락하면 그들과 함께 앉아 대화를 듣고 그들을 위해 심부름을 했다.

그들은 잡담을 하거나 카드놀이를 하며 시간을 보냈다. 갓난아기들이 자지 속에 산다고 유수프가 처음으로 들은 것도 그들과 함께 있을 때였다. 남자가 아이를 원하면, 갓난아기가 자랄 공간이 더 많은 여자의 뱃속에 갓난아기를 넣는다고 했다. 믿기 어려운 이야기라고 생각한 건 그만이 아니었다. 토론이 가열되면 그들은 자지를 꺼내 크기를 재기도 했다. 갓난아기 얘기는 이내 잊히고 자지는 그것 자체만으로 흥미로운 것이 되었다. 나이든 소년들은 우쭐거리며 그것을 내보였고 나이 어린 아이들에게 그들의 작은 물건을 꺼내도록 강요하고는 비웃었다.

이따금 그들은 키판데 게임을 했다. 유수프는 너무 작아서 타격할 기회가 없었다. 나이와 힘을 기준으로 타격 순서를 정했기 때문이다. 그러나 그는 게임이 허용될 때마다 야수들과 합류해 먼지 자욱한 넓은 공간을 가로질러 날아가는 나무공을 미친듯이 쫓아다녔다. 언젠가 한 번은 그의 아버지가 잔뜩 흥분한 아이들 무리와 함께 키판데를 쫓아 달리는 그의 모습을 보았다. 아버지는 못마땅한 눈으로 그를 보다가 찰싹 때려 집으로 보냈다.

유수프는 직접 키판데를 만들어 혼자서도 할 수 있게끔 게임을 조정했다. 조정이란 그 자신이 다른 모든 선수들 노릇까지 하는 것이었다. 그러자 하고 싶은 만큼 오랫동안 공을 칠 수 있다는 장점이 있었다. 그는 집 앞 도로를 오르내리면서, 흥분해서 소리를 지르고, 떨어지기 전에 잡을 시간을 벌기 위해 최대한 높이 쳐올린 키판데를 쫓아다녔다.

2

그래서 아지즈 아저씨가 떠나는 날, 유수프는 10안나의 꽁무니를 쫓아 몇 시간을 허비하는 데 전혀 거리낌이 없었다. 그의 아버지와 아지즈 아저씨는 오후 한시에 함께 집에 왔다. 집까지 이어진 돌길 위로 그들이 천천히 다가올 때, 그는 너울거리는 빛 속에서 그들의 몸이 어른거리는 모습을 볼 수 있었다. 그들은 열기를 피해 고개를 숙인 채 어깨를 굽히고 말없이 걸었다. 그들을 위한 점심식사가 객실의 가장 좋은 양탄자 위에 이미 차려져 있었다. 유수프는 요리들이 가장 멋있게 보일 수 있도록 위치를 바꾸면서 마지막 준비를 직접 거들었고, 지쳐버린 그의 어머니는 고마워하는 미소를 크게 지어 보였다. 거기 있는 동안 유수프는 풍성하게 차려진 음식을 살펴볼 기회가 있었다. 닭고기와 저민 양고기로 만든 두 종류의 카레. 건포도와 아몬드가 점점이 박히고 버터를 발라 반짝이는 최고의 페샤와르* 쌀밥. 천으로 덮인 바구니에 가득 담긴 향긋하고 불룩한 번, 만다지**와 마함리***. 코코넛 소스로 버무린 시금치. 물콩 한 접시. 다른 요리를 끝낸 후의 잔불에 구워낸 말린 생선들. 유수프는 평상시의 초라한 식사와는 너무 다른 풍성한 요리들을 훑어보면서 어찌나 먹고 싶던지 하마터면 울 뻔했다. 그 모습에 그의 어머니는 얼굴을 찌푸렸지만, 그의 얼굴이 너무나 처량해 보여 결국에는 그녀도 웃고 말았다.

남자들이 일단 자리를 잡고 앉자, 유수프가 놋쇠 주전자와 잔을 갖고 들어갔다. 그의 왼쪽 팔에는 깨끗한 리넨이 걸쳐져 있었다. 그는 천천히 물을 부었다. 아지즈 아저씨가 먼저, 다음에는 아버지가 손을 씻었다. 그는 아지즈 아저씨 같은 손님들을 좋아했다. 아주 많이 좋아했다. 그는 자신의 시중이 필요해질 경우를 대비해 객실 문 밖에서 몸을 웅크리고 그렇게 생각했다. 안에서 지켜본다면 더 행복했겠지만, 아버지가 그를 짜증스럽게 노려보며 쫓아냈다. 아지즈 아저씨가 곁에 있을 때면 늘 무슨 일이 일어났다. 그는 잠은 호텔에서 자도 식사는 항상 그들 집에서 했다. 그것은 그 식사가 끝나고 나면 종종 음식이 조금씩 남는다는 의미였다—그의 어머니가 처음부터 눈여겨보아 그것들이 이웃집으로 보내진다거나 이따금 문 앞에 와서 신에 대한 찬양을 읊조리는 남루한 탁발수사의 뱃속으로 들어가지만 않는다면 말이다. 어머니

* 파키스탄 북서부의 도시명.
** 스와힐리어로 '튀긴 과자'를 뜻하는 '안다지'의 복수형. 도넛과 비슷한 작은 튀김 빵.
*** 스와힐리어 '함리'의 복수형. 안다지의 일종으로, 코코넛과 소두구를 재료로 한다.

는 배불리 먹는 것보다 이웃들과 궁핍한 사람들에게 음식을 나눠주는 것이 더 좋은 일이라고 했다. 유수프는 그 말의 의미를 제대로 알아들을 수 없었지만 어머니는 미덕 그 자체로 보상이라고 했다. 그는 어머니의 날카로운 목소리에서 자신이 한마디라도 더 거들면 또 설교를 한참 듣게 되리라는 걸 알아차렸다. 설교라면 쿠란학교 선생님에게 충분히 들은 터였다.

유수프가 그의 몫으로 남은 음식을 나눠 먹는 걸 꺼리지 않았던 탁발수사가 있었다. 이름은 모하메드였다. 힘없는 고음의 목소리에 상한 고기 냄새를 풍기는 쪼그라든 남자였다. 어느 날 오후 유수프는 그가 집 옆에 앉아 무너진 외벽에서 붉은 흙을 한 움큼 퍼내 먹는 것을 보았다. 그는 더럽고 얼룩진 셔츠에 유수프가 지금까지 본 것 중 가장 남루한 반바지를 입고 있었다. 모자챙은 땀과 먼지로 짙은 갈색이 되어 있었다. 유수프는 그를 몇 분 동안 바라보면서, 그보다 더 더러운 사람을 본 적이 있었는지 생각해보다가, 그에게 다가가 남은 카사바가 담긴 그릇을 건넸다. 모하메드는 애처로이 고맙다고 말하며 몇 입 먹더니, 자기 삶의 비극은 대마초였노라고 말했다. 한때는 잘살았다고도 했다. 비옥한 땅과 가축들이 있었고, 그를 사랑하는 어머니도 있었다고 했다. 낮에는 비옥한 땅을 가꾸기 위해 온 힘을 다해 인내하며 일했고 저녁에는 어머니와 함께 쉬었다. 그러면 어머니는 찬송가를 부르고 위대한 세상에 대한 멋진 이야기들을 들려주었다.

그런데 그때 악이 그를 덮쳤다. 어찌나 강력한 힘으로 찾아왔던지, 그는 대마초 때문에 어머니와 땅을 버렸다. 그리하여 지금은 발길질을 당하고 흙으로 연명하며 세상을 돌아다니고 있었다. 지금까지 돌아다니는 동안 그는 어디에서도 유수프의 어머니가 만든 카사바 요리처럼 완벽한 음식을 먹어본 적이 없다고 했다. 집의 측벽에 나란히 기대앉아 있을 때면, 그는 유수프에게 자신이 떠돌아다닌 이야기를 해주었다. 그의 높은 목소리에 활기가 돌았고 말라붙은 젊은 얼굴에 미소가 번지더니 깨진 치아가 드러나는 웃음으로 바뀌었다. "꼬맹이 친구, 내 끔찍한 사례를 보고 배워. 제발 대마초는 멀리해라!" 그가 머무는 시간은 오래지 않았지만, 유수프는 그를 보면 늘 반가웠고 그의 최근 모험에 대해 듣는 것이 좋았다. 그는 위투 남쪽에 있다는 모하메드의 비옥한 땅과 행복했던 시절에 대해 듣는 것이 가장 좋았다. 그다음으로 좋았던 것은 모하메드가 몸바사에 있는 정신병원에 처음 갔을 때의 얘기였다. "왈라히*, 나는 너한테 거짓말은 하지 않았어, 젊은 친구. 그들은 내가 미쳤다고 생각했어! 믿을 수 있겠니?" 그곳에서 그들은 그의 입에 소금을 가득 쳐넣고, 그가 뱉으려고 하면 얼굴을 찰싹 때렸다. 그가 조용히 앉아 있을 때만 내버려두었는데, 그사이 입안에서는 소금이 녹아 내장을 부식시켰다. 모하메드는 몸을 덜덜 떨면서도 재미있다는 듯 그 고문에 대해 얘기했다. 그에게는 유수프가 좋아하지 않는 다른 이야기들도 있었다. 눈이 먼 개에게 돌팔매질을 해서 죽이는 것을 보았다고도 했고, 버려진 채 잔혹하게 학대당하는 아이들을 보았다고도 했다. 그는 한때 위투에서 알았던 젊은 여자 얘기도 했다. 그의 어머니는 그가 결혼하기를 바랐다고 했다. 그는 이 말을 하고 나서 바보처럼 웃었다.

---

* 스와힐리어로 '신에게 맹세코'.

유수프는 처음에는 그의 존재를 숨기려고 했다. 어머니가 그를 쫓아낼까 두려웠다. 그러나 모하메드는 그의 어머니가 나타날 때마다 몸을 움츠리며 고맙다고 말했고, 그러다보니 그녀가 좋아하는 탁발수사 중 하나가 되었다. "네 어머니를 공경해야 한다, 꼭!" 그는 자신의 말이 그녀에게 들리는 거리에서 훌쩍이며 말했다. "내 끔찍한 모습에서 교훈을 얻어야 해." 어머니는 나중에 유수프에게 말하기를, 현자나 예언자나 술탄이 탁발수사의 모습을 하고 평범한 사람들과 불행한 사람들 사이로 섞여든 전례가 아주 없지 않았다고 했다. 존경심을 가지고 그들을 대하는 것이 늘 최선이다. 유수프의 아버지가 나타날 때면, 모하메드는 벌떡 일어나 공경의 표시로 굽실거리며 자리를 떠났다.

언젠가 유수프는 아버지의 웃옷 주머니에서 동전 하나를 훔친 적이 있었다. 왜 그랬는지 그도 알지 못했다. 아버지가 일터에서 돌아와 세수를 하는 동안 유수프는 부모님 방 못에 걸려 있던 냄새나는 웃옷에 손을 넣어 동전 하나를 꺼냈다. 그러려고 했던 것은 아니었다. 나중에 보니 1루피짜리 은화였는데, 그것을 쓴다고 생각하니 너무 두려웠다. 들키지 않았다는 사실에 놀랐고, 다시 돌려놓을까도 생각했다. 그것을 모하메드에게 줄까도 여러 번 생각했지만, 탁발수사인 그가 뭐라고 하거나 비난할까 두려웠다. 은화 1루피는 유수프가 지금까지 손에 넣어본 것 중 가장 큰 돈이었다. 그래서 벽 아래쪽 틈바구니에 그것을 숨겨두고, 이따금 막대기로 잠깐씩 꺼내보았다.

3

아지즈 아저씨는 객실에서 시에스타*를 즐기며 오후를 보냈다. 유수프에게는 분통 터지게 시간이 자꾸 뒤로 미뤄지는 것만 같았다. 그의 아버지도 식사 후에 매일 그러듯, 자기 방으로 물러갔다. 왜 사람들이 마치 순종해야 하는 법이라도 되는 듯 오후만 되면 낮잠을 자려고 하는지, 유수프는 이해할 수 없었다. 사람들은 그것을 휴식이라고 불렀다. 이따금 어머니마저 그들의 방으로 들어가 커튼을 여몄다. 그도 한두 번 시도해보았지만, 너무 지루한 나머지 다시는 일어날 수 없을지도 모른다는 두려움까지 들었다. 두번째 시도에서는, 깨어서 침대에 누워 있지만 형벌처럼 움직일 수 없는 상태가 죽음이 아닐까 하는 생각마저 들었다.

아지즈 아저씨가 잠을 자는 동안, 유수프는 부엌과 마당을 말끔히 정리해야 했다. 남은 음식을 처분하는 데 발언권을 가지려면 피할 수 없는 일이었다. 놀랍게도 어머니는 아버지와 얘기하러 가면서 그에게 알아서 하도록 내버려두었다. 평소 그녀는 다른 식사에 쓸 음식과 진짜 남은 음식을 구분하면서 엄격하게 감독했다. 그는 최대한도로 음식을 헤집어놓았다. 그리고 가능한 것을 치우고 저장하고, 그릇을 문질러 씻고, 마당을 쓸었다. 그러고는 뒷문 옆의 그늘에 경계를 하면서 앉아 자신이 감당해야 하는 짐들을 생각하며 한숨을 쉬었다.

어머니가 뭘 하고 있는지 물었을 때 그는 쉬고 있다고 대답했다. 거

---

* 이른 오후에 자는 전통적인 낮잠 풍습.

만하게 대답하려고 한 것은 아니지만 그냥 그렇게 말이 나오면서 어머니를 미소 짓게 했다. 그녀가 갑자기 손을 뻗어서 그를 안고 번쩍 들어올리려고 했다. 그는 놓아달라고 발버둥을 쳤다. 그는 자신을 어린애 취급하는 걸 싫어했고, 그녀는 그것을 알고 있었다. 그는 분노를 억누르고 몸부림을 치면서 발을 땅에 닿게 하려고 안간힘을 썼다. 그녀가 늘 그렇게 할 수 있었던 것은 그가 나이에 비해 작기 때문이었다. 그녀는 그를 들어올려 볼을 꼬집고 안고 뽀뽀 세례를 퍼부었다. 그러고 나서는 그가 아이라도 되듯 그를 향해 깔깔 웃었다. 그는 벌써 열두 살이었다. 그런데 놀랍게도 그녀가 이번에는 그를 놓아주지 않았다. 평소의 그녀라면 그가 격렬하게 몸부림을 치자마자 놓아주면서 달아나는 그의 엉덩이를 찰싹 때렸을 것이다. 그런데 지금은 그를 부드러운 가슴에 꼭 껴안은 채, 아무 말도 하지 않았고 웃지도 않았다. 그녀의 상의 등 쪽이 여전히 땀에 젖어 있었고, 몸에서는 연기와 피로의 냄새가 났다. 그는 잠시 후 몸부림을 멈추고 어머니의 품에 가만히 안겨 있었다.

　그것이 그의 첫번째 불길한 예감이었다. 그는 어머니의 눈에서 눈물을 보자 무서워서 가슴이 뛰었다. 어머니가 그러는 것을 전에는 본 적이 없었다. 이웃이 상을 당했을 때, 모든 것이 걷잡을 수 없이 돌아가는 것처럼, 그녀가 울부짖는 모습을 본 적은 있었다. 살아 있는 사람들을 위해 그녀가 신의 자비를 구하는 것을 들은 적은 있었다. 그러나 이렇게 소리 없이 우는 모습을 본 적은 없었다. 그는 아버지와의 사이에 무슨 일이 있었을 거라고, 아버지가 어머니에게 심한 말을 했을 거라고 생각했다. 어쩌면 음식이 아지즈 아저씨에게 충분히 만족스럽지 않았는지도 몰랐다.

"엄마." 그가 애원하듯 말했지만, 그녀는 그의 입을 다물게 했다.

어쩌면 아버지가 그의 다른 가족이 얼마나 좋았는지 말했는지도 몰랐다. 유수프는 아버지가 화났을 때 그런 말 하는 걸 들은 적이 있었다. 그는 언젠가 아버지가 어머니를 가리켜 타이타 오지의 시골 산지 부족의 딸이라고 말하는 걸 들은 적이 있었다. 연기 냄새 자욱한 오두막에 살면서 악취를 풍기는 염소 가죽을 두르고 염소 다섯 마리와 콩 두 자루면 지참금으로 충분하다고 생각하는 시골 부족의 딸. "당신한테 무슨 일이 생기면, 그들은 우리에서 당신처럼 생긴 또다른 여자를 꺼내 나한테 팔겠지." 그는 말했다. 그녀는 해안의 수준 높은 사람들 사이에서 성장했다는 이유만으로 거만을 떨어서는 안 되었다. 유수프는 그들이 싸우면 겁이 났다. 그들의 가시 돋친 말은 그를 베어내는 것 같았고 다른 아이들에게서 들었던, 폭력을 겪고 버림받은 다른 아이들의 이야기들을 떠오르게 했다.

그에게 아버지의 첫 부인에 대해 이야기해준 것은 그의 어머니였다. 어머니는 미소를 머금고 우화를 위해 아껴놓은 듯한 목소리로 이야기를 풀어놓았다. 그녀는 유서 깊은 킬와 가문의 아랍 여자였다. 공주는 아니지만 전통 있는 가문 출신이었다. 유수프의 아버지는 그를 탐탁지 않아했던 그녀의 콧대 높은 부모의 반대를 무릅쓰고 그녀와 결혼했다. 비록 그는 평판이 좋았지만, 눈이 있는 사람이라면 누구나 그의 어머니가 분명 야만인이고 그 자신도 풍족하지 않다는 걸 알 수 있었다. 어머니의 혈통이 그의 평판을 더럽힐 수는 없었지만, 그들이 사는 세계는 현실적인 필요들을 강요했다. 그들은 자신들의 딸이 야만인처럼 생긴 가난한 아이들의 어머니가 되는 것보다야 더 나은 삶을 살기를 바랐다. 그들은 그에게 말했다. "당신의 친절한 관심에 대해 신께 감사하지만, 우리 딸은 아직 결혼하기에는 너무 어리다오. 이 도시에는 우리 딸보다 당신에게 더 어울릴 만한 딸들이 얼마든지 있소."

그러나 유수프의 아버지는 그 젊은 여자를 보고 나서 잊을 수가 없었다. 그는 그녀와 사랑에 빠졌다! 애정이 그를 무모하고 저돌적으로 만들어, 그는 그녀에게 접근할 방법을 찾으려 했다. 그는 킬와에서 이방인이었다. 고용주를 위해 토기 물단지들을 탁송해주는 대리인일 뿐이었다. 그러나 그는 다우선*의 선장, 즉 나호다와 좋은 친구가 되었다. 나호다는 그 젊은 여자를 향한 그의 열정을 기꺼이 응원하며 그녀를 얻기 위한 전략을 세우는 일을 거들었다. 다른 것은 차치하고 그 일이 그녀의 자기중심적인 가족을 슬프게 할 것이라고, 나호다는 말했다. 유수프의 아버지는 젊은 여자를 비밀리에 만났고 결국에는 그녀를 훔쳐 달아났다. 먼 북쪽의 파자에서 남쪽의 음트와라에 이르기까지 해안과 접한 모든 육지를 속속들이 알고 있던 나호다는 그들을 본토에 있는 바가모요로 몰래 실어다주었다. 유수프의 아버지는 인도 상인 소유의 상아 창고에서 일하게 되었다. 처음에는 경비원으로, 나중에는 사환이자 임시직 상인으로 일했다. 팔 년 뒤, 그가 결혼했던 여자는 부모에게 용서를 구하는 편지를 써서 킬와에 돌아갈 계획을 세웠다. 그녀는 부모의 책망을 조금이라도 피하기 위해 어린 두 아들을 데려가기로 했다. 그들이 타고 갔던 다우선은 지초, 즉 '눈眼'이라는 이름의 배였다. 그 배는 바가모요를 떠난 후로 두 번 다시 보이지 않았다. 유수프는 아

---

* 커다란 삼각돛을 단 아랍의 범선.

버지가 이 가족에 대해 얘기하는 걸 들은 적이 있었다. 대개는 아버지가 뭔가에 화가 나거나 실망했을 때였다. 그는 그 기억들이 아버지를 고통스럽게 하고 크게 격분시킨다는 것을 알았다.

서로 할퀴며 격렬하게 싸울 때면, 그들은 열린 문 밖에 앉아 있는 그를 의식하지 못하는 것 같았다. 그는 아버지가 으르렁거리는 소리를 들었다. "그 여자에 대한 나의 사랑은 축복받지 못했어. 당신은 그런 고통을 알잖아."

"누군들 모르겠어요?" 그의 어머니가 물었다. "그런 고통을 누가 모르겠느냐고요? 아니면 당신은 내가 잘못된 사랑의 고통을 모른다고 생각해요? 나는 감정도 없는 줄 알아요?"

"아냐, 아냐, 나를 비난하지 마. 당신은 그러면 안 돼. 당신은 내 얼굴의 빛이잖아." 그가 소리를 치면서 목소리가 높아지고 갈라졌다. "나를 비난하지 마. 다시는 그 얘기 시작도 하지 마."

"안 할게요." 그녀가 목소리를 낮춰 속삭이듯 말했다.

그는 그들이 그렇게 또 싸운 게 아닌가 싶었다. 그는 그녀가 말해주기를 기다렸다. 무슨 일인지 듣고 싶었다. 그는 그녀에게 억지로 그 문제를 들먹이며 왜 우는지 말해달라고 조를 수도 없는 무력감에 스스로 화가 났다.

"네 아버지가 얘기해줄 거다." 마침내 그녀가 말했다. 그러고는 그를 놓아주고 다시 집안으로 들어갔다. 눈 깜짝할 사이에 복도의 어둠이 그녀를 삼켜버렸다.

4

아버지가 그를 찾으러 나왔다. 시에스타에서 막 깨어난 터라 눈이 아직 붉었다. 왼쪽 볼은 빨갰다. 그쪽으로 누워 잤는지도 몰랐다. 그는 속옷 귀퉁이를 들어올리고 배를 긁적이며, 다른 손으로는 희미한 턱수염 자국을 어루만졌다. 그는 수염이 빨리 자라는 편이어서 대개 매일 오후 자고 일어난 뒤 면도를 했다. 유수프는 어머니가 그를 놔두고 가버린 뒷문 옆에 아직 앉아 있었다. 어느새 아버지가 곁으로 다가와 쭈그려앉았다. 유수프는 아버지가 태연한 척하려 한다고 생각했다. 그는 긴장되었다.

"우리 작은 새끼문어, 잠깐 여행이라도 가는 건 어떻겠니?" 아버지가 물으며 그를 가까이 끌어당기자 남자의 땀냄새가 풍겨왔다. 유수프는 자신의 어깨에 놓인 팔의 무게를 느끼며, 아버지의 품에 얼굴을 묻으라는 압력에 저항했다. 그런 종류의 행동을 하기에 그는 이제 나이가 너무 많았다. 그의 눈이 아버지의 얼굴을 향하며 그가 무슨 말을 하고 있는지 그 의미를 파악하려고 했다. 아버지는 잠시 그를 거세게 잡아당기더니 껄껄 웃었다. "너무 좋아하지 마라." 그가 말했다.

"언제요?" 유수프가 부드럽게 몸을 떼어내며 물었다.

"오늘." 아버지가 목소리를 높여 유쾌하게 말했다. 그리고 태연한 척 살짝 하품을 하면서 씩 웃었다. "바로 지금."

유수프가 발끝으로 일어나서 무릎을 구부렸다. 그는 순간적으로 화장실에 가고 싶은 욕구를 느끼고, 불안한 듯 아버지를 바라보며 나머지 말을 기다렸다. "제가 어디를 가요? 아지즈 아저씨는요?" 유수프가 물었다. 그가 느꼈던 갑작스럽고 눅눅한 두려움이 10안나에 대한 생각 덕분에 잠잠해졌다. 그는 10안나를 받을 때까지는 어디에도 갈 수 없었다.

"아지즈 아저씨와 같이 가는 거야." 아버지가 이렇게 말하고는 그를 향해 작고 씁쓸한 미소를 지어 보였다. 유수프가 바보 같은 소리를 한다 싶을 때 짓던 미소였다. 유수프는 기다렸다. 그러나 아버지는 더이상 말하지 않았다. 잠시 후 아버지가 웃으면서 그에게 달려들었다. 유수프는 몸을 피하면서도 함께 웃었다. "기차를 타고 가게 될 거야." 아버지가 말했다. "저멀리 해안까지 말이다. 너, 기차 좋아하잖니? 바다까지 가는 길이 재미있을 거다." 유수프는 아버지가 좀더 말해주기를 기다렸지만, 왜 그는 이 여행이 좋아지지 않는지 알 수 없었다. 결국 아버지가 그의 허벅지를 살짝 치더니 가서 어머니가 짐 꾸리는 것을 좀 보라고 말했다.

떠날 시간이 되자 현실 같지 않았다. 그는 앞문에서 어머니에게 작별인사를 하고 아버지와 아지즈 아저씨를 따라 기차역으로 갔다. 어머니는 그를 포옹하지도, 그에게 입을 맞추지도 않았고, 그를 위해 울지도 않았다. 그는 그녀가 그럴까봐 걱정했었다. 훗날, 유수프는 어머니가 했던 말과 행동이 기억나지 않았다. 기억나는 것은 아프거나 어지러운 듯 문기둥에 지쳐 기대고 있던 어머니의 모습이었다. 떠나온 순간을 생각하면, 그의 마음속에 떠오르는 것은 그들이 걷던 반짝이는 도로와 그 앞에서 걸어가던 남자들의 모습이었다. 맨 앞에는 아지즈 아저씨의 짐을 어깨에 지고 비틀거리며 걸어가는 짐꾼이 있었다. 유수프에게는 작은 보따리가 들렸다. 반바지 두 벌, 지난번 이드* 때 사서 아직 새것인

칸주 한 벌, 셔츠 하나, 쿠란 한 권, 어머니의 낡은 묵주가 전부였다. 그녀는 묵주를 제외한 나머지 전부를 낡은 숄에 싸고 끝을 잡아당겨 묶어 두툼한 매듭을 지었다. 그녀는 미소를 지으면서, 유수프가 짐꾼들처럼 꾸러미를 어깨에 메고 갈 수 있도록 매듭 속으로 지팡이를 밀어넣었다. 그러고는 적갈색 사암으로 만들어진 묵주를 마지막에 은밀히 건넸다.

　오랫동안 부모와 떨어져 있을지도 모른다거나, 어쩌면 다시는 그들을 못 볼지도 모른다는 생각은 단 한 순간도 들지 않았다. 언제 돌아올지 물어본다는 생각도 하지 못했다. 왜 자신이 아지즈 아저씨를 따라가야 하는지, 일이 왜 갑자기 그렇게 되었는지 물어볼 생각도 하지 못했다. 기차역에서 유수프는 성난 표정의 검은 새가 그려진 노란 깃발 외에, 은빛 테두리의 검은 십자가가 그려진 또다른 깃발을 보았다. 그들은 고위층 독일군 장교들이 기차로 이동할 때에만 그 깃발을 달았다. 아버지가 그를 향해 몸을 숙여 악수를 했다. 그러고는 다소 길게 무슨 말인가를 했고 마지막에는 눈물을 글썽였다. 나중에 유수프는 자신이 무슨 말을 들었던 건지 기억하지 못했지만, 신에 대한 말이었던 것 같다.

　기차가 한동안 달리자 유수프에게는 기차를 탔다는 신선함이 사라지기 시작했고, 그러자 집을 떠나왔다는 생각을 억누를 길이 없었다. 그는 걸핏하면 웃던 어머니를 떠올리며 울기 시작했다. 아지즈 아저씨는 그의 곁 벤치에 앉아 있었다. 유수프는 가책을 느끼며 쳐다보았지만, 그는 벤치와 여행가방 사이에 끼어 졸고 있었다. 얼마 후 유수프는 눈물이 더

---

* 이슬람의 최대 명절 '이드 알아드하'와 '이드 알피트르'.

이상 나오지 않는다는 걸 알았다. 하지만 슬픔의 감정을 잃어버리기는 망설여졌다. 그는 눈물을 닦고 아저씨를 살피기 시작했다. 앞으로는 그럴 기회가 많겠지만, 그가 아저씨를 알고 난 이래 이렇게 얼굴 전체를 볼 수 있게 된 것은 처음이었다. 아지즈 아저씨는 일단 기차에 올라타자 모자를 벗었는데, 유수프는 그의 사나워 보이는 인상에 깜짝 놀랐다. 모자가 없으니 그의 얼굴은 더 네모지고 균형이 맞지 않아 보였다. 그가 뒤로 기대어 조용히 자고 있는 모습을 보니, 눈길을 사로잡던 우아한 태도는 어디론가 사라지고 없었다. 그에게서는 아직도 아주 좋은 냄새가 풍겼다. 유수프는 그게 좋았다. 그것도 좋고, 너울거리는 얇은 칸주와 비단으로 수놓인 모자도 좋았다. 그가 일단 방에 들어서면, 그의 존재가 그에게서 분리되어 과잉과 부유함과 대담함을 선언하는 어떤 것처럼 허공에 떠돌았다. 어느새 그는 여행가방 쪽으로 몸이 기울어 있었다. 작고 둥근 올챙이배가 가슴 아래쪽으로 불룩 나와 있었다. 유수프가 전에는 본 적 없는 모습이었다. 그가 숨쉴 때마다 배가 오르락내리락하는 모습을 보고 있는데, 한번은 그 배가 출렁이기도 했다.

그의 가죽 돈주머니는 늘 그랬듯 사타구니에 벨트로 둘려 있었다. 양쪽 좌골 위로 호를 그리다 허벅지 관절 위에서 마치 갑옷처럼 가죽에 묶인 버클로 결착된 모습이었다. 유수프는 그가 전대를 차지 않은 모습을 본 적이 없었다. 오후에 낮잠을 잘 때조차 그랬다. 유수프는 벽 하단의 틈바구니에 숨겨두었던 은화 루피를 떠올렸고, 그것이 발견되면 자신의 죄도 드러날지 모른다는 생각에 몸이 떨렸다.

기차는 시끄러웠다. 먼지와 연기가 열린 창문으로 들어왔다. 불냄새와 고기 탄내도 같이 들어왔다. 그들의 오른쪽으로, 그들이 가로지르고 있는 땅은 평평한 평원이었다. 땅거미가 짙어지며 긴 그림자가 드리워지고 있었다. 곳곳에 흩어진 농장들과 농가들이 마치 질주하는 땅을 끌어안고 달라붙어 있는 것처럼 보였다. 다른 쪽으로는 석양빛을 받아 꼭대기에 후광이 생긴 산들의 울퉁불퉁한 실루엣이 보였다. 기차는 기울어지고 덜커덩거리면서도 서둘지 않고 해안으로 향했다. 때로는 정지에 가깝게 속력을 늦춰 거의 느껴지지 않을 만큼 움직이다가 바퀴의 삑 소리와 함께 앞으로 쏠렸다. 도중에 기차가 어느 역에라도 정차를 했었는지 유수프는 기억나지 않았지만, 나중에 알고 보니 분명 정차를 하긴 했었다. 그는 어머니가 아지즈 아저씨를 위해 준비해준 만다지, 삶은 고기와 콩을 같이 먹었다. 아저씨는 능숙한 솜씨로 조심스럽게 포장을 벗기고 비스밀라*라고 읊조리며 살짝 미소를 지었다. 그리고 유수프를 향해 손바닥을 반쯤 펴 보이면서 음식을 같이 먹자고 권했다. 아저씨는 음식을 먹으면서 그를 다정하게 바라보았다. 그러고는 자신을 오래도록 쳐다보는 그를 향해 미소를 지었다.

그는 잠을 잘 수 없었다. 벤치의 옆구리가 몸을 깊숙이 파고들면서 그를 깨어 있게 했다. 잘해야 약간 졸거나 반쯤 깨어 있는 정도였다. 소변이 마려워 괴로웠다. 한밤중에 눈이 떠지자, 승객들로 반쯤 찬 어둑한 객실 광경에 울고 싶어졌다. 밖의 어둠은 헤아릴 수 없는 공허였고, 그는 기차가 그 공허 속으로 너무 깊이 들어가 있어서 무사히 돌아갈 수 없을 것만 같아 두려웠다. 기차 바퀴의 소음에 집중해보려고 했지만, 기이한 리듬에 산란해지고 잠만 달아났다. 꿈속에서는 어머니

---

* '알라의 이름으로' 혹은 '신에게 맹세코'.

가, 예전에 기차 바퀴에 깔려 죽는 것을 본 적이 있는 애꾸눈 개가 되어 있었다. 나중에는 꿈에서 자신의 비겁이 산후産後의 점액으로 뒤덮여 달빛에 반짝이는 모습을 보았다. 그것이 자신의 비겁이라는 것을 알게 된 것은 그늘 속에 서 있는 누군가가 그에게 말해주었기 때문이었다. 그 자신도 그것이 숨쉬는 것을 보았다.

그들은 다음날 아침 목적지에 도착했다. 아지즈 아저씨는 기차역 안팎에서 외쳐대는 장사꾼들 사이로 침착하고 다부지게 유수프를 이끌고 갔다. 거리를 통과하는 동안 그는 유수프에게 아무 얘기도 하지 않았다. 거리는 최근에 있었던 축제의 여파로 지저분했다. 야자수 잎들이 아직도 문기둥에 아치형으로 묶여 있었다. 마리골드와 재스민 화환이 짓이겨진 채 길 위에 깔려 있었고, 거무튀튀해진 과일 껍질들이 도로에 널려 있었다. 짐꾼 하나가 그들의 짐을 들고 아침나절의 열기 속에 땀을 흘리고 툴툴거리며 앞서 걸어가고 있었다. 유수프는 자신의 작은 보따리를 내줘야 했다. "짐꾼더러 들고 가게 해라." 아지즈 아저씨가 나머지 짐들 위로 비스듬하게 서서 씩 웃고 있는 남자를 가리키며 말했다. 짐꾼은 아픈 엉덩이 쪽의 무게를 덜 셈인지 껑충껑충 뛰듯이 걸었다. 도로의 표면이 무척 뜨거웠다. 맨발인 유수프는 자기도 껑충거릴 수 있으면 좋겠다 싶었지만, 묻지 않고도 아지즈 아저씨가 그러기를 바라지 않는다는 것을 알았다. 거리에서 사람들이 그에게 인사하는 모습을 보면서, 유수프는 아저씨가 유명인이라는 것을 알았다. 짐꾼이 사람들에게 외치며 길을 냈는데—"사이드* 가시니 비켜요, 와

---

* 이슬람에서 '유목민 장로'를 일컫던 말로 '어르신' 또는 '선생님' 등의 일반적 호칭으로도 쓰인다.

웅와나*"―그가 아무리 누더기를 걸치고 있고 인상이 험해도 그에게 시비를 걸지 못했다. 이따금 그는 한쪽 입꼬리가 올라간 미소를 지으며 주변을 훑어보았고, 유수프는 자신이 전혀 모르는 위험한 무언가를 짐꾼이 알고 있다는 생각이 들기 시작했다.

아지즈 아저씨의 집은 도시 가장자리에 있는 길고 낮은 건물이었다. 길에서 몇 미터 떨어져 있었고 그 앞은 나무들이 빙 둘러싼 커다란 공터였다. 키 작은 님나무들, 코코넛 야자수들, 한 그루의 수피, 한 그루의 거대한 망고나무가 뜰 구석에 있었다. 유수프가 알아보지 못하는 다른 나무들도 있었다. 이른아침인데도 망고나무 그늘 아래 벌써 몇몇 사람이 앉아 있었다. 집 옆으로 총안銃眼이 있는 기다란 흰색 벽이 이어졌다. 유수프는 그 너머로 나무와 야자수의 우듬지를 보았다. 그들이 다가가자 망고나무 아래 있던 남자들이 일어나서 팔을 들고 인사를 했다.

칼릴이라 불리는 젊은이가 수다스럽게 환영인사를 외치며 방갈로 앞의 가게에서 뛰쳐나와 그들을 맞았다. 그러고는 아지즈 아저씨의 손에 공손하게 입을 맞췄는데, 아지즈 아저씨가 손을 거둬들이지 않았다면 계속 입을 맞추고 또 맞췄을 것이다. 아지즈 아저씨가 뭐라고 짜증스럽게 말하자, 칼릴은 그의 손을 향해 손을 뻗고 싶은 마음을 억누르며 두 손을 꼭 맞잡고 그 앞에 조용히 서 있었다. 유수프는 그들이 아랍어로 인사와 소식을 주고받는 모습을 지켜보았다. 입가에 털이 나기 시작한 칼릴은 열일곱이나 열여덟 살쯤 된, 마른 체형에 신경질적으로 보

* 스와힐리어로 '교양 있는 사람', 즉 '젠틀맨'에 해당하는 '무웅와나'의 복수형. 여기에서는 '여러분' 정도의 의미.

이는 청년이었다. 유수프는 대화에서 자신에 관한 얘기가 오고간다는 것을 알았다. 칼릴이 고개를 돌려 그를 바라보며 흥분하여 고개를 끄덕였기 때문이다. 아지즈 아저씨가 자리를 떠 집 옆으로 걸어가자 회반죽을 바른 기다란 벽에 있는 출입구가 열려 있는 것이 보였다. 유수프는 그 문을 통해 정원을 흘긋 보았는데, 과일나무와 꽃 덤불과 물이 반짝이는 모습이 언뜻 보인 듯했다. 그가 따라가기 시작하자, 아저씨는 돌아보지도 않고 손바닥을 뻣뻣하게 내민 채 걸어갔다. 유수프가 이제까지 본 적 없는 몸짓이었지만, 그것이 따라오지 말라고 자신을 나무라는 의미라는 것은 알았다. 그는 칼릴을 바라보았고 그가 큼지막한 미소를 지으며 자신을 가늠해보고 있다는 걸 알았다. 그가 유수프에게 손짓을 하더니 돌아서서 가게를 향해 걸어갔다. 유수프는 자신의 짐꾸러미를 막대기로 집어들고 칼릴을 따라갔다. 짐꾼이 아지즈 아저씨의 짐을 안으로 들이고 그의 것은 그 자리에 남겨둔 것이었다. 적갈색 사암 묵주는 이미 잃어버렸다. 기차에 두고 내린 것이었다. 노인 셋이 가게 앞 테라스의 벤치에 앉아 있었다. 유수프가 계산대 선반 밑으로 몸을 수그려 가게 안으로 들어가자, 그들의 눈길이 조용히 그를 따라왔다.

5

"우리를 위해 일하러 온 제 동생입니다." 칼릴이 손님들에게 말했다. "너무 작고 약해 보이는 건 저기 산맥 너머 오지에서 막 와서 그래요. 거기 사람들은 카사바와 풀만 먹고 산다죠. 그래서 저애가 산송장처럼 보이는 거예요. 야, 키파 우롱고*! 저 가엾은 애를 좀 보세요. 비실비실한 팔이랑 길쭉한 모습을요. 하지만 우리가 물고기와 사탕과자와 꿀을 먹으면 금세 여러분의 딸들과 어울릴 만큼 통통해질 거예요. 손님들에게 인사드려, 꼬맹아. 크게 웃어드려."

　처음 며칠 동안은 모두가 그를 향해 미소를 지었는데, 아지즈 아저씨는 예외였다. 유수프는 그를 하루에 한두 번밖에 보지 못했다. 아지즈 아저씨가 지나가면 사람들은 그에게 달려가 그가 허락하는 대로 손에 입을 맞추거나 가까이 가기 어려워 보일 경우에는 1, 2미터 떨어진 곳에서 고개를 숙여 인사했다. 그는 굽실거리는 사람들의 인사와 기도를 무표정하게 대했다. 그리고 무례해 보이지 않을 만큼만 그들의 말을 듣다가 가던 길을 가며, 가장 비참해 보이는 사람들에게 몇 푼의 동전을 쥐여주었다.

　유수프는 칼릴과 모든 시간을 보냈는데, 그는 유수프가 앞으로 맞이할 새 삶에 대해 가르쳐주고 옛 삶에 대해서 물어보았다. 칼릴은 가게를 돌보며 가게 안에서 살았고, 다른 것에 대해서는 아무것도 신경쓰지 않는 것 같았다. 그라는 존재의 모든 에너지와 힘이 거기에 바쳐지는 것 같았다. 그는 한 가지 일에서 다른 일로 넘어갈 때면 자신이 숨을 쉬기 위해 잠시 멈추기라도 할 경우 가게에 재앙이 닥칠지도 모른다고 걱정하며 빠르고 유쾌하게 말했다. 자네, 그렇게 계속 말만 하다가는 토하겠어. 손님들은 그에게 경고했다. 그렇게 서둘지 말게, 젊은이, 피기도 전에 말라죽겠네. 그러나 칼릴은 그들을 향해 씩 웃고는 계속해서

---

* 스와힐리어로 '키파'는 '죽음', '우롱고'는 '거짓말'로, '산송장'을 의미한다.

입을 놀렸다. 칼릴의 키스와힐리*는 유창했지만 아랍어 사용자 특유의 억양이 있었다. 그는 별나지만 영감이라도 받은 것처럼 키스와힐리를 마음대로 구사했다. 화가 나고 불안해지면 그의 입에서는 아랍어가 콸 콸 쏟아졌다. 그러면 손님들은 입을 다물고 조용히 물러났다. 유수프 앞에서 처음으로 그랬을 때, 유수프는 그의 격렬한 모습에 웃음을 터 뜨렸고, 그러자 칼릴이 앞으로 나와 그의 왼쪽 뺨의 통통한 부위를 정 확히 가격했다. 테라스에 있던 노인들이 그 모습을 보고 웃었다. 그들 은 이런 일이 일어나리라는 걸 알고 있었다는 듯 서로를 의미심장하 게 쳐다보며 포복절도했다. 그들은 매일 와서 벤치에 앉아 얘기를 하 고 칼릴의 익살맞은 행동에 미소를 지었다. 손님이 없을 때면 칼릴은 전적으로 그들에게 관심을 돌려 그들로 하여금 자신의 익살맞은 호언 장담에 호응하게 만들었다. 그들이 낮은 목소리로 전쟁에 관한 소식과 소문들을 주고받을 때면 끼어들어 불가피한 질문을 하고 풍부한 식견 을 제시하기도 했다.

유수프의 새로운 선생은 여러 문제에 대해 지체 없이 그를 바로잡았 다. 하루는 새벽에 시작되어 칼릴이 끝났다고 할 때까지 끝나지 않았 다. 밤에 악몽을 꾸고 우는 것은 멍청한 짓이니 더이상 그래서는 안 되 었다. 누군가가 귀신이 들렸다고 생각하고 그를 안마사한테 보내 불에 달군 쇠를 그의 등에 올려놓을지도 모른다. 가게 안에 있는 설탕자루 에 기대 조는 것은 최악의 배반행위다. 오줌이라도 지려 설탕에 묻는 다면 어떻게 될지 생각해보라. 손님의 농담에는, 필요하면 방귀가 나

---

* 스와힐리인의 언어. 간단히 '스와힐리어'로 통칭하기도 한다.

올 때까지라도 미소를 지어라. 그러나 미소를 짓되 지루해 보이지 않도록 해라. "아지즈 아저씨로 말할 것 같으면, 우선 그분은 너의 아저씨가 아니다." 그가 유수프에게 말했다. "이게 너에게는 가장 중요해. 내 말 잘 들어, 키파 우룽고. 그분은 너의 아저씨가 아니야." 그것이 그 시절에 칼릴이 그를 부르던 명칭이었다. 키파 우룽고, 산송장. 그들은 가게 앞에 있는, 흙으로 된 테라스에서 잤다. 낮에는 가게를 운영하고 밤에는 거친 옥양목 시트를 덮은 채 가게를 지켰다. 그들의 머리는 가깝고 몸은 떨어진 상태여서 서로에게 너무 가깝지 않은 채로 나직이 얘기할 수 있었다. 유수프가 뒤척이다 너무 가까워지면 칼릴은 무자비하게 그를 차버렸다. 모기들이 그들 주변을 돌면서 큰 소리를 내며 피를 빨아먹으려고 했다. 시트가 그들의 몸에서 미끄러지면 즉시 달려들어 살벌한 잔치를 벌였다. 유수프는 모기들이 톱니 모양 군도로 자신의 살을 쓸어대는 꿈을 꾸었다.

칼릴이 그에게 말했다. "네가 여기 있는 건 네 아버지가 사이드에게 빚을 졌기 때문이야. 내가 여기 있는 건 내 아버지가 사이드에게 빚을 졌기 때문이고—내 아버지는 이제 돌아가셨지만, 그의 영혼에 신의 자비가 있기를."

"그분의 영혼에 신의 자비가 있기를." 유수프가 말했다.

"너의 아버지는 형편없는 사업가가 틀림없어……"

"아니에요." 유수프는 소리쳤다. 아무것도 알지 못하지만 그렇게 함부로 말하는 것을 견딜 준비는 되어 있지 않았다.

"하지만 돌아가신 내 아버지만큼 형편없지는 않겠지. 그의 영혼에 신의 자비가 있기를." 칼릴은 유수프의 격한 반응에도 아랑곳없이 말을 이었다. "아무도 그럴 수는 없지."

"형의 아버지가 그에게 얼마를 빚졌는데요?" 유수프가 물었다.

"그런 건 묻는 게 아니야." 칼릴이 쾌활하게 말하고는 멍청한 소리를 한다며 손을 뻗어 그를 찰싹 때렸다. "그리고 그라고 하지 말고 사이드라고 말해." 유수프는 세세한 것들을 모두 이해하지는 못했지만, 아버지의 빚을 갚기 위해 아지즈 아저씨 밑에서 일하는 것이 잘못된 일이라는 생각은 들지 않았다. 모든 것을 갚고 나면 집으로 갈 수 있을 것이다. 그러나 그가 떠나기 전에 그들이 알려줬더라면 더 좋았을 것 같았다. 그는 빚에 대해 한마디라도 들은 기억이 없었고, 그들은 이웃들에 비해 충분히 잘사는 것처럼 보였다. 그는 이를 칼릴에게 얘기했고, 칼릴은 오랫동안 아무 말이 없었다.

"하나만 얘기해주마." 그가 마침내 부드러운 어조로 입을 열었다. "너는 멍청한 놈이라 아무것도 이해 못하지. 너, 밤에는 울고 꿈을 꾸면서는 비명을 지르잖아. 그들이 너를 이렇게 만드는 동안 너는 눈과 귀를 어디다 두고 있었어? 네 아버지는 그에게 많은 빚을 진 거야. 그게 아니면 네가 여기에 있지 않겠지. 네 아버지가 빚을 갚았다면, 너는 집에서 매일 아침 말라이*와 모파**를 먹었을 거야, 안 그래? 그리고 네 어머니 심부름이나 하면서 뛰어다녔겠지. 심지어 그가 너를 여기서 필요로 하는 것도 아닌데, 사이드 말이다. 할일도 충분히 없고……"

잠시 후에는 그가 너무 낮은 목소리로 말을 이어가 유수프는 그것이 듣거나 이해하라고 하는 말이 아니라는 것을 알았다. "너한테는 누이

---

* 물소젖을 데워서 식힌 뒤 생긴 지방층을 모은 유제품.
** 질그릇 화덕에서 구워낸 둥근 모양의 빵덩어리.

가 없겠지, 아마, 그랬다면 그가 누이를 데려왔을 테니까."

유수프는, 사실은 그렇지 않았지만, 칼릴의 마지막 말에 부적절한 생각을 전혀 하지 않고 있음을 보여주기에 충분할 만큼 오래 입을 다물고 있었다. 그의 어머니는 종종 남을 엿보거나 이웃들에 관해 묻는다고 그를 혼냈었다. 그는 어머니가 뭘 하고 있을지 궁금했다. "형은 얼마나 오랫동안 아지즈 아저씨를 위해 일해야 하나요?"

"그는 너의 아저씨가 아니야." 칼릴이 날카롭게 말했다. 유수프는 또 한 대 맞는 것은 아닌지 움찔했다. 잠시 후 칼릴은 부드럽게 웃었고, 그러다 시트에서 한 손을 빼내 유수프의 귀를 때렸다. "너는 그것부터 아는 게 좋겠어, 주마*. 이건 너한테 중요한 거야. 그는 너 같은 비렁뱅이들이 자기를 아저씨, 아저씨, 아저씨 하고 부르는 걸 좋아하지 않아. 그는 네가 그의 손에 입을 맞추고 자기를 사이드라고 부르는 걸 좋아해. 네가 그 말이 무슨 뜻인지 모른다면, 그건 주인이라는 뜻이야. 내 말 알아듣겠어, 이 멍청아? 사이드라고 불러, 사이드!"

"예." 유수프가 바로 대답했다. 그에게 맞은 귀가 아직도 웅웅거렸다. "그러면 형은 집에 가려면 얼마나 오래 일을 해야 해요? 나는 얼마나 오래 여기 있어야 하죠?"

"네 아버지가 더이상 빚이 없어지거나 죽을 때까지." 칼릴이 쾌활하게 말했다. "뭐가 문제야? 여기 있는 게 싫으냐? 그는 좋은 분이야, 사이드 말이다. 너를 때리거나 그 비슷한 걸 하지도 않잖아. 네가 존경심을 보이면 그가 너를 돌봐주고 네가 잘못되게 하지 않을 거다. 하지만

---

* 아랍어로 '평화'를 의미하며, 여성의 이름에 자주 쓰인다. 여기서는 유수프에 대한 별명으로 '계집애 같은 녀석' 정도의 의미.

네가 밤에 울고 그렇게 무서운 꿈을 계속 꾼다면…… 너는 아랍어를 배워야 해, 그러면 그가 너를 더 좋아할 거다."

6

때로는 밤이 되면 어두운 거리를 배회하는 개들이 그들을 괴롭혔다. 개들은 떼를 지어 몰려다니며 그림자와 수풀 속에서 뒤엉켜 싸우면서도 펄쩍펄쩍 뛰고 경계를 늦추지 않았다. 유수프는 길 위에 부딪는 그들의 발소리에 잠이 깨서는, 달려가는 그들의 무자비한 몸을 보았다. 어느 날 밤 그가 깊은 잠에서 깨 눈을 떠보니 길 건너편에 개 네 마리가 미동도 없이 서 있었다. 유수프는 공포에 질려 몸을 일으켰다. 그를 가장 두렵게 하고 잠을 달아나게 한 것은 눈이었다. 창백한 반달 불빛 속에서 노려보는 그들의 눈에는 생명이 없었다. 오직 하나만 아는 눈이었다. 그들에게 집중하자, 그의 목숨을 앗아가는 게 목적인 그들의 비정하게 계산된 인내심이 보였다. 그가 갑자기 일어나 앉자 개들이 캥캥거리며 달아났다. 그러나 그들은 다음날 저녁 다시 돌아왔고, 한동안 소리 없이 서 있다가 계획이라도 있는 듯 사라졌다. 밤이면 밤마다 그들은 돌아왔다. 달이 차면서 그들의 간절함은 점점 더 뚜렷해졌다. 매일 밤 그들은 점점 더 가까이 다가와 빙글빙글 돌고 수풀 속에서 울부짖었다. 그들은 유수프의 마음을 악몽으로 채웠다. 그의 두려움은 수치스러움과 뒤섞였다. 칼릴은 개들을 전혀 신경쓰지 않는다는 걸 알았기 때문이다. 그는 개들이 도사리고 있는 것을 보면 돌을 집어던졌고, 그러면 개들은 달아났다. 충분히 가까운 거리에서는 그들의 눈에 흙을 한 움큼 집어던졌다. 그들이 밤에 오는 것은 유수프 때문인 것 같았다. 꿈에서 그들은 그의 위에 두 발로 서 있었다. 기다란 입을 반쯤 벌린 채 침을 흘리면서 납작 엎드린 그의 부드러운 몸을 무자비한 눈으로 내려다보고 있었다.

어느 날 밤, 그가 예상했던 대로 그들이 접근해왔다. 그들은 서로 떨어져 유수프의 시선이 하나에서 다른 하나로 옮겨가게 만들었다. 낮처럼 빛이 환했다. 그들 중 가장 큰 놈이 가장 가까이 와서 가게 앞의 공터에 섰다. 길고 낮게 으르렁거리는 소리가 그 개의 긴장한 몸에서 흘러나왔고, 다른 개들은 부드러운 발소리를 내며 뜰을 가로질러 호를 그리며 좁혀드는 것으로 그 소리에 응답했다. 유수프는 그들이 숨을 헐떡이는 소리를 들을 수 있었다. 그들의 입이 소리 없이 으르렁거리며 벌어지는 게 보였다. 예고도 경고도 없이 그의 항문이 열렸다. 그는 놀라서 소리를 질렀고 우두머리 개가 갑자기 행동을 개시하는 게 보였다. 그가 내지른 소리에 칼릴이 잠에서 깼다. 공포에 질려 일어나 앉은 그는 개들이 얼마나 가까이 있는지 보았다. 개들이 미친듯이 으르렁거리며 공격 대형을 갖추었다. 칼릴이 뜰로 뛰쳐나가 소리를 지르고 팔을 내저으면서, 미쳐 날뛰는 개들을 향해 돌과 흙, 손에 잡히는 것은 뭐든 던졌다. 개들이 돌아서서 낑낑거리고 겁에 질린 짐승들처럼 서로를 물어뜯으려 하면서 달아났다. 칼릴은 달빛이 훤한 뜰에서 달아나는 개들을 향해 아랍어로 저주를 퍼붓고 주먹을 휘두르며 한동안 서 있었다. 그러고는 달려서 돌아왔다. 유수프는 그의 손이 떨리고 있는 것을 보았다. 그는 유수프 앞에 서서 두 주먹을 휘두르며 아랍어를 속사포처럼 쏟아내고 화가 났음을 알리는 갖은 몸짓으로 자신이 하려는 말을 한층 분명히 했다. 그러고는 돌아서서 개들이 있는 방향을 손가락으로 가리켰다.

"너는 개들에게 물렸으면 좋겠니? 그것들이 너하고 놀러왔을 것 같아? 너는 키파 우롱고보다 더 나빠. 심약한데다 배짱도 없구나. 뭘 기다리고 있었던 거냐? 얘기해봐, 이 말륜* 놈아."

칼릴이 결국엔 말을 멈추고 코를 킁킁거렸다. 그리고 유수프가 출입금지 구역인 정원의 외벽에 있는 수도를 향해 더듬거리며 나아갈 수 있도록 도왔다. 집 옆에는 그들이 화장실로 사용하는 헛간이 있었는데, 유수프는 발을 헛디뎌 그 망할 화장실의 바닥이 보이지 않는 구멍에 빠질까 두려워 어두울 때는 사용하지 않으려 했다. 칼릴이 그의 입술에 손가락을 대고 머리를 살짝 두드리며 조용히 하라고 했다. 그래도 유수프가 울음을 그치지 않자 그의 머리를 쓰다듬으며 얼굴에 흐르는 눈물을 닦아주었다. 그는 유수프가 옷을 벗는 걸 도와준 뒤 유수프가 급수탑에서 몸을 씻는 동안 옆에 서 있었다.

그 일이 있고 나서도 개들은 여러 날 밤마다 돌아와 마당에서 떨어진 곳에 멈춰 그림자 속에서 울부짖고 요란하게 짖어댔다. 아무것도 보이지 않는 캄캄한 밤에도 집 주변을 어슬렁거리는 것이 느껴졌고, 수풀에서 소리가 들렸다. 칼릴은 갓난애들을 훔쳐다가 젖을 먹이고 입에서 토해낸 고기를 먹여 짐승으로 길렀다는 늑대와 자칼 이야기를 유수프에게 들려주었다. 늑대와 자칼은 갓난애들에게 그들의 언어를 말

---

* 아랍어로 '쓸모없는 사람' '저주받은 자'.

하는 법과 사냥하는 법을 가르쳤다. 그리고 그들이 성장하자 자신들과 짝짓기를 하게 만들고, 숲속 가장 깊은 곳에 살면서 썩은 고기만 먹는 늑대인간으로 만들었다고 했다. 식시귀食屍鬼들도 죽은 고기를 먹는데, 사람 고기를 선호한다고 했다. 그러나 죽은 후에 기도를 받지 못한 자들의 고기만 먹는다고 했다. 여하튼 그들은 불에서 태어난 귀신들이니 다른 모든 동물들처럼 땅에서 태어난 늑대인간들과 혼동해서는 안 된다고 했다. 네가 관심이 있는지 모르지만 천사들은 빛에서 태어나는 거고 그래서 눈에 안 보이는 거야. 여하튼 늑대인간들은 때때로 진짜 사람들 사이에 있단다.

"본 적 있어요?" 유수프가 물었다.

칼릴은 생각에 잠긴 듯 보였다. "확실하지는 않은데," 그가 말했다. "그랬던 것 같아. 그들은 변장을 하고 오거든. 어느 날 밤 저쪽에 있는 수피나무에 엄청나게 키가 큰 남자가 기대고 있는 걸 본 적이 있어. 집처럼 키가 크고 새하얗더라. 빛처럼 타오르는데…… 빛이라기보다 불 같았어."

"천사였는지도 모르겠네요." 유수프가 자신의 생각이 맞기를 바라며 말했다.

"신께서 너를 용서하시기를. 천사는 눈에 보이지 않아. 그는 웃고 있었어. 나무에 기댄 채 탐욕스럽게 웃고 있었지."

"탐욕스럽다고요?" 유수프가 물었다.

"나는 눈을 감고 기도를 드렸어. 너, 절대로 늑대인간의 눈을 쳐다보면 안 돼. 그랬다가는 끝나는 거야, 쩝쩝 먹히는 거라고. 다시 눈을 뜨니까 없어졌더구나. 한번은 빈 바구니 하나가 나를 한 시간 동안 따라

다녔어. 내가 멈추면 그것도 멈추고, 내가 모퉁이를 돌면 그것도 따라서 돌았어. 걷고 있으면 개가 으르렁거리는 소리가 들렸어. 그런데 돌아보면 빈 바구니가 나를 따라오고 있는 거야."

"왜 도망 안 쳤어요?" 유수프가 두려움에 질린 낮은 목소리로 물었다.

"소용없었을 거야. 늑대인간은 얼룩말보다 빠르고, 생각보다 빠르게 달리거든. 늑대인간보다 빠른 유일한 것이 기도야. 네가 달아난다면, 그들은 너를 동물이나 노예로 만들어버릴 거야. 키야마* 이후에, 세상이 끝나고 신께서 모두를 부르시는 날 이후에…… 늑대인간들은 지옥의 첫번째 층에서 살게 될 거야. 수천의 늑대인간들이 알라에게 복종하지 않은 죄인들을 잡아먹을 거야."

"식시귀들도 거기에 살까요?"

"그럴지도 모르지." 칼릴이 생각 끝에 말했다.

"또 누가 있을까요?"

"모르겠다." 칼릴이 말했다. "그러나 그곳이 피해야 할 곳이라는 것만은 확실해. 그런데 또 한편으로는 다른 층이 더 나쁠지도 모르지. 그러니 어떻게든 그곳에 가까이 가지 않는 게 최선이야. 이제 자라, 안 그랬다간 일하다가 졸 테니까."

칼릴은 가게 일을 그에게 직접 가르쳤다. 다치지 않고 자루를 들어 올리는 방법과 곡식을 흘리지 않고 통에 붓는 방법을 보여주었다. 돈을 빨리 세는 방법, 거스름돈을 계산하는 방법, 단위가 큰 것과 작은

---

* 이슬람에서 '심판의 날' '사자(死者) 부활의 날'.

것을 구분하기 위해 동전에 이름을 붙이는 방법도 알려주었다. 유수프는 손님에게서 돈을 받는 법과 손가락 사이에 꼭 끼게 지폐를 쥐는 법도 배웠다. 칼릴은 그에게 코코넛기름을 국자로 재는 법을 가르치면서 손이 떨리지 않게 잡아주었고 긴 철사로 기다란 비누를 자르는 법도 보여주었다. 유수프가 잘 따라서 하면 그는 인정의 의미로 활짝 웃어 보였고, 그러지 못하면 몹시 아프게 때렸다. 때때로 손님들 앞에서도 그랬다.

손님들은 칼릴이 하는 모든 것을 보고 웃어댔지만, 그는 신경쓰지 않는 것 같았다. 그들은 그의 억양을 두고 끊임없이 그를 놀렸고, 그를 흉내내면서 왁자하게 웃었다. 동생이 말을 더 잘하도록 자신을 가르치는 중이라고, 그는 그들에게 말했다. 그는 충분히 말을 잘할 수 있게 되면 통통한 음스와힐리* 아내를 얻어 경건한 삶을 살고 싶다고 말했다. 테라스에 있는 노인들은 통통한 젊은 아내들에 대해 얘기하는 것을 좋아했고, 칼릴은 그들이 원하는 대로 말해주는 것을 좋아했다. 손님들은 그가 발음하기 힘들 거라고 생각하는 단어와 구문을 반복하게 했다. 칼릴은 그것들을 아무렇게나 발음하면서 같이 웃었다. 그의 두 눈이 즐거움으로 환하게 빛났다.

손님들은 근처에 사는 사람들이거나 도시에 왔다 돌아가는 시골 사람들이었다. 그들은 가난과 물가에 대해 불평하고, 다른 모든 사람들이 그러듯 자신들의 거짓말이나 잔인함에 대해서는 침묵으로 일관했다. 노인들이 벤치에 앉아 있으면, 손님들은 하던 일을 멈추고 그들

---

* 스와힐리인. 복수형은 '와스와힐리'.

과 담소를 나누거나 커피장수를 불러 어르신들에게 한 잔씩 대접했
다. 여자 손님들은 유수프를 좋아했다. 그들은 기회가 있을 때마다 그
에게 엄마 노릇을 하려 들었고 그가 예의상 하는 사소한 말이나 행동
과 잘생긴 외모에 즐거워하며 웃음을 터뜨렸다. 여자들 중 하나는 그
에게 푹 빠졌다. 윤이 나는 검은 피부에 미세한 움직임이 얼굴에 드러
나는 여자였다. 그녀의 이름은 마 아주자였는데, 군중 속에서도 잘 들
리는 목소리를 가진 크고 강인해 보이는 여자였다. 유수프에게 그녀는
나이가 너무 많고, 부담스럽고, 몸집이 너무 컸다. 방심하고 있을 때는
얼굴에 고통이 묻어나는 것 같았다. 그가 시야에 들어오면 그녀의 몸
이 자신도 모르게 떨리고 똑바로 펴지면서 작은 외마디 소리가 터져나
왔다. 유수프가 그녀를 보지 않으면, 두 팔로 그를 껴안을 수 있을 만
큼 가까운 곳까지 몰래 다가갔다. 그리고 그가 발을 차면서 버둥거리
면 승리와 기쁨의 소리를 질렀다. 그에게 살금살금 다가갈 수 없을 때
는 희열에 찬 목소리로 나의 남편, 나의 주인이라고 그를 부르며 다가갔
다. 그러고는 칭찬과 약속의 말로 그를 구슬리고, 사탕과자로 꼬드기
고, 함께 집에 간다면 상상 이상으로 즐겁게 해주겠다고 제안했다. 나
를 가엾게 여겨줘, 나의 남편. 그녀가 외쳤다. 근처에 있던 다른 남자들
이 그녀의 비참한 모습을 두고 볼 수 없었던지 자기들이 그를 대신해
그렇게 하겠노라고 제안했지만, 그녀는 경멸하는 표정으로 퇴짜를 놓
았다. 유수프는 그녀를 보자마자 달아나서, 그녀가 소리를 지르며 그
를 찾는 동안 가게의 어두컴컴한 구석에 숨어 있었다. 칼릴은 그녀를
돕기 위해 자신이 할 수 있는 모든 것을 다했다. 가끔씩 어쩌다 계산대
선반의 자물쇠를 풀어놓아 그녀가 안으로 들어가서 자루들과 깡통들

사이에 있는 유수프를 찾을 수 있게 해주었다. 혹은 여자가 숨어서 기다리고 있는 가게 옆 창고 중 하나로 유수프에게 심부름을 보냈다. 그가 함정에 걸려들 때마다 그녀는 괴상한 소리를 내면서 그를 덮쳤다. 그럴 때면 그녀는 발작적으로 몸을 떨며 재채기를 했다. 그녀에게서는 씹는 담배 냄새가 났고, 그녀의 포옹과 큰 소리는 당황스러웠다. 유수프에게는 그저 재미일 수가 없음에도 모두가 그 일을 재미있다고 생각하는 것 같았다. 그들은 늘 마 아주자에게 그가 숨어 있는 곳을 말해주었다.

"그 여자는 너무 늙었어요." 그가 칼릴에게 불평했다.

"늙었다니!" 칼릴이 말했다. "사랑이 나이와 무슨 상관이냐? 그녀는 너를 사랑해. 그런데 너는 그녀를 계속해서 비참하게 만들고 있어. 상심한 게 보이지 않니? 너는 눈이 없니? 감정도 없니? 이 멍청한 키 파 우롱고, 이 약해빠진 애송이 겁쟁이야. 늙었다는 게 무슨 말이니? 저 몸을 봐, 저 엉덩이를 보라고…… 저기에 좋은 소식이 얼마나 많을까. 너한테는 완벽한 사람이야."

"흰머리가 났어요."

"헤나 한 줌이면…… 흰머리는 더이상 없게 돼. 머리카락이 무슨 상관이야? 아름다움은 그 사람 깊숙한 곳에, 영혼 속에 있는 거야." 칼릴이 말했다. "겉에 있는 게 아니라고."

"노인처럼 치아가 담뱃진으로 붉어요. 왜 그녀는 그들 중 하나를 원하지 않는 걸까요?"

"그녀에게 칫솔을 사주렴." 칼릴이 말했다.

"배도 너무 커요." 유수프는 더이상 골림을 당하고 싶지 않아 하소연하듯 말했다.

"와 와." 칼릴이 조롱했다. "어쩌면 언젠가 날씬하고 아름다운 페르시아 공주가 가게로 와서 너를 궁전으로 초대할지도 모르겠구나. 동생아, 몸집 큰 근사한 여자가 너를 사랑하고 있어."

"그 여자, 부자인가요?" 유수프가 물었다.

칼릴은 웃음을 터뜨리고 기뻐하며 유수프를 와락 껴안았다. "너를 이 구멍에서 빠져나가게 해줄 정도로 부자는 아니야." 그가 말했다.

7

그들은 아지즈 아저씨가 저녁 늦게 그날 번 돈을 가지러 올 때, 적어도 하루에 한 번은 그를 보았다. 그는 칼릴이 건네준 돈자루를 흘긋 들여다보고, 칼릴이 하루의 매상을 기록한 공책을 훑어보고는 더 자세히 살피기 위해 둘 다 가져갔다. 이따금 그를 더 자주 볼 때도 있었지만, 지나치는 길에만 그랬다. 그는 늘 바빴다. 아침에는 시내로 가는 길에 생각에 잠긴 표정으로 가게를 지나쳐갔고, 생각에 잠긴 표정으로 돌아왔다. 대부분의 시간 동안 그는 심각한 문제를 생각하고 있는 것 같았다. 테라스에 있는 노인들은 아지즈 아저씨가 생각에 골몰해 있을 때면 그 모습을 물끄러미 지켜보았다. 유수프는 이제 그 노인들의 이름을 알았다. 바 템보, 음지 타밈, 알리 마푸타. 그러나 그는 그들을 하나의 현상이라고 여겼다. 그들이 얘기하는 동안 자신이 눈을 감으면 누가 누구인지 분간할 수 없게 될 거라고 상상했다.

그는 도저히 아지즈 아저씨를 사이드라고 부를 수 없었다. 아저씨라고 할 때마다 칼릴한테 얻어맞았음에도. "이 멍청한 음스와힐리 촌놈아, 그분은 너의 아저씨가 아니야. 조만간 그분의 엉덩이에 입맞추는 것을 배워야 할 거다. 사이드, 사이드야, 아저씨가 아니라고. 자, 나를 따라서 해봐, 사이드." 그러나 그는 따라 하지 않았다. 어쩔 수 없이 아지즈 아저씨에 대해 얘기해야 되는 상황이면 '그분'이라고 하거나 괜히 뜸을 들여 칼릴이 짜증스레 끼어들게 만들었다.

유수프가 도착하고 몇 달이 지났을 때쯤—그는 시간을 계산하지 않는 법을 터득했고, 그런 엉뚱한 성공은 욕심만 내지 않는다면 며칠이 몇 주처럼 길 수도 있다는 것을 이해하게 해주었다—내륙으로 가는 여행 준비가 진행되고 있었다. 아지즈 아저씨는 저녁이 되면 노인들이 낮에 차지했던 가게 앞의 벤치에 앉아 칼릴과 오랫동안 얘기를 나누었다. 두 사람 사이에 놓인 램프가 밝게 타오르면서 그들의 얼굴을 한껏 정직해 보이게 했다. 몇몇 아랍어는 유수프도 알아들었지만 상관하지 않았다. 그들은 칼릴이 낮 동안의 거래를 기록한 작은 공책을 들여다보고 앞뒤로 넘기면서 합산을 했다. 유수프는 근처에 쭈그려앉아 두 사람이 그들의 안전을 우려하는 것처럼 걱정스럽게 얘기하는 소리를 들었다. 대화를 나누는 동안 칼릴은 불안해했다. 그의 눈은 열기로 빛났고 목소리에는 그 자신도 어쩌지 못하는 격렬함이 배어 있었다. 이따금 아지즈 아저씨가 예기치 않게 웃음을 터뜨리면 칼릴은 질겁하며 펄쩍 뛰었다. 그럴 때를 제외하면 대부분 움직임 없이 약간 열중한 자세로, 평소처럼 태연하게 상대방의 말에 귀를 기울였다. 그러다가 필요할 때는 힘들이지 않고 딱딱해지는 냉정한 목소리로 말했다.

준비 과정이 한층 가열되면서, 혼란스러움도 가중되었다. 꾸러미와 짐이 예기치 않은 때 배달되어 가게 옆으로 늘어서 있는 창고들로 운반되었다. 자루들과 짐꾸러미들이 가게 안에 쌓였다. 형태와 냄새가 다양한 짐들이 테라스 구석에 자리잡기 시작했고, 먼지가 앉지 못하도록 자루와 범포가 덮였다. 짐과 함께 도착한 말수 없는 하인들이 노인들을 대신해 벤치에 앉아 경계를 서며 가려진 물건들에 대한 호기심을 감추지 못하는 아이들과 손님들을 쫓아냈다. 하인들은 와소말리*와 완얌웨지**로, 가느다란 지팡이와 채찍으로 무장하고 있었다. 말이 아예 없지는 않았지만, 자기들끼리만 알아듣는 말을 했다. 유수프에게는 그들이 사납고 잔인해 보였다. 전쟁 준비가 잘되어 있는 사람들 같았다. 그는 감히 그들을 똑바로 쳐다볼 엄두를 내지 못했고, 그들은 그를 쳐다볼 생각도 없는 것 같았다. 칼릴의 말로는, 음냐파라 와 사파리, 즉 그 여행의 책임자가 내륙 어딘가에서 원정을 기다리고 있다고 했다. 사이드는 그러한 원정을 직접 조직하고 운영하기에는 너무 부유한 상인이었다. 보통은 음냐파라가 여행을 시작할 때 짐꾼들을 고용하고 물품을 조달했지만, 이번에는 마무리할 다른 일이 있었다. 칼릴이 눈알을 굴리며 말했다. 그 일이란 것이 쉬운 게 아닌 모양이었다. 그게 아니라면 그는 여기 있었을 터였다. 평판이 좋지 않은 일과 관련됐을 가능성이 더 많았다. 무언가를 주선하고, 암거래를 조직하거나 해묵은 원한을 갚는―음습한 부류의 일일 것 같았다. 그자가 주변에 있을 때는 늘 무언가 부정한 일이 있었다. 그 음냐파라의 이름은 모하메드 압

* 스와힐리어로 '소말리아인'을 일컫는 '음소말리'의 복수형.
** 탄자니아에서 두번째로 많은 종족인 반투족 사람.

달라였다. 칼릴이 과장되게 몸을 부르르 떨며 그 이름을 말했다. "악마 야!" 그가 말했다. "분별도 없고 자비도 없는, 속이 뒤틀린 비정한 사람이지. 하지만 사이드는 그의 온갖 사악함에도 불구하고 그를 높이 평가해."

"그들이 어디로 가는 거죠?" 유수프가 물었다.

"야만인들과 장사하러 가는 거야." 칼릴이 말했다. "이게 사이드의 삶이야. 이게 바로 그가 여기서 하는 일이야. 그는 야만인들한테 가서 온갖 물건들을 팔고 그들에게서 뭔가를 사 오는 거야. 그는 뭐든 사 오지…… 노예들은 제외하고 말이야. 정부에서 노예무역을 금지하기 전부터 그랬어. 노예무역은 위험한 일이고, 명예롭지 못하니까."

"얼마나 오랫동안 여행을 가는데요?"

"몇 달 아니, 때로는 몇 년도 걸리지." 칼릴은 일종의 자부심과 감탄을 담아 씩 웃으며 말했다. "이게 무역이야. 그들은 여행이 얼마나 걸릴지 말하지 않잖아? 그냥 사방으로 언덕을 넘어가서 거래가 끝날 때까지 돌아오지 않는 거야. 사이드는 뛰어난 분이야. 그러니 늘 수지맞는 장사를 하고 빠르게 돌아오지. 내 생각에 이번 여행은 오래 걸릴 것 같지 않아. 용돈이나 조금 벌려고 가는 거지."

낮에는 사람들이 일자리를 구하러 와서 아지즈 아저씨와 조건에 대해 협상을 했다. 일부는 전에 일했던 곳에서 써준 추천장을 가지고 왔다. 그들 중에는 간절한 눈을 번뜩이며 하소연을 하다 퇴짜를 맞는 노인들도 있었다.

주변의 혼란이 더는 참기 힘든 지경에 이른 어느 날 아침, 그들은 출발했다. 북, 뿔피리, 탐부리가 저항할 수 없는 유쾌한 열정으로 연주하며 사람들을 이끌었다. 악사들 뒤로는 짐짝과 자루를 나르는 짐꾼들이 한 줄로 따라가며 서로에게 또 그들을 환송하러 온 구경꾼들을 향해 유쾌한 상소리를 외쳐댔다. 짐꾼들과 나란히 와소말리와 완얌웨지가 지팡이와 채찍을 위협적으로 휘둘러 호기심 가득한 사람들이 가까이 오지 못하게 했다. 아지즈 아저씨는 유쾌하면서도 씁쓰레한 미소를 지으며 남자들이 앞으로 지나가는 모습을 지켜보았다. 행렬이 거의 시야에서 사라지자, 그는 칼릴과 유수프를 향해 눈길을 돌렸다. 잠깐 동안, 그는 행동이라기보다 몸짓에 가까운 눈길로 어깨 너머의 정원 깊숙이 멀리 있는 문을 바라보았다. 누군가 부르는 소리를 듣기라도 한 것 같았다. 그러더니 유수프를 향해 미소를 짓고 손을 내밀어 입맞춤을 하게 했다. 유수프가 그의 손을 향해 고개를 숙이자 향수와 향 냄새가 짙게 풍겼다. 아지즈 아저씨의 다른 손이 다가와 그의 목덜미를 어루만졌다. 유수프는 10안나짜리 동전을 생각하며 닭장과 목재저장소 냄새에 대한 기억에 압도당했다. 마지막 순간 아지즈 아저씨는, 마치 그에게는 전혀 중요하지 않은 일인 것처럼, 칼릴의 요란한 작별인사에 알은체를 했다. 그에게 손을 내밀어 입맞춤을 하게 하고 그는 돌아섰다.

그들은 주인이 떠나는 모습을 시야에서 사라질 때까지 바라보았다. 칼릴이 주변을 둘러보다 유수프를 향해 미소 지었다. "돌아오실 때는 다른 아이를 데려오실지도 모르겠구나. 어쩌면 여자아이일지도." 그가 말했다.

아지즈 아저씨가 없는 동안에는 칼릴의 소란스러움이 눈에 띄게 줄어들었다. 노인들이 테라스로 다시 돌아와 서로 알은체를 하며 칼릴에게 다시 주인이 되었다고 놀려댔다. 그는 집안일을 도맡아 매일 아침

안으로 들어갔다. 유수프가 관심을 보여도 그는 그것에 대해서는 별말이 없었다. 그는 매일같이 나타나 정원 문으로 들어가는 늙은 채소장수에게 돈을 지불했다. 채소장수는 바구니 무게에 어깨가 구부정해져 있었다. 때때로 그는 아침나절에 이웃 소년들 중 하나에게 돈을 주며 시장에 다녀오게 했다. 키시마마종구라는 이름의 그 소년은 사람들을 위해 이런저런 심부름을 다니면서 코로 휘파람을 불었다. 강인한 체하는 소년의 태도는 오히려 놀림감이 되어 사람들을 웃게 만들었다. 왜소한데다 병색이 있었고 넝마 차림으로 다른 아이들한테 종종 길에서 얻어맞았기 때문이다. 소년이 어디에서 잠을 자는지 아무도 알지 못했다. 그에게는 집이 없었다. 칼릴은 그한테도 키파 우롱고라고 했다. "또다른 놈이지. 진짜배기야." 그가 말했다.

매일 아침, 그 늙은 정원사 함다니가 신비스러운 나무들과 관목들을 돌보고, 웅덩이와 수로를 청소하러 왔다. 그는 아무에게도 말을 걸지 않고 미소도 짓지 않은 채 시구절과 카시다*를 흥얼거리며 자기 일을 했다. 그러다가 정오가 되면 손을 씻고 정원에서 기도를 드린 뒤, 얼마 후 조용히 떠났다. 손님들은 그를 두고 약과 치유법에 대한 비밀스러운 지식이 있는 성인聖人이라고 말했다.

식사 때가 되면 칼릴은 집안으로 들어가 그들 몫으로 음식이 담긴 두 개의 접시를 가지고 나왔고, 나중에는 빈 접시들을 가지고 들어갔다. 저녁에는 돈자루와 공책을 들고 집안으로 들어갔다. 때때로 늦은 시간이면 날카로운 목소리로 이야기하는 소리가 유수프의 귀에 들렸

---

* 아라비아의 단운시.

다. 그는 집안에 숨겨진 여자들이 있다는 것을 알았다. 늘 있었다. 그는 정원 벽에 붙은 수도 너머로는 가본 적이 없었지만, 그곳에 서면 줄에 널린 빨래를 볼 수 있었다. 화려한 색상의 튜닉과 시트들이었다. 그는 집안에서 들리는 목소리의 주인공들이 언제 빨래를 널러 밖으로 나오는지 궁금했다. 검은 부이부이*로 머리에서 발끝까지 가린 여자 손님들이 찾아왔다. 그들은 지나가면서 아랍어로 칼릴에게 인사를 하고 유수프에 관해 이것저것 물었다. 칼릴은 그들을 똑바로 쳐다보지 않은 채 대답했다. 때때로 헤나로 물들인 손이 검은 주름 밑에서 쑥 나와 유수프의 볼을 어루만졌다. 여자들에게서 나는 짙은 향수 냄새는 유수프에게 어머니의 옷이 담긴 트렁크에서 나던 냄새를 연상시켰다. 어머니는 그 향수를 우다라고 불렀고 알로에, 호박琥珀, 사향 같은 것들로 만든 향이라고 했었다. 그 냄새를 맡으면 유수프는 예기치 않게 가슴이 요동치곤 했었다.

"안에 누가 살아요?" 유수프가 결국 칼릴에게 물었다. 그는 아지즈 아저씨가 있을 때는 질문하는 것을 머뭇거렸다. 그는 그들이 살고 있는 방식이 요구하는 것들과 다른 욕망들을 품는 일에 대해 생각해본 적이 없었다. 그것은 우연처럼 보이고 예기치 않게 변할 수 있는 것 같았다. 그 삶의 중심과 의미는 아지즈 아저씨였다. 그를 중심으로 모든 것이 돌아갔다. 유수프는 그런 상황에서 아지즈 아저씨를 묘사할 방법을 아직 찾지 못했다. 지금처럼 그가 부재할 때에야 그를 다시 분리된 존재로 느끼기 시작할 수 있었다.

---

* 스와힐리어로 '거미'를 뜻하며, 여성들이 외출할 때 뒤집어쓰는 검은 옷을 일컫는다.

"안에 누가 살아요?" 그가 물었다. 그들은 밤에는 문을 닫았지만 여전히 가게 안에 남아 설탕 무게를 달고 원뿔형 종이봉지에 채워 담았다. 칼릴이 종이를 원뿔형으로 말아 거기에 설탕을 채워 담는 사이 유수프는 저울 위에 설탕을 국자로 퍼올렸다. 잠시 동안 칼릴이 유수프의 거듭된 질문을 듣지 못한 듯하다가 동작을 멈추고 조금 수상하다는 눈길로 유수프를 쳐다보았다. 해서는 안 되는 질문이었다는 것을 그는 깨달았다. 그리고 여전히 실수를 많이 하면서 얻어맞고 있었기에 긴장되기 시작했다. 그런데 칼릴이 미소를 지으며 유수프의 걱정스러운 눈으로부터 고개를 돌렸다. "마님." 칼릴이 말했다. 그러고는 입술에 손가락을 대고 유수프가 더는 질문을 못하도록 막았다. 그는 경고하듯 가게의 뒷벽을 흘깃 바라보았다. 그들은 그후로 아무 말 없이 원뿔형 봉지에 설탕을 담았다.

나중에 그들은 공터 너머에 있는 수피나무 아래, 둥그렇게 랜턴을 밝히고 앉았다. 벌레들이 랜턴 유리를 향해 돌진했으나 불속으로 들어갈 수 없어 발광하는 것 같았다. "마님은 미쳤어." 칼릴이 갑작스럽게 말했다. 그러더니 유수프가 놀라는 소리를 낮게 내자 웃음을 터뜨렸다. "너의 아주머니지. 아주머니라고 부르는 게 어때? 엄청나게 부자인데, 아픈 노인네야. 네가 인사를 잘하면 어쩌면 너한테 돈을 전부 남겨줄지도 모르지. 사이드는 수년 전에 그분과 결혼하면서 갑자기 부자가 되었어. 그런데 아주 못생겼지. 아프기까지 해. 오랫동안 의사들이 와서 치료를 하고, 회색 수염을 길게 기른 유식한 하킴*들이 와서 그분

* 이슬람에서 '현자'를 일컫는 말.

을 위해 기도도 하고 음강가*들이 멀리서 약을 가져오기도 했지만 아무 소용이 없었고. 심지어 소 의사들과 낙타 의사들까지 왔어. 그분의 병은 마음에 난 상처 같은 거야. 인간의 손에 난 상처가 아니고 말이야. 알아듣겠니? 뭔가 나쁜 것이 그분한테 손을 댄 거야. 그분은 사람들로부터 숨어 지내."

칼릴은 거기서 말을 멈추고 더이상 계속하지 않았다. 유수프는 칼릴이 말하는 동안 그의 조롱이 비참함으로 바뀌는 것을 느끼고, 그의 기분을 풀어줄 말을 생각하려고 애썼다. 그 집안에 미친 늙은 여자가 있다는 이야기에도 그는 전혀 놀라지 않았다. 그것은 어머니가 그에게 해주던 이야기들과 정확히 같은 것이었다. 그러한 이야기들 속의 광기란 잘못된 사랑이나 유산을 훔치기 위한 주문, 완수되지 못한 복수 때문에 존재할 것이다. 모든 것이 제대로 돌아가고 저주가 풀릴 때까지 광기에 대해 할 수 있는 일은 아무것도 없었다. 그는 그것을 칼릴에게 말해주고 싶었다. 그런 것은 너무 걱정하지 마세요. 이야기가 끝나기 전에 모든 것이 바로잡힐 테니까요. 그는 미친 마님과 마주치게 된다면 고개를 돌리고 기도를 하겠다고 이미 다짐하고 있었다. 그는 어머니에 대해서도, 어머니가 그에게 이야기들을 들려주던 방식도 생각하고 싶지 않았다. 칼릴의 슬픔에 비참해져 그는 머릿속에 막 떠오른 것을 불쑥 말했다. 단지 칼릴이 얘기를 다시 계속하도록 하기 위해서였다. "형의 어머니는 형에게 이야기들을 해줬어요?" 그가 물었다.

"내 어머니라고!" 칼릴이 깜짝 놀라며 말했다.

---

* 이슬람에서 '주술사' 혹은 '치유자'.

잠시 후에도 칼릴이 여전히 말이 없자 유수프가 물었다. "그랬어요?"

"그분에 대해서 나한테 얘기하지 마라. 그분은 가셨다. 다른 모든 사람들처럼 말이다. 모두가 갔어." 칼릴이 말했다. 그러고는 아랍어를 쏟아대는 그는 유수프를 때리기라도 할 것만 같았다. "갔단 말이야, 이 멍청한 놈아, 이 키파 우룽고야. 모두가 아라비아로 갔다고. 그들은 여기에 나를 두고 갔다. 나의 형제들, 나의 어머니…… 모두가."

유수프의 눈에 눈물이 고였다. 고향이 그립고 버림받은 기분이었다. 그러나 울지 않으려고 안간힘을 썼다. 잠시 후 칼릴이 한숨을 쉬더니 손을 뻗어 유수프의 뒤통수를 때렸다. "남동생만 빼고 말이다." 이렇게 말하고는 자기연민에 빠져 우는 유수프를 보며 웃었다.

그들은 보통 금요일 오후 한두 시간 정도만 가게를 닫았는데, 아지즈 아저씨가 부재하자, 유수프는 칼릴에게 오후 내내 시내에서 시간을 보내면 안 되느냐고 물었다. 그는 더운 날의 바다를 언뜻 본 적이 있고, 손님들이 그날 잡은 것들을 두고 놀라워하는 것을 들은 적이 있었다. 칼릴은 시내에 아는 사람이 아무도 없으며, 사이드의 손에 이끌려 한밤중에 배에서 내렸을 때 처음으로 항구를 한 번 본 게 전부라고 했다.

이렇게 많은 시간이 지났어도 찾아갈 수 있는 사람이 없다고 했다. 그는 다른 누구의 집에도 가본 적이 없었다. 그는 이드가 돌아올 때마다 사이드와 함께 주마아 사원에 기도하러 갔고, 한번은 사이드가 장례식에 데려갔었는데 누구의 장례식이었는지 몰랐다고 했다.

"그렇다면 가서 둘러봐야겠네요." 유수프가 말했다. "부두에 갈 수도 있고요."

"길을 잃을 거야." 칼릴이 초조하게 웃으며 말했다.

"그렇지 않아요." 유수프가 단호하게 말했다.

"샤바브*! 너 아주 용감한 녀석이구나." 칼릴이 유수프의 등을 찰싹 치며 말했다. "네가 나를 돌보겠구나, 엉."

그들은 가게를 나온 직후 몇몇 손님들과 마주쳐 인사를 했다. 그러고는 길 위의 사람들 물결에 합류해 주마아 사원으로 기도를 하러 갔다. 유수프는 칼릴이 어떻게 말하고 행동해야 하는지 잘 모른다는 걸 눈치채지 않을 수 없었다. 그러고 나서 그들은 물가로 가 다우선과 배들을 바라보았다. 유수프는 이제까지 그렇게 바다 가까이 있었던 적이 없었다. 그는 그것의 거대함에 말을 잃었다. 물가의 공기는 상쾌하고 알싸한 느낌일 것이라고 예상했는데 똥과 담배와 원목 냄새로 가득했다. 자극적이면서 썩는 듯한 냄새도 났다. 나중에 알고 보니 해초 냄새였다. 해변에는 끌어올린 아우트리거 보트들이 줄지어 있었다. 한참 위쪽에는 선주인 어부들이 차양 밑과 요리중인 불 주변에 모여 있었다. 그들은 조류가 바뀌기를 기다리고 있다고 말했다. 조류가 일몰 두 시간 전쯤 바뀔 것이라고 했다. 그들이 두 사람을 위해 자리를 마련해주자 칼릴은 그들 사이에 태연히 앉더니 유수프를 자기 옆에 끌어다 앉혔다. 그들이 거무튀튀해진 냄비 두 개에 만들고 있는 것은 시금치를 섞은 쌀밥이었다. 쭈그러지고 둥근 큰 접시에 음식이 담기자 모두가 그것을 퍼먹었다.

"나는 남쪽 해안에 있는 어촌에서 살았어." 그들이 떠난 후 칼릴이

---

* 아랍어로 '젊은이'.

말했다.

그들은 아무것에나 웃음을 터뜨리면서 산책하며 오후를 보냈다. 돌아다니다가 사탕수수 줄기와 견과를 사먹었고, 걸음을 멈춰 키판데 게임을 하는 사내아이들을 지켜보았다. 유수프는 칼릴에게 그들도 놀이에 끼는 게 어떠냐고 물었고, 칼릴은 젠체하며 고개를 끄덕였다. 그는 자세한 게임 방법을 전혀 알지 못했지만, 몇 분 만에 대충의 규칙을 충분히 익혔다. 그는 사루니*를 말아서 옷 속에 넣고 미친 사람처럼 키판데를 쫓았다. 사내아이들이 웃고 요란한 소리를 내며 그를 응원했다. 그는 최대한 빨리 타격할 기회를 잡아 유수프에게 넘겨줬고, 유수프는 키판데의 명수처럼 태연히 확실하게 점수를 냈다. 칼릴은 점수가 날 때마다 박수를 쳤다. 유수프가 마침내 잡혔을 때는 그를 어깨에 태우고 게임에서 빠지게 했다. 유수프는 내려달라고 몸부림을 쳤다.

그들은 집으로 가는 길에 초저녁의 어스름한 거리에서 개들이 움직이기 시작하는 모습을 보았다. 빛 속에서, 궤양이 생기고 앙상한 그들의 몸이 보였다. 털은 더러웠다. 달빛 속에서 그렇게 잔인해 보였던 눈은 낮에 보니 진물이 흐르고 희끄무레한 눈곱이 끼어 있었다. 파리떼가 그들 몸에 난 붉은 상처 주변을 윙윙거렸다.

키판데 게임 이후, 유수프의 영웅적인 활약상이 손님들에게 전해졌다. 칼릴은 이야기를 할 때마다 유수프의 실력을 과장했고 자신이 맡은 역할을 더욱더 익살맞게 만들었다. 손님들과 함께일 때면 늘 그랬듯, 그는 모든 것을 웃음거리로 돌렸는데, 소녀들이나 젊은 여자들이

* 남자들이 허리에 두르는 천. 허리감개.

있을 때는 특히 더 그랬다. 그래서 마 아주자가 그 이야기를 들으러 왔을 때, 그 게임은 유수프가 결국 승리를 거머쥐고 그의 광대는 그 옆에서 그에 대한 찬가를 부르며 뛰어다니는 일종의 대량학살극으로 바뀌어 있었다. 유수프는 신의 축복을 받은 위인이자 곡과 마곡*을 죽인 새로운 둘 쿠르나인**이 되어 있었다! 유수프가 휘두르는 칼에 가상의 적들이 하나둘씩 쓰러지는 적재적소에서 마 아주자는 박수를 치며 환호했다. 한바탕 이야기가 끝나면, 유수프가 예상했던 대로, 마 아주자가 기쁨의 탄성을 지르며 그를 쫓아왔다. 손님들과 테라스의 노인들은 환호하고 웃으며 마 아주자를 부추겼다. 피할 길이 없었다. 그녀는 그를 붙잡아 열정으로 몸을 떨면서 수피나무까지 끌고 갔고, 그는 몸을 틀어서야 간신히 빠져나올 수 있었다.

"형이 마 아주자한테 얘기해준 마곡들이 대체 누구죠? 그게 무슨 얘기죠?" 유수프가 나중에 물었다.

칼릴은 처음에 손을 흔들어 그를 쫓았다. 그날 저녁 집안에 들어갔다 온 후로 그는 무슨 생각에 골똘히 빠져 있었다. 나중에 그가 말했다. "둘 쿠르나인은 날아다니는 작은 말이야. 만약 네가 그것을 잡아 정향나무 불에 구워서 날개는 물론 수족 하나하나까지 먹을 수 있다면, 마녀들과 악마들과 식시귀들을 다스리는 힘을 갖게 될 거야. 그렇게 되면, 네가 마음만 먹으면, 중국이나 페르시아나 인도에서 아름답고 날씬한 공주들을 데려오라고 그들에게 명령할 수도 있지. 그 대가로 너는 곡, 마곡의 죄수가 되어야 해─평생 동안."

---

* 사탄의 통치하에 있는 두 세력. 신의 백성과 적대되는 백성을 상징한다.
** '두 개의 뿔을 가진 사람'이라는 뜻으로, 쿠란에서 알렉산드로스대왕을 일컫는 표현.

유수프는 납득이 가지 않아, 조용히 다음 말을 기다렸다.

"좋아, 사실대로 말해주마." 칼릴이 이를 드러내고 웃으며 말했다. "장난치지 않을게. 둘 쿠르나인은 뿔이 두 개인 자라는 의미야…… 바로 온 세상과의 전쟁에서 승리를 거둔 정복자 이스칸다르*를 의미해. 정복자 이스칸다르에 대해 들어본 적 있니? 그는 세상을 정복하는 동안, 세상의 가장자리까지 다녀온 적이 있었단다. 그런데 그곳 사람들에게서 곡과 마곡이라는 짐승들이 북쪽에 산다는 말을 들은 거야. 언어도 없고 이웃들의 땅을 늘 약탈한다는 그들에 대해서 말이야. 그래서 둘 쿠르나인이 곡과 마곡이 기어오를 수도 없고 파고 들어올 수도 없는 벽을 만든 거야. 그게 바로 세상의 가장자리가 된 벽이야. 그 너머에는 야만인들과 악마들이 살고 있고."

"벽은 뭘로 만들어졌는데요? 곡과 마곡은 아직도 거기에 있나요?" 유수프가 물었다.

"내가 어떻게 알겠니?" 칼릴이 짜증스럽다는 듯 말했다. "나를 가만좀 놔둘 수 없겠니? 너는 늘 이야기를 해달라고 하는구나. 이제 잠 좀 자자."

아지즈 아저씨가 부재하는 동안 칼릴은 가게에 신경을 훨씬 덜 썼다. 그는 한층 더 자주 집안으로 들어갔고, 유수프가 뜻하지 않게 정원에 들어서도 화를 내지 않았다. 정원은 완전히 외부와 단절되어, 집의 전면 테라스에 가까운 넓은 출입구에서 떨어져 있었다. 멀리서 보아도 확연한 정원의 침묵과 서늘함은, 처음 도착했을 때부터 유수프를 매

---

* 알렉산드로스대왕.

혹시켰다. 아저씨가 없을 때 그는 벽 너머에 발을 들여놓았고 정원이 네 구역으로 나뉘어 있다는 걸 알게 되었다. 중앙에는 웅덩이가 있었고 네 방향으로 수로가 있었다. 사면에 나무들과 관목들이 심겨 있었고, 그중 일부에는 라벤더, 헤나, 로즈마리, 알로에 꽃이 피어 있었다. 관목 덤불 사이 공터에는 클로버와 잔디가 있었고, 백합과 붓꽃이 이리저리 피어 있었다. 웅덩이 너머, 정원의 위쪽 끝으로는 지형이 높아지면서 양귀비꽃, 노란 장미, 재스민이 심긴 테라스로 이어졌다. 꽃들은 자생한 것처럼 흩어져 피어 있었다. 유수프는 밤에 향기가 허공으로 솟아올라 그를 어지럽게 만드는 꿈을 꾸었다. 그러한 황홀감에 젖어 있는 그의 귀에 음악이 들리는 것 같았다.

오렌지와 석류나무가 정원 일부에 흩어져 있었다. 유수프는 그늘 밑을 걸으면서 침입자가 된 기분에, 죄의식을 느끼며 꽃향기를 맡았다. 거울들이 나무들 몸통마다 걸려 있었는데, 유수프가 자신의 모습을 비춰 보기에는 너무 높았다. 가게 앞 테라스에 누워 있을 때면 그들은 정원의 아름다움에 관해 얘기했다. 비록 정말로 그렇게 말하지는 않았지만, 그런 식으로 정원 이야기를 할 때면 유수프는 조용한 숲속으로 오랫동안 추방당하는 것보다 더 간절한 게 없을 것 같았다. 칼릴이 그에게 말하기를, 석류가 과일 중 으뜸이라고 했다. 오렌지도 아니고, 복숭아도 아니고, 살구도 아니고, 그것들 모두를 합해도 상대가 되지 않는다고 했다. 그것은 몸통과 열매가 삶의 빠르기만큼이나 탄탄하고 풍성한 다산多産의 나무라고 했다. 그러한 신조를 확인시키려고 정원에서 몰래 따다가 유수프에게 건네진 단단하고 즙이 없는 씨들은 오렌지와는 맛이 전혀 달랐다. 여하튼 유수프는 그걸 별로 좋아하지 않았다. 복숭아에 대해서는 들어본 적이 없었다. "살구는 어떤 거예요?" 그가 물었다.

"석류처럼 훌륭하지는 않아." 칼릴이 거슬리는 듯 말했다.

"그렇다면 나는 살구가 싫어요." 유수프가 단호하게 말했다. 칼릴은 못 들은 체했다.

그러나 그가 집안에서 많은 시간을 보내는 것은 틀림없었다. 기회가 닿을 때마다, 유수프는 정원으로 들어갔다. 물론 그곳에서 언제 나와야 하는지도 알고 있었다. 그는 집 안뜰에서 불평의 목소리가 커지는 것을 들었고, 그것이 벽 너머에 있는 자신을 향한 것임을 알았다. 마님이었다.

"그분이 너를 봤어." 칼릴이 그에게 말했다. "네가 아름다운 아이라고 하시더구나. 네가 정원을 돌아다닐 때, 나무에 걸어둔 그분의 거울로 너를 바라보신단다. 너도 그 거울을 본 적 있니?"

유수프는 마 아주자 일로 그랬던 것처럼 칼릴이 자신을 비웃을 거라고 생각했다. 그러나 그는 암울하고 비참한 기색으로 무슨 생각에 골똘히 빠져 있었다.

"그분은 많이 늙었나요?" 그는 칼릴을 놀리려 하며 물었다. "마님 말이에요. 많이 늙었나요?"

"그래."

"그리고 못생겼나요?"

"그래."

"그리고 뚱뚱한가요?"

"아니."

"그분은 미쳤나요?" 유수프는 칼릴이 점점 더 심란해하는 모습을 흥미롭게 지켜보며 물었다. "그분에게는 하인이 있나요? 누가 음식을 만들죠?"

칼릴은 그를 연신 찰싹찰싹 때리다가, 머리에 주먹을 세게 날렸다. 그는 유수프의 머리를 잡아당겨 자신의 무릎 사이에 잠시 끼고 있다가 갑자기 밀쳐냈다. "네가 그분의 하인이야. 내가 그분의 하인이고. 그분의 노예라고. 너는 머리도 안 쓰냐? 어리석은 음스와힐리 놈아, 이 비실비실한 멍청이야…… 그분은 아프셔. 눈은 뒀다가 뭐에 쓰니? 너는 살아 있는 것보다 차라리 죽는 게 낫겠다. 너한테는 모든 일이 항상 너를 중심으로 돌아가는 거냐? 저리 꺼져!" 칼릴이 입가에 거품을 물며 소리를 질렀다. 그의 마른 몸이 분노를 억누르며 떨리고 있었다.

산동네

1

　그의 첫 내륙 여행은 예상치 않게 이뤄졌다. 그는 그런 종류의 사건들에 익숙해져가고 있었다. 준비가 한창 진행중일 때 가서야 유수프는 자신도 그 여행에 합류하게 될 것이라는 사실을 알았다. 여행을 위한 물품들이 가게 뒤편과 테라스에 쌓였다. 향기로운 대추야자가 담긴 자루들과 말린 과일이 담긴 자루들이 측면 창고들 중 하나에 쌓였다. 꿀벌들과 말벌들이 가마니에서 흘러나오는 달짝지근한 향내와 수분에 끌려 창살 있는 창문을 통해 안으로 들어왔다. 발굽과 가죽 냄새가 풍기는 다른 짐들은 서둘러 집안으로 운반되었다. 볼품없는 모양의 그것들은 황마포에 싸여 있었다. 마겐도*. 칼릴이 나직하게 말했다. 국경

---

* 스와힐리어로 '암거래상품' 또는 '밀수품'.

의 밀수품. 엄청난 돈. 손님들은 눈을 치켜뜨며 황마포로 덮인 짐들이 도착하는 것을 목격했고, 노인들과 기분좋은 공모의 눈길을 주고받았다. 노인들은 테라스의 벤치를 비워줘야 했지만 여전히 나무 밑에서 그 모습을 조용히 지켜보면서, 진행되고 있는 모든 일에 관여하는 것처럼 고개를 끄덕이며 웃었다. 유수프는 노인들 중 하나한테 잡히면, 누가 그를 잡느냐에 따라, 짐더미와 배변활동과 변비에 관한 조심스러운 이야기를 한바탕 들어야 했다. 그러나 쇠락해가는 몸의 고통에 대한 노인들의 이야기를 참고 듣다보면, 다른 여행에 관한 이야기들도 듣게 되고, 새 여행을 준비하는 모습을 보는 데 정신이 팔린 그들을 지켜볼 수도 있었다.

대기는 다른 곳들에서 묻어온 냄새들로 가득해지고, 명령하는 소리들로 울렸다. 출발의 날이 다가와서야 혼란이 조금씩 가라앉았다. 아지즈 아저씨의 평온하고 생각에 잠긴 미소와 딱딱하고 무표정한 얼굴은 모두가 위엄 있게 행동해야 함을 암시했다. 마침내 여행단이 고요한 분위기 속에서 출발했다. 수다스러운 선율의 뿔피리 연주자와 리듬에 맞춰 북을 치는 사람이 앞장섰다. 거리의 사람들은 조용히 서서 그들이 지나가는 모습을 바라보며 미소를 짓고 차분하게 손을 흔들었다. 그들 중 누구도 내륙으로 가는 이 행렬이, 그들이 그곳에 있었던 이유임을 부인할 생각을 하지 않았을 것이다. 그리고 그들은 그러한 여행을 필요한 것으로 보이게 해주는 말들이 무엇인지 알고 있었다.

유수프는 이러한 출발을 전에도 여러 번 보았었고, 그러다보니 여행 준비의 절박함과 떠들썩함을 즐기게 되었다. 그와 칼릴은 뭔가를 가져다주고 운반하고, 지켜보고, 계산하면서 짐꾼들과 보초들을 도와야 했다. 아지즈 아저씨는 그러한 준비에 거의 관여하지 않았다. 세부적인 것들은 그의 음냐파라인 모하메드 압달라의 손에 맡겨져 있었다. 그 악마의 손에! 아지즈 아저씨는 긴 여행을 준비할 때마다, 내륙의 어딘가에 있는 음냐파라를 부르러 사람들을 보냈다. 그는 늘 왔다. 그것은 아지즈 아저씨가 인도인 무키에게 빚을 내지 않고 단독으로 원정을 준비할 수 있는 수단을 가진 상인이었기 때문이다. 그러한 사람을 위해 일하는 것은 영광이었다. 짐꾼들과 보초들을 고용하고 그들에게 이익을 얼마나 나눠줄지 협상하는 것은 모하메드 압달라였다. 그들이 제대로 일하도록 단속하는 것도 그였다. 대부분은 킬리피, 린디, 음리마처럼 먼 해안지역에서 온 사람들이었다. 음냐파라는 그들 모두에게 공포의 대상이었다. 얼굴을 찌푸리고 고함치는 모습과 무자비한 눈빛은 그의 말을 거스르는 누구에게든 고통을 안겨줄 것을 예고했다. 그의 가장 단순하고 가장 일상적인 몸짓들은 이러한 힘을 자각하고 즐기는 데서 나오는 것이었다. 그는 키가 크고 강해 보이는 사람이었다. 걸을 때는, 덤빌 테면 덤벼보라는 듯, 어깨를 뒤로 젖힌 채였다. 얼굴은 광대뼈가 크고 우툴두툴했고, 불안한 충동들로 끓어오르는 것 같았다. 그는 대나무 지팡이를 하나 가지고 다니며 무언가를 강조할 때 사용했다. 몹시 화가 나면 그것을 허공에 휘둘렀고, 분노가 치솟을 때는 굼뜬 사람의 엉덩이를 그것으로 때렸다. 무자비한 남색행위로 유명했던 만큼, 자기도 모르게 자신의 사타구니를 만지는 모습이 종종 보였다. 그가 여행중에 그를 위해 엎드릴 용의가 있는 짐꾼들을 골라 뽑는다는 얘기가 있었는데, 그런 얘기는 보통 모하메드가 고용하지 않기로 한 사람들의 입에서 나왔다.

때때로 그는 무서운 미소로 유수프를 바라보고 조금은 흡족한 표정으로 고개를 저었다. 마샤알라*, 그가 말하곤 했다. 신의 기적. 그럴 때면 그의 눈은 쾌감으로 부드러워지고, 그의 입은 보기 드문 웃음과 함께 벌어지며 씹는담배로 얼룩진 이가 드러났다. 그 괴로움이 짐이 될 때면 욕망의 한숨을 무겁게 내쉬고 미소를 지으며 아름다움의 본질에 관한 노래를 나직하게 읊조렸다. 유수프에게 이번 여행에 동행하게 될 거라고 말해준 사람은 그였는데, 그렇게 간단한 설명조차 위협적으로 들렸다.

유수프에게 그것은 몇 년에 걸쳐 사로잡혀 살면서 얻게 된 평정심을 깨뜨리는 달갑지 않은 것이었다. 모든 것에도 불구하고, 그가 아지즈 아저씨의 가게에서 불행했던 것은 아니었다. 그는 자신이 볼모로 그곳에 와 있다는 사실을, 즉 아버지가 진 빚을 확실하게 하기 위해 그가 아지즈 아저씨에게 저당잡혀 있다는 사실을 완전히 이해하게 되었다. 그의 아버지가 수년에 걸쳐 너무 많은 돈을 빌렸고, 그것이 호텔을 팔아서 갚을 수 있는 수준 이상이라는 것을 추측하기란 어렵지 않았다. 혹은 그의 아버지가 운이 없었거나, 자기 것이 아닌 돈을 어리석게 써버렸는지도 몰랐다. 칼릴은 그에게 그것이 사이드가 일하는 방식이라고 말해주었다. 그 결과 그에게는 뭐든 필요해질 때, 그 필요한 일을 해달라고 요구할 수 있는 사람들이 있었다. 사이드에게 돈이 급해지면, 몇 명의 채권자를 희생시켜 그 돈을 마련하는 것이었다.

어쩌면 언젠가는, 그의 아버지가 성공하는 날이 온다면, 그를 구하러 올지도 몰랐다. 그는 할 수 있을 때마다 어머니와 아버지를 위해 울

---

* 이슬람에서 '알라의 뜻이 그렇게 되도록 하셨도다'의 의미로, 놀라움이나 감사를 표현하는 감탄사.

었다. 때때로 그는 그들의 모습이 기억 속에서 희미해져간다는 생각에 공포에 질렸다. 그들의 음성이나 특유의 성향—어머니의 웃음, 마지못해 짓는 아버지의 웃음—에 대한 생각이 다시 그를 안심시켰다. 그가 그들을 애타게 그리워한다는 말이 아니었다. 사실 시간이 쌓여갈수록 그들을 점점 덜 그리워했다. 그것은 차라리 그들과 헤어진 것이 그의 삶에서 가장 기억할 만한 사건이라는 의미였다. 그는 그것에 대해 곰곰이 생각해보았고, 자신이 잃어버린 것들을 슬퍼했다. 그는 그들에 대해 알아야 했거나 그들에게 물어볼 수도 있었던 것들을 생각해보았다. 그를 겁에 질리게 했던 격렬한 싸움들. 바가모요를 떠난 후 물에 빠져 죽었을 두 소년의 이름. 나무들의 이름. 그런 것들에 대해 그들에게 물어볼 생각만이라도 했더라면, 스스로 너무 무지하다고 느끼거나 그토록 위험하게 모든 것으로부터 표류하고 있다는 느낌을 받지는 않을지도 몰랐다. 그는 주어진 일을 했고, 칼릴이 시키는 것은 무엇이든 완수했으며, 그 '형'에게 의존하게 되었다. 그리고 허락을 받을 때면, 정원에서 일했다.

정원에 대한 그의 사랑은 아침나절과 이른 오후에 그곳을 돌보러 오는 노인 음지 함다니에게 좋은 인상을 심어주었다. 노인은 거의 말이 없었다. 그는 신을 찬미하는 노래를 부르다가 누군가 자신에게 하는 말을 들어야 해서 어쩔 수 없이 노래를 멈추게 되면 화를 냈다. 그중 일부는 스스로 만든 노래였다. 매일 아침 그는 누구에게도 인사하는 일 없이, 정원 일을 시작했다. 양동이에 물을 가득 채워 들고 지나가면서 손으로 퍼서 물을 주었는데, 마치 그에게는 이 정원과 이 일 말고는 아무것도 존재하지 않는 듯했다. 날이 너무 뜨거우면 나무 그늘에 앉아 몸을 가볍게 흔들며 나직이 중얼거리는 목소리로 작은 책자를 통독하면서 황홀경에 빠졌다. 오후에는 기도를 하고 발을 씻고 떠났다. 음지 함다니는 유수프가 언제고 자신을 돕는 걸 용납했다. 그에게 어떤 일을 하도록 지시했다기보다 그를 쫓아버리지 않음으로써 말이다. 늦은 오후가 되어 해가 내려가면, 정원은 유수프의 독차지였다. 그는 가지를 치고 물을 주고 나무들 아래와 관목들 사이를 거닐었다. 어두워지면 벽 너머에서 불평하는 목소리가 넘어와 그를 쫓아냈다. 그러나 짙어져가는 어스름 속으로 한숨과 노랫소리가 조금씩 들리는 때도 있었다. 그 목소리가 그를 슬픔으로 가득 채웠다. 언젠가 한번은 그리움으로 가득한 긴 울음소리가 들려 어머니를 생각나게 했다. 그는 벽 아래서 걸음을 멈추고 두려움에 떨며 그 소리를 들었다.

유수프는 마님에 대해 묻는 것을 포기했다. 칼릴을 화나게 만드는 일이었기 때문이다. 이건 네가 상관할 일이 아니야. 쓸데없는 질문 하지 마. 너는…… 키시라니*…… 불행을 가져올 거야. 너는 우리에게 불행을 가져다주고 싶어하는 거야. 그는 칼릴이 화를 내는 것이 그녀에 대해 아무 말도 하지 말라는 의미라는 걸 알았다. 그럼에도 그는 손님들이 집안에 대해 공손하게 물어볼 때 그들 사이에 오가는 표정을 놓칠 수 없었다. 칼릴과 유수프는 오후에 시내에 나가 돌아다니다가 전면에 텅 빈 벽이 있는 거대하고 적막한 집들을 본 적이 있었다. 부유한 오마니 가족들이 살고 있는 곳이었다. "그들은 딸들을 형제의 아들들하고만 결혼시키지." 손님들 중 하나가 그들에게 말했다. "여기저기의 산채들에 심약한 자식

---

* 스와힐리어로 '실패' '불행' '화' '흉사'.

들을 가둬놓고 쉬쉬하고 있지. 집 꼭대기에 있는 창문 창살에 얼굴을 갖다대고 있는 가여운 생명들을 이따금 볼 수 있거든. 그들이 우리의 비참한 세계를 얼마나 혼란스러운 마음으로 보고 있을지는 신만이 아실 일이야. 어쩌면 그들은 그것이 자신들의 아버지가 지은 죄에 대해 신이 내리는 벌이라는 걸 이해하고 있는지도 몰라."

그들은 매주 금요일 시내로 가 주마아 사원에서 기도를 했고, 거리에서 키판데 게임과 축구를 했다. 지나가는 사람들이 칼릴을 향해 애들의 아버지뻘 되는 사람이 아이들과 놀아서야 되겠느냐고 잔소리를 했다. 사람들이 당신에 관해 수군거리고 욕할 거야, 그들이 소리쳤다. 어느 날에는 한 노파가 길을 멈추고 몇 분 동안 게임하는 모습을 바라보다가 칼릴이 가까이 오자 땅에 침을 뱉고 가버렸다. 땅거미가 지자 그들은 물가까지 산책삼아 걸어가 어부들에게 바다에 나갔다 왔느냐고 물었다. 그들은 담배를 내밀었다. 칼릴은 그것을 받으면서 유수프는 받지 못하게 했다. 하기야 저애는 담배를 피우기에는 너무 아름답네. 어부들이 말했다. 담배는 저애를 망칠 뿐이지. 담배는 악마의 일이고 죄악이니까. 하지만 그게 없으면 가난한 사람이 어떻게 살겠어? 유수프는 탁발수사 모하메드가 해주었던 비극적인 이야기들을 떠올렸다. 그는 자신이 어떻게 어머니의 사랑과 위투 남쪽에 있는 비옥한 농장을 잃게 됐는지 얘기했고, 자신은 사람들이 금지하는 일에 대해 박탈감을 전혀 느끼지 않았다고 했다. 어부들이 자신들의 모험과 그들이 갔었던 곳들과 바다에서의 시련들에 관해 이야기했다. 조용한 의식과 함께 그들은, 괴상한 폭풍우로 가장하고 맑은 하늘에서 그들에게 내려온 악마들이나 빛을 발하는 거대한 노랑가오리들의 모습을 하고 검은 밤바다에서 솟아

오른 악마들에 대해 이야기했다. 그들은 서로 마음껏 이야기하게 놔두면서, 자신들이 강력하고 용감한 적들에 맞서 싸웠던 잊지 못할 전투들에 대한 얘기를 주거니 받거니 했다.

그후에 유수프와 칼릴은 카페 밖에서 벌이는 카드놀이를 지켜보거나 음식을 사서 밖에서 먹었다. 때때로 밖에서는 새벽까지 춤판과 음악회가 벌어졌는데, 계절에 맞는 행사이거나 모종의 행운을 축하하기 위한 것이었다. 유수프는 시내에 가면 편안함을 느꼈다. 그래서 더 자주 가고 싶었지만 칼릴이 불편해하는 것 같았다. 칼릴은 가게 계산대 뒤에서 강한 억양으로 손님들과 가벼운 농담을 주고받을 때 가장 행복해했다. 그들과 함께 있을 때의 행복은 가식이 아니었다. 그는 손님들이 자신을 놀리는 것을 그들만큼이나 재미있어했고 손님들의 어려움에 관한 이야기와 혹독한 아픔과 고통에 관한 이야기를 관심과 연민을 갖고 들어줬다. 마 아주자는 그에게 말하기를 만약 그녀가 유수프를 이미 좋아하고 있지 않았다면, 칼릴의 신경질적인 태도와 앙상한 체구에도 불구하고 그에게 관심을 가졌을 거라고 했다.

어느 날 저녁, 그들은 구시가지 중심에서 열리는 인도인의 결혼식 피로연에 갔는데, 손님으로 초대받은 것은 아니었고 부잣집에서는 얼마나 화려하게 식을 치르는지 보기 위해 모여든 하층민 군중 속에 끼어서 갔다. 그들은 아름다운 무늬의 화려한 의복들과 손님들의 금장식에 어안이 벙벙해지고 남자들이 두른 화사한 터번에 감탄했다. 유서 깊은 묵직한 향들이 대기에 가득했다. 짙은 향 연기가 집 앞의 도로에 놓인 놋쇠 용기에서 올라오고 있었다. 그 냄새들이 도시 한가운데를 관통하는 덮개형 하수구에서 올라오는 냄새를 억눌렀다. 신부를 따라온 행렬 앞에는 둥근 지붕이 여러 겹 있는 양파 모양의 궁전 형상으로 된 커다란 녹색 랜턴을 든 두 남자가 있었다. 신부의 양옆에는 젊은 남자들이 두 줄로 서서 성가를 부르며, 도로에 줄지어 선 군중에게 장미수를 뿌렸다. 젊은 남자들 중 일부는 약간 쑥스러워했다. 이를 느낀 군중은 조롱의 말과 욕설로 그들을 더 불편하게 만들었다. 신부는 나이가 매우 어려 보이는 날씬한 소녀였다. 움직일 때마다 반짝이고 번뜩거리는 금이 박힌 실크 베일이 그녀를 머리부터 발끝까지 가리고 있었다. 손목과 발목에 찬 묵직한 장식들이 흐릿하게 빛났다. 커다란 귀고리가 그녀의 베일 뒤에서 빛을 발하는 그림자처럼 흔들렸다. 그녀가 신랑의 집으로 통하는 좁은 길로 들어설 때, 아래로 내려뜨린 그녀의 얼굴 윤곽이 랜턴의 밝은 빛에 드러나 보였다.

조금 지나자 음식이 담긴 접시들이 거리로 나왔다. 구경꾼들을 위한 음식이었다. 사모사, 라두, 할와 바담*이 나왔다. 밤늦게까지 음악이 연주되었다. 청아하고 세밀하고 아름다운 목소리에 현악기와 타악기 소리가 어우러졌다. 밖에 있는 군중 누구도 노랫말을 이해하지 못했지만 그 소리를 들으려고 그곳에 계속 머물렀다. 노래는 밤이 깊어지면서 더욱 구슬퍼졌다. 결국 밖에 있던 사람들은 노래에 깃든 슬픔에 내몰려 조용히 흩어지기 시작했다.

---

* 차례로 인도식 튀김만두, 단 과자, 아몬드 푸딩.

2

"키자나 음주리." 아름다운 소년이로군, 모하메드 압달라가 유수프 옆에서 걸음을 멈추더니, 얼룩덜룩하고 비늘이 덮인 듯 느껴지는 손으로 그의 턱을 잡고 말했다. 유수프는 고개를 흔들어 놓였다. 턱이 욱신거리는 것 같았다. "이리 와. 너, 사이드께서 아침에 준비하고 있으라고 하신다. 너는 우리와 같이 가서 장사를 하며 문명과 야만의 차이에 대해 배우게 될 거다. 지저분한 가게에서 노는 대신에…… 이제 좀 컸으니 세상이 어떤지 돌아볼 때가 되었지." 그렇게 말하는 그의 얼굴에 미소가 번졌다. 유수프의 악몽 속에서 어슬렁거리던 개들이 떠오르는 약탈자의 얼굴이었다.

유수프는 공감을 바라며 칼릴에게 갔지만, 칼릴은 그를 가엾게 여기지도, 그의 운명을 함께 슬퍼해주지도 않았다. 오히려 웃으면서 장난처럼 팔을 때렸다. 유수프는 몹시 아팠다. "너, 여기 정원에 앉아 놀고 싶지? 저 미치광이 음지 함다니처럼 카시다 노래나 하고 싶지? 정원은 거기에도 많아. 사이드한테 괭이를 빌릴 수도 있을 거다. 야만인들과 거래하려고 몇십 개는 가지고 다닐 테니까. 야만인들이 괭이를 좋아하거든. 왜 그런지 누가 알겠니? 그들은 싸움도 좋아한다더라. 하기야 너는 다 알고 있겠지만. 그런 건 내가 말해줄 필요도 없겠지. 너도 그런 야만족 나라의 일원일 테니 말이다. 뭘 두려워하니? 재미있을 텐데. 아내를 구하러 고향에 온 그들의 왕자 중 하나라고 얘기해봐." 그날 밤 칼릴은 그를 피하면서, 가게 일에 몰두하고 짐꾼들하고만 미친듯이 얘기했다. 잠을 자기 위해 매트에 누워서 더이상 피할 수 없게 되자, 유수프가 뭘 물어보려고만 하면 칼릴은 농담으로 받았다. "어쩌면 너 여행중에 네 할아버지들 중 한 분을 만날지도 몰라. 그것도 신나는 일이 겠다…… 이상한 풍경과 야생동물들도 다 재밌겠지. 네가 여행 가고 여기 없는 사이에 마 아주자를 누가 훔쳐갈까봐 불안한 거야? 걱정 마라, 음스와힐리 동생아. 그 여자는 평생 네 거니까 말이다. 네가 떠나기 전에 야만인들 중에는 네 물건을 틀어쥘 사람이 아무도 없을까봐 울었다고, 내가 그녀에게 얘기해주마. 그녀는 너를 기다릴 거야. 네가 돌아오면 너를 위해 노래를 불러줄 거고. 너는 곧 거상이 될 테지. 그러면 사이드처럼 실크를 입고 향수를 뿌리고, 배에는 돈주머니를 차고 팔목에 묵주를 두르고 다니겠지."

"왜 그래요?" 유수프는 화가 나서 물었다. 상처받은데다 자기연민에 목소리가 떨렸다.

"내가 어떻게 해주기를 바라는데? 울어줄까?" 칼릴이 웃으며 말했다.

"나는 내일 떠난다고요. 그 남자와 그의 강도들과 함께ㅡ"

칼릴이 유수프의 입을 손으로 쳤다. 그들이 가게 뒤에서 자는 것은, 가게 앞 테라스를 모하메드 압달라와 그의 수하들이 오랫동안 차지하고 있었기 때문이다. 그 사람들은 공터 가장자리에 있는 수풀을 노천 화장실로 만들어버렸다. 칼릴은 그의 입술에 한 손을 대고 나직이 쉿 소리를 내며 경고했다. 유수프가 더 말하려고 하자, 칼릴이 배를 주먹으로 세게 쳐서 고통스러운 신음소리가 흘러나왔다. 유수프는 내쫓긴다는 느낌을 받았다. 그가 이해하지 못하는 배반행위에 대해 비난받는 느낌이었다. 칼릴이 그를 끌어당겨 오래 포옹하더니 놓아주었다. "그게 너한테 더 좋아." 그가 말했다.

아침이 되자 황마포로 덮인 꾸러미들이 낡은 트럭에 실렸다. 독자적으로 움직이는 내륙 여행의 일부였다. 행렬은 나중에 그들과 합류할 예정이었다. 트럭 운전사는 그리스인과 인도인의 피가 반반 섞인 남자로, 이름은 바쿠스였다. 그는 길고 검은 머리에 말끔하게 손질된 콧수염을 기르고 있었다. 그의 아버지는 음료와 얼음을 만드는 작은 공장을 시내에 갖고 있었는데, 때때로 상인들에게 아들을 딸려 트럭을 빌려줬다. 바쿠스가 문을 열어놓고 운전석에 앉아 있었는데, 그의 부드럽고 둥근 몸이 편안하게 좌석에 움푹 들어가 있었다. 웃음기 없는 얼굴에 부드러운 목소리로, 그의 입에서 막을 새도 없이 추잡한 말들이 쏟아져나왔다. 그렇게 말하는 사이 그는 연가를 부분부분 부르며 담배 연기를 뿜었다. "이 씹새끼들아, 제발 나 좀 생각해줘. 여기 앉아서 종일 네놈들 똥꼬나 쓰다듬고 있으면 더할 나위 없이 좋겠지만, 다른 짐들도 실어야 한단 말이다, 젠장. 그러니까 어깨 밀어넣고 열심히 좀 해. 네놈들끼리 똥냄새 맡는 건 그만하고.

진실을 생각할 때 나는 당신의 얼굴이 떠올라요,
다른 얼굴은 모두 거짓말일 뿐이에요.
행복을 꿈꿀 때 나는 당신의 포옹을 느끼고
모두의 눈에 부러움이 타오르는 것이 내게 보여요.

와, 와, 자나브*! 마하라자**가 내가 노래하는 걸 듣는다면 오늘밤 나

---

* 이슬람의 남성 경칭. '선생님' '신사분' 등.
** 이슬람에서 '대왕'을 일컫는 군주 칭호.

한테 가장 아끼는 고깃덩이를 줄 텐데. 여기서는 이상한 냄새가 나네. 썩어가는 좆 냄새는 내가 틀림없이 골라낼 수 있지만, 당신들이 받아먹는 음식 냄새인지도 모르지. 헤이, 바바*! 그자들이 여기서 당신들한테 대체 뭘 주는 거요? 당신들 등에서 흘러내리는 땀에 기름기가 너무 많아요. 당신들이 가는 곳에서는 기름진 고기를 좋아하니까, 보브**, 당신들 물건을 어디에 둘지 조심해야 할 거요. 어이, 형씨, 거기 좀 그만 긁어요. 다른 사람한테 해달라고 해요. 하기야 그래 봤자 소용없겠네. 그런 상처에는 한 가지 약밖에 없으니까. 여기 벽 뒤로 와서 나 좀 만져줘. 내가 5안나 줄게." 짐꾼들이 운전사의 음담패설에 떠들썩하게 웃었다. 상인 앞에서 저런 말을 하다니! 그가 잠시 머뭇거리자, 그들은 그의 어머니와 아버지에 관한 모욕적인 말과 자식들을 걸고넘어지는 상스러운 말로 그를 조롱했다. "와서 내 좆이나 빨아." 그가 사타구니를 쥐며 말하고는 다시 음담을 이어갔다.

여행에 가져갈 나머지 물건들은 짐꾼들이 끄는 기다란 손수레인 리크와마에 실려 기차역으로 운반되었다. 마지막 순간까지, 아지즈 아저씨는 칼릴과 조용히 얘기하고 있었다. 칼릴은 그의 옆에 서서 지시를 알아들었다며 공손하게 고개를 끄덕였다. 짐꾼들은 활기 없는 사람들 사이에 서서 얘기도 하고 입씨름도 하고, 갑자기 손뼉을 치며 웃기도 했다.

"하야***, 우리를 그 나라로 데려가주게." 아지즈 아저씨가 마침내 움

* 스와힐리어로 '아버지' '아저씨'.
** 남성 성기를 일컫는 비속어.
*** 주의를 환기하거나 어떤 행동을 권하거나 재촉할 때 쓰는 스와힐리어 감탄사.

직이라는 신호를 보내며 말했다. 북을 치는 사람과 뿔피리를 부는 사람이 즉시 연주를 시작하면서 행렬 앞에서 출발했다. 모하메드 압달라는 그들보다 몇 걸음 뒤에서 걸어가며, 고개를 뻣뻣이 세우고 지팡이로 허공에 크게 포물선을 그렸다. 유수프는 여차하면 발을 깔아뭉갤지도 모를 나무 바퀴를 쳐다보며 수레 미는 일을 거들면서, 짐꾼들이 장단을 맞추듯 투덜거리는 소리를 들었다. 칼릴이 마지막 순간까지 아지즈 아저씨의 손에 입을 맞추고 아첨하는 모습을 보고 있자니 창피스러웠다. 그 모습이 마치 기회만 있다면 그 손을 통째로 삼키기라도 할 것 같았다. 그는 늘 그랬지만, 오늘 아침 유수프는 그것이 더 싫었다. 유수프는 칼릴이 음스와힐리 어쩌고 하며 소리지르는 것을 들었지만, 돌아보지 않았다.

아지즈 아저씨는 맨 끝에서 따라오다가 이따금 걸음을 멈추고, 거리의 구경꾼들 중 더 중요한 지인들과 작별인사를 나누었다.

3

짐꾼들과 보초들은 3등석을 타고 갔는데, 마치 그곳이 자기들 것이라도 되는 양 나무 벤치에 드러누웠다. 유수프는 그들과 같이 있었다. 다른 승객들은 그들의 소음과 무례함에 겁을 먹고 다른 칸으로 옮겨가거나 구석으로 물러났다. 기차의 다른 칸에서 모하메드 압달라가 그들을 보러 와 그들의 광란하는 불평과 무지한 대화에 냉소를 보냈다. 기차 안은 비좁고 어두웠고, 끈적끈적한 흙과 나무 타는 연기 냄새가 났다. 눈을 감자, 유수프는 처음으로 기차를 탔던 때가 떠올랐다. 그들은 이틀 낮과 하룻밤을 기차로 이동했다. 기차는 자주 서고 속도도 별로 높이지 않았다. 처음에는 대지에 야자나무와 과일나무가 빽빽하게 들어서 있었다. 가장자리의 초목들 사이로 작은 농장들과 농원들이 보였다. 기차가 멈출 때마다 짐꾼들과 보초들은 무슨 일인지 보려고 플랫폼으로 우르르 내려갔다. 그중 일부는 전에도 이 경로로 이동해본 적이 있어서 역무원들과 플랫폼 상인들과 안면이 있는 터라 지체 없이 그들과 인사를 나눴다. 그들은 전해줄 메시지와 선물을 건네받았다. 이른 오후의 더위로 정적이 감돌 무렵 도착한 어느 역에서, 유수프는 물 떨어지는 소리가 들린다고 생각했다. 오후 중반쯤 되자 기차가 카와에서 멈췄다. 그는 긴장한 채 조용히 기차 바닥에 앉아 있었다. 누군가 그를 알아보고 그의 부모를 당황하게 만들면 어쩌나 싶었다. 나중에 지대가 점점 높아지면서 그들의 여정은 동쪽을 향했고, 나무들과 농장들은 더 드물어졌다. 초원들이 이따금 울창한 잡목림으로 이어졌다.

짐꾼들과 보초들은 서로를 향해 으르렁거리고 딱딱거렸다. 그들은 음식 얘기를 많이 했는데, 당시에는 자신들이 먹을 수 없는 기막힌 음식 얘기를 하면서 서로 자기들 고향 음식이 맛있다고 논쟁을 벌였다. 그들은 서로를 배고프게 하고 기분 나쁘게 하다가 다른 일로도 다퉜다. 어떤 말의 진짜 뜻을 두고 다투고, 전설적인 상인의 딸이 받은 지참금의 규모를 두고 다투고, 유명한 선장의 용기에 관해 얘기하다 다투고, 유럽인들의 피부가 벗어진 이유를 놓고 다퉜다. 장장 삼십 분이나 다투고도 황소, 사자, 고릴라 같은 동물들의 고환 무게에 대해서는 결론을 내리지 못했다. 각자 그들의 말을 지지하는 사람들이 있었다.

그들은 잠자는 공간을 두고도 다퉜다. 그들은 자신들의 공간을 침범당한다고 생각했다. 욕을 하고 불평을 하면서 공간을 확보하려고 서로를 밀쳤다. 그들이 더 흥분할수록, 그들 몸에서 지린내 나는 땀과 퀴퀴한 담배 찌든 내가 뒤섞여 톡 쏘는 냄새가 났다. 오래지 않아 싸움이 시작되었다. 유수프는 팔로 머리를 가리고 객실 옆구리에 등을 기댄 채 누군가 가까이 다가오면 온 힘을 다해 발길질을 했다. 한밤중에 투덜거리는 소리가 들리고 작은 움직임이 느껴졌다. 잠시 후 그는 은밀하게 서로를 껴안는 소리를 알아차렸고, 나중에는 부드러운 웃음소리와 쾌락에 젖은 낮은 속삭임이 들렸다.

날이 밝자 그는 창밖을 내다보며 시골 풍경을 살폈지만 변한 것은 없었다. 그들의 오른쪽 멀리에서 울창하고 짙은 언덕들이 다시 모습을 드러냈다. 언덕 위의 대기는 약속이라도 숨겨놓은 듯 흐리고 불투명했다. 기차가 힘겹게 나아가고 있는 바싹 마른 평원의 빛은 깨끗했다. 해가 떠오르자 대기가 먼지로 탁해졌다. 바싹 마른 건조한 평원은 아직까지 죽은 풀로 덮여 있었는데, 비가 오면 풍요로운 사바나로 탈바꿈할 것이었다. 울퉁불퉁 옹이가 많은 가시나무 군락이 평원에 흩어져 있었다. 평원은 검은 돌이 곳곳에 튀어나와 거무스름해 보였다. 이글거리는 땅에서 올라오는 더위와 수증기의 물결이 유수프의 입에 닿으며 숨을 헐떡이게 만들었다. 오랫동안 정차한 어느 역에는 자카란다나무 한 그루가 꽃을 피우고 있었다. 연한 자주색과 보라색 꽃잎들이 무지갯빛 양탄자처럼 바닥에 떨어져 있었다. 나무 옆에는 두 칸짜리 철도 창고가 있었다. 문에는 엄청나게 크고 녹슨 맹꽁이자물쇠가 걸려 있고, 회반죽을 칠한 벽 곳곳에 홍토 진흙이 묻어 있었다.

그는 여러 차례 칼릴을 떠올렸다. 둘의 우정과 자신이 그렇게 갑자기 부루퉁하게 떠나온 것을 생각하자 슬펐다. 그러나 칼릴은 그가 떠나는 걸 보는 게 좋은 모양이었다. 그는 카와 그곳에 있는 부모를 떠올리며 자신이 달리 행동할 수 있었을지 궁금해졌다.

그들은 오후 늦게 기차에서 내렸다. 눈으로 덮인 엄청나게 큰 산 밑에 있는 작은 도시였다. 공기는 서늘하고 쾌적했다. 끝이 없어 보이는 물에 반사된 이른 석양빛이 부드러웠다. 그곳에 도착하자 아지즈 아저씨는 오랜 친구라도 되는 것처럼 인도인 역장과 인사를 나눴다.

"모훈 시드와, 후잠보 브와나 완구, 그간 안녕하셨나요. 아이들과 부인도 모두 건강하신가요. 알함둘릴라히 라빌 알라민, 우리가 뭘 더 바랄 수 있겠습니까?"

"카리부, 브와나 아지즈. 어서 오세요, 어서 오세요. 집안 모두 평안하시죠? 좋은 소식이라도 있나요? 사업은 어떻습니까?" 땅딸막한 역장이 흥분을 감추지 못하고 아지즈 아저씨의 손을 아래위로 흔들면서 말했다.

"나의 오랜 친구, 신이 우리에게 내려주신 축복에 감사해야죠." 아지즈 아저씨가 말했다. "그렇지만 내 걱정은 말고 여기 상황이 어떤지나 말해봐요. 하는 일들이 모두 잘되고 있기를 바랍니다."

두 사람은 헛간처럼 생긴 낮은 건물 안으로 들어갔는데, 역장의 사무실이었다. 두 사람은 사업 얘기를 시작하기 전, 서로에게 경쟁하듯 예의를 갖추면서 담소를 나누었다. 거대한 노란 깃발이 건물 위로 펄럭였다. 산들바람에 이리저리 흔들리고 젖혀지는 것이, 깃발 속의 화난 검은 새가 분노로 히스테리를 부리는 것처럼 보였다. 짐꾼들은 자기들끼리 의미심장한 미소를 지었다. 그들은 사이드가 역장을 적당한 뇌물로 매수해 운송료를 줄이기 위해 안으로 들어갔다는 사실을 알고 있었다. 금세 역장의 사환이 나타나더니 산책하는 사람이 경치를 구경하려고 잠시 걸음을 멈춘 것처럼 태연자약하게 벽에 몸을 기댔다. 그도 인도인이었다. 키가 작고 호리호리한 젊은 남자였고, 누구와도 눈을 마주치지 않으려 했다. 그 모습에 짐꾼들은 서로 눈짓을 하며 그에게 알은체를 했다. 그사이 그들은 모하메드 압달라와 보초들이 지켜보는 가운데 물건을 내려 플랫폼에 쌓았다.

"똑바로 봐, 이 뻔뻔한 허풍선이들아." 모하메드 압달라는 그렇게 하는 데서 쾌감을 느끼는지 소리를 지르고 지팡이를 위협적으로 허공에 휘둘렀다. 그는 주변의 모든 사람을 경멸하는 듯한 미소를 지었다. 그러면서 자기도 모르게 다리를 넓게 벌리고 키코이* 천 속을 어루만졌다. "경고하는데 훔칠 생각 하지 마. 잡히면 엉덩이를 갈기갈기 찢어놓을 줄 알아. 내가 나중에 자장가를 불러줄 테니 지금은 깨어 있어. 우리는 야만인들의 나라에 와 있다. 그자들은 너희처럼 겁쟁이 진흙으로 만들어진 게 아니야. 네놈들이 옷을 제대로 여미지 않으면, 네놈들의 그것을 포함해 무엇이든 훔쳐갈 거다. 하야, 하야! 그자들이 우리를 기다리고 있단 말이다."

모든 준비가 끝나자 그들은 자신들에게 할당된 것을 들고 열을 지어 나아갔다. 카라반의 맨 앞에서는 그들의 거만한 대장이 지팡이를 흔들고 깜짝 놀란 행인들을 노려보며 행진했다. 텅 비어 보이는 작은 도시

---

* 복장의 일부로 허리나 어깨 등에 두르는 강렬한 색상의 커다란 천.

였다. 그러나 거대한 산 밑에 위치한 도시는 비극의 장소라도 되듯 신비롭고 침울한 분위기였다. 구슬 장식을 한 두 명의 전사가 그들을 성큼성큼 지나쳤는데, 황갈색 몸이 매끈했다. 가죽신발이 바닥에 닿으며 그들의 흔들리는 창에 맞춰 소리를 냈다. 긴장하고 다급해서인지 몸이 앞으로 쏠려 있었다. 오른쪽도 왼쪽도 쳐다보지 않는 그들의 눈에서는 헌신이나 다름없는 확신과 결의가 엿보였다. 그들의 몸을 어깨에서부터 엉덩이까지, 그리고 다시 무릎까지 수직으로 감싸고 있는 부드러운 가죽 슈카처럼, 반듯하게 땋아 빗은 머리는 흙처럼 붉게 염색되어 있었다. 모하메드 압달라가 돌아서서 경멸스럽다는 듯 행렬을 바라보고 성큼성큼 걷는 전사들을 지팡이로 가리켰다. "야만인들이지." 그가 말했다. "너희 열 명 값을 하는 자들이야."

"저런 인간들을 신이 창조했다고 상상해보세요! 죄악으로 만들어진 것 같아요." 짐꾼 중 하나가 말했다. 늘 제일 먼저 입을 떼는 젊은이였다. "사악해 보이지 않나요?"

"어떻게 저렇게 붉을 수가 있죠?" 다른 짐꾼이 물었다. "피를 마시는 게 틀림없어요. 사실이죠, 안 그래요? 저들은 피를 마신다고요."

"저 창날들을 보세요!"

"저들은 저걸 어떻게 사용하는지 알죠." 보초 하나가 대장의 무서운 표정에 신경쓰며 낮은 목소리로 말했다. "막대기에 뭉툭한 칼이 달린 것처럼 보이지만, 엄청난 해를 입힐 수 있어요. 특히 저걸로 연습을 많이 하거든요. 다른 사람들을 공격하고 사냥하는 게 저들이 늘 하는 일이니까요. 온전한 전사가 되려면 사자를 잡아서 죽이고 자지를 먹어야 한답디다. 자지를 하나 먹을 때마다 또다른 부인을 얻을 수 있다네요.

자지를 많이 먹을수록, 그들 사이에서는 더 위대해지는 거예요."

"얄라! 당신은 우리를 놀리고 있어!" 듣고 있던 사람들이 소리를 지르며 그를 조롱하고, 말도 안 되는 그런 이야기는 믿지 않으려 했다.

"사실이라니까." 보초가 단언했다. "내가 직접 봤다고요. 이 지역을 다녀간 사람 아무나 붙잡고 물어보세요. 왈라히, 나는 사실대로 얘기하는 거예요. 저들은 사람을 죽일 때마다 그 사람의 일부를 잘라 특별한 가방에 담는답니다."

"왜요?" 말 많은 젊은 짐꾼이 물었다.

"야만인에게 이유를 묻는 거냐?" 모하메드 압달라가 몸을 돌려 젊은이를 바라보며 날카롭게 말했다. "야만인이니까 그러는 거지. 그게 야만인이야. 상어나 뱀한테 왜 공격하느냐고 물을 수는 없잖아. 야만인도 마찬가지야. 본성이 그런 거라고. 당신들은 짐을 메고 더 빠르게 걷는 법을 배워야겠어. 얘기는 좀 줄이고 말이야. 당신들, 울먹이는 여자들 떼거리 같아."

"그건 저들의 종교와 관련있어요." 보초가 잠시 후에 말했다.

"이런 식의 삶은 명예로운 게 아니네요." 젊은 짐꾼이 말했고, 모하메드 압달라가 그를 오랫동안 무섭게 노려보았다.

"문명인은 늘 야만인을 이길 수 있어요. 그 야만인이 사자 자지를 천 개 먹는다고 해도 말이죠." 또다른 보초가 말했다. 코모로 출신의 남자였다. "지식과 속임수로 상대보다 한 수 앞서면 돼요."

카라반이 목적지에 도착하는 데는 오래 걸리지 않았다. 작은 도시 밖으로 연결된 중심도로에 가까운 길 끝에 있는 가게가 목적지였다. 가게 앞에는 빵나무들이 빙 둘러서고 깨끗이 청소된 둥근 공터가 있었다. 가게 주인은 키가 작고 살찐 남자로, 큼지막한 흰 셔츠와 헐렁한 바지를 입고 있었다. 그는 머리처럼 새치가 섞인 콧수염을 얇고 말끔하게 기르고 있었다. 외모와 말씨로 보아 해안 사람이었다. 그는 그들 사이에서 바쁘게 움직이며 다부지고 확고하게 지시를 내렸다. 그 사이에 끼어들어 지시를 전달하려는 모하메드 압달라는 깡그리 무시당했다.

4

산밑의 공기는 쌀쌀했고, 햇빛은 유수프가 전에 보지 못한 자주색을 띠고 있었다. 이른아침에는 산봉우리가 구름에 가려졌지만, 해가 더 강해지기 시작하면서 구름들이 사라지고 얼음으로 덮인 봉우리가 드러났다. 한쪽으로는 평평한 평지가 길게 뻗어 있었다. 이곳에 와본 적이 있는 다른 사람들이 말하기를, 산 뒤쪽으로 가축을 키우고 동물들의 피를 마시는 먼지 빛깔의 전사 부족이 산다고 했다. 그들은 전쟁을 명예로운 것으로 생각하고 폭력의 역사에 자부심을 가졌다. 그들에게 지도자의 위대함이란 이웃을 습격해 얻은 동물들과 납치한 여자들의 수로 평가되었다. 전투가 없을 때는 사창가의 여왕들처럼 몸과 머리를 장식했다. 전통적으로 그들에게 피해를 당해온 사람들은 비가 많이 내리는 산비탈에 사는 농민들이었다. 그들은 자신들의 생산물을 팔기 위해 일주일에도 여러 번 도시로 왔는데, 그들은 멀리서 온 사람들의 생김새와 다르게 튼튼해 보였고 평발이었다.

루터교 목사 하나가 그들에게 무쇠 쟁기를 사용하는 방법을 보여주고 바퀴 만드는 방법을 가르쳤다. 이러한 것들이 바로 신의 선물이라고, 목사는 그들에게 말했다. 신이 그들의 영혼을 구제하라고 자신을 이 산으로 보냈다고 했다. 그는 그들에게 노동은 신이 인간의 사악함을 속죄하라고 내린 명령이라고 선언했다. 그의 교회는 예배 시간 외에는 학교로 운영되었고, 그곳에서 그는 사람들에게 읽고 쓰는 법을 가르쳤다. 그리고 그의 집요한 요구에 따라 사람들 모두가 그러한 현실적인 사제들을 거느린 신에게로 개종했다. 목사는 그들에게 아내를 한 명만 거느리게 했고, 자신이 그들에게 소개한 새로운 신에 대한 맹세가 그들의 아버지와 어머니의 방식보다 더 구속력이 있다고 설득했다. 그는 그들에게 찬송가를 가르쳤고 과일과 크림이 풍부한 푸른 계곡, 고블린과 맹수로 넘쳐나는 숲, 눈덮인 산중턱, 얼어붙은 호수에서 사람들이 스케이트를 타는 마을에 대해 이야기해주었다. 가축을 치는 사람들에게는 이제 그들이 수세대에 걸쳐 약탈했던 농부들을 경멸할 또다른 이유가 생겼다. 그들은 동물들이나 여자들처럼 땅만 파는 게 아니라, 패배자에 대한 구슬픈 노래들을 부르면서 산속의 공기를 가득 채우고 더럽혔다.

봉우리가 눈으로 뒤덮인 산의 메마른 어둠의 땅에 전설적인 유럽인이 살았다. 전사 부족이 사는 그곳에는 비가 거의 내리지 않았다. 그는 계산할 수 없을 만큼 부자라고 했다. 그는 동물들의 언어를 익혀 그들과 대화하고 그들에게 명령할 수도 있었다. 그의 왕국은 넓은 지역에 걸쳐 있었고, 그는 절벽에 있는 철제 궁전에 살았다. 그 궁전은 강력한 자석이기도 해서 적들이 요새에 접근하면 그들의 무기를 칼집과 손아귀에서 낚아채갔다. 그렇게 적들은 무장해제를 당하고 사로잡혔다.

그 유럽인은 야만족들의 추장들 위에 군림했는데, 그럼에도 그는 그들의 잔혹함과 무자비함에 감탄했다. 그에게 그들은 강인하고 우아한데다가 심지어 아름답기까지 한 고귀한 사람들이었다. 그 유럽인은 땅의 정령들이 자기를 섬기도록 불러낼 수 있는 반지를 가지고 있다고도 했다. 그가 다스리는 영역의 북쪽에는 인육에 대한 억누를 수 없는 갈망을 가진 사자들이 어슬렁거리고 있었지만, 호출을 받지 않는 이상 그 유럽인에게 접근하는 일은 없었다.

카라반이 모여든 그 가게를 소유한 해안 출신 남자는, 유수프가 사람들과 함께 빵나무 아래 앉아 듣기로는, 하미드 술레이만이라고 불렸다. 그는 킬리피라 불리는 몸바사 북쪽의 작은 도시 출신이었다. 유수프는 그곳이 위투 남쪽에서 멀지 않다는 것을 알았다. 탁발수사인 모하메드가 그에게 킬리피에서 깊은 수로를 건너다가 빠져 죽을 뻔했다는 얘기를 해준 적이 있었기 때문이다. 그때 죽어서 대마초에 얽매이는 수치스러운 상황에서 벗어났더라면 더 좋았을 거라고, 그는 말했다. 그러나 그렇게 말하면서도, 변명이라도 하듯 깨진 이를 드러내며 웃어 보였다.

하미드 술레이만은 상냥하고 성격이 좋았고 유수프를 친척이라도 되는 듯 대했다. 아지즈 아저씨는 떠나기 전에 그에게 무슨 말인가를 남겼다. 유수프는 그가 얘기하면서 자신 쪽을 바라본다는 것을 알았다. 아무 설명도 없었다. 그저 머리를 한 번 두드리고 하미드와 함께 지내라고 지시했을 뿐이었다. 그는 그들이 떠나는 모습을 복잡한 감정으로 바라보았다. 모하메드 압달라의 위협으로부터 벗어나는 것은 다행스러웠지만, 깊은 내륙의 호수지역으로 간다는 사실에 내심 흥분했던 터였다. 원정대는 그곳을 향해 가고 있었다. 게다가 그는 천대받는 짐꾼들 사이에서 놀랍게도 편안함을 느끼고 있었고, 그들의 끝없는 이야기와 거친 농담을 들으며 짜릿하기도 했었다.

하미드의 아내 마이무나도 해안 출신, 몸바사 북쪽 더 멀리에 있는 라무섬 출신이었다. 그녀는 말씨가 달랐고, 라무 지역의 키스와힐리가 해안 어느 곳보다 더 순수하다고 주장했다―진짜 키스와힐리야, 아무한 테나 물어보렴―그녀의 눈에 라무는 거의 완벽에 가까운 곳이었다. 그녀는 남편처럼 통통하고 상냥했으며, 소리가 미치는 곳에 누가 있으면 가만히 앉아 있지를 못하는 것 같았다. 그녀는 유수프에게 많은 것을 물었다. 어디에서 태어났니? 아버지의 어머니는 어디에서 태어나셨고? 다른 친척들은 어디에 사니? 그분들은 네가 어디 있는지 아니? 마지막으로 그분들을 본 게 언제야? 다른 친척들을 찾아간 적이 있었니? 그런 것들이 얼마나 중요한지 아무도 안 가르쳐줬어? 약혼자는 있고? 왜 없니? 결혼은 언제 할 생각이야? 너무 오래 기다리면 사람들이 뭔가 잘못된 게 있다고 생각할 거라는 건 알고 있니? 겉모습만으로는 판단할 수 없어도 그녀의 눈에는 그가 충분히 나이들어 보였다. 몇 살이니? 유수프는 그러한 질문들을 피하려고 최선을 다했다. 많은 경우 그가 할 수 있는 최선이란, 전에는 대면한 적 없던 그러한 질문들에 체념하며 어깨를 으쓱하거나 부끄러움에 눈을 내리까는 것이었다. 그는 자신이 잘해냈다고 생각했다. 마이무나는 그가 회피하는 게 믿기지 않는다는 듯 툴툴거렸다. 그녀의 눈에는 조만간 그에게서 확실한 답을 받아내고야 말겠다는 표정이 어려 있었다.

그의 임무는 장사가 잘되지 않아 할일이 적다는 것을 제외하면 다른 가게에서 했던 것과 같았다. 가게에서 해야 하는 일 외에도 그는 아침과 늦은 오후에 공터를 비로 쓸어야 했다. 그가 바닥에 떨어진 빵나무 열매를 주워 바구니에 담아놓으면, 매일 시장에서 어떤 남자가 나와 가져갔다. 깨진 열매가 있으면 뒤뜰에 버렸다. 그들 스스로는 빵나무 열매를 먹지 않았다.

"우리가 그렇게 가난하지 않다는 게 얼마나 신께 감사할 일이냐." 마이무나가 말했다.

그곳은 내륙에서 오는 카라반들이 쉬었다 가는 곳이라고, 하미드가 설명했다. 그들이 그곳에 와서 일하며 살아가기 전까지 그곳은 아주 잘나가는 곳이었다고 했다. 빵나무 열매는 황무지를 오래 걸은 뒤라 무엇이든 먹어대는 짐꾼들과 노예들을 위한 것이었다. 그렇다고 그가 빵나무 열매에 뭔가 잘못된 게 있다고 생각하는 것은 아니었다. 예전에 그들은 그것을 코코넛 소스로 요리하고 튀긴 정어리를 곁들여 집에서 먹곤 했다. 그들이 빵나무 열매 대신 지금 먹는 것이 충분히 변변한지는 모를 일이었지만, 유수프는 그렇다고 그것을 경멸할 이유라고는 생각하지 않았다. 그저 빵나무 열매가 사람들에게 속박을 생각하게 만든 것뿐이다. 특히 이 지역에서는 그랬다.

유수프에게는 작은 방이 주어졌고 식사는 그들 가족과 함께 했다. 램프는 밤새 밝혀져 있었고, 문은 잠기고 창문 셔터는 어두워지자마자 내려졌다. 동물들과 도둑들을 막기 위해서라고 했다. 하미드는 비둘기를 키웠다. 비둘기들은 처마밑에 있는 상자에서 살았다. 어떤 날 밤에는 날개를 파닥거리는 소리에 불안한 침묵이 깨졌고, 그러고 난 아침이면 깃털과 피가 마당에 널려 있었다. 비둘기들은 온몸이 흰색이었다. 꼬리

깃털은 넓고 길었다. 하미드는 생김새가 다른 새끼들을 죽여버렸다. 그는 새들과 갇혀 있는 새들의 습성에 대해 얘기하며 행복해했다. 그는 자기 비둘기들을 '천국의 새들'이라고 불렀다. 비둘기들은 자신들을 무모하게 과시하고 뻐기며 지붕과 뜰을 돌아다녔다. 아름다움을 과시하는 것이 그들에게는 안전보다 더 중요한 것 같았다. 그러나 이따금 유수프는 그들의 눈에 스스로를 조롱하는 빛이 언뜻 스친다고 생각했다.

때때로 유수프가 무슨 말을 하면 남편과 아내는 눈길을 주고받았는데, 그들은 유수프가 자신에 대해 알고 있는 것보다 그에 대해 더 많이 알고 있는 것 같았다. 그는 아지즈 아저씨가 그들에게 어느 정도까지 얘기했을지 궁금했다. 그들은 그의 행동이 처음에는 어딘가 이상하다고 생각했다. 그러나 그게 무엇인지는 말해주지 않았다. 그들은 종종 그가 하는 말을 의심스럽게 여겼다. 그의 동기에 대해서 의심을 품는 것 같았다. 그가 시내를 오갈 때 거쳤던 메마른 땅에 대해 이야기하면, 그들은 화를 냈다. 그럴 때면 유수프는 자신이 버릇없거나 곤란한 짓을 했다는, 그들이 처해 있는 피할 수 없는 제약을 부각시켰다는 느낌이 들었다.

"그게 왜 놀라웠니? 여긴 어디나 메말라 있어. 어쩌면 너는 풀이 우거진 테라스와 작은 개울들을 예상했던 모양이구나. 어쨌거나, 그런 곳이 아니란다." 하미드가 말했다. "적어도 여기는 산에 아주 가까워서 시원하지. 비도 약간 내리고. 비탈지역처럼 많이는 아니지만 말이다. 어쨌거나 그게 현실이야."

"예." 유수프가 말했다.

"네가 뭘 기대했는지 모르겠구나." 하미드가 유수프를 향해 인상을 쓰며 말을 이었다. "일 년 중 비가 온 뒤 몇 주를 제외하고 여기 같은 고지대는 어디나 똑같아. 그런데 너, 비 온 뒤의 평원을 꼭 봐야 해. 정말이지 꼭 봐야 한다고!"

"예." 유수프가 말했다.

"예 뭐?" 마이무나가 화를 내며 말했다. "예 하이에나? 예 동물? 아저씨라고 불러라."

"그런데 바다 옆에는 풀이 우거져 있어요." 유수프가 잠시 후 말했다. "저희가 살던 집에는 벽으로 둘러싸인 아름다운 정원이 있었어요. 야자나무와 오렌지나무가 있었고, 석류나무도 있었어요. 웅덩이로 연결된 수로도 있었고, 향기로운 관목도 있었어요."

"아하, 우리는 이 상인들, 이 귀족들하고는 경쟁이 안 되겠구나." 마이무나가 목소리를 높이며 말했다. "우리는 가난한 가게 주인일 뿐이니까. 너는 행운아지만, 이것이 신이 우리를 위해 선택하신 삶이란다. 우리는 신의 뜻대로 짐승처럼 여기서 살아. 너에게는 낙원의 정원을 주시고 우리에게는 뱀과 야생동물로 가득한 관목과 수풀을 주셨구나. 그래서 우리한테 어쩌라는 거니? 불경스러운 소리라도 할까? 우리가 부당한 취급을 당했다고 불평이라도 하랴?"

"얘가 집이 그리워서 그러는 걸 거야." 하미드가 미소를 지으며 달래듯 말했다. 마이무나는 그래도 진정되지 않았고, 화가 나서 노려보며 뭐라고 계속 중얼거렸다. 무슨 말을 더 할 것 같았다.

"모든 것에는 치러야 할 값이 있는 거죠. 저애가 머지않아 그걸 깨달았으면 싶네요." 그녀가 말했다.

유수프는 그들의 정원과 비교할 의도는 아니었지만, 그럼에도 아무 말도 하지 않았다. 음지 함다니가 만들어낸 그늘과 꽃들, 웅덩이와 열매로 가득한 관목들 대신, 이곳에는 쓰레기장으로 사용하는 뒤뜰 너머로 덤불만 있었다. 거기에 무엇이 있을지 몰라 으스스했다. 거기서 부패와 역병 냄새가 올라왔다. 그는 첫날 그곳에 뱀이 있으니 조심하라는 경고를 받았다. 그 경고가 일종의 예언처럼 느껴졌다. 그들은 그가 무슨 말을 하기를, 설명해주기를 기다렸다. 그러나 그는 무슨 말을 해야 할지 아무 생각도 나지 않아 입이 떨어지지 않았다. 그저 그들의 부아를 돋우며 그들 앞에 앉아 있을 뿐이었다.

"저는 오후에는 정원에서 일했어요." 마침내 그가 말했다.

그들이 웃었고, 마이무나는 손을 뻗어 그의 얼굴을 어루만졌다. "너처럼 아름다운 아이한테 누가 화를 낼 수 있겠니? 나는 뚱뚱한 남편을 버리고 너와 결혼할까도 생각중이다. 그런데 그때까지 네가 우리한테 정원을 하나 만들어줄 수 있을지 모르겠구나." 그녀가 하미드와 빠르게 눈길을 교환하며 말했다. "이 친구가 여기 있는 동안 진짜 일을 하게 할 수 있겠어요."

"오렌지나무들이 여기서도 자라나요?" 유수프가 물었다. 그들은 그가 비꼰다고 생각해 다시 웃었다.

"너는 여기에 분수도 만들고 여름 별장도 만들 수 있어. 정원은 붙잡아놓은 온갖 새들로 가득해질 거고." 마이무나가 놀리는 투로 말을 이었다. "하미드가 그렇게도 좋아하는 구구거리는 비둘기 말고 지저귀는 새들로 가득해지겠지. 고대 정원처럼 나무에 거울도 달아 빛을 반사하게 해서 새들이 거기 비친 자기들의 아름다운 모습에 까무러치게 말이지. 우리한테 그런 정원을 만들어주렴."

"이 사람은 시인이야." 하미드가 아내를 칭찬하며 말했다. "이 사람

집안에서는 여자들이 다 그래. 남자들은 다 게으름뱅이에다 약삭빠른 장사꾼들이고."

"신이 당신의 거짓말을 용서해주시기를. 보다시피 저이는 온갖 이야기들로 가득한 사람이란다. 아, 정말이라니까." 그녀가 하미드를 손가락으로 가리키며 미소 지었다. "저이가 시작할 때까지 기다려봐. 이야기가 끝날 때까지 먹는 것도 자는 것도 잊게 될 테니까. 라마단까지 기다려봐. 저이가 너를 밤새도록 깨어 있게 만들 거야. 재담꾼이야, 정말이라고."

다음날 하미드는 마체테를 가지고 숲 가장자리로 가서 손이 닿는 곳의 가지들을 무섭게 쳐냈다. 그러고는 유수프에게 어서 와서 잘린 가지들을 모아 불을 피울 수 있게 쌓으라고 소리쳤다. "정원을 원하는 건 너잖아." 그가 기분좋게 말했다. "내가 너를 위해 덤불을 치울 테니까 너는 우리에게 정원을 만들어줘. 열심히 해봐라, 얘야. 우리는 저 가시나무 있는 데까지 이 숲을 정리할 거야." 처음에 하미드는 엄청나게 소리를 지르더니 쉰 목소리로 노래를 부르며 칼을 휘둘렀다. 뱀들이 놀라서 도망가게 하기 위해서라고 그가 말했다. 그러나 흥분은 곧 가라앉았다. 부추김과 조롱이 섞인 마이무나의 즐거운 비명에 그는 짜증이 나 칼을 휘두르던 것을 멈추었다. 우리가 모든 것을 여자들한테 맡기면 어떻게 되겠나? 그가 말했다. 내 생각에는 아직도 동굴에 살고 있을 거야. 그의 얼굴에 땀이 솟아 흘러내렸다. 한 시간쯤 지나자 그가 외쳐대던 소리는 툴툴거림으로 바뀌었다. 그는 흔들리는 수풀을 향해 힘없이 칼을 휘둘렀다. 그는 종종 동작을 멈추고 심호흡을 하며 유수프에게 나뭇가지들을 정리하는 방법을 알려줬다. 그는 유수프의 굼뜬 행동을 나무라고, 손바닥을 찌르는 날카로운 가지에 유수프가 움찔하면 그를 노려보았다. 결국 그는, 절망의 울부짖음과 함께 마체테를 땅에 내던지고 집으로 달려갔다. "저 숲 때문에 죽을 수는 없어." 그가 아내 옆을 지나치며 단언했다. "당신, 적어도 우리한테 물주전자는 가져다줄 수 있었잖아."

"숲이 아니라 덤불 조금 친 것 가지고 그러다니, 힘없는 노인이네요." 그녀가 웃고 손뼉 치며 보이지 않는 그를 놀려댔다. "하미드 술레이만, 당신은 끝났어. 나는 새 남편을 찾았으니까."

"당신은 나중에야 내 진가를 알아볼 거야." 하미드가 소리쳤다.

마이무나가 조롱하며 길게 외쳤다. "아이들을 놀라게 하지 마요, 샤바브. 너, 그 끔찍한 무기는 그냥 둬." 유수프가 마체테를 집어들자 그녀가 소리쳤다. "우리 때문에 네가 피 흘리는 건 싫다. 너희 친척들이 몰려오는 것 말고도 우리한테는 문제가 충분히 많아. 덤불과 뱀들에도 익숙해져야 할 거야. 네 아저씨가 돌아올 때까지 낙원의 정원 꿈이나 계속 꾸고 있어라. 아저씨한테 물 좀 가져다드리고."

5

그는 두 사람을 도와야 했다. 그들은 그가 필요할 때 소리쳐 불렀는데, 늦게 나타나면 짜증스러운 말로 그를 맞으며 매섭게 노려보았다. 우물에서 물을 길어와라. 장작을 패라. 마당을 쓸어라. 가게에서 일을 하지 않아도 될 때면 그는 채소와 고기를 사러 시장에 갔다. 시내에 보내질 때면 시간을 내 공터를 배회하며 목동들과 농부들이 지나가는 모습을 바라보았다. 소들이 힘겹게 비틀비틀 걸어가면서 엄청난 양의 똥을 쌌다. 그리고 때때로 젖은 꼬리를 흔들어 허공으로 똥이 튀었다. 목동들은 소리를 지르며 동물들을 몰았고, 이따금 막대기 끝으로 그들을 찔러 열을 맞추게 했다. 유수프는 종종 온몸을 붉게 칠한 전사들이 지나가는 모습을 보았다. 그들은 어디를 가든 주목의 대상이었다. 가끔씩 그는 인도 상인과 그리스 상인의 집으로 배달을 갔는데, 아지즈 아저씨의 집에 찾아오곤 하던 노쇠한 채소장수를 떠올리지 않으려고 애쓰며 기다란 굴레에 바구니를 매달아 어깨에 가로걸고 갔다. 유럽인 농부들은 트럭이나 소달구지를 타고 시내로 와서 물품을 조달하고 수수께끼 같은 일들을 처리했다. 그들은 누구에게도 눈길을 주지 않고 혐오가 담긴 표정으로 휘적휘적 걸어갔다. 그는 집에 돌아오면 가게에서 뭔가를 가져오라고 보내지거나 아이들을 화장실에 데려다주는 일을 했다. 그들에게는 세 아이가 있었다. 맏이인 딸은 사춘기였다. 부모는 그녀가 다른 아이들을 돌보길 바랐지만, 그 일을 제대로 하기에는 다른 데 정신이 너무 팔려 있었고 자기 내면의 문제로 너무 바빠서 문을 쿵쿵 두드리고 혼자 미소를 지으며 집안과 뜰을 뛰어다녔다. 때때로 사내애들을 돌보고 이곳저곳에 데려가는 건 유수프의 몫이 되었다. 사내애들은 기운이 넘치고 시끄러웠으며 혼나는 데 익숙했다. 그 아이들과 같이 있을 때 유수프는 칼릴이 자신을 어떻게 대했었는지 생각해보면서 인내심을 가지려고 노력했지만 번번이 실패했다.

그는 하미드에게 칼릴에 대해, 그리고 그들이 함께 하곤 했던 일에 대해―그들은 실질적으로 자기들의 힘으로 가게를 운영했다―이야기했다. 가게와 창고 사이를 오가는 심부름 말고 그에게 다른 일이 주어졌으면 하는 바람에서였지만 하미드는 미소만 지을 뿐이었다. 가게에는 그들 모두가 매달려 있을 만한 거래가 없다고 그는 말했다. 여행자들과 내륙 장사가 없다면, 다른 모든 것은 차치하고라도, 그냥 유지만 하기에도 충분치 않았다. "너는 충분히 하고 있지 않니? 무슨 일을 더 하고 싶어서 그래? 네 아지즈 아저씨라는 상인에 대해 얘기해봐라. 좋은 주인이었니?" 그가 물었다. "엄청 부자고 좋은 사람이지? 이름이 그 사람한테 딱 맞네.* 내 너한테 그 사람에 관한 이야기들을 들려줄 수도 있어, 아주 놀랄 만한 이야기들 말이다. 내 언젠가 그의 집에 한번 가봐야겠구나. 아마 궁전같이 생겼을 테지…… 네가 해준 정원 얘기들로 미뤄보면 틀림없이 그렇겠지. 연회도 열고 축하연도 하고 그러니? 너와 칼릴은 버릇없는 젊은 왕자들 같았겠구나."

그 집에는 세 개의 창고가 있었는데, 그중 하나는 늘 잠겨 있어서 들어가본 적이 없었다. 유수프는 이따금 문밖에서 서성거리며 동물 가죽과 발굽 냄새가 난다고 생각했다. 마젠도, 문득 기억이 떠올랐다. 어마어마한 돈. 하미드가 언젠가 입이 건 트럭 운전사를 언급한 적이 있었다―변소에서 기어나온 인간 같았지―유수프는 그 창고에 기차로 운반할 수 없는 비밀스러운 물건들이 있을 거라고 추측했다. 창고는 집의 뒤쪽에, 담장으로 둘러싸인 뜰 안에 있었다. 뜰을 가로질러 담장 안쪽으로는 별채와 부엌과 화장실이 있었다. 그의 방도 집의 이쪽 끝에 있었다. 어느 날 밤, 그 금지된 창고에서 하미드의 기척이 들렸다. 처음

---

* 아랍어 '아지즈'는 '힘센' '강력한' '존경받는' '사랑받는' 등의 뜻을 갖고 있다.

에 유수프는 강도가 들었거나 더 나쁜 일인가 싶었다. 그런데 하미드의 목소리가 들렸다. 평소 같았으면 무슨 일인지 나가봤을 상황이었다. 그는 방문의 빗장을 조용히 풀었다. 어두운 시간이었다. 그의 방문을 열고 서자 창고 문 밑으로 램프 불빛이 보였다. 하미드가 중얼거리는 소리가 또렷하게 들려 그는 걸음을 멈췄다. 툴툴대는 것도 같고 부탁하는 것도 같은 목소리가 오르락내리락했다. 조용한 집에서 훌쩍이는 목소리에는 뭔가 기괴한, 비극적이기도 하고 두렵기도 한 뭔가가 있었다. 그는, 자신이 아무것도 듣지 않았기를 바라며, 나오지 말았어야 했다고 생각했다. 하미드도 걸음을 멈추고 귀를 기울였다. 유수프는 조금 전처럼 조용히 빗장을 걸고 돌아가 다시 누웠다. 아침에는 아무 말이 없었다. 그러나 유수프는 자신을 쳐다보는 하미드의 눈길을 곁눈질로 의식했다.

많은 장사꾼들이 시내를 통과해갔다. 해안 사람들, 아랍 사람들, 소말리아 사람들이 하미드의 집에서 하루나 이틀을 묵으며 일을 정리하고 휴식을 취했다. 그들은 공터에 있는 빵나무 밑에서 잠을 자고 그 집의 음식을 나눠 먹었다. 그리고 주인에게 작은 선물로 감사인사를 대신했다. 이따금 다시 출발하기 전에 가지고 있는 상품의 일부를 팔기도 했다. 여행자들은 새로운 소식을 가져왔고 여행중에 있었던 대담함과 용기에 관한 믿을 수 없는 이야기들을 들려줬다. 시내 사람들 중 몇몇은 그들의 이야기를 들으러 찾아왔다. 그들 중에 하미드의 친구인 인도인 정비공이 하나 있었다. 인도인 정비공은 늘 옅은 청색 터번을 두르고 요란한 소리가 나는 화물차를 몰고 와, 이따금 장사꾼들을 질겁하게 했다. 그는 거의 말이 없었는데, 유수프는 그가 때때로 엉뚱한 곳에서 낄낄 웃는 것을 보았다. 그 모습에 다른 사람들은 당황스럽고 짜증난 표정을 지었다. 산속의 쌀쌀한 날씨에도 그들은 조금씩 몸을 떨면서 늦은 밤까지 집 앞 공터에 앉아 있었다. 램프 불빛이 그들의 주변을 비추었다. 동물들과 사람들이 그들의 야영지 주변을 악의적으로 빙글빙글 돌던 밤들에 대한 얘기가 오갔다. 그들이 무장을 제대로 하지 않았거나, 겁을 먹었거나, 또는 신께서 지켜주지 않았더라면, 그들은 독수리들과 벌레들에게 깨끗이 발라먹혀 뼈만 남은 채 어딘가에 있는 먼지투성이 응이카*에 버려졌을 것이라고 말했다.

어디를 가나 그들은 유럽인들이 자신들보다 먼저 와 있다는 것을 알게 되었다. 유럽인들은 군인들과 관리들을 보내, 그들을 노예로 만드는 데만 관심 있는 적들로부터 지켜주러 왔다고 말하게 했다. 그들이 말하는 것으로 보아, 다른 무역에 대해서는 들어본 적도 없는 것 같았다. 장사꾼들은 유럽인들에 대해 얘기하며 놀라워했다. 그들의 잔인함과 무자비함에 기가 질려 있었다. 그들은 한푼도 내지 않고 최고의 땅을 가져가고, 이런저런 술수를 부려 사람들이 자신들을 위해 일하게 만들죠. 그 사람들은 아무리 질기고 냄새가 나도 그냥 아무것이나 먹어요. 그 사람들 식욕은 메뚜기떼처럼 끝도 없고 품위도 없죠. 여기도 세금, 저기도 세금을 매기고, 어기는 자는 감옥에 처넣거나 매질을 하고, 심지어 목매달아 죽여요. 그 사람들이 세우는 첫번째 것은 감옥이고, 다음은 교회고, 다음은 모든 거래를 지켜보고 세금을 매기기 위한 시장 건물이죠. 살 집을 짓기도 전에 그런 것부터 만드는 거

---

* 스와힐리어로 '황야' '벌판' '황무지'.

죠. 그런 것들에 대해 들어본 적 있어요? 그 사람들은 쇠로 만든 옷을 입는데 그럼에도 살갗이 안 벗겨진대요. 며칠 동안 잠도 안 자고 물도 없이 살 수 있대요. 그 사람들 침에는 독이 있대요. 왈라히, 정말이라니까요. 그 침이 묻으면 살갗이 타버린대요. 그들을 죽이는 유일한 방법은 왼쪽 겨드랑이를 찌르는 거래요. 다른 곳을 찔러서는 안 된대요. 그런데 거기에 무거운 보호대를 차고 있어서, 그러는 게 거의 불가능하대요.

장사꾼 중 하나는 어느 유럽인이 쓰러져 죽었는데 다른 사람이 오더니 숨을 불어넣는 것을 보았다고 단언했다. 그는 뱀들도 그렇게 하는 것을 본 적이 있고, 뱀들한테도 독이 있다고 말했다. 유럽인의 몸이 완전히 망가지거나 손상되지 않고 부패가 시작되지만 않으면 다른 유럽인이 그를 살려낼 수 있대요. 그래서 죽은 유럽인을 보면 손도 대지 말고 뭘 가져갈 생각도 하지 말아야 된대요. 다시 살아나서 죄를 뒤집어씌울 테니까요.

"천벌받을 소리 하지 마요." 하미드가 웃으며 말했다. "오직 신만이 생명을 줄 수 있어요."

"내 눈으로 직접 봤다니까. 거짓말이면 알라께서 내 눈을 멀게 할 거요." 장사꾼이 그의 말을 듣고 웃는 사람들을 둘러보며 우겼다. "죽은 사람 하나가 누워 있었는데, 다른 유럽인이 그 죽은 사람의 입에 숨을 불어넣으니까, 부르르 떨며 살아났단 말이오."

"생명을 불어넣을 수 있다면 그는 신이 틀림없어요." 하미드가 우겼다.

"신이여 우리를 용서해주소서." 장사꾼이 분노로 몸을 떨며 말했다. "왜 그렇게 말하는 거요? 나는 그런 뜻이 아니었단 말이에요."

"무식한 사람이야." 하미드는 그 남자가 여행을 계속하기 위해 그곳을 떠난 후에 말했다. "저자의 고향 사람들은 저토록 미신적이야. 종교에 지나치게 의존하면 때때로 그렇게 되지. 저자가 하려는 말이 뭐였지? 유럽인들이 실제로는 사람으로 위장한 뱀이라는 거야?"

어떤 여행자들은 아지즈 아저씨의 여행단을 만났다며 그에 관한 이야기를 해줬다. 그를 마지막으로 만났다는 사람들은 마룽구산 너머 호수의 다른 쪽, 거대한 서쪽 강들이 나란히 흐르는 상류지역에서 만났다고 했다. 그는 만예마 부족들과 거래하면서 수익을 내고 있었다. 위험한 나라지만 교역은 가능했다. 고무, 상아, 그리고 운이 좋으면 약간의 금까지도 가능했다. 아지즈 아저씨로부터 직접 전갈이 오기도 했다. 그에게 물품과 상품을 판 장사꾼들에게 돈을 지급해달라는 내용이었다. 집으로 돌아오는 상인 편에 고무를 보내기도 했다. 그에게서 자주 소식이 들려왔다. 하미드는 좋은 소식을 가져온 장사꾼들을 후하게 대접했다.

6

열렬한 단식과 기도 기간인 라마단 직전의 샤반*에 하미드는 산비탈에 있는 마을들과 정착지들을 찾아가기로 했다. 이것은 그가 기다리는 연례행사이자 여행이었는데, 그는 이 역시 장사를 하는 하나의 방법이

---

* 이슬람력으로 8월.

라고 생각하기로 했다. 손님들이 그에게 오지 않기 때문에 그가 그들에게로 가는 것이었다. 유수프는 함께 가자는 제안을 받았다. 그들은 시내에 사는 시크교도 정비공에게서 화물차를 빌리기로 했다. 그는 여행자들의 이야기를 들으러 저녁에 찾아오는 사람들 중 하나였다. 하르반스 싱이라는 이름의 그 시크교도를 사람들 모두 칼라싱가*라고 불렀다. 화물차는 그가 직접 운전했다. 그것도 괜찮았다. 차가 자주 고장나고 타이어는 몇 킬로미터마다 펑크가 났기 때문이다. 칼라싱가는 그런 불운에도 전혀 기죽지 않고 울퉁불퉁한 길과 가파른 경사 탓만 했다. 그는 화물차를 즐겁게 운전하면서 하미드의 조롱을 가볍게 받아넘기고 속으로 많이 삼켰다. 그들은 서로를 잘 알았다. 유수프는 주문받은 것을 배달하기 위해 칼라싱가의 집에 몇 번 간 적이 있었다. 하미드와 칼라싱가는 흥미롭게 서로를 공격하고 받아넘기고 다투는 것을 즐겼다. 그들은 키가 작고 통통했다. 어떤 면에서는 아주 비슷했다. 그러나 하미드가 말할 때 미소를 짓고 싱긋 웃는 반면, 칼라싱가는 그럴 수 없을 것 같은 상황에서조차 얼굴에 표정이 없었다.

"당신이 그렇게 구두쇠가 아니라면 새 차를 사 손님들을 이렇게 비참하게 만들지 않았을 거야." 하미드는 칼라싱가가 고장난 엔진을 갖고 낑낑대고 있을 때 바위에 편안하게 앉아서 말했다. "우리한테서 훔친 돈은 다 어떻게 한 거야? 봄베이로 보내는 거야?"

"그런 못된 농담은 하지 마, 형씨. 누가 와서 나를 죽여주기를 바라는구먼. 무슨 돈 말이야? 그리고 나는 봄베이 출신이 아니야. 그건 당

---

* 스와힐리어로 '시크교(도)'.

신도 알잖아. 거긴 염소똥 같은 반얀*들의 나라지. 이 구자라티** 인간 쓰레기들은 돈이라면 사족을 못 쓰잖나. 그 형제인 보흐라***들은 무키유키 흡혈귀들이야. 그들이 돈을 어떻게 버는지 알아? 대부업과 속임수로 벌어. 어려운 상인들에게 복리로 돈을 빌려주고 아주 작은 건수만 생겨도 담보권을 행사해 압류를 하지. 이게 그들의 전공이야. 인간쓰레기들이라고! 제발 나를 좀 존중해줘. 나를 그런 벌레들하고 엮지 마."

"하지만 당신들 다 마찬가지 아니야?" 하미드가 물었다. "당신들은 전부 인도인이고 반얀이고 사기꾼이고 거짓말쟁이잖아."

칼라싱가는 슬퍼 보였다. "당신이 오랜 세월 동안 내 형제가 아니었다면 흠씬 두들겨팼을 거야!" 그가 말했다. "내 화를 돋우려고 이러는 거 알아. 그래서 열받아도 참을 거야. 당신이 내 품위 없는 행동을 보며 즐거워하게 하지 않을 거라고. 그런데 친구, 나를 너무 몰아붙이진 마. 싱이 모욕을 조용히 받아들이는 건 아주 어려운 일이야."

"그래? 누가 당신한테 조용히 해달라고 했나? 칼라싱가들은 엉덩이에 긴 털이 난다고 들었어. 어떤 칼라싱가는 그중 하나를 뽑아 자신을 화나게 하는 사람을 묶어버렸다는 얘기도 있더군."

"친구, 나는 인내심이 많은 사람이야. 하지만 경고하는데, 일단 화가 나면 피를 봐야 만족한다고." 칼라싱가가 슬픈 표정으로 말했다. 그러고는 유수프를 바라보고 고개를 이리저리 흔들며 공감을 호소했다. "너 내가 화났을 때 어떤지 들어본 적 있니?" 그가 유수프에게 물었다.

---

* 스와힐리어로 '인도 상인'.
** 인도 북서부 구자라트주 출신 사람들.
*** 구자라트주 출신의 이슬람 분파.

"거칠게 포효하는 사자란다!"

하미드는 좋아라 웃었다. "이 털북숭이 카피르*야, 저 아이 겁주지 마. 당신네 반얀들은 거짓말쟁이일 뿐이야. 포효하는 사자라고! 좋다, 좋아, 그 스패너 내려놔. 그런 농담 때문에 내 아이들이 고아가 되는 건 원치 않으니까. 하지만 솔직하게 말해봐…… 우리는 오랜 친구잖아. 우리 사이에는 비밀이 없잖아. 번 돈 갖고 대체 뭐하는 거야? 여자한테 다 주나? 내 말은 당신이 한푼도 쓰지 않으니까 하는 말이야. 집에는 맨 부서진 차들뿐이잖아. 돌봐야 할 사람이 있는 것도 아니고. 그런데 당신 몰골을 보면 가난에 찌든 사람 같거든. 싸구려 폼베**나 당신 작업장에서 만든 독약밖에 안 마시면서. 노름도 안 하고 말이지. 여자가 있는 게 틀림없어."

"여자라고! 나 여자 없어."

하미드가 껄껄 웃었다. 칼라싱가가 여자들과 어울린다는 소문들이 있었다. 칼라싱가 자신이 먼저 시작했고 나중에는 다른 사람들이 부풀린 얘기들이었다. 그 이야기들 속에서 칼라싱가는 늘 발기가 늦어서 여자들의 흥미를 잃게 했다. 하지만 일단 발기가 되면 좀체 수그러들지 않았다.

"이 당나귀야, 알고 싶다니까 얘기해주겠는데, 나는 펀자브에 사는 형제들한테 뭔가를 보내지. 가족 땅을 돌보는 걸 도우려고 그러는 거야. 그런데 당신은 그 얘기만 하려고 하지. 돈을 어디다 두는 거냐고?

---

* (이슬람교도들이 비이슬람교도를 가리킬 때 쓰는) 이교도. 일반적으로는 흑인을 비하하는 말이다.

** 스와힐리어로 '(사탕수수나 바나나로 빚은) 술'.

무슨 돈? 그건 내 일이야!" 칼라싱가가 차의 보닛을 치며 힘주어 말했다. 하미드가 재미있어라 웃으며 다시 시작하려는데 칼라싱가가 차 안으로 들어와 시동을 걸었다.

저녁때쯤 그들은 산 위쪽 기슭의 작은 정착지 가까이에서 멈췄다. 다음날 차를 타고 떠나기 전에 그곳에서 장사를 할 생각이었다. 칼라싱가는 개울둑 옆 무화과나무 밑에 차를 세웠다. 둑에 무성한 초록색 풀이 무릎 높이로 자라 있었다. 유수프는 옷을 벗고 물로 뛰어들었다. 물이 너무 차서 소리를 지르면서도 몇 분 동안 버텼다. 오래지 않아 그는 온몸의 감각이 사라지는 것을 느낄 수 있었다. 칼라싱가는 그에게 산꼭대기의 눈이 녹아서 개울로 흘러드는 거라고 말했다. 땅은 나무들과 풀들로 푸르렀다. 그들이 산그늘 속에 야영지를 마련할 때 대기는 새들의 노랫소리와 흐르는 물소리로 가득했다. 유수프는 강둑을 따라 조금 걷다가 개울 속에 여기저기 흩어져 있는 커다란 바위들 위로 올라갔다. 다른 둑 위에 서서 넓은 공터 너머로 짙은 바나나무 숲이 있는 것을 보았다. 곧 그는 폭포가 있는 곳까지 가서 걸음을 멈추고 그곳을 바라보았다. 그곳은 비밀스럽고 마법적인 분위기였지만 따뜻하고 조화로운 기운이 있었다. 거대한 양치류와 대나무들이 물 쪽으로 기울어져 있었다. 그는 물보라를 통해서 폭포 뒤 바위에 짙은 어둠이 드리워진 것을 보았다. 동굴이 있다는 암시였다. 보물들과 잔인한 찬탈자들로부터 도망치는 불행한 왕자들의 은신처일 수도 있었다. 그가 옷을 만져보자 축축했고, 속옷까지 흠뻑 젖어 있었다. 그러나 그는 물보라 속에 서서 그것이 몸을 감싸는 걸 느끼며 행복해했다. 그는 잘만 하면 폭포 소리 뒤로 오르락내리락하는 콧소리가 들릴 것 같다고 확신했다. 강의 신이 숨을 쉬는 소리일 것이었다. 그는 오랫동안 소리 없이 거기에 서 있었다. 빛이 빠르게 희미해지면서 박쥐들과 야행성 새들의 그림자가 맑은 하늘을 가로지를 때, 멀리서 하미드가 손짓으로 부르는 모습이 보였다.

유수프는 바위를 건너뛰고 시내를 따라 첨벙거리면서 그를 향해 걸음을 서둘렀다. 폭포 은신처의 아름다움에 대해 얘기해주기 위해서였다. 하미드에게 다가갔을 때는 너무 숨이 찼다. 그는 그 앞에 서서 숨을 헐떡거리며 스스로를 향해 웃었다.

"젖었구나." 하미드도 웃으면서 유수프의 등을 찰싹 때렸다. "너무 어두워지기 전에 먹고 쉬어야지. 이곳은 밤이면 아주 쌀쌀해진다."

"폭포가!" 유수프는 숨을 헐떡이며 불쑥 말했다. "아름다워요."

"알고 있다." 하미드가 말했다.

그들 앞의 짙어지는 그림자 속에서 한 남자가 나타났다. 어깨에 가죽 패드를 대고 골이 진 진청색 저지와 카키색 반바지를 입고 있었다. 유럽인에게 고용된 사람이 입는 제복이었다. 그들이 다가가자 그는 다리 뒤에서 야경봉을 꺼내들었고, 야경봉 불빛에 그가 무장을 하고 있는 게 보였다. 그들이 그의 냄새를 맡을 정도로 충분히 가까이 갔을 때, 유수프는 남자의 얼굴에 가느다란 흉터가 사선으로 나 있는 것을 보았다. 입가에서 눈 밑까지 이어지는 상처가 양쪽 볼에 하나씩 있었다. 그는 옷을 접어 올려 입고 있었다. 그에게는 연기와 동물 똥 냄새가 났다. 그의 눈에서는 소름 끼치는 빛이 뿜어져나왔다. 이글거리는 무서운 눈빛이었다.

하미드는 한 손을 들어 인사했다. 살람 알라이쿰. 그 남자가 툴툴거리며 대답하는 대신 야광봉을 들어올렸다. "원하는 게 뭐요?" 그가 물었다. "꺼져요!"

"여기서 야영을 하려고요." 하미드가 말했다. 유수프는 그가 겁을 먹었다는 것을 알 수 있었다. "아무 문제 없습니다, 형제여. 이 젊은 친구가 폭포를 보러 갔거든요. 지금 야영지로 막 돌아가는 중입니다."

"여기는 왜 왔소? 브와나*는 당신들이 여기 있는 것을 싫어해요. 야영도 안 되고 폭포를 보는 것도 안 돼요. 당신들이 여기 있는 것을 싫어한단 말이오." 남자는 그들을 증오어린 눈으로 바라보며 단호하게 말했다.

"브와나라고요?" 하미드가 물었다.

남자가 야경봉으로 유수프가 온 방향을 가리켰다. 그들은 이제야 낮은 건물의 형태를 보았다. 그들이 바라보고 있을 때 창문 중 하나에 갑자기 불이 켜졌다. 남자는 이글거리는 시선을 그들에게 고정한 채, 그들이 가기를 기다렸다. 유수프는 그 눈에서 비극적인 뭔가를 본 느낌이었다. 마치 시력을 잃어버리기라도 한 눈 같았다.

"그런데 우리는 저 아래쪽에 야영지를 만들었어요." 하미드가 항의했다. "우리는 같은 공기로 숨을 쉬지도 않을 거요."

"브와나는 당신들을 좋아하지 않아요." 남자가 날카롭게 그 말을 반복했다. "나가요!"

"이보시오, 친구." 하미드가 능숙한 장사꾼 솜씨를 발휘하며 말했다. "우리는 당신의 브와나한테 아무 문제도 일으키지 않을 거요. 가서

---

* 스와힐리어로 '선생님' '씨' 등의 남성 경칭, 또는 '주인' '어르신'.

108

우리와 차 한잔하면서 보시오."

남자가 갑자기 화를 내며 말들을 쏟아냈다. 유수프가 알아들을 수 없는 말이었다. 그러더니 뒤돌아서서 어둠 속으로 휘적휘적 걸어갔다. 그들은 잠시 쳐다보았다. 하미드가 어깨를 으쓱하고 말했다. 가자. 그의 브와나는 온 세상이 자기 것이라고 생각하나보다. 그들이 야영지로 돌아왔을 때, 칼라싱가는 밥을 해놓고 차를 끓이고 있었다. 하미드는 대추야자 한 묶음과 말린 생선 조각을 꺼냈다. 그들은 그것을 꺼져가는 불에 구웠다. 그들은 칼라싱가에게 야경봉을 든 남자에 대해 얘기해줬다.

"음중구*가 저기 살지." 칼라싱가는 부끄러워하는 기색 없이 만족스럽게 방귀를 뀌며 말했다. "남쪽에서 온 유럽인인데 정부를 위해 일하는 사람이야. 내가 발전기를 고쳐준 적이 있어. 염병하게 크고 시끄러운 낡은 기계였지. 내가 더 새것으로 구해줄 수 있다니까 싫어했어. 얼굴이 붉어지면서 소리를 지르며 내가 뇌물을 바란다고 하더군. 물론 약간의 수수료를 받기는 하지…… 그게 뭐 어때서? 그건 관례야. 그자는 나한테 더러운 쿨리라고 했어. 더러운 쿨리, 도둑질하는 개자식이라고 하더라고. 그러더니 개들이 달려들었어. 우! 우! 많은 개들이 달려들었어. 이빨이 크고 털이 부얼부얼한 큰 개들 말이야."

"개들." 하미드가 조용히 말했다. 유수프는 그것이 무슨 말인지 정확히 알았다.

"맞아, 큰 개들이었어!" 칼라싱가가 일어나 팔을 넓게 벌리며 으르렁거리듯 말했다. "누런 눈에 털이 은색인 개들이었어. 무슬림을 사냥

---

* 스와힐리어로 '유럽인' '유럽계 백인'.

하도록 훈련된 개들이었지. 그것들이 날뛰며 짖는 것은 알라왈라* 고기를 원한다는 말이야. 나한테 무슬림 고기를 달라는 말이라고."

칼라싱가는 자신의 농담에 기분이 좋은지 허벅지를 치며 껄껄 웃었다. 하미드는 미친 이교도, 도둑놈, 털북숭이 카피르라며 욕을 했지만 칼라싱가는 기죽지 않았다. 그는 몇 분마다 소리치고 으르렁대며 더 재미있는 것을 들어보지 못했다는 듯 웃었다.

"이제 그만해, 이 더러운 쿨리야. 너는 너무 멀리까지 운명을 시험하고 있어. 유럽인의 개들이 우리를 덮칠 거야…… 다리가 두 개 달린 개까지도 합세해서 말이지. 그러니까 이 털북숭이 반얀아, 그만해!" 칼라싱가가 여전히 말을 멈추지 않자 하미드가 화를 내며 말했다.

"반얀! 나한테 반얀이라고 하지 말라고 경고했잖아!" 무기나 막대기를 찾으려고 두리번거리며 칼라싱가가 말했다. 그러다 그는 차가 끓는 소리에 금세 정신이 팔렸다. "당신네 무슬림들이 개들을 그렇게 두려워하는 게 내 잘못이야? 그게 나의 혈통을 능욕할 이유가 돼? 당신이 이 말을 쓸 때마다 내 모든 가족을 모욕하는 거란 말이야. 이번이 마지막이야!"

평화가 다시 찾아오자 그들은 잘 준비를 했다. 칼라싱가는 화물차 옆에 매트를 깔았고 하미드는 그 가까이에 누웠다. 유수프는 칼라싱가의 방귀를 피하기 위해서 그들로부터 몇 미터 떨어져 하늘이 보이는 곳에 누웠다. 그러나 그들이 얘기하는 소리를 듣기에 충분히 가까운 거리였다. 그들은 피곤한 한숨과 만족스러운 신음 소리를 냈다. 유수

---

* 아랍어로 '알라의 사람'.

프는 기분좋은 침묵 속에서 졸기 시작했다.

"낙원이 이럴 거라고 생각하면 기분좋지 않아?" 하미드가 물소리로 가득한 밤공기 속에서 부드럽게 물었다. "우리가 상상할 수 있는 것보다 더 아름다운 폭포들이 있다고 생각해봐. 유수프, 이보다 훨씬 더 아름다운 걸 상상해봐라. 그곳에서 세상의 모든 물이 흘러나온다는 것을 너는 아니? 낙원에는 네 개의 강이 있단다. 강들은 동서남북 여러 방향으로 흘러서 신의 정원을 사등분하고. 그래서 어디에나 물이 있는 거야. 누각 밑, 과수원 옆, 테라스 옆, 숲 옆의 길에도 물이 있는 거지."

"어디에 그런 정원이 있다는 거야?" 칼라싱가가 물었다. "인도에? 인도에는 폭포가 있는 정원이 많아. 그런 곳이 당신의 낙원이야? 그게 아가 칸이 사는 곳이야?"

"신은 일곱 개의 하늘을 만드셨지." 하미드는 칼라싱가를 무시하고 유수프에게만 얘기하듯 고개를 한쪽으로 돌리며 말했다. 그의 목소리는 서서히 부드러워지고 있었다. "천국은 칠층에 있는데 그 자체도 칠층으로 나뉘어 있지. 가장 높은 곳이 제네트 알아든, 즉 에덴동산이야. 털북숭이 신성모독자는 거기에 들어갈 수 없어. 제아무리 천 마리의 사자처럼 으르렁거려도 안 돼."

"인도에는 칠층이나 팔층짜리 정원들이 있지." 칼라싱가가 말했다. "무굴 야만인들이 만든 거야. 그들은 테라스에서 진탕 마시며 놀고 기분이 내키면 사냥할 수 있도록 정원에 동물들을 키웠지. 그게 낙원인 게 틀림없어. 그렇다면 당신의 낙원은 인도에 있는 거야. 인도는 아주 영적인 곳이거든."

"당신 생각에는 신이 미친 것 같아?" 하미드가 물었다. "낙원을 인도에 두게?"

"맞아, 그런데 아마 더 좋은 곳을 찾을 수 없었을 거야." 칼라싱가가 말했다. "최초의 정원이 아직 어딘가에 있다는 얘기를 들은 적이 있어. 지구상에 말이야."

"카피르! 어디서 유치한 얘기나 얻어듣고." 하미드가 말했다.

"책에서 읽은 거야. 영적인 책. 이 장사치야, 무슬림 개고기 새끼야, 너는 읽을 줄 알아?"

하미드가 웃었다. "나는 신이 '나비 누'* 시대에 홍수를 보내 대지를 덮어버렸을 때는 정원이 물이 미치지 않는 곳에 있어서 아무렇지도 않았다는 얘기를 들은 적이 있어. 그래서 최초의 정원이 아직 어딘가에 있을지 몰라. 하지만 우레 같은 물과 화염 문이 있어서 인간들에게는 닫혀 있대."

"그 정원이 지상에 있는 게 사실이라고 상상해봐!" 칼라싱가가 오랜 침묵 후에 말했다. 하미드가 빈정거렸지만 칼라싱가는 신경쓰지 않았다. 우레 같은 물과 화염 문은 아주 세부적인 것들로 거기에는 권위가 실려 있었다. 그는 위대한 구루의 글들을 가족 사당에 모시는 독실한 시크교도 집안에서 자랐다. 그러나 그의 아버지는 너그러운 사람이어서 가네샤**의 청동상, 구원자 예수그리스도의 작은 성화聖畵, 작은 쿠란도 사당 뒤에 두었다. 칼라싱가는 우레 같은 물과 화염 문 같은 세부적인 것들이 가진 힘을 알았다.

"그래, 나도 어떤 사람들이 지상에 정원이 있다고 얘기하는 걸 들은

---

* 이슬람에서 '예언자 노아'.
** 힌두교의 지혜와 학문의 신.

적이 있지만 안 믿어. 있다고 해도 아무도 들어갈 수 없을 테니까 말이야. 특히 반얀은 말이지." 하미드가 단호히 말했다.

7

그들은 장사가 될 만한 정착지나 마을마다 멈추면서 나흘 후에야 올모로그에 도착했다. 그곳은 산중턱에 있는 정부기지였다. 여행은 계획했던 것보다 오래 걸렸다. 화물차가 너무 자주 고장이 나서였다. 칼라싱가가 마지막 단계에서는 갖은 이유를 다 댔지만 하미드는 너무 피곤했는지 이제는 놀리지도 않았다. "하야, 하야, 헛소리 그만하고. 우리를 거기에 데려다주기만 해." 그가 말했다. 올모로그는 그들의 최종 목적지였다. 거기서 하루를 보내고 돌아갈 예정이었다. 그곳은 예전에 몸과 머리를 황토로 물들이고 소를 치는 부족들의 거대한 정착지였다. 거기에 농업기지가 세워진 이유였다. 기지가 세워지면 유목민 전사들이 피를 좋아하는 것을 단념하고 낙농업을 하는 농부가 될 거라고 생각했던 모양이다. 그러나 그런 일은 일어나지 않았다. 이 외딴곳을 변화시키고자 정부의 권위를 갖고 왔던 관리의 성급함 때문이었는지 모른다. 여하튼 사람들은 그러거나 말거나 농업기지를 내버려뒀다. 그들은 자신들의 정착지를 약간 멀리 떨어진 곳으로 옮기고 올모로그로 장사를 하러 왔다.

하미드는 대개 후세인이라는 이름의 잔지바르 출신 남자의 집에서 묵었다. 그는 먹고살기에 충분한 가게를 갖고 있었다. 가게 안에는 손재봉틀이 있었다. 그는 그것으로 손님들을 위한 슈카와 가운을 만들었다. 벽에 붙은 계산대에는 설탕 봉지들과 차 상자들과 다른 작은 물건들이 놓여 있었다. 후세인은 고생에 익숙한 것처럼 보이는 마르고 키가 큰 남자였다. 그는 가게만큼이나 빈약해 보였다. 가게 뒤편에서 혼자 살았기에, 그는 그들이 도착하자 창고에 공간을 만들고 그들과의 대화를 즐거운 마음으로 기다렸다. 그들은 저녁에 가게 밖에 앉아 후세인이 잔지바르에 관해 얘기하는 소리를 들었다. 얼마 후 그가 용변을 보려고 나갔을 때, 그들은 사업 얘기를 하다가 빛이 산속으로 사라지는 모습을 조용히 지켜보았다.

"여기서는 빛이 초록색인 걸 보았나?" 후세인이 한참 후에 물었다. "하기야 칼라싱가한테 물어볼 필요는 없지. 기름이 묻거나 소리가 나지 않는 이상 아무것도 알아채지 못하는 사람이니까. 친구, 이번에는 뭘 할 셈이야? 지난번에 왔을 때는 버스를 사서 산골 마을로 가는 길을 개척해보겠다고 했잖아. 그 기막힌 생각은 어떻게 된 거야?" 칼라싱가는 어깨를 으쓱했지만 답변도 않고 돌아보지도 않았다. 그는 여행 내내 가지고 다니는, 집에서 직접 담근 술을 양철머그에 따라 홀짝이고 있었다. 그는 그들하고 있을 때면 아주 이따금만 술을 마셨다. 그러나 유수프는 그가 아무도 안 보인다 싶을 때 커다란 돌병에 담긴 술을 꿀꺽꿀꺽 마시는 모습을 본 적이 있었다.

"이봐, 유수프 젊은이! 빛을 보았나?" 후세인이 물었다. "잘생긴 모습을 보니 언젠가 젊은 여자들을 환장하게 만들겠군. 나하고 운구자로 돌아가세. 그러면 내 딸과 결혼시킬 테니. 여하튼 빛을 보았나?"

"네." 유수프가 말했다. 그는 산 위로 차를 타고 오면서 빛이 변하는 모습을 보았다. 잔지바르에 관한 얘기만큼이나 그것에 대해 얘기하는 것도 좋았다. 갑자기 그는 후세인이 잔지바르에 대해 하는 얘기를 들으며 언젠가 한번 가서 그 멋진 곳을 직접 봐야겠다고 생각했다.

"자네가 딸을 주겠다고 하면 저 친구는 어떤 것에나 네라고 할 걸세." 하미드가 웃으며 말했다. "그러나 너무 늦었네. 우리가 이미 우리 큰딸과 약혼을 시켰거든. 내가 후세인, 자네한테 그 말을 하지 않았나?"

"염병하네. 아직 열 살밖에 안 되지 않았나." 후세인이 말했다.

"열한 살일세." 하미드가 말했다. "결혼하기에 딱 좋은 나이지."

유수프는 자신을 놀리고 있다는 것을 알았지만 그런 얘기가 여전히 불편했다. "그런데 왜 녹색이 되죠, 빛이?"

"산 때문이지." 후세인이 말했다. "호수가 있는 곳까지 가면 세상이 산으로 둘러싸인 것을 보게 될 거야. 그러면 하늘이 녹색을 띠지. 호수 다른 쪽의 산들은 우리가 알고 있는 세상의 가장자리야. 그 너머의 공기는 전염병과 역병의 색깔을 띠고 있지. 그곳에 어떤 존재가 사는지는 신만이 아셔. 동쪽과 북쪽은 우리에게 알려져 있고. 중국은 극동에 있고 북쪽으로는 곡과 마곡의 성벽이 있지. 그러나 서쪽은 암흑의 땅이야. 정령들과 괴물들의 땅이지. 신은 정령들과 야만인들의 땅에 유수프라는 이름의 예언자를 보내셨지. 어쩌면 너도 그들에게 보내실지 몰라."

"호수가 있는 곳까지 가본 적이 있으세요?" 유수프가 물었다.

"아니." 후세인이 말했다.

"그런데 이 친구는 다른 곳은 안 가본 데가 없단다." 하미드가 말했다. "이 친구는 집에 있는 걸 별로 안 좋아하거든."

"어떤 유수프 말이야?" 칼라싱가가 물었다. 그는 후세인이 빛과 호수에 대해 얘기하는 동안 껄껄 웃거나 부자연스럽게 웃었지만—동화 얘기하는 시간이구먼, 하고 그가 외쳤다—그들은 그가 예언자들과 정령들에 관한 얘기만 나오면 저항하지 못한다는 것을 알았다.

"이집트를 기근으로부터 구했다는 유수프 예언자 말일세." 후세인이 말했다. "그 예언자 모르는가?"

"서쪽 암흑 너머에는 무엇이 있을까요?" 유수프가 물었다. 칼라싱가가 화를 내며 혀를 찼다. 그는 이집트의 기근 얘기를 듣기를 바라고 있었다. 물론 아는 이야기였지만 다시 한번 듣고 싶어했다.

"황야의 크기가 얼마나 되는지는 알려져 있지 않지." 후세인이 말했다. "걸어서 오백 년이 걸린다는 얘기를 들은 적이 있어. 생명의 샘은 그 황야에 있지. 섬처럼 큰 식시귀들과 뱀들이 지키고 있다고 해."

"지옥도 거기에 있나?" 칼라싱가가 그의 습관적인 조롱기로 돌아가 물었다. "당신네 신이 당신들에게 약속한 고문실도 거기에 있는 거야?"

"당신이 알아야 할 것은," 하미드가 말했다. "당신이 그곳에 갈 거라는 거야."

"나는 쿠란을 번역할 생각이야." 칼라싱가가 갑자기 말했다. "스와힐리어로 말이야." 그는 다른 사람들이 웃음을 멈추자 이렇게 덧붙였다.

"당신은 키스와힐리도 할 줄 모르잖아." 하미드가 말했다. "아랍어는커녕."

"영어번역판을 사용할 거야." 칼라싱가가 험상궂은 표정을 지으며 말했다.

"왜 그런 걸 하고 싶은 건데?" 후세인이 물었다. "나는 자네가 이보다 더 쓸데없는 얘기를 하는 걸 들은 적이 없는 것 같아. 왜 그런 걸 하려는 건데?"

"당신네 멍청한 원주민들한테 당신네들이 공경하는 신의 노여운 목소리를 듣게 하려고 그러지." 칼라싱가가 말했다. "그게 나의 성전聖戰일 거야. 당신들은 아랍어로 그게 무슨 의미인지 이해할 수 있어? 조금은 이해할지 모르지. 그러나 당신네 우둔한 형제들은 대부분 이해 못해. 그래서 당신들 모두가 멍청한 원주민이라는 거야. 당신네들이 이해하게 되면 알라가 얼마나 관용이 없는지 알게 되겠지. 그를 공경하는 대신 더 좋은 일을 찾으려고 할 거야."

"왈라히!" 하미드가 더이상 즐겁지 않은지 말했다. "당신 같은 사람이 그렇게 용서받을 수 없는 방식으로 그분에 대해 얘기하는 게 적절한지 모르겠다. 다음번에 당신이 가게로 우리 대화를 엿들으러 오면 멍청한 원주민들에게 당신이 무슨 얘기를 했는지 말해줄 생각이야. 그들은 그 말을 듣자마자 당신의 털 많은 엉덩이에 불을 지를 거야."

"그래도 나는 쿠란을 번역할 거야." 칼라싱가가 단호하게 말했다. "비록 그들이 무식하기 짝이 없는 알라왈라더라도 나는 내 동료 인간들을 사랑하니까. 이것이 성인들을 위한 종교일까? 나는 신이 무엇인지 모르고 그가 가진 수천 개의 이름이나 수백만 개의 약속도 기억하지 못하지만, 그기 당신들이 숭상하는 덩치 큰 골목대장일 수 없다는 것쯤은 알아."

그 순간, 한 여자가 밀가루와 소금을 사러 가게에 왔다. 그녀는 허리에 천을 두르고 목과 어깨 위로 구슬을 꿴 큼지막한 고리를 걸치고 있었다. 가리지 않은 가슴은 훤히 드러난 채였다. 그녀는 칼라싱가가 옆에 가서 한숨을 쉬고 욕망에 들뜬 소리를 내도 신경쓰지 않았다. 후세인이 그녀가 쓰는 말로 얘기했다. 그녀는 길게 답하면서 손짓하고 설명하고 즐거워하며 웃었다. 말하는 동안 그녀에게서는 웃음이 자연스럽게 흘러나왔다. 후세인은 무슨 말인가를 정신없이 속삭이며 그녀와 같이 웃고 콧김을 씩씩 뿜었다. 그녀가 가고 난 후 칼라싱가는 그녀 안에서 폭발할 때까지 올라타고 또 올라타고 싶다고 욕망에 들뜬 소리로 말했다. "오 이 야만인 여자들, 자네들 그 쇠똥냄새 맡았어? 가슴은 봤어? 어찌나 풍만한지 고통스러울 지경이었어!"

"수유중이라서 그래. 안 그래도 갓난아기 얘기를 하고 있었던 거야." 후세인이 말했다. "당신은 우리의 신이 편협하고 그 신을 대하는 우리의 방식이 무식하다고 놀리면서도 사람들을 야만인이라고 하네."

칼라싱가는 비난을 무시했다. 그는 하미드가 부추기자 성적인 경험담을 얘기하기 시작했다. 그는 우스꽝스러운 것을 강조했다. 어느 아름다운 여자를 만났는데 제 딴에는 복잡한 술수를 써서 집으로 데려가고 보니 남자더라고 했다. 그리고 나이든 여자를 뚜쟁이라고 생각하고 흥정을 했는데 나중에 보니 자신이 돈을 지불할 창녀였다는 얘기도 했다. 결혼한 여자와 연애한 얘기도 했다. 예기치 않게 문밖에서 오쟁이진 남편의 소리가 들리는 바람에 중요한 것을 잃을 뻔했다고 했다. 그때 그는 몸의 모든 부분을 동원해 부드러운 여자 목소리를 내고 몸을 나긋나긋, 관절을 흐물흐물하게 만들었다고 했다. 그리고 그사이에 사나운 남자로서 행동을 개시해야 할 때는 수염을 꼿꼿이 세우고 터번을

똑바로 썼다고 했다. 하미드는 소리를 지르고 웃고 난리였다. 너무 웃
어서 갈비뼈를 잡고 숨도 못 쉴 지경이었다. 칼라싱가는 기회를 잡자
하미드가 저항하지 못하는 장면을 되풀이해 묘사하면서 그를 고문했
다. 유수프는 죄책감을 느끼며 웃었다. 후세인이 그렇게 야한 이야기
를 마음에 들어하지 않는다는 것을 알 수 있었기 때문이다. 그러나 하
미드가 배꼽을 잡고 웃는 모습을 보니 그러지 않을 수가 없었다.

　나중에 밤이 깊어지자 그들의 이야기는 더 부드럽고 울적해졌다. 그
사이 더 길고 잦아진 하품으로 이야기가 끊기곤 했다.

　"나는 우리 앞에 있는 시간들이 두려워." 후세인이 조용히 말하자
하미드는 노곤한 듯 한숨을 쉬었다. "모든 것이 혼란스러워. 유럽인들
은 아주 작정한 것 같아. 땅을 번창시키는 문제로 싸우다가 결국에는
우리 모두를 짓뭉갤 거야. 그들이 좋은 일을 하려고 여기에 와 있다고
생각하면 당신들은 바보야. 그들이 노리는 건 장사가 아니라 땅 자체
라고. 그 안에 있는 모든 것…… 그리고 우리."

　"그들은 인도를 수백 년 동안 지배하고 있어." 칼라싱가가 말했다.
"그런데 여기 있는 당신들은 문명화되지 않았는데 그들이 어떻게 똑같
이 할 수 있겠어? 남아프리카에서도 사람들을 다 죽이고 땅을 빼앗고
있는데, 그들에게 가치 있는 것은 금과 다이아몬드뿐이야. 그런데 여
기에는 뭐가 있지? 그들은 논쟁하고 말다툼하고 이런저런 것들을 훔치
고, 그리고 소규모 전쟁을 몇 번 하고 나서 지치면 집으로 갈 거야."

　"어이 친구, 당신은 꿈을 꾸고 있어." 후세인이 말했다. "그들이 어
떻게 이미 산에 있는 가장 좋은 땅을 자기들끼리 나눠 가졌는지 생각
해봐. 그들은 이곳 북쪽 산간지역에서 가장 사나운 부족들까지 쫓아내

고 땅을 차지했어. 아이들을 쫓아내듯이 그들을 쫓아냈어. 아무런 어려움 없이 말이야. 그리고 몇몇 지도자들을 산 채로 묻었어. 그걸 모른 단 말이야? 그들이 머물도록 허락한 유일한 사람은 하인으로 만든 자들뿐이야. 그들이 무기를 한두 번 휘두르면 소유권 문제는 해결돼. 그들이 이곳을 그저 구경하러 온 것 같아? 작정한 거야. 그들은 온 세상을 원하는 거라고."

"그렇다면 그들이 누구인지 알아야지. 뱀들과 쇠를 먹는 남자들 이야기 말고 당신이 아는 게 뭐야? 그들의 말과 이야기를 알아? 그렇게 해서 어찌 그들에게 맞설 수 있지?" 칼라싱가가 말했다. "툴툴거려봤자 무슨 소용이지? 우리는 이처럼 똑같아. 그들은 우리의 적이야. 그것도 우리를 똑같게 만들지. 그들의 눈에 우리는 동물이야. 우리는 오랫동안 그들이 이런 멍청한 생각을 하는 걸 그만두게 할 수 없을 거야. 그들이 왜 그렇게 강한지 알아? 수백 년 동안 세계를 먹고 살아서 그래. 불평해봤자 그들을 멈출 수는 없어."

"그들을 멈추도록 우리가 배울 수 있는 건 아무것도 없어." 후세인이 단조롭게 말했다.

"당신은 그들이 그저 두려운 거야." 칼라싱가가 부드럽게 말했다.

"그래 어쩌면 당신 말이 맞을지 몰라…… 물론 그들만 두려운 건 아니야. 우리는 우리가 살아가는 방식을 포함한 모든 것을 잃게 될 거야." 후세인이 말했다. "그리고 젊은 사람들은 훨씬 더 많은 걸 잃게 될 거야. 언젠가 유럽인들은 우리가 알고 있는 모든 것에 젊은 사람들이 침을 뱉게 만들 거야. 그리고 유럽의 법과 세상에 대한 그들의 이야기를 암송하게 할 거야. 그것이 신성한 말이라도 되는 듯이 말이야. 그들이 우리에 관해 쓰게 될 때 무슨 말을 하겠어? 우리가 노예로 만들었다고 쓸 거야."

"그렇다면 그들과 어떻게 대적할지 배워." 칼라싱가가 소리쳤다. "만약 그런 위험이 앞에 있다는 당신의 말이 사실이라면, 어째서 이런 산 위에 머물며 그런 말을 하는 거지?"

"내가 어디로 가서 그 말을 해야 한다는 거야?" 후세인이 화를 내는 칼라싱가를 향해 미소를 지으며 물었다. "잔지바르로 갈까? 그곳에서는 노예들조차 노예제를 옹호해."

"왜 이렇게 우울한 얘기를 하는 거야?" 하미드가 따졌다. "우리가 사는 방식이 뭐가 그리 좋아? 그렇게 무서운 예측이 아니더라도 우리를 억압하는 것은 충분히 많지 않나? 모든 것을 신의 손에 맡기자고. 아마 상황이 바뀔 거야. 그러나 해는 여전히 동쪽에서 떠서 서쪽으로 질 거야. 우울한 얘기는 그만하자고."

또다시 긴 침묵이 이어지다가 후세인이 물었다. "하미드, 정직하지 못한 당신 동업자는 요즘 뭘 하려는 거야? 그가 당신을 무슨 멍청한 짓으로 끌어들인 거야?"

"누구 말이야?" 하미드가 초조하게 물었다. "지금 무슨 말을 하는 거야?"

"누구냐고! 조만간 누군지 알게 되겠지. 당신 동업자 말이야! 당신이 지난번에 그렇게 말하지 않았나? 때가 되면 그 사람이 당신을 완전히 벗겨버려 셔츠를 꿰맬 바늘과 실도 안 남게 할 거라고." 후세인이 경멸적으로 말했다. "당신은 그가 당신을 부자로 만들어줄 거라고 말하지. 그는 아무 위험이 없다고 자네에게 말할 거야. 틀림없다면서 말이지. 원한다면 지금 당신의 실크 재킷을 주문할 수도 있다고 하지. 그런데 조만간 위험이 현실이 되고 당신은 돌아오지 못할 거야. 불운한 거지. 그게 사업이야. 당신도 그게 어떤 건지 알잖아. 그가 얼마나 많은 사람들을 망하게 했지? 그는 당신이 가진 재력 이상으로 당신을 끌어들이고, 당신이 돈을 갚지 못하면 모든 것을 가져갈 거야. 그게 그 사람의 방식이야. 당신은 내가 무슨 말을 하는지 정확히 알 거야."

"오늘 왜 이래?" 하미드가 물었다. "산에서 저 초록빛하고 살다보니 어떻게 된 게 틀림없군." 유수프는 하미드가 불안해하고 화를 내기 시작하는 걸 알 수 있었다. 그는 우울하고 초연해 보였다. 한번은 유수프 쪽을 슬쩍 바라보았다.

"당신 동업자에 대해 무슨 얘기를 들었는지 아나?" 후세인이 말을 이었다. "동업자들이 돈을 갚지 못하면 아들딸을 레하니로 데려간다네. 노예제가 있던 시절하고 똑같아. 올바른 사람들은 그런 식으로 하지 않아."

"후세인, 이제 됐어." 하미드는 유수프를 바라보려는 것처럼 반쯤 몸을 돌리고 화를 내며 말했다. 칼라싱가도 무슨 말을 하려는 듯 쳐다보았다. 그러나 하미드가 갑자기 손짓으로 그를 제지했다. "내가 원하는 대로 바보 같은 실수를 하게 그냥 내버려둬. 당신은 이것이…… 당신이 하는 것이…… 우리가 하는 것이…… 더 낫다고 생각해? 어떻게 이것이 더 나은데? 우리는 힘들게 일하고 모든 것을 걸고 우리 사람들로부터 떨어져 살고 있어…… 그런데 우리는 아직도 쥐처럼 가난하고 두려워하고 있어."

"주께서 우리에게 말씀하시기를―" 후세인이 쿠란의 한 구절을 인용하려고 했다.

"그러지 마!" 하미드가 부드럽게, 거의 간청하듯이 그의 말을 가로막았다.

"조만간 그는 붙잡힐 거야." 후세인이 단언했다. "모든 밀수와 위험한 거래는 아무 소득 없이 끝날 거야. 당신도 거기에 시달리게 될 거고."

"당신 형제가 하는 말 잘 들어." 칼라싱가가 하미드에게 말했다. "우리는 부자가 아닐지 몰라도 적어도 법에 따라 살고 서로 존중해."

하미드가 웃었다. "우리는 참으로 고상한 철학자들이네! 이 거짓말쟁이 깡패야, 당신이 언제 법을 알았지? 누구의 법을 이야기하는 거야? 당신이 아주 간단한 일에 우리에게 청구하는 비용을 생각해봐…… 그걸 법에 따라 산다고 하는구나." 그가 말했다. 그는 자신이 말하는 방식과 어조를 통해 긴장의 순간이 지나갔으며, 대화가 더 우스운 쪽으로 흘러갔으면 한다는 표시를 했다. "여하튼 우리가 저 젊은이에게 나쁜 인상을 줄 필요는 없잖아."

유수프는 당시 열여섯 살이었다. 젊은이라는 말이 그의 귀에는 고상하게 들렸다. 키가 크다거나 심지어 철학자로 묘사하는 것만큼이나 멋지게 들렸다. 그는 약간 광대 같은 몸짓으로 만족감을 표했다. 세 사람은 그의 바보 같은 짓을 보며 웃었다. 그러면서 빚쟁이들을 만족시키기 위해 아들을 전당잡혀야 했던 남자에 관한 얘기는 적당히 넘어갔다. 그러나 유수프는 후세인이 하미드에 관해 했던 얘기의 일부를 이해했다고 생각했다. 성공하고 싶은 그의 욕망과 아지즈 아저씨의 여행에 관한 그의 불안감에는 스스로에 대한 불신과 실패에 대한 예감이 깃들어 있었다. 유수프는 출입이 금지된 창고에서의 중얼거림과 그곳에 있는 물건들로부터 올라오는 마젠도의 냄새를 떠올렸다. 하미드가 했던 애원의 말은 기도였다.

8

그들이 도시로 돌아오고 며칠 후에 아지즈 아저씨가 여행에서 돌아왔다. 늘 그랬듯이 북 치는 사람과 뿔피리 연주자가 앞장서고 그 뒤를 모하메드 압달라가 따랐다. 그들은 늦은 오후, 해가 기울면서 바람과 나뭇잎에 습기가 다시 올라오기 시작하는 부드럽고 아름다운 시간에 모습을 드러냈다. 그들을 처음 본 건 유수프였다. 그가 조용한 길을 한가롭게 걷고 있는데 길 위의 공기가 동요하는 것 같았다. 그러면서 점차 미세한 먼지구름이 일고 쿵쿵거리는 소리가 나고 북소리와 피리 부는 소리가 났다. 그는 기다렸다가 자신이 상상했던 대로 피곤한 여행자들이 흐느적거리며 오는 모습을 보고 싶었지만, 달려가서 집안에 알려야 한다고 생각했다.

그들은 어려운 일도 많고 위험도 많았던 어려운 여행이었다는 것을 알게 되었다. 험악한 순간들도 있었지만 싸움은 없었다. 두 사람이 심하게 다쳤다. 한 사람은 사자에게 물렸고 다른 한 사람은 뱀에게 물렸다. 두 사람은 호수 옆 작은 도시에 남아 아지즈 아저씨한테서 충분한 돈을 받은 어느 가족의 보살핌을 받기로 했다. 아지즈 아저씨는 그들과 전에 거래한 적이 없었지만 그들이 두 사람을 잘 돌볼 것이라 믿는다고 말했다. 짐꾼들과 보초들 중 상당수가 여행중에 병이 났다. 다행히 유별나거나 심각한 것은 아니었다. 내륙 여행에서는 흔히 있는 일이었다. 모하메드 압달라는 어느 날 밤 도랑에 빠져 어깨를 심하게 다쳤다. 낫는 중이지만 아직도 고통스러워한다고 했다. 아지즈 아저씨 말이, 그가 그 일을 숨기려 한다고 했다. 그런 어려움에도 불구하고 장사는 괜찮았다. 그러나 그들은 자신들이 해안에서 얼마나 멀리 떨어져 있는지 늘 의식하고 있었다고 했다. 아지즈 아저씨는 늘 그렇듯이 차분해 보였다. 평소보다 더 날씬해지고 건강해진 것 같았다. 목욕을 하고 옷을 갈아입고 향수를 뿌리자, 그가 몇 달간 길 위에 있었다는 사실이 믿기 어려울 정도였다.

"강 상류지역에서는 장사를 엄청 잘했지." 아지즈 아저씨가 말했다. "정말이지 우리는 강에서 시간을 많이 보낸 게 아니었어. 내년에는 마룽구로 다시 갈 거야. 그곳이 장사꾼들로 넘쳐나기 전에 말이지. 유럽인들이 그곳을 곧 닫아버릴 거야, 벨기에인들이. 그들이 점점 더 호수지대 쪽으로 이동하고 있다더군. 그들은 아무짝에도 쓸모없이 시샘만 많은 거지들이야. 사업에 대해서는 아무것도 이해 못해. 그들에 관해 들은 적이 있지. 독일인과 영국인조차 그들보다는 나아. 모두가 사악한 장사꾼들이긴 하지만 말이야. 우리가 이번에는 귀중한 물건들을 좀 가져왔지."

모든 것이 하미드의 귀에는 음악으로 들렸다. 그는 아지즈 아저씨와 동업하고 있다는 것을 확인하고 싶어서 아랍 단어를 섞어가며 말했다. 그는 물품의 짐칸을 감독하면서 연신 미소를 짓고 찬사의 말을 쏟아냈다. 아지즈 아저씨는 헐값에 가져온 옥수수를 하미드에게 놓고 가기로 했다. 그러나 고무, 상아, 금은 기차로 해안까지 싣고 갈 예정이었다.

조금 더 일찍 도착한 고무는 벌써 시내의 그리스인 상인에게 팔렸다. 저녁이 되자 하미드는 아지즈 아저씨를 창고로 데려가서 물건을 조사했다. 그리고 앉아서 장부를 보며 이익을 계산했다.

아지즈 아저씨는 오래 머물지 않았다. 라마단이 시작되기 전에 해안으로 돌아가 단식을 하고 자기 집에서 쉬고 싶어했다. 월말 이전에 물건들을 처분하면 짐꾼들에게 임금을 지불할 수 있을 것이고, 시간에 맞게 다음해와 이드에 필요한 모든 비용을 충당할 수 있을 터였다. 출발일이 다가왔다. 모하메드 압달라는 아직 정상이 아니었다. 행렬은 기차역을 향해 출발했다. 유수프에게는 동행하라고 하지 않았다. 그들이 떠나기 조금 전 아지즈 아저씨는 그를 옆으로 부르더니 얼마간의 돈을 주었다.

"필요할 경우를 위해서 주는 거다." 그가 말했다. "나는 내년에 여기로 다시 올 거다. 너는 아주 잘하고 있다."

내륙 여행

1

하미드는 아지즈 아저씨가 다녀간 후로 기분이 좋았다. 여행 이야기
들은 그를 흥분시키고 그들 모두를 지평선 너머의 무시무시하고 거대
한 세계와 접촉하게 만들었다. 또한 그는 숫자를 보면 기분이 너무 좋
았고, 하미드의 창고에 남겨진 물건은 그 사업과 관련해 행운을 거머
쥔 것처럼 느끼게 했다. 하미드가 늘 밤이 될 때까지 기다렸다가 비밀
창고에 들어가 자신의 성공을 기뻐한 것은 아니었다. 때때로 그는 문
을 열어놓았다. 그러면 동물 가죽에서 나는 강렬한 냄새가 마당으로
흘러나왔다. 유수프는 거기에 쌓여 있는 황마와 가마니들을 보았다.
그는 그중 일부가 아지즈의 여행단이 가져온 옥수수라는 것을 알았다.
일부는 입이 거친 바쿠스가 트럭으로 실어 온 꾸러미였다. 그는 하미
드가 전리품 주변을 거닐면서 자루들의 개수를 세고 혼잣말하는 모습

을 바라보았다. 그는 유수프가 열린 문에 서 있는 것을 보자 겁먹은 얼굴을 했다가 금세 안도하고 의심하는 표정이 되었다. 그는 멍하니 뭔가를 골똘히 생각하는 것처럼 얼굴을 찌푸렸다가 교활한 웃음을 지으며 밖으로 나왔다.

"너, 여기서 뭐해? 할일이 없어? 마당 쓸었니? 빵나무 열매는 주웠니? 그렇다면 시내로 심부름을 다녀와야겠다. 그런데 누가 나를 지켜보라고 했니? 너는 저 자루에 뭐가 들었는지 보고 싶은 거지? 언젠가 모든 것에 대해 알게 될 거다." 그는 밝게 말하면서 창고에 자물쇠를 채웠다. "신의 은총 덕에 이익이 많이 난 여행이었다. 모두에게 행운이 따랐던 거지. 너, 찾는 게 있니? 왜 두리번거리는 거니?"

"저는—" 유수프가 말하기 시작했다. 그러나 하미드는 그의 말을 자르고 유수프가 따라오기를 바라며 앞으로 성큼성큼 걸어갔다.

"너, 뭘 찾는 건 아니지? 나는 후세인이 지금 뭐라고 말할지 듣고 싶구나. 그는 자기가 산중턱까지 올라다니며 근근이 벌어서 먹고사는 길을 택했다는 이유만으로, 스스로를 위해 뭔가를 가지려는 사람은 죄를 짓는다고 생각하지. 그래, 너도 거기에 있었잖아! 그렇다고 내가 엄청난 부를 원하는 것은 아니다. 다만 이곳에 살면서 장사하는 동안 나도 뭔가를 좀 이루고 싶다는 거야. 병든 몽상가처럼 행동하는 것은 그 사람의 일이지. 너도 들었다시피 그는 대단한 이상주의자야. 너도 그가 얘기하는 거 들었지?"

"네." 유수프는 하미드의 공격적인 말이 불편했다. 그는 자루에 정말로 뭐가 들어 있는지 궁금했다. 그러나 물어보기가 머뭇거려졌다. 하미드는 그가 알고 있다고 생각한다는 느낌을 받았기 때문이다. 그는 거기에 뭔가 값진 것이 들어 있어서 하미드의 창고에 숨겨져 있는 거라고 추측했다.

"가족을 위해 더 좋은 삶을 살겠다는 게 죄가 되니?" 하미드가 물었다. 후세인에 대한 경멸감이 묻은 목소리였다. "가족을 자기 사람들 사이에서 살 수 있도록 해주겠다는 게 죄가 되니? 그게 무슨 잘못이니? 너한테 묻는 거다. 내가 원하는 건 내 가족을 위한 작은 집을 짓고 내 자식들에게 좋은 남편과 아내를 찾아주고, 교양 있는 사람들 틈에 섞여 사원에 갈 수 있는 것뿐이야. 내가 원하는 게 너무 과하지만 않다면, 저녁에 친구들과 이웃들과 같이 앉아서 정답게 얘기를 나누며 차도 한잔하고 싶고…… 그게 전부야! 내가 누구를 죽이고 싶다고 했니? 누구를 노예로 만들고 싶다고 했니? 아니면 무고한 사람을 약탈하겠다고 했니? 나는 스스로를 위해 뭔가를 하는 작은 가게 주인일 뿐이야. 스스로를 위해 아주 작은 것을 할 뿐이라고. 최근에는 그가 유럽인들에 관해 불평하기 시작하더라. 그들이 모두의 재산을 빼앗을 거라는 둥, 일말의 자비도 없는 타고난 살인자라는 둥, 우리와 우리가 믿는 모든 것을 파괴할 거라는 둥. 그는 그런 얘기에 질리면 내 사업에 대해 얘기하지. 그에 관해서 한두 가지를 너한테 얘기해줄 수 있지만, 나는 그저 평화롭게 내 삶을 살고 싶다. 그런데 그게 야만인들 사이에서 미친놈처럼 사는 우리의 철학자 후세인한테는 충분하지 않은가보다. 누가 그놈한테 자기 인생을 갖고 마음대로 해서는 안 된다고 얘기했니? 그런데 그는 무슨 얘기를 해도 쿠란을 인용하면서 훈계를 시작하지. 주님께서 우리에게 말씀하셨다! 어쩌고 하면서 말이다. 너도 들었잖아."

하미드는 조금 화가 나서 숨을 씩씩거리며 그의 말을 곱씹었다. 그러더니 중얼거렸다. 아스타피룰라. 신이여 저를 용서하소서. 그러고는 경전에 대해 불경스러운 말을 한 게 아닌가 싶어 몸을 떨었다. "경전을 인용하는 것이 해가 된다는 말은 아니다. 그런데 그는 경건함에서가 아니라 악의로 그렇게 한다. 절대 아니야. 나는 신의 말씀에 해로운 것이 있을 수 있다고 말하는 게 아니야. 그 미치광이 칼라싱가가 쿠란을 번역하겠다니! 집에서 만든 술을 처먹고 하는 소리였던 게지. 신께서 그가 이교도이고 미친놈이라는 걸 깨달으시고 그를 가엾게 여기셨으면 좋겠다." 하미드는 그를 떠올리며 기분좋게 껄껄 웃었다.

"쿠란은 우리의 종교지. 착하고 도덕적인 삶을 사는 데 필요한 모든 지혜가 그 안에 담겨 있단다." 그는 뭔가 있기를 기대하는 것처럼 위를 바라보며 말했다. 유수프도 올려다봤지만 하미드가 짜증 섞인 헛 소리를 내며 집중하라고 했다. "그렇다고 다른 사람들을 수치스럽게 하려고 그것을 이용하라는 의미는 아니야. 그것은 지침과 배움의 원천이어야 하지. 너는 틈날 때마다 경전을 읽어야 해. 특히 라마단이 시작된 지금이 그래. 이 성스러운 달 동안 행하는 모든 선행은 다른 때에 받는 축복을 두 배로 받게 되지. 미라지의 밤에 신께서 직접 예언자에게 하신 말씀이야. 그날 밤, 우리의 예언자는 날개 달린 말 보라크를 타고 마카에서 예루살렘까지 가셨어. 그리고 거기서부터 이슬람법을 선포하신 신이 계시는 곳으로 가셨지. 라마단을 단식과 기도의 달로 정하라는 명을 내리셨어. 자기부정과 속죄의 달로 만드신 거지. 음식과 물과 감각의 탐닉처럼 우리의 삶에 가장 필요한 즐거움들을 부정하는 것이 아니고서는 달리 어떻게 신에 대한 우리의 복종을 표현할 수 있겠니? 이것이 어떤 욕망도 억누르지 않는 야만인들과 이교도들과 우리가 다른 점이다. 만약 이 기간 동안 쿠란을 읽으면 그 말들이 곧바로 창조주에게 가게 돼 큰 축복을 받게 된다. 너는 라마단 기간 동안 하루에 한 시간씩 여기에 써야 해."

"네." 유수프가 움츠리며 말했다. 하미드는 훈계의 마지막쯤에 친한 사람처럼 말하면서 갑작스러운 신앙고백에 유수프의 동참을 요구했다. 유수프는 일장 설교를 하는 사람에게 걸려들기 전에 도망갈까 생각했지만 충분히 빠르지 못했다.

"지금 생각해보니까 나는 네가 뭘 읽는 걸 자주 못 봤다." 하미드가 엄격하고 의심스러운 눈초리로 말했다. "이건 실수를 해서는 안 되는 일이다. 너, 지옥에 가고 싶니? 오늘은 우리, 같이 읽자. 네가 오후기도를 끝내고서 말이다."

오후가 되자 유수프는 배가 고프고 피곤해서 힘이 없었다. 첫 사흘간의 단식이 가장 힘들었다. 아무 일이 없으면 그는 하루 중 제일 좋은 시간 내내 그늘에 조용히 누워 있었다. 며칠이 지나자 몸이 음식이나 물 없이도 한없이 버티는 데 익숙해졌다. 낮 동안의 괴로움은 적어도 참을 수 있었다. 서늘한 산속 공기에서라면 고통을 견디기가 더 수월할 거라고 생각했었지만 그렇지 않았다. 해안가의 더위 속에서는 멍해진 몸으로부터 빠져나와 기진맥진한 자아에 스스로를 내맡기고 자포자기 상태에 이를 수 있었다. 공기가 서늘해서 그나마 다행이었다. 그래서 최면적인 마비 상태에 접어들 정도로 약해지지는 않았다. 그는 오후에 하미드를 다시 만나면 굴욕감이 자신을 기다리고 있으리라는 것을 알았다.

"무슨 말이니? 읽을 줄 모른다고?" 하미드가 물었다.

"그렇게 말 안 했잖아요." 유수프가 항변했다. 그가 한 말은, 아지즈 아저씨 밑에서 일하라고 보내졌을 때 쿠란 읽기를 다 마치지 않았다는 것이었다. 그의 어머니는 그에게 알파벳을 가르치고 쿠란의 첫 세 수라*를 읽는 법을 가르쳤다. 일곱 살 때는 그들이 막 이사한 도시의 선생에게 보내져 종교 교육을 받았다. 그들은 천천히 배웠다. 선생은 아이들이 공부를 끝마치는 걸 서둘지 않았다. 한 아이가 처음부터 끝까지 쿠란을 읽는 데 성공하면, 선생에게는 월 수업료가 하나 줄어드는 셈이었다. 아이가 공부를 다 끝내려면 오 년간 수업을 들어야 했다. 아이들은 선생을 위해 허드렛일을 했다. 집안을 청소하고 장작을 가져오고 심부름을 했다. 남자아이들은 틈만 나면 꾀를 부리다가 종종 회초리로 맞았다. 여자아이들은 손바닥만 맞고 조신하게 처신하라는 훈계를 받았다. 너 자신을 존중해라. 그래야 다른 사람들이 너를 존중할 것이다. 이건 우리 모두에게 마찬가지지만 여자들에게는 특히 그렇다. 그것이 명예의 의미다. 선생은 그들에게 말했다. 누구나 알고 기억하는 것처럼 늘 그런 식이었다. 사내애들과 계집애들은 선생의 집 뒤뜰에 있는 매트에 다닥다닥 모여 머뭇거리고 자제하며 그들이 배운 것을 큰 소리로 외웠다. 때가 되면 유수프는 졸업했을 것이고 동료들과 선배들 사이에서 스스로를 명예롭게 여겼을 것이다. 그러나 그는 집을 떠나야 했다.

칼릴은 그에게 셈을 가르쳤다. 그런데 그들 중 누구도 경전을 읽어야 한다고 말한 적은 단 한 번도 없었다. 그들이 시내에 있는 사원에 갔을 때 유수프는 적당히 넘어갔다. 그런데 기도가 길게 이어지면 정

---

* 쿠란에서 '장(章)'을 일컫는 말.

신이 산만해졌다. 경전의 익숙하지 않은 부분을 읽어야 할 때는 다른 사람들의 소리에 맞춰서 의미 없이 우물거려야 했다. 그러나 망신을 당하지는 않았다. 또한 그는 이웃들 중에도 똑같이 난처한 상황에 처한 사람이 있는지 확인하기 위해 그들의 말을 필요 이상으로 자세히 들으려 할 만큼 무례하지는 않았다. 그날 오후 하미드와 그가 자리에 앉았을 때, 그는 우물거림으로써 이 비참한 상황을 벗어날 길이 없다는 것을 알았다. 하미드는 둘이 돌아가면서 야 신*을 큰 소리로 읽자고 제안했다. 유수프는 경전을 펴고 하미드의 의심스러운 눈길을 받으며 책장을 넘겼다.

"야 신이 어디에 있는지 모르니?" 그가 물었다.

"끝낸 적이 없어서요." 유수프가 말했다. 시쿠히티무**. "못 읽을 것 같아요."

"무슨 말이니? 못 읽는다고?" 하미드가 충격을 받으며 말했다. 그는 일어서서 유수프로부터 뒷걸음쳤다. 두려워서가 아니라 비극적이고 용납할 수 없어서 그러는 것 같았다. "마스키니***! 불쌍한 애야! 그건 옳지 않아! 그 집에서 그들이 읽는 법을 안 가르쳐줬니? 그들은 대체 어떤 사람들이냐?"

유수프는 자신의 실패와 불명예에 치욕감을 느끼며 무겁게 한숨을 쉬었다. 또한 마루에 쭈그려앉아 있는 게 취약하게 느껴져 그도 일어섰다. 배가 고프고 피곤했다. 그는 앞으로 있을 호들갑을 겪지 않아도

---

* 쿠란의 36번째 수라.
** 스와힐리어로 '졸업을 못했어요'.
*** 스와힐리어로 '가엾다'.

되기를 간절히 바랐다. 그러나 자신이 그럴 거라고 예상해 두려워했던 것만큼 그 치욕에 겁을 먹지는 않았다.

"마이무나!" 하미드가 어딘가 아픈 사람처럼 아내를 큰 소리로 불렀다. 유수프는 하미드도 단식 때문에 힘들어한다는 생각이 들었다. 그가 곧 앉아서 교훈과 의무에 대해 조곤조곤 얘기할 것 같았다. 그러나 갑자기 소리를 지르며 히스테리를 부렸다. "마이무나! 여기로 와! 얄라! 빨리 와!"

마이무나는 나올 때 아직도 천으로 몸을 감싸고 있었다. 그녀는 잠에 취해 눈이 흐리멍덩해졌음에도 불구하고 하미드가 외치는 소리에 깃든 불안감을 보았다.

"킴와나, 이애가 쿠란을 읽을 줄 모른대!" 하미드가 괴로운 표정으로 그녀를 향해 말했다. "아버지도 없고 어머니도 없고, 신의 말씀을 알지도 못한대."

그들은 오랫동안 그렇게 하려고 기다렸던 것처럼 그를 철저하게 심문했다. 그는 아무것도 숨기려 하지 않았다. 마님이 그것에 대해 뭐라고 했느냐? 그녀는 어떻게 생겼니? 그는 그녀가 어떻게 생겼는지 몰랐다. 그녀를 본 적이 없었다. 그분의 신앙심이 깊다는 얘기 없었니? 그런 얘기는 들은 적이 없었다. 상인이 사원에 가라고 하지 않았니? 아니, 상인은 그를 가게에서 일하도록 놔두고 아무것도 상관하지 않았다. 기도하지 않으면 벌거벗은 채로 창조주에게 갈 것이라고 생각하지 않았니? 아니, 그런 생각은 해본 적이 없었다. 또한 창조주에 대해서도 별로 생각해보지 않았다. 신의 말씀 없이 너는 어떻게 기도를 할 수 있었니? 그는 금요일에 시내에 갈 때를 제외하고는 기도를 하지 않았다. 이 얼마나 불순한 일이냐! 그들이 지르는 고통의 소리가 더 커지자 그들의 아이들도 그 광경을 보러 나왔다. 아버지를 닮아 통통하고 쾌활한 열두 살이 다 된 큰딸 아샤, 어머니를 닮아 곱슬머리에 얼굴이 반들거리는 알리, 너무 자주 울고 누나한테서 떨어지기를 싫어하는 작은 아이 수다. 그들 모두가 그의 치욕스러움을 한탄하는 비극적인 합창에 합류했다. 마이무나는 관자놀이가 뛰는 걸 진정시키려는 것처럼 한 손을 관자놀이에 댔다. 하미드는 안쓰러운 듯 고개를 저었다. "가엾은 아이! 가엾은 아이! 네가 우리집에 비극을 몰고 왔구나." 그가 말했다. "누가 상상이나 했겠니?"

"너무 자책하지 마요." 마이무나가 단어들 사이사이에 비탄의 소리를 나직하게 내며 말했다. "우리가 어떻게 알 수 있었겠어요?"

"기분 나빠하지 마라." 그들의 두려움이 절정에 달했을 때 하미드가 유수프에게 말했다. "네 잘못이 아니다. 네가 가르침을 받았는지를 확인하지 않았으니 우리가 죄인이다. 너는 지난 몇 달 동안 우리와 함께 있었잖니……"

"그런데 어떻게 네 아저씨는 그토록 오랫동안 너를 그런 상태로 봐둔 거니?" 마이무나가 물었다. 책임을 같이 져야 할 사람을 찾는 것 같았다.

유수프는 속으로 생각했다. 우선 그는 제 아저씨가 아니에요. 그는 칼릴의 말을 떠올리며 웃음을 참으려고 애썼다. 그는 그들이 슬퍼하게 두고 그 자리를 벗어나고 싶었다. 그러나 그게 어쩐지 부적절한 것 같아 그대로 있었다. 그는 그들이 충격과 두려움의 감정을 드러내는 데 혐오감을 느꼈다. 계산적이고 우스꽝스러운 연기 같았다.

"너는 해안 출신의 우리가 스스로를 와웅와나라고 한다는 것을 알고 있니?" 하미드가 물었다. "그게 무슨 뜻인지 알고 있니? 명예로운 사람들이라는 말이다. 그렇게 우리는 스스로를 일컫는 거야. 이곳에서 마귀들과 야만인들 사이에 있으니 특히 그렇지. 우리가 왜 우리를 그렇게 부르겠니? 우리에게 그 권리를 주신 분은 신이시다. 우리가 명예로운 것은 창조주에게 복종하고 그분에 대한 복종의 의무를 이해하고 준수하기 때문이야. 네가 그분의 말씀을 읽거나 그분의 법을 따를 수 없다면, 너는 돌과 나무를 섬기는 자들과 다름없어. 짐승이나 다름없다고."

"네." 유수프는 아이들이 웃는 소리를 듣고 몸을 움츠리며 말했다.

"너, 아직 열다섯 살이지?" 하미드가 목소리를 부드럽게 하고 물었다.

"지난 라자브*에 열여섯 살이 됐어요. 산에 가기 전에요." 유수프가 말했다.

"그렇다면 허비할 시간이 없다. 전능하신 분에게 너는 이제 완전히 성인이다. 그분의 법에 완전히 복종해야 한다." 하미드는 구원자 역할에 점점 몰입하며 말했다. 그는 눈을 감고 웅얼거리는 소리로 길게 기도를 했다. "얘들아, 이 사람을 보아라. 그가 우리에게 보여주는 모습에서 교훈을 얻어라." 마지막에는 한쪽 팔로 유수프를 가리키며 말했다. 제발 대마초를 멀리하라! 나의 끔찍한 삶에서 교훈을 얻어라.

"얘를 아이들과 같이 쿠란 학교에 보냅시다." 마이무나가 하미드를 똑바로 바라보며 날카롭게 말했다. "얘가 누굴 죽이기라도 한 것처럼 계속 잔소리할 필요는 없잖아요."

---

* 이슬람력으로 7월.

2

그것이 그들이 그에게 가한 모욕이었다. 라마단이 진행되는 동안 유수프는 매일 오후 그 집의 아이들과 함께 공부하러 갔다. 그는 거기서 단연코 가장 나이가 많은 학생이었다. 다른 아이들은 집요하게 그를 놀렸다. 그것이 그들의 의무라도 되는 것 같았고, 그들에게는 그것을 연기하는 일 외에는 선택의 여지가 없는 것 같았다. 그 도시에 있는 유일한 사원의 이맘인 선생은 그를 안쓰러워하며 친절하게 대했다. 유수프는 매일 집에서 추가로 시간을 할애하며 빠르게 배웠다. 무엇보다도 그렇게 하도록 만든 것은 치욕감이었다. 그러나 그는 점점 발전하는 데 기쁨을 느끼기 시작했다. 선생은 당연히 예상했다는 듯 애처로이 그를 격려했다. 유수프는 매일 사원에 가서 그렇게 오랫동안 등한시했던 신에게 복종하고 엎드렸다. 이맘은 다른 신도들이 보는 앞에서 그에게 작은 심부름을 시켰다. 그를 신뢰하고 인정한다는 표시였다. 그는 신도들에게 읽어줄 책을 그에게 가져오라고 시켰다. 때로는 묵주나 향로를 가져오라고 시켰다. 때로는 유수프에게 질문을 함으로써 새로 배운 것을 밖으로 드러내도록 했다. 한번은 그에게 지붕으로 올라가서 기도 시간을 알리라고 했다. 처음에 하미드는 그것을 즐거워하며 바라보았다. 기적적인 개종에 대해 다른 사람들에게 얘기도 하고, 자신과 아내가 그를 구원하는 데 맡은 역할을 신께서 보고 계실 거라고 생각했다. 라마단이 끝나고도 유수프의 열정은 식지 않는 것 같았다. 두 달 만에 쿠란을 처음부터 끝까지 다 읽고 또 읽기 시작했다. 이맘은 그를 불러 장례식이나 탄생식에서 자신을 보좌하게 했다. 유수프는 학교와 사원에 가느라 집과 가게에서 해야 하는 일에 소홀해졌다. 저녁 늦게까지 이맘이 준 책에 몰두했다. 얼마 후 하미드가 이 새로운 신앙심에 대해 걱정하기 시작했다. 그것이 너무 강박적이고 극단적이라고 생각했다. 그렇게까지 할 필요는 없었다.

이따금 대화하러 들르는 칼라싱가에게 이 얘기를 했더니 그의 생각은 전혀 달랐다. "가능할 때 그런 미덕을 가질 수 있도록 해주게." 그가 말했다. "우리 안의 이런 감정들은 그리 오래가지 않으니까 말이야. 곧 세상이 우리를 유혹해 죄악과 불결함으로 이끄니까 말일세. 그러나 종교는 순수하고 진실하고 아름다운 것이네. 자네는 이런 종류의 영적인 문제에 대해 모르겠지만 우리 동부 사람들은 전문가라네. 자네는 하루에 다섯 번 형식적으로 기도를 하고 라마단에 죽기 살기로 단식만 하는 멍청한 상인에 지나지 않아. 자네는 명상이나 초월, 그런 것들을 이해하지도 못하지. 그 아이가 쌀자루와 과일바구니보다 삶에서 더 가치 있는 것들이 있다고 생각하는 건 좋은 거야. 그런데 유감인 건 그가 알라의 가르침만을 접할 수 있다는 거지."

"그런데 아이한테는 너무 심한 거 아닐까?" 하미드가 칼라싱가의 도발을 무시하며 말했다.

"그는 그런 아이가 아니야." 칼라싱가가 말했다. "그는 청년이야. 그를 망쳐놓고 싶겠지, 엉. 자네는 저 잘생긴 얼굴을 갖고 그를 지독한 약골로 만들 수도 있을 거야."

"매력적인 아이지." 하미드는 잠시 후에 수긍했다. "그러나 남자답기도 하지. 그런데 자네도 알다시피 저애는 자기 외모에 전혀 관심이 없어. 누가 잘생겼다고 말하면 자리를 피하거나 화제를 바꾸지. 아주

순진한 애라고! 그런데 자네가 종교와 미덕에 관해 했던 말은 대체 뭐야? 내가 그런 문제를 모른다면 기름 묻은 원숭이 같은 자네는 알 것 같나? 자네는 고릴라와 소를 숭배하고 세상이 어떻게 존재하게 됐는지 유치한 얘기를 하지. 자네는 우리 주변의 이교도들보다 나을 게 없어. 칼라싱가, 나는 털이 부얼부얼한 자네 엉덩이가 심판의 날 다음에 지옥불로 지글지글 구워지는 걸 생각하면 안쓰러워질 때가 있어."

"자네의 사막 신이 자네의 죄를 캐내려고 자네를 고문하는 동안, 나는 신에 맹세코, 눈에 보이는 모든 것을 난장판으로 만들며 '낙원'에 있을 걸세." 칼라싱가가 쾌활하게 말했다. "자네의 신한테는 거의 모든 것이 죄악이겠지. 여하튼 그 젊은이는 그저 배우고 싶어하는 건지도 몰라. 쓰레기 같은 자네 집에 갇혀 있는 데 질린 거지. 그의 머리에 뇌가 있다면 지금쯤 걸쭉하게 녹아버렸을 거야. 자네가 그에게 시키는 건 그저 앉아서 자네의 거짓말을 듣거나 시장에 내다팔 쓸모없는 빵나무 열매를 주우라는 거잖아. 그런 고문을 받으면 원숭이도 종교로 돌아설 거야. 그를 나한테 보내면 영어 알파벳을 가르쳐주고 기술을 가르쳐주겠네. 적어도 가게 일보다는 더 유용한 기술일 걸세."

하미드는 일을 시켜 유수프의 관심을 다른 곳으로 돌리고자 할 수 있는 데까지 해보고, 심지어 뒤뜰에 정원을 만드는 생각까지 다시 했다. 그러면서 결국 칼라싱가가 했던 제안도 말해줬다. 그렇게 해서 유수프는 일주일에 여러 차례에 걸쳐 오후 시간을 칼라싱가의 작업장에서 보내고 낡은 타이어 위에 앉아 무릎 위에 판자를 놓고 로마자로 읽고 쓰는 법을 배웠다. 아침에는 집에서 일을 하고 오후에는 칼라싱가한테 가고, 초저녁에는 이샤 기도 시간에 맞춰 사원에 갔다. 처음에는 그렇게 바쁜 생활을 즐겼지만 몇 주가 지나자 사원에 관해서는 거짓말을 하고 칼라싱가의 집에 더 오래 머물렀다. 그때쯤 그는 판자에 천천히 글을 쓰고 칼라싱가가 준 책을 읽을 수 있게 되었다. 물론 그 말들을 이해하지는 못했다. 그는 다른 많은 것들도 배웠다. 타이어를 교환하고 차를 청소하는 법도 배웠다. 배터리를 충전하고 녹을 긁어내는 법도 배웠다. 칼라싱가는 엔진의 신비에 대해 얘기해줬고, 유수프는 그중 일부를 익혔지만 그가 파이프와 볼트가 얽힌 것을 풀어 마법처럼 살아나게 하는 모습을 보는 걸 더 좋아했다. 그는 인도에 관한 이야기도 들었다. 칼라싱가는 오랫동안 인도에 가보지 못했지만 다시 가고 싶다고 했다. 그는 어렸을 때 살았던 남아프리카에 대해서도 얘기해줬다. 그곳은 남부의 정신병원이지. 별별 잔인하고 황당한 것들이 그곳에서는 현실이야. 내가 너한테 아프리카너* 개자식들에 대해 얘기해주지. 그놈들은 미쳤단다. 그저 사납고 잔인하다는 말이 아니야. 완전히 돌았다는 뜻이야. 뜨거운 태양이 그들의 네덜란드 뇌를 수프로 만들어버린 거야. 유수프는 자동차 미는 걸 거들고 프리머스 스토브에 낡은 양철깡통을 올려놓고 차를 끓이는 법도 배웠다. 그는 부품가게에 가서 여분의 부품을 사 오는 심부름을 했다. 돌아와서 보면 종종 칼라싱가는 그 틈을 타 술을 후다닥 한잔 마신 상태였다. 칼라싱가는 기분이 내키면 성인들과 전쟁들, 사랑에 빠진 신들, 조각상 같은 영웅들, 콧수염을 기른 악당들에 관해 얘기했고, 유수프는 상자 위에 앉아 박수를 치며 그 얘기를 들었다. 그 스스로가 부분적으로 연기를 하면서 때때로 유수프한테 말이 없는 왕

---

* 남아프리카의 네덜란드계 백인.

자나 움츠러든 범죄자 역할을 시켰다. 종종 그는 중요한 세부 사항들을 기억하지 못해서 이야기를 마음대로 바꾸고 비틀어 우습게 만들어버리기도 했다.

저녁이 되면 유수프는 하미드와 마침 찾아온 그의 친구들이나 손님들과 함께 테라스에 앉아 있었다. 그는 거기에 있어야 했다. 커피를 대접하고 물을 가져다줘야 했고 때로는 농담의 대상이 되었다. 그들은 바닥 매트 위에 놓인 램프 주변에 빙 둘러앉았다. 산 공기가 쌀쌀해지거나 비가 내리면 그는 손님들을 위해 숄을 한아름 내왔다. 유수프는 자신의 나이와 위치에 맞게 그들로부터 약간 떨어져 앉아 음리마와 바가모요, 마피아섬과 라무, 아제미와 샴스, 다양한 다른 매혹적인 장소들에 관한 그들의 이야기를 들었다. 때때로 그들은 목소리를 낮춰 서로에게 더 가깝게 몸을 기울이고, 유수프가 가까이 와서 들으려고 하면 쫓아버렸다. 그는 그들의 이야기를 듣는 사람들의 눈이 흥분하고 놀라는 표정과 함께 커지고, 결국에는 그들의 얼굴에서 웃음이 터져나오곤 하는 모습을 보았다.

어느 날 밤, 몸바사에서 온 한 남자가 그들 무리에 합류했다. 그는 자기 아저씨에 관한 이야기를 했다. 아무도 들어본 적이 없는 러시*에서 십오 년을 살다가 최근에 돌아왔다는 아저씨 이야기였다. 그는 영국인이 독일인을 쫓아낼 때까지 위투에 진을 치고 있던 독일 장교를 위해 그곳에서 일했다고 했다. 그 장교는 러시아인이 사는 나라의 페테르부르크라는 도시에서 자기 나라 대사관의 외교관으로 있다가 유럽으로 돌

_____

* '러시아'를 가리킨다.

아갔다고 했다. 자기 아저씨에 대해 그 상인이 한 얘기는 믿기 힘들었다. 그의 말에 따르면 페테르부르크라는 도시에서는 해가 한밤중까지 떠 있다고 했다. 추워지면 모든 물이 얼어붙는다고 했다. 무거운 짐을 실은 수레를 끌고 그 위를 지나갈 수 있을 정도로 강과 호수가 두껍게 언다고 했다. 바람은 항상 불고 때때로 얼음과 돌이 섞인 돌풍이 분다고 했다. 밤에는 악령들과 정령들이 바람 속에서 울부짖는 소리가 들린다고 했다. 여자들이나 아이들이 고통스러울 때 그러듯이 소리를 지른다고 했다. 그들을 도우려고 밖에 나가는 사람은 돌아오지 못한다고 했다. 겨울이 깊어지면 바다도 얼고, 야생 개들과 늑대들이 도시의 거리에서 날뛰면서 살아 있는 것은 사람이든 말이든 모조리 잡아먹는다고 했다. 그의 아저씨가 말하기를, 러시아인은 문명화되지 않아 독일인과 다르다고 했다. 언젠가 그들이 어느 지역을 여행하다가 어느 작은 도시에 들어갔더니 그곳의 모든 사람이—남자, 여자, 아이 할 것 없이—잔뜩 취해 있었다고 했다. 시쿠판이에니 마스카라, 즉 세상 모르고 취해 있었다고 했다. 그들의 야만성을 보면서 그의 아저씨는 자신이 이슬람 나라의 경계에 있는 곡과 마곡의 나라에 와 있는 건 아닌지 의심했다고 했다. 그런데 여기서조차 놀라운 일이 있었다고 했다. 어쩌면 가장 놀라운 일이라고 했다. 러시아에 사는 많은 사람들이 무슬림이라는 사실이었다! 어디를 가나 그랬다! 타르타리, 키르기시, 우즈베키*! 들어본 적도 없는 이름들이었다. 그 사람들도 그의 아저씨만큼 놀랐다고 했다. 아프리카 흑인이 무슬림이라는 얘기는 그들도 들어본 적이 없었다.

---

* 각각 '타타르인' '키르기스인' '우즈베크인'을 가리킨다.

마샤알라! 그들은 놀라면서 몸바사에서 온 상인에게 얘기를 더해달라고 졸랐다. 그의 아저씨는 부하라, 타슈켄트, 헤라트 같은 유서 깊은 도시들도 가봤다고 했다. 그곳 사람들은 상상할 수 없을 정도로 아름다운 사원들과 지상의 낙원 같은 정원들을 만들어놓았다고 했다. 그는 헤라트에서는 가장 아름다운 정원에서 잠을 잤고, 밤에는 이성이 거의 마비될 정도로 완벽한 음악소리가 들렸다고 했다. 그때는 가을이었는데 피버퓨가 사방에 피어 있었고, 포도넝쿨에 달린 달콤한 포도송이들은 수확기가 되어 있었으며, 포도는 땅에서 자란 것이라고는 상상할 수 없을 정도로 달콤했다고 했다. 땅은 너무 순수하고 밝아서 그곳 사람들은 아프지도 않고 늙지도 않는다고 했다.

당신은 우리에게 지어낸 얘기를 하고 있어요, 그들이 소리쳤다. 그런 곳들이 실제로 있을 리가 없어요.

진짜라니까요. 상인이 말했다.

그게 진짜일 수 있을까요? 그들은 믿고 싶어 물었다. 당신은 지어내서 얘기하는 거예요. 동화 같은 이야기로 우리의 감각을 혼란스럽게 하고 있어요.

나도 내 아저씨한테 똑같은 말을 했어요, 상인이 대꾸했다. 더 공손하게 말하긴 했지만요. 그런 이야기들이 어떻게 진짜일 수 있죠?

당신 아저씨가 뭐라고 하던가요? 그들이 물었다.

맹세한다고 하시더라고요.

그렇다면 그런 곳이 있음이 분명하네요, 그들은 한숨을 쉬었다.

상인이 말을 이었다. 나중에 그들은 여행을 하다가 카스피라 불리는, 파도가 엄청나게 치는 바다를 건넜대요. 그런데 다른 쪽을 보니까 땅에서 검은 기름이 솟구치고 사탄의 파수꾼들처럼 생긴 금속탑이 물속에 서 있더래요. 불길이 화염 문처럼 하늘에 가득했대요. 거기서 아저씨는 산과 계곡을 넘어 지금까지 여행하면서 본 곳 중 가장 아름다운 곳으로 갔대요. 헤라트보다 더 아름다운 곳이더래요. 과수원과 정원과 시냇물로 가득한 곳이었대요. 학식과 교양이 있는 사람들이 그곳에 살고 있었대요. 그런데 본질적으로는 전쟁과 모의를 강박적으로 좋아하는 사람들이었대요. 그래서 그들의 나라들에는 평화가 없었대요.

그곳의 이름이 뭐였나요? 그들이 그에게 물었다.

상인은 오랫동안 말을 멈췄다. 카스카스*, 마침내 그가 머뭇거리며 말했다. 그런 다음 아저씨는 샴스의 나라로 내려갔다가 다시 몸바사로 돌아왔대요. 그는 누군가가 그에게 이름들에 대해 더 묻기 전에 후다닥 말했다.

3

유수프는 남자들 사이에서 들었던 이야기를 저녁에 아이들에게 해줬다. 그들은 게임을 하다 싫증나면 그의 방으로 와서 아무데나 마음대로 뒤졌다. 함께 이맘의 학교에 가야 했기 때문에 그들은 그와 거리낌이 없어졌다. 처음에 그는 방에 혼자 있는 것을 즐겼다. 그러나 외로움이 커지자 방이 감옥처럼 느껴지기 시작했다. 그는 칼릴과 함께 보

---

* '캅카스'를 가리킨다.

냈던 시간을 떠올리는 게 좋았다. 때때로 어린아이들이 그의 매트 위에서 서로 싸우면서 흥분해 소리를 지르거나 전쟁놀이를 하면서 유수프를 향해 몸을 던졌다. 그가 이야기를 하도록 만든 것은 아샤였다. 그녀는 그가 이야기를 해줄 때 물끄러미 그의 얼굴을 바라보았다. 다른 아이들은 그의 몸에 기대거나 그의 손을 잡았지만, 아샤는 그를 볼 수 있는 곳에 앉아 있었다. 누가 불러서 가야 하면 그녀는 자신이 돌아올 때까지 이야기를 계속하지 말라고 우겼다. 어느 날 오후 그녀가 혼자서 그가 전날 미처 끝내지 못했던 이야기의 결말을 들으러 왔다. 그녀는 앞에 앉아서 열심히 들었다.

"거짓말이에요." 그녀는 그가 이야기를 끝내자 눈물을 글썽이며 소리쳤다.

그는 당황해서 아무 말도 하지 못했다. 그녀가 갑자기 앞으로 몸을 굽히더니 그의 어깨를 쳤다. 그는 그녀를 향해 거칠게 손을 뻗었다. 다른 아이들이 그러듯이 그녀가 저항하면서 빠져나가려고 몸부림칠 것 같아서였다. 그런데 그녀는 순순히 그의 품에 들어왔다. 그녀는 길게 한숨을 쉬며 그에게 몸을 기댔다. 그는 가슴에 그녀의 뜨거운 숨결이 와닿는 걸 느꼈다. 당황한 느낌이 가라앉자 그는 그녀의 통통한 몸도 부드러워지는 것을 느꼈다. 그들은 몇 분 동안 서로에게 기대고 조용히 누워 있었다. 그는 마음이 흔들리는 것을 느꼈다. 그녀가 눈치챌까 봐 부끄러웠다.

"누가 올 거야." 그가 마침내 말했다.

그 말에 그녀가 황급히 몸을 떼며 웃었다. 그는 그녀가 결국은 아이에 불과하다고 생각했다. 그런 일은 그녀에게 일어난 적이 없었을 것이었다. 누가 그것을 나쁘게 생각하겠는가? 그들은 그가 아이들을 돌봐주기를 바랐고 그녀는 그들 중 하나였다. 그래서 그가 다시 팔을 벌렸다. 그녀는 좋다는 소리를 작게 내면서 품에 안겼다.

"그 도시에 있는 정원들에 관해 다시 얘기해줘요." 그녀가 말했다.

"어느 도시 말이야?" 그가 움직이는 게 두려워 물었다.

"밤에 음악이 들리는 곳 말이에요." 웃고 있었지만 시선은 조심스레 그에게 고정한 채 그녀가 말했다. 그녀가 그 옆에서 꿈틀거리며 그의 마음을 다시 흔들었다.

"헤라트 말이구나." 그가 말했다. "그 여행자는 밤에 정원에서 여자의 노랫소리를 듣고 얼이 빠졌단다."

"왜요?" 그녀가 물었다.

"모르겠다. 목소리가 아름다워서였을지 모르지. 아니면 여자의 노랫소리가 익숙하지 않아서 그랬는지도."

"그 사람의 이름이 뭐였어요?"

"상인." 그가 말했다.

"그건 이름이 아니잖아요. 이름을 얘기해줘요." 그가 부드럽고 통통한 어깨를 쓰다듬자 그녀는 그에게 몸을 비비며 말했다.

"그의 이름은 압둘라자크였단다." 그가 말했다. "그런데 그 말을 한 사람은 사실 아저씨가 아니었단다. 그 아저씨라는 사람은 몇백 년 전 헤라트에 살았고 그곳의 아름다움에 관한 시들을 썼던 시인을 인용했던 거다."

"그걸 어떻게 알아요?"

"그의 조카가 그렇게 얘기했으니까."

“그런데 우리한테는 왜 그렇게 아저씨가 많아요?” 그녀가 물었다.

“그들은 우리 아저씨가 아니야.” 그가 웃으면서 그녀를 더 꼭 껴안았다.

“당신은 상인이 될 건가요?” 그녀가 목소리를 위험하게 높이며 말했다. 그리고 깔깔 웃었다.

그녀는 그에게 혼자 올 때마다 그렇게 그의 품에 안겨 있었다. 처음에 그는 조용히 그녀를 껴안았다. 그녀를 놀라게 할까봐 갑자기 움직이지도 못하고 그녀를 만지지도 못했다. 그녀의 통통하고 버터향이 나는 냄새가 그를 약간 거북스럽게 했다. 그러나 밀착해오는 그녀의 몸의 부드러운 온기를 거부할 수 없었다. 그녀는 옆에 누워 있는 동안 그의 손에 입을 맞췄다. 때때로 그의 손가락 끝을 빨았다. 그녀가 얼마나 동요시키는지 모르게 하려고 그는 다리를 움직였다. 그러나 그는 그녀가 뭘 보는지, 아니면 그들이 무슨 짓을 하는지를 제대로 이해하는지 확신할 수 없었다. 그는 혼자 있게 되면 스스로를 증오하면서, 만약 들키면 자신에게 무슨 일이 일어날지 몰라 두려웠다. 그는 그녀가 오지 못하도록 할말을 준비해놓았지만 아무 말도 할 수 없었다.

처음에 의심을 품은 사람은 마이무나였다. 아샤는 너무 눈에 띄게 남동생들을 유수프의 방에서 쫓아내려고 했다. 그러자 그들이 어머니한테 가서 일러바쳤다. 그녀는 바로 그들에게 내려와서 아샤를 쫓아냈다. 그녀는 유수프에게 아무 말도 하지 않았지만 문가에 서서 화가 난 눈초리로 오랫동안 그를 노려보았다. 그후로 그를 향한 태도가 냉랭해지고 그가 아이들 가까이 있으면 경계했다. 아샤는 그가 있으면 눈을 내리깔았고 그의 방에도 다시는 오지 않았다. 하미드는 그를 자기 옆

으로 더 자주 불렀지만 마이무나처럼 그를 섬뜩하게 대하지는 않는 것
같았다. 그는 하미드가 무슨 얘기를 들었을지 궁금했다. 그러나 그는
자신을 놀리는 말로 미루어 결혼에 관한 생각이 진지하게 하미드의 머
릿속에 입력되었다는 것을 두려운 마음으로 추측할 따름이었다.

4

얼마 지나지 않아서였다. 아지즈 아저씨는 지난번 여행 후 일 년 만
인 약속된 시간에 새로운 여행단과 함께 도착했다. 작년에 비하면 이
번에는 규모가 컸다. 짐꾼과 보초가 마흔다섯 명이나 되었다. 왕자들
을 대동하고 마을 전체가 이동하는 것 같던 지난 세기의 어마어마한
카라반들에 비하면 크지 않았지만 상인에게는 부담이 될 만큼 큰 규모
였다. 그는 그렇게 많은 짐꾼들이 자신을 따르도록 하기 위해 자신의
이익 일부를 다른 상인들에게 저당잡혔다. 그들은 더 많은 분량의 물
건을 운반했다. 그것 때문에 아지즈 아저씨는 평소와는 달리 해안지역
의 인도인 채권자들에게 큰돈을 빌려야 했다. 그들은 인도산 괭이와
도끼, 미국산 식칼, 독일산 자물쇠 등과 같은 철제기구들을 갖고 있었
다. 옥양목, 카니키, 흰 무명천, 바프타, 모슬린, 키코이 같은 다양한 종
류의 옷감도 있었다. 단추, 구슬, 거울, 선물로 사용될 다른 장신구들
도 있었다. 하미드는 행렬을 보고 채권자들에 관한 얘기를 들었을 때
지독한 감기를 앓고 있었다. 눈물이 줄줄 흐르고 거의 동시에 코도 막
혔다. 쿵쿵하는 거센 소리가 서서히 머릿속을 비워 그 둔탁한 반향만

이 남았다. 그는 아직도 그 사업의 동업자였다. 사업이 실패로 돌아가면 그가 소유한 것과 물건들이 채권자들에게 넘어갈 것이었다.

모하메드 압달라가 아직도 그 여행의 우두머리였다. 그의 오른쪽 어깨는 유명한 음강가가 고통스럽게 다시 맞췄음에도 완전히 낫지 않은 상태였다. 그는 고통 때문에 예전처럼 웅장하게 지팡이를 휘두를 수 없었고, 그 결과 그의 걸음걸이는 거만하고 위협적인 모습을 잃었다. 기울인 고개와 뒤로 젖힌 어깨는 이제 과장처럼 보였고, 그리하여 가식적이고 우스꽝스러워 보였다. 과거에는 그의 공격성이 무차별적인 악의처럼 보였는데, 이제는 허영심 많은 사람의 몸짓처럼 보였다. 말하는 것도 약간 달라졌다. 때때로 부담을 느끼고 생각이 다른 데 가 있는 것처럼 들렸다. 아지즈 아저씨는 그에게 친절하게 말했다. 전 같으면 그를 무시하고 혼자 일하도록 내버려뒀을 것이다.

짐꾼의 수가 늘어났다는 것은 모하메드 압달라가 자신을 도와줄 감독을 고용해야 했다는 의미였다. 감독은 키가 크고 강력해 보이는 모로고 출신의 남자였다. 음웨네라는 이름의 그 남자는 원정에 합류한 처음 며칠 동안 거의 말을 하지 않았다. 그는 사나운 것으로 유명해 심바 음웨네, 사자 음웨네라는 이름을 얻었다. 그 이름이 맞다는 것을 보여주기라도 하듯 그는 험상궂은 얼굴을 하고 사람들 사이를 서성거렸다. 이번에는 유수프도 여행에 합류했다. 아지즈 아저씨 자신이 미소를 지으며 기분좋은 어조로 그에게 말했다. 그는 자신이 신뢰할 수 있는 누군가가 필요하다고 했다. "너는 이제 여기에 있기에는 너무 나이가 많다." 그가 말했다. "여기 있다가는 문제만 일으키고 나쁜 애들하고 어울리게 될 거야. 나한테는 내 일을 제대로 지켜봐줄 영민한 사람이 필요하다." 유수프는 그 찬사에 당황했지만 하미드가 그를 여행에 데려가라고 했다는 사실을 알게 되었다. 그는 그들이 자신에 관해 얘기하는 소리를 엿들었다. 그중 일부는 놓쳤다. 아지즈 아저씨가 갑자기 아랍어로 얘기하고 하미드도 똑같이 했기 때문이었다. 그러나 그는 하미드가 테라스에서 아지즈 아저씨에게, 그가 과민하고 어려운 아이라서 세상을 좀 알 필요가 있다고 얘기하는 것을 들었다.

"과민하고 어려운 아이입니다." 그가 그 말을 반복했다. "여행에 데려가든지 결혼을 시키든지 해야겠어요. 지난달에 열일곱 살이 됐으니 나이는 충분히 먹었어요. 얼마나 컸는지 보세요. 그리고 여기서 할 일이 아무것도 없어요."

떠나는 날 폭풍이 불었다. 아침에 강한 바람이 불면서 먼지구름과 마른 덤불을 길과 공터에 날렸다. 한낮이 되자 먼지는 태양빛이 희미해질 정도로 짙어졌다. 모든 것이 먼지 알갱이로 뒤덮였다. 바람은 오후 늦게 갑자기 그쳤다. 거대한 침묵이 그들에게 내려앉았다. 아무리 시끄러운 소리도 짙게 떠 있는 먼지로 인해 둔탁해졌다. 사람들이 말을 하면 입안이 먼지 알갱이로 가득해졌다. 그런데 바람이 다시 불기 시작했다. 돌풍을 동반한 비가 집들과 나무들을 때리고 아직 밖에 있는 사람이 있다면 아예 찢어놓을 기세였다.

몇 분이 지나자 비가 미친듯이 쏟아졌다. 이따금 나무가 쪼개지거나 멀리서 천둥 치는 소리가 들렸다. 짐꾼들과 물건들은 사방으로 흩어졌다. 경악에 찬 고함소리와 울음소리가 들려온 것으로 미루어 누군가가 다친 모양이었다. 몇 시간이 지나 모든 것이 어두워지자 짐꾼들은 신을 찾으며 자비를 베풀어달라고 울부짖음으로써 모하메드 압달라를 격노하게 만들었다.

"왜 신이 너희처럼 무식한 동물들한테 자비를 베풀어야 하지?" 그가 소리쳤다. 그러나 그의 말은 가까이 있는 사람들에게만 겨우 들렸다. "이것은 폭풍우일 뿐이야. 그런데 왜 이렇게 행동하는 거지? 뱀이 태양을 잡아먹었네 어쩌네 하면서." 그는 약해빠진 사람들을 야유하려고 엉덩이를 흔들면서 비아냥거렸다. "아, 불길함! 재난의 징조! 우리가 가는 길에 마귀들이 가득하겠군! 노래를 불러서 나쁜 주술을 쫓아내면 어때? 주술사가 당신들을 위해 준비해준 메스꺼운 가루를 먹는 건 어때? 주문 같은 거 아는 건 없고? 염소를 잡아 뱃속을 살펴보는 건 어때? 당신네들은 마귀들과 징조들에 너무 매달려. 스스로를 명예로운 남자라고 하면서도 그런 분위기로군. 그래, 나쁜 주술을 쫓아버리는 노래를 해보라고."

"나는 신을 믿습니다." 심바 음웨네가 소리쳤다. "여기에 있는 모두가 두려워하는 건 아닙니다."

모하메드 압달라는 내리는 빗줄기 속에 서서 그를 오랫동안 바라보았다. 마치 심바 음웨네가 말한 것과 그 말을 할 때 그의 모습이 어땠는지 조심스럽게 소화하기라도 하는 것 같았다. 이윽고 그가 조심스러운 악의가 담긴 미소를 지으며 고개를 끄덕였다. 폭풍우가 몰아치는 동안에는 예전의 모습 같았다. 발을 구르면서 그 혼란을 즐기는 것 같았다. "하야, 하야." 그는 짐꾼들을 향해 소리쳤다. "내 지팡이에 엉덩이를 맞고 싶지 않으면 조용히 하는 게 좋을 거야. 사이드를 봐. 당신들보다 잃을 게 더 많은 분이야. 당신들이 가진 것은 누구에게도 쓸모없는 가련한 삶이 전부잖아. 저분에게는 재산이 있어. 다른 사람들이 저분에게 맡겨놓은 재산이 있어. 자신만이 아니라 당신들의 안녕까지 염두에 두고 계신단 말이야. 저분에게는 신이 주신 사업에 대한 재능이 있어. 돌아갈 아름다운 집도 있고. 저분은 이런 것들을 잃으실 수도 있지만, 알 낳은 암탉이 꼬꼬댁거리며 돌아다니는 것처럼 저분이 뜰을 이리저리 돌아다니시더냐? 마귀라니! 만약 당신들이 이렇게 떠드는 걸 그만두지 않고 이 짐들과 물건들을 제대로 간수하지 않으면, 내가 당신들에게 백 마리 마귀와 천 마리 악마를 줄 거야. 하야!"

비는 한밤중까지 수그러들지 않았다. 그때쯤 집들은 무너지고 동물들은 쓸려가서 무시무시한 폭풍우로 인해 거품이 보글거리는 웅덩이에 빠져 죽었다. 별채 지붕은 날아가고 공터의 빵나무 중 하나는 밑동까지 쪼개졌다. 하미드는 비둘기 집들이 하나도 파손되지 않은 것이 기적이라고 말했다. 뜰의 허리케인 램프는 새벽까지 켜져 있었다. 짐꾼들과 보초들은 최대한 물건을 회수하려고 했다. 쾌활하게 잡담을 하고 때로는 서로를 큰 소리로 조롱하거나 욕을 주고받았다. 그들은 주변의 혼란과 파괴에 대해 큰 소리로 얘기했지만 그렇다고 그것 때문에 고민하는 것 같지는 않았다.

아침이 되어 만반의 준비를 마치자 아지즈 아저씨가 신호를 보냈다. "하야," 그가 말했다. "자, 우리를 그 나라로 안내하시오." 음냐파라가 사람들을 끌고 갔다. 그는 아파도 어깨를 활짝 펴고 도전적이고 오만한 자세로 고개를 쳐들고서 품위를 지키려 했다. 예전처럼 위엄을 갖추기가 힘들다는 것을 알았지만, 고용한 하층민들과 그들이 지나치는 먼지투성이 야만인들에게는 충분히 위압적으로 보이기를 바랐다. 이 원정이 더 큰 규모라는 표시로 북과 시와에 두 명의 뿔피리 연주자가 더해져 작은 관현악단이 되었다. 맨 처음 음악을 시작한 것은 시와였다. 장엄한 음조가 모두에게 은밀한 향수의 감정을 불러일으켰다. 그리고 다른 연주자들이 가세하면서 그 나라를 향해 행진하는 여행자들의 가슴을 부풀게 했다.

하미드는 테라스에 서서 겁먹고 걱정스러운 표정을 지으며 그들이 가는 모습을 바라보았다. 유수프는 하미드가 상황 파악을 제대로 못하고 있다는 후세인의 말을 떠올리며, 하미드 스스로도 똑같은 생각을 하고 있을지 궁금했다. 유수프는 산에 사는 은둔자가 높은 위치에서 그들을 바라보며 그들의 어리석음에 고개를 젓는 모습을 상상해보았다. 하미드의 두 어린 아들이 그의 옆에 서 있었다. 그런데 아샤도 마이무나도 거기에 없었다. 유수프는 칼라싱가가 나와서 그들처럼 내다보면 싶었지만 그도 거기에 없었다. 그는 그를 만나러 가서 그 여행에 대해 얘기해줬다. 칼라싱가는 여행의 중요성에 대해 열광적으로 얘기하며 그에게 이상한 충고를 했다. 매주 한 번씩 네 귀에 오일을 한 방울 넣는 걸 잊지 마라. 곤충과 벌레가 알을 낳는 걸 막기 위해서. 유수프는 마지막 순간까지 그가 질척거리는 길로 화물차를 몰고 와서 차에서 뛰어내려 그들이 지나갈 때 극적으로 인사를 하는 장면을 상상했다. 칼라싱가는 중요한 순간이면 늘 그렇게 인사를 했다. 어쩌면 떨어져 있는게 현명한지도 몰라. 유수프는 짐꾼들이 그의 터번과 꼬인 수염을 보고 비웃던 일을 떠올리면서 그렇게 생각했다.

여행 첫날 그들은 멀리 가지 않았다. 그저 도시를 완전히 벗어난 것으로 만족했다. 짐꾼들은 그렇게 혼란스러운 밤을 보낸 탓에 너무 피곤하다고 불평했지만, 모하메드 압달라는 소리지르고 위협하면서 그들을 몰아쳤다. 오후 중반쯤 그들은 야영지를 만들었다. 상황을 점검하고 앞으로의 일에 대비해 마음을 진정시키기 위해서였다. 폭풍우가 흙을 축축하게 하고 가라앉혀 땅은 생기가 돌며 부푼 것 같았다. 숲과 나무는 투명한 빛 속에서 반짝였고 덤불 속에서는 뭔가 은밀하게 깨지는 소리와 달아나는 소리가 들렸다. 대지 자체가 생명으로 요동치는 것 같았다. 그들은 가장자리에 동물들의 발자국이 많이 난 작은 호수 근처에 야영지를 마련했다.

처음에 유수프는 자신도 알지 못하는 이유로 아지즈 아저씨와 거리를 두고자 짐꾼들 사이에 몸을 숨기려 했다. 그런데 원정 초반에 모하메드 압달라가 그를 부르더니 대열의 뒤로 가라고 했다. 뒤로 가자 상인이 그의 목을 한 번 두드리며 친절한 미소를 지었다. 아지즈 아저씨가 그에게 심부름을 시키는 것으로 미뤄 유수프는 거기가 자신의 자리임을 곧 이해했다. 그들이 오후에 처음으로 걸음을 멈췄을 때, 그는 상인에게 필요한 일을 확실히 했다. 그는 상인을 위해 매트를 깔고 물을 가져오고 요리중인 음식이 다 될 때까지 근처에서 기다리고 있었다. 아지즈 아저씨는 일행이 떠드는 소리는 의식하지 못한 채, 그 면면이 자신의 관심과 응시를 필요로 하는 것처럼 시골 풍경을 조용히 바라보고 있었다.

야영지가 갖춰지자 음냐파라는 아지즈 아저씨가 있는 곳으로 와서 그의 맞은편 매트에 앉았다. "이 땅을 보고 있으면," 아지즈 아저씨가 마지못해 풍경에서 눈을 떼고 말했다. "그리움이 몰려온다오. 너무 순수하고 밝아서 그래. 여기에 사는 사람들은 아프지도 않고 늙지도 않을 것 같아. 그들은 만족해하고 지혜를 찾으면서 살 것 같아."

모하메드 압달라가 껄껄 웃었다. "지상에 낙원이 있다면 바로 여기야, 바로 여기야, 바로 여기라네." 그가 노래하듯 비꼬자 아지즈 아저씨가 미소를 지었다.

곧 그들은 아랍어로 얘기하기 시작했다. 다양한 방향의 장점들을 얘기하면서 그곳들을 팔로 가리켰다. 유수프는 차곡차곡 쌓인 물건들을 지나고 작은 모닥불과 그들의 물건 주변에 모여 있는 남자들의 무리를 지나 야영지를 이리저리 돌아다녔다. 그들이 그곳에 머문 것은 몇 시간이었는데, 야영지는 작은 마을처럼 보였다. 몇몇 남자들이 그를 부르며 같이 차를 마시자고 했다. 점잖지 못한 짓을 하자고 드는 사람들도 있었다. 사람들이 가장 많이 모인 곳은 심바 음웨네 주변이었다. 그는 자루에 기대어 있었고, 사람들은 독일인에 대한 그의 이야기를 들으려고 앞으로 몸을 기울이고 있었다. 그는 독일인의 엄격함과 무자비함에 대해 경탄하듯 말했다. 그들은 법을 어긴 사람이 아무리 살려달라고 빌거나 다시는 그러지 않겠다고 약속해도 처벌한다고 했다.

"그런데 우리는 죄인이 후회하면 처벌하는 걸 어려워하잖아요. 특히 판결이 너무 가혹하면 말이죠. 사람들이 그를 위해 애걸하고 변호하고 난리죠. 우리 모두에게는 우리를 위해 슬퍼할 사랑하는 사람들이 있잖아요. 그런데 독일인들은 정반대죠. 처벌이 가혹할수록 더 단호해지고 무자비해져요. 처벌은 늘 엄격하죠. 내 생각에 그들은 처벌을 즐기는 것 같아요. 판결을 내리면 혀가 부어오를 때까지 빌어도 독일인은 메마르고 비정한 얼굴로 당신들 앞에 서 있을 거예요. 독일인이 질리면 당신들은 처벌받는 것 말고는 선택의 여지가 없음을 알게 되겠죠. 그들은 그렇게 해서 그 모든 일을 할 수 있는 거예요. 그들은 어떤 것도 그들을 혼란스럽게 만들게 놔두지 않죠."

어둠이 깊어지자 대기는 먹을 것을 찾고 목을 축이러 물가에 온 동물들이 울부짖는 소리로 가득해졌다. 유수프는 무섭고 불안해서 쉽게 잠들지 못했다. 배고픈 동물들이 가까이에서 울부짖는 한밤중의 언덕 중턱에 자신들이 있다는 사실을 믿기 어려웠다. 그러나 쌓아놓은 물건들 뒤에 차단막을 친 보초들을 제외하고 모두가 잠든 것 같았다. 유수프는 그들이 잠자는 게 아니라 초조한 침묵 속에 가만히 누워 있다고 생각했다.

5

그들이 높은 산자락에서 내려가면서 지형이 매일 바뀌었다. 땅이 점점 건조해지면서 정착지들의 규모가 더 줄어들었다. 며칠이 지나자 그들은 고원으로 내려와 있었다. 걸음을 뗄 때마다 먼지와 모래 구름이 일었다. 드문드문 보이는 관목들이 엄청나게 비틀리고 휘어져 있었다. 살아 있는 것 자체가 고문인 것 같았다. 짐꾼들은 자신들이 들어서는 삭막한 곳을 바라보면서, 더이상 노래하지 않고 패기도 잃었다. 멀리 거대한 동물들의 무리가 보이자 그들은 다시 활기를 띠었다. 멀리 보이는 것들이 무엇인지를 두고 입씨름을 했다. 유수프는 처음 며칠 동안 속이 뒤집히고 기진맥진하고 열이 나면서 몸이 아팠다. 가시들이 발목과 팔을 파고들었고 몸에는 벌레 물린 자국투성이였다. 그는 엄청나게 가혹한 땅에서 어떤 것이 살아남을 수 있을지 궁금했다. 밤이 되면 동물들의 울음소리가 악몽을 꾸게 만들었다. 그래서 아침에는 자신이 잠을 잤는지 아니면 두려움에 웅크리고만 있었는지 확신할 수 없었다. 그러나 그들은 사람들과 고원에 펼쳐진 정착지들과 우연히 마주쳤다. 사람들은 관목처럼 시들해 보였다. 그들의 몸은 모든 것이 기본적인 필요에 맞게 가늘었다. 아지즈 아저씨는 정착촌을 지날 때마다 작은 선물을 줘서 호의를 사고 정보를 얻으라고 지시했다.

유수프는 그들이 왜 아지즈 아저씨를 사이드라고 부르는지 이해하기 시작했다. 그는 어떤 상황에서도 침착해 보이고, 하루에 다섯 번 정해진 시간에 기도를 했고 초연함을 유지했다. 기껏해야 지체되면 얼굴을 찌푸리거나 불운한 일이 바로잡히는 동안 굳은 자세로 서서 초조해하는 정도였다. 그는 말을 자주 하지 않았고 보통은 하루가 끝났을 때 모하메드 압달라하고만 길게 얘기했다. 그러나 유수프는 그날의 여정에서 일어난 중요한 일은 무엇이든 그가 알고 있다고 느꼈다. 이따금 유수프는 그가 짐꾼들의 우스꽝스러운 행동들을 지켜보며 껄껄 웃고 있는 것을 보았다. 한번은 그가 저녁기도 후에 유수프를 매트로 부르더니 어깨에 한 손을 짚었다. "네 아버지 생각나니?" 그가 물었다. 유수프는 말이 나오지 않았다. 아지즈 아저씨는 잠시 기다렸다가 아무 말도 못하는 유수프를 향해 서서히 미소를 지었다.

음냐파라는 유수프를 감싸고돌았다. 그는 유수프가 봐야 한다고 생각하는 뭔가가 있을 때마다 그를 불러서, 그들이 지나고 있는 지대의 계략과 유혹에 대해 설명해줬다. 짐꾼들은 유수프에게 음냐파라가 한참 더 가다가 그를 덮칠 것이라고 말했다. "그 사람은 너를 좋아해. 하기야 누가 이렇게 아름다운 소년을 좋아하지 않겠니? 천사가 네 어머니를 찾아왔던 게 분명하다."

"어이 예쁜이, 너한테 남편이 생겼구나!" 심바 음웨네가 사람들을 위해 실연한 얼굴을 해 보이고는 웃으면서 말했다. "나머지 우리들은 뭘 해야 되니? 너는 저 못생긴 괴물한테는 너무 아름답다. 오늘밤 와서 날 주물러주렴. 그러면 내가 사랑이 무엇인지 보여주마." 심바 음웨네가 그런 식으로 그에게 얘기한 것은 처음이었다. 유수프는 놀라 얼굴을 찡그렸다.

심바 음웨네는 짐꾼들과 보초들에게 인기가 많았다. 몇몇 사람들이 궁정처럼 그의 주변에 항상 모여 있었다. 일등 조신은 응윤도라고 불리는 땅딸막하고 둥글둥글하게 생긴 남자였다. 그가 웃음과 칭찬의 말을 선도했고, 가능하면 언제나 심바 음웨네를 충성스럽게 따라다녔다. 모하메드 압달라와 심바 음웨네가 같이 있을 때면, 응윤도는 음나파라의 눈이 미치지 않는 곳에서 그를 흉내내면서 다른 짐꾼들을 웃겼고, 웃지 않는 사람들을 노려보았다. 유수프는 모하메드 압달라가 심바 음웨네를 지켜보고 아지즈 아저씨에게 그에 관해 무슨 얘기를 했다는 것을 알았다. 유수프는 그들이 저녁 모임을 가질 때면 그들과 함께 매트에 앉아 있어야 했다. 그러나 틈만 나면 빠져나가 짐꾼들의 이야기를 들으러 갔다. 유수프가 아랍어를 알아듣지 못한다는 것이 모하메드 압달라를 화나게 만들었다. 그러나 그는 그들의 이야기에서 흥미로운 부분을 요약해서 설명해줬다.

"저 떠버리를 잘 보렴." 그가 어느 날 저녁, 심바 음웨네 주변에 모여 있는 소란스러운 사람들을 바라보며 말했다. "내가 저놈의 몸에 크고 뾰족한 가시를 박아놓았으니 조금이라도 허튼짓했다간 꿈틀하고 말

거다. 사람을 죽인 놈이다. 그래서 이번 여행에 합류한 거다. 해를 끼친 사람들에게 보상해줄 돈을 벌기 위해서거나, 신의 뜻이라면 죽기 위해서지. 그가 자신을 구제할 기회를 갖게 된 것은 내 말 때문이지. 그렇지 않으면 죽은 사람의 친척들이 복수를 위해 독일인들에게 그를 넘겼을 거야. 그렇게 되면 독일인들은 그에게 침을 뱉기보다는 목매달아 죽이기부터 했을 거야. 그들은 그런 것을 좋아하니까. 살인자를 데려가면 그들은 좋아서 눈을 반짝이며 교수대를 준비할 거야. 나한테 와서 이런 얘기를 해서 내가 그를 데려오기로 한 거다. 저 사람을 잘 봐둬라. 저 심바 음웨네라는 사람에 대해 느껴지는 감정이 있다. 눈에 폭력이 있어. 광기가 있어. 그는 문제를 일으키고 싶어해. 뭔가를 하고 싶은 일종의 배고픔이나 갈망처럼 보이지만, 내 생각에는 고통을 원하는 것 같다. 이번 여행이 그에게서 그것을 빼내주겠지. 안에 있는 약점을 찾아내는 데는 야만인들 사이에서 몇 달 있는 것만큼 좋은 게 없지."

모하메드 압달라는 그에게 그들이 하고 있는 사업에 대해서도 가르쳐줬다. "이런 일을 하려고 우리가 이 땅에 있는 거야." 모하메드 압달라가 말했다. "장사 말이다. 우리는 가장 메마른 사막과 가장 어두운 숲으로 가서 왕이든 야만인이든, 우리가 살든 죽든 상관하지 않고 장사를 하지. 모든 게 우리한테는 똑같거든. 너는 우리가 지나치는 곳들을 보게 될 텐데 그런 곳에 사는 사람들은 장사라는 것을 모르고 살아온 사람들이야. 그들은 마비된 벌레처럼 살지. 장사꾼들보다 더 영리한 사람들도 없고 더 고귀한 직업도 없지. 그것이 우리의 삶이란다."

그는 주거래 품목이 천과 철이라고 설명했다. 카니키, 마르카니, 바프타를 비롯한 각종 옷감. 그중 어느 것도 야만인들이 자기들끼리 두면 몸에 걸치는 악취나는 염소 가죽보다 나았다. 그들이 뭐라도 입고 있다면 말이다. 이교도들이 수치를 모르게 신이 만드신 것은 신앙을 가진 사람들이 그들을 알아보고 그들을 어떻게 다뤄야 할지 결정할 수 있도록 하기 위해서였다. 호수의 이쪽 지역 시장은 옷감으로 넘쳐났다. 그래도 철을 원하는 사람들이 있었다. 특히 농사짓고 사는 사람들이 그랬다. 그들의 진짜 목적지는 호수의 다른 쪽이었다. 검고 푸른 산간지역 오지에 있는 마니에마 부족의 나라였다. 그곳에서는 옷감이 아직도 가장 흔한 교환 품목이었다. 야만인들은 돈 때문에 거래를 하는 게 아니었다. 돈으로 뭘 할 수 있겠는가? 그들에게는 옷감과 바늘, 괭이 날과 칼, 담배와 은닉해둔 화약과 탄환도 있었다. 그들이 상대하기 더 어려운 술탄들에게 특별한 선물로 가져가는 것들이었다. "다른 모든 것이 실패해도 화약과 탄환은 결코 그러지 않지." 음냐파라가 말했다.

그들은 호수가 나올 때까지 남서쪽으로 갔다. 그곳은 장사꾼들이 잘 알지만 벌써 유럽인들의 영향권에 들어 있었다. 사실 거기에는 개들이 거의 없었다. 그래서 사람들은 아직도 자기들이 원하는 대로 살았다. 그러나 그들은 유럽인들이 언제라도 들어올 것임을 알고 있었다. "이 유럽인들은 정말 놀라워." 모하메드 압달라는 이렇게 말하면서 맞다고 확인해달라는 듯 아지즈 아저씨를 쳐다보았다.

"신을 믿게." 상인은 음냐파라의 격한 태도가 재미있다는 듯 눈을 빛내며 진정시키듯이 말했다.

"그들에 관한 이야기를 우리는 많이 듣지! 그들이 남부에서 벌였다는 싸움, 그들이 만든다는 뛰어난 사브르와 놀랍고 정교한 총. 그들이 쇠를 먹을 수 있고 땅을 다스린다는 얘기도 있지만 나는 믿지 않아. 그들이 쇠를 먹을 수 있다면 왜 우리와 지구를 통째로 먹을 수 없겠니? 그들의 배는 우리가 알고 있는 바다 너머로 항해하고 때로는 그 크기가 작은 도시만하다더라. 사이드께서는 그들의 배를 본 적이 있나요? 나는 몇 년 전에 몸바사에서 본 적이 있어. 누가 그들에게 이런 것들을 하도록 가르쳤을까? 내가 듣기로 그들의 집에는 아주 부드럽게 빛나고 반짝이는 대리석이 깔려 있어서 사람들은 옷이 젖지 않도록 옷감을 위로 쳐들고 싶은 생각이 든대. 그러나 그들은 껍질이 없는 파충류처럼 생기고, 여자들이나 아주 형편없는 농담처럼 머리가 금발이야. 내가 처음으로 본 사람은 숲 가운데의 나무 밑 의자에 앉아 있었지. 나는 악마의 면전에 와 있다고 생각하고 나직하게 기도를 했지. 그런데 곧 그 유령 같은 자가 국가들을 파괴하고 다닌다는 그 유명한 자들 중 하나라는 것을 깨달았지."

"그 사람이 말을 하던가요?" 유수프가 물었다.

"인간의 귀에 알려진 말은 아니었다." 모하메드 압달라가 말했다. "아마 으르렁거리는 소리를 냈을 거야. 입에서 연기가 나오더라. 정령이었는지도 모르지. 신께서 그들을 불로 만드셨으니까 말이야."

유수프는 음나파라가 자신을 놀리고 있다는 것을 알았다. 아지즈 아저씨의 입가에 미소가 묻어 있었다. "만약 그 정령들이 피라미드를 만들었다면 어째서 도시처럼 큰 배를 만들 수는 없었을까?" 상인이 물었다.

"하지만 그들이 이쪽으로 왜 왔는지 누가 말할 수 있을까요?" 모하메드 압달라가 말했다. "땅이 갈라져 그들을 밖으로 내던진 것처럼 말이죠. 아마 우리와의 일을 끝내면 땅이 다시 갈라지고 그들을 빨아들여서 세상의 다른 쪽에 있는 그들의 나라에 데려다놓을지도 모르죠."

"모하메드 압달라, 당신은 노파처럼 얘기하기 시작하는군." 상인이 말하고 매트 위에 드러누우며 낮잠 잘 준비를 했다. "그들은 당신이나 나와 같은 이유로 여기에 있는 거야."

6

그들은 가능할 때마다 정착지 인근에서 야영을 했다. 그래서 가져온 양식을 사용하지 않고 물물교환으로 음식을 조달할 수 있었다. 내륙으로 들어갈수록 밀가루나 고기에 값을 더 치러야 했다. 여드레째 되는 날 그들은 작은 숲 가까이에서 야영을 했다. 그들이 출발하고 처음으로 동물들의 위험에 대비한 방어용 울타리를 만들라는 지시가 내려졌다. 짐꾼들은 하루의 여정이 끝나고 일을 시키면 늘 그랬듯이 툴툴거리고 불평했다. 그들은 숲에 뱀들이 득실거린다고 말했다. 심바 음웨네가 칼을 들고 뒤엉킨 수풀을 쳐서 길을 내며 다른 사람들이 창피해져 그를 따라 하게 만들었다. 그들은 관목을 자르고 가지들을 끌고 와서 약 1미터 높이의 방어용 울타리를 세웠다. 그들은 이제 바로 앞에 위치한 강 건널목의 음카타 마을에 접근해 있었다. 상인은 강 근처의 마을 사람들에게 카라반이 공격을 받았다는 소문을 들었다. 그래서 위험을 감수하고 싶지 않았다. 그는 아침이 되자 두 사람에게 음카타의 술탄을 위한 선물을 들려 대열보다 먼저 보냈다. 상인은 가장 변변찮은 시골 노인을 공손하게 술탄이라고 칭했다.

여섯 개의 옷감과 두 개의 괭이를 선물로 보내자 음카타의 술탄이 상인이 가진 모든 물건들을 자기 마음대로 하게 해달라는 전갈을 보내왔다. 직접 자기 지위에 걸맞은 선물을 고르겠다는 것이었다. 그 선물이 그의 땅을 통과하기 위한 공물이라면 특히 그렇다고 했다. 아지즈 아저씨는 술탄의 요구를 듣고 웃으며 선물을 두 배로 늘렸다. 이때쯤 대열은 마을에서 1.5킬로미터쯤 떨어진 곳에 멈춰 있었다. 호기심 많은 어린아이들은 멀리서 그들을 바라보고 있었다. 심부름꾼들이 돌아와서 음카타의 술탄이 아직 만족하지 못하고 있다고 알렸다. 술탄은 그들에게 자신은 가난한 사람이고 나중에 후회하게 될 행동을 할 필요가 없기를 바란다는 말을 전해왔다. 상인은 또다시 선물을 곱절로 해서 보냈다. "술탄에게 가서 우리는 모두 가난하다고 말해라. 그리고 지옥에 사는 대부분의 사람들은 욕심이 많고, 천국에 사는 대부분의 사람들은 가난하다는 것을 기억하게 해라."

그날의 나머지는 명예와 탐욕이 만족될 때까지 전갈을 주고받으면서 지나갔다. 그들은 늦은 오후가 되어서야 강에 도착했다. 그들이 강둑 옆의 공터에 섰을 때, 물에 들어간 여자가 악어의 공격을 당하는 모습이 보였다. 마을 사람들과 여행자들이 사투가 벌어지고 물이 소용돌이치는 곳으로 달려갔다. 그러나 그들은 여자를 살릴 수 없었다. 마을 사람들은 악어가 달아난 다른 쪽 둑을 향해 노여운 몸짓을 하면서 여울과 강둑에서 넋을 놓고 울며 슬퍼했다. 그녀의 친척들은 애통해하며 강물에 몸을 던졌다. 악어가 또 나타날지 경계하며 물을 바라보는 다른 사람들이 그들을 끌어내야 했다.

큰 강이었지만 음카타 쪽은 얕았다. 넓고 질척질척한 둑으로 동물들과 새들이 모여들었다. 그들은 밤새도록 물과 숲에서 나는 소리를 들었다. 어떤 짐꾼들은 공격을 당한 것처럼 소리를 질러 서로를 기겁하게 만들었다. 음카타의 술탄은 염소를 두 마리 잡아놓고 상인에게 일행을 데리고 와서 같이 먹으라고 초대했다. 그런데 그는 식사를 하는 내내 어두운 표정이었고 그들을 환대하려는 노력은 전혀 하지 않았다. 자기가 먹고 싶은 대로 양껏 먹고 손님들은 먹거나 말거나 상관하지도 않았다. 술탄은 짧게 깎은 흰머리에 마른 남자였다. 핏발이 선 그의 눈이 불빛 속에서 붉어 보였다. 그는 모호한 억양으로 간신히 키스와 힐리를 했지만, 유수프는 주의를 기울이면 그가 말하는 것의 상당 부분을 알아들을 수 있었다. "당신들은 재앙을 가져왔소." 그가 말했다. "오늘 동물한테 당한 여자는 물과 악어들로부터 보호를 받았었소. 그녀와 같은 누군가가 악어한테 잡혀가는 일이 전에는 없었소. 내가 살아오는 동안 없었던 일이오. 전에 그런 일이 있었다는 얘기도 들어본 적이 없소." 그는 여자에 대한 얘기를 끝없이 하면서, 너울거리는 불빛 속에서 그들을 두리번거리며 쳐다보았다. 유수프는 그가 얘기하는 동안 아지즈 아저씨가 공손하게 몸을 앞으로 기울이고 이따금 맞장구치는 것처럼 고개를 끄덕이는 것을 보았다. "강을 건너려고 많은 사람들이 이곳을 지나쳤소." 술탄의 말이 이어졌다. "그런데 당신들만이 이런 불행을 우리한테 가져왔소. 당신들이 떠날 때 그것을 가져가지 않으면 우리 삶은 아무 이유 없이 혼란해지기만 할 것이오."

"신을 믿으십시오." 상인이 부드럽게 말했다.

"우리는 당신들이 깨뜨린 것을 회복하기 위해 내일 뭘 할 수 있는지 살펴봐야겠소." 술탄은 그들을 보내면서 말했다.

"더럽고 미개한 개자식 같으니라고!" 모하메드 압달라가 말했다. 두 사람이 횃불을 들고 일행의 양쪽에서 걸어가고 있었다. 모두가 예민해 보였다. "정신 차려야겠소. 그러지 않으면 오늘밤이 지나기 전에 물건이 달아날 수도 있소. 우리의 친절한 주인은 더러운 신령들에게 제물을 바치려 하고 있소. 어쩌면 한밤중에 당신들 몇을 악어들한테 던져버릴 계획을 세우고 있는지도 모르오. 신이여, 저희를 악으로부터 보호해주소서."

"그것이 다른 약처럼 효과가 있을지 누가 알겠느냐?" 아지즈 아저씨는 나중에 자신이 갑자기 그렇게 불경스러운 말을 한다는 사실에 미소를 지으면서 유수프에게 말했다.

그날 밤 유수프는 또 한번 커다란 개한테 쫓기는 악몽을 꾸었다. 개가 길쭉한 입을 크게 벌리고 그를 향해 누런 이빨을 번쩍이는 모습이 너무 생생했다. 개는 그의 배 위에 다리를 벌리고 서서 그의 가장 은밀한 부위들을 찾고 있었다.

새벽녘에 그들의 야영지에서 비명소리와 필사적으로 으르렁거리는 소리가 터져나왔다. 그들은 하이에나들이 잠자고 있던 짐꾼 중 하나를 공격해서 얼굴의 대부분을 뜯어갔다는 사실을 알았다. 피와 끈적이는 액체가 얼굴의 남은 부위에서 흘러내렸다. 그 사람은 상상할 수 없는 고통에 미친듯이 땅 위에서 뒹굴고 있었다. 사람들이 사방에서 몰려와 그 모습을 지켜보았다. 그들 중에는 자세히 보려고 사람들 사이를 마구 헤치고 나온 아이들도 있었다. 술탄도 보러 왔다. 그는 몇 분 동안 거리를 두고 서 있다가 돌아가서, 더럽혀졌던 것이 이제 바로잡혔다며 만족스럽다고 말했다. 그는 그 전날 카라반이 그들의 마을에 몰고 왔던 악령을 잡아가기 위해 동물들이 왔던 것이라며 이제 여행자들은 가도 좋다고 말했다. 그래도 다시는 이 마을을 통과하지 않으면 좋겠다고 말했다. 그는 유수프를 바라보며 자기들한테 이 젊은 청년을 주게 될 거라고 생각했었다고 말했다. 술탄은 그가 물에 빠져 죽은 여자에 알맞은 보상이었을 거라고 말했다. 그녀도 많은 사랑을 받았기 때문이라고 했다.

두 남자는 다친 짐꾼과 함께 앉아서 그의 몸을 잡아 누르며 울었다. 카라반의 나머지는 마을 사람들의 안내에 따라 얕은 곳을 찾아 강을 건넜다. 이제 다친 사람을 데리고 건널 때가 되자, 술탄이 그를 보내주기를 거부했다. 상인이 이런저런 선물을 주겠다고 했지만 회유되지 않았다. 다친 사람은 그들의 것이라고 했다. 땅이 그를 그들에게 주었다고 했다.

그날 오후 그 남자가 끝없이 비명을 지르다가 갑자기 죽었다. 그의 상처는 뇌에서 새어나온 물질로 뒤덮여 있었다. 그들은 마을에서 조금 떨어진 곳에 그를 즉시 매장했다. 술탄은 그곳이 불필요하거나 사악한 시신을 묻는 곳이라고 말했다. 그들은 불안한 혼백들이 그들의 삶 속으로 들어와 돌아다니는 것을 원치 않는다고 했다. 마지막 여행자가 해질 무렵 강을 건넜을 때, 술탄과 마을 사람들은 강둑 옆 나무들 밑에 모여 그들에게 서둘라는 의미로 소리를 질러댔다. 하마와 악어들의 눈이 벌써 기민해져 물위에 가볍게 떠 있었고, 이제는 어둠이 짙어진 다른 강둑에서 새들이 날카롭게 울었다.

더 많은 보초들이 그날 밤 배치되었다. 남자들의 용기를 북돋기 위해 커다란 불들이 피워졌다. 상인은 오랫동안 매트에 앉아서 그들이 잃어버린 남자를 위해 기도했다. 그는 상자에서 꺼낸 작은 쿠란에서 고인을 위한 야 신을 나뭇가지에 매단 램프 불빛에 비춰가며 읽었다. 음냐파라와 심바 음웨네는 사람들 사이로 가서, 거친 말을 하면서 그들의 공포감을 떨쳐내주려고 했다. 유수프는 바로 잠들었다. 그런데 꿈들이 그를 괴롭혔다. 두 번이나 외마디 소리를 지르며 깨어나 자기가 그러고 있다는 것을 누가 알아차리지 않았을까 어둠 속을 둘러보았다. 대열은 동이 트자마자 떠날 준비를 했다. 음냐파라는 모든 사람에게 정신 똑바로 차리라고 말했다. "지난밤에 뱀한테 물렸니?" 그가 유수프에게 조용히 말했다. "아니면 추잡한 꿈을 꾼 거니? 젊은 친구, 정신 차려. 너는 더 이상 어린애가 아니야."

아지즈 아저씨의 출발 준비를 유수프가 거들 때, 상인이 가볍게 기침을 하면서 그를 제지했다. "너, 지난밤에 또 걱정했구나. 술탄이 한 말 때문에 걱정되더냐?"

유수프는 놀라서 아무 말도 하지 않았다. 또! 또 걱정했다! 그는 가망 없이 약점을 들켜버린 것만 같았다. 그들 모두가 밤에 그를 혼비백산하게 만든 개들과 짐승들과 형체 없는 허공들에 대해 알고 있다는 말일까? 어쩌면 그가 자주 소리를 질러 사람들이 비웃고 있는지도 모를 일이었다.

"신을 믿어라." 상인이 말했다. "그분이 너에게 은혜를 주셨다."

강을 건너자 땅이 비옥해지고 사람도 더 많이 살았다. 처음에 그들은 녹색 풍경을 보자 기운이 났다. 덤불이 새들 때문에 흔들리고 떨렸다. 그들의 지칠 줄 모르는 날카로운 소리가 하루 중 서늘한 시간을 파고들었다. 오래된 나무들이 그들 위로 우뚝 솟아 그 밑 그늘 속의 관목에 부드러운 빛을 드리웠다. 그러나 반짝이는 관목들 밑으로는 덩굴식물들이 숨어 있었고 독성이 있는 덩굴식물들도 엉켜 있었다. 가장 유혹적인 그늘에는 뱀들이 가득했다. 벌레들은 밤이고 낮이고 그들을 물어댔다. 옷과 살은 가시에 찢기고 이상한 병이 그들을 덮쳤다. 이제 그들은 통행을 허락받기 위해서 거의 날마다 점점 더 많은 공물을 바쳐야 했다. 상인은 모하메드 압달라와 심바 음웨네가 통행에 관한 흥정을 하는 동안, 가능한 한 협상에서 빠져 내키지 않는 침묵 속에서 혼자 기다렸다. 때때로 술탄들은 협상에 이르기를 원하는 음냐파라와 그의 감독을 너무 자극했다. 그들은 그걸 즐기는 듯했다. 유수프에게는 사람들이 방문객을 싫어한다는 걸 보여주고 싶어하는 것처럼 보였다.

그들의 첫 목적지인 타야리 시까지는 며칠밖에 걸리지 않았다. 이곳 사람들은 몇 가지만 택해 불편하게 만드는 것만으로도 그들이 앞으로 나아가는 것을 혼란스럽게 할 수 있음을 잘 알고 있었다. 그래서 자신들의 선의에 대한 보상을 후하게 받기를 기대했다. 음식은 풍부했지만 가격이 터무니없이 비쌌다. 상인은 하루걸러 닭고기와 과일을 샀다. 안 그러면 짐꾼들이 마을 사람들에게서 훔쳐먹을 것이고, 그러면 말다툼과 전쟁으로 비화될 뿐이라는 것을 그는 잘 알고 있었다.

산의 다른 쪽에 사는 전사 부족들은 자신들의 창과 칼에 피를 묻혀가며 가축과 여자들을 붙잡으려고 이곳을 습격했다. 강을 떠나 이레째 되던 날 그들은 이틀 전 습격을 당한 마을에 도착했다. 그들은 마을에 도착하기 전에 혼란상을 보고 느꼈다. 한낮인데도 연기가 피어오르고 하늘에는 검은 새들이 빙빙 돌고 있었다. 노략질을 당한 마을에 도착했을 때, 그들은 다치고 불구가 된 생존자들 몇 명만이 나무 그늘 밑에 움츠리고 있는 것을 보았다. 마을의 모든 지붕들이 불타고 있었다. 생존자들은 사랑하는 사람들을 잃은 것을 애통해했다. 그들 중 상당수가 침략자들한테 끌려간 것이었다. 일부 젊은 남자들은 공격이 진행되는 동안 몇몇 아이들을 데리고 달아나버렸다. 그들이 돌아올 수 있을지는 아무도 모를 일이었다. 유수프는 이제는 병에 걸려 퉁퉁 부은, 믿을 수 없는 끔찍한 상처들을 도저히 바라볼 수 없었다. 그는 그런 고통을 보면서 삶이 끝났으면 싶었다. 그는 그와 같은 것을 본 적도 없고 상상한 적도 없었다. 시체들이 여기저기 널려 있었다. 불탄 오두막 안에도 있었고 관목 가까이에도 있었고 나무 밑에도 있었다.

모하메드 압달라는 병이나 침략자가 다시 올 것에 대한 두려움에서 최대한 빨리 떠나기를 바랐다. 심바 음웨네는 상인에게 가서 그들이 시신을 묻어줘야 할지 물었다. 처음에는 너무 가까이 오는 바람에 상인은 뒷걸음질을 쳐야 했다. "지금 남아 있는 자들이 현재 상태로는 그런 일을 할 수 없는 상황입니다." 심바 음웨네가 말했다.

"그렇다면 동물들에게 남겨둬." 모하메드 압달라가 분노를 거의 억제하지 못하고 소리를 질렀다. "이건 우리와 아무 상관 없는 일이야. 대부분은 썩었고 이미 반쯤 먹혔어……"

"그들을 이런 상태로 두고 가서는 안 됩니다." 심바 음웨네가 낮은 목소리로 말했다.

"우리한테 병이 옮을 거야." 모하메드 압달라가 상인에게서 눈을 떼지 않고 말했다. "그들의 형제들이 와서 이 구역질나는 일을 처리하도록 놔둬. 그들은 숲에 숨어 있을 뿐이야. 돌아오면 그들의 미신을 갖고 대들면서 우리가 죽은 자들을 모독했다고 할 거야. 이것이 우리와 무슨 상관이 있지?"

"우리는 그들의 형제입니다. 우리 모두의 똑같은 아버지 아담의 피를 이어받은 형제들입니다." 심바 음웨네가 말했다. 모하메드 압달라는 놀라 씨익 웃었지만 아무 말도 하지 않았다.

"자네가 우려하는 게 뭔가?" 아지즈 아저씨가 물었다.

"죽은 사람들에 대한 예의입니다." 심바 음웨네가 노려보며 말했다.

상인이 웃었다. "좋아." 그가 말했다. "묻어주게."

"신이시여, 제 눈에 하이에나 똥을 뿌려주세요!" 음냐파라가 말했다. "만약 이것이 잘못된 생각이고 위험하지 않게 보이면 신이시여, 저를 천 토막 내십시오! 사이드, 이것이 당신이 원하는 것이니…… 그러나 나는 왜 그래야 하는지 이해할 수 없습니다."

"모하메드 압달라, 자네는 언제부터 미신을 겁냈는가?" 아지즈 아저씨가 부드럽게 물었다.

음냐파라가 상처받은 눈길로 상인을 획 쳐다보았다. "좋아, 빨리 처리해." 그는 심바 음웨네에게 말했다. "모험도 하지 말고 만용도 부리지 마. 그들은 서로에게 이런 짓거리를 늘 하는 야만인들이야. 우리는 성인聖人 놀이를 하려고 여기에 온 게 아니야."

"유수프, 너는 그들과 같이 가서 인간의 본질이 얼마나 천박하고 어리석은지 봐라."

그들은 이런 끔찍한 의식의 현장에 있어야 하는 자신들의 운명을 저주하며 마을의 가장자리에 낮은 구덩이를 팠다. 마을 사람들은 그들이 일하는 모습을 지켜보며 이따금 그들이 있는 방향으로 모욕할 의도가 없는 것처럼 무심히 침을 뱉었다. 그들이 부러진 시신을 들어 구덩이에 밀어넣을 때 사람들이 두려워하던 순간이 찾아왔다. 구덩이가 메워질 때 마을 사람들이 울부짖는 구슬픈 소리가 더욱 커졌다. 일이 끝나자 심바 음웨네는 무덤 옆에 서서 마을 사람들을 혐오스럽게 바라보았다.

화염 문

1

사흘 후 행렬은 타야리 외곽에 있는 강에 도착했다. 유수프는 멀리서도 그곳이 큰 도시라는 것을 알 수 있었다. 남자들은 어깨에서 짐을 내리고 흥분해서 소리를 지르며 강물로 뛰어들었다. 서로를 향해 물을 튀기며 아이들처럼 싸움을 했다. 몇몇은 여기서 여행을 끝냈다. 해방에 대한 그들의 기대감이 다른 모든 사람에게 영향을 미쳤다. 짐꾼들은 몸을 씻고 상쾌해지자 미소를 머금고 그들의 짐이 있는 곳으로 돌아왔다. 이제 멀지 않았어! 음나파라와 심바 음웨네는 행렬의 앞뒤를 오가며 짐들을 바로잡아주고 사람들에게 대형을 갖추라고 소리를 질렀다. 북을 치는 사람과 뿔피리 연주자들이 장난스러운 소리를 짧게 내며 자신들의 악기를 예열하기 시작했다. 시와 연주자들은 그것이 불만스러운 듯 깊은 소리로 응수했다. 질서가 잡히자 연주는 더 정확해졌고, 그래서 도시에 들어갈 때쯤 여행자들은 깊게 울리는 행진곡에 맞춰 힘차게 걷고 있었다. 한가로운 사람들과 행인들이 길가에 서서 그 모습을 바라보았다. 그들 중 일부는 손을 흔들고 손뼉을 쳤다. 그들은 손뼉을 치는 사이사이에 알아들을 수 없는 말을 큰 소리로 외쳤다. 도시 주변의 메마른 땅은 비를 기다리고 있었다. 보통 때처럼 행렬 뒤에 있던 아지즈 아저씨는 구경꾼들을 무시했다. 이따금 손수건을 코에 대고 먼지가 들어가지 않게 했다. 사람들이 일으킨 질식할 듯한 먼지 구름 뒤에서 그들이 걸어갈 때, 그가 유수프에게 말했다.

"저들이 행복해하는 걸 봐라." 그가 웃음기 없이 말했다. "물가로 가는 어리석은 짐승 무리 같구나. 우리 모두는 저렇다. 무지 때문에 잘못된 방향으로 가는 편협한 존재들이다. 저들이 뭣 때문에 흥분하는지 아니?"

유수프는 저 자신도 비슷한 기분이라 안다고 생각했지만 아무 말도 하지 않았다. 나중에 그들이 잠을 잘 수 있고 물건을 안전하게 보관할 수 있는 마당이 있는 집을 빌린 다음, 아지즈 아저씨가 유수프에게 말했다. "내가 처음에 이 도시에 오기 시작했을 때는 잔지바르 술탄의 아랍인들이 이곳을 운영했었다. 그들은 오만인이었다. 오만인이 아니었다면 그들의 하인이었다. 오만인은 재능이 탁월한 사람들이지. 아주 능력이 많아. 자기들을 위한 작은 왕국들을 세우려고 이곳에 왔어. 잔지바르에서 이곳까지 말이다! 어떤 사람들은 심지어 더 멀리까지 갔어. 마룽구 너머의 오지 숲까지 들어가고 거대한 강까지 갔어. 그들은 거기에도 왕국을 세웠지. 그래, 거리는 아무 문제가 되지 않았지. 그들의 생전에 그들의 왕자는 잔지바르의 주인이 되기 위해서 무스카트에서부터 그 먼길을 왔어. 그들이라고 안 될 이유가 있나? 그들의 술탄이었던 사이드는 그런 섬들에서 나오는 과일 때문에 부자가 되었지. 궁전들을 지어 인도에서 모로코, 알바니아에서 소팔라에 이르기까지…… 세계 도처에서 사들인 진귀한 것들과 말들과 공작들을 안에 들여놓았지. 어디에서나 충분한 돈을 주고 여자들을 데려왔고. 그들과의 사이에 아이들이 백 명이나 태어났다는 소문이 있지. 그도 숫자를 정확히 알지 못했던 게 틀림없어. 너는 저런 군중의 질서를 유지하게 하는 번거로움이 어떤 것인지 상상할 수 있겠니? 그는 그 많은 어린 왕자들 때문에 걱정했을 거야. 그들이 언젠가 커서 각자 이로 물어뜯을 살점을 원할 테니까 말이야. 그 자신도 손에 친척 한두 명의 피를 묻힌 사람이지. 그들의 술탄이 그런 것들을 다 하고도 명예만을 얻었는데 그들이라고 안 될 이유가 뭐야?

여기로 온 왕자들은 이 작은 도시를 몇 개의 구역으로 나눠서 그들 중 누군가가 통제를 했지. 첫번째는 카녜녜였는데 무하나 빈 셸레만 엘우루비라는 아랍인의 것이었지. 도시의 두번째 구역은 바하레니라 불렸는데 사이드 빈 알리라는 아랍인의 것이었지. 세번째는 루피타라 불렸는데 해안지역인 음리마에서 온 음웨네 음렌다라는 사람의 것이었지. 네번째는 음코와니라 불렸는데 사이드 빈 하비브 알아피프라는 아랍인의 것이었지. 다섯번째는 보마니였는데 세티 빈 주마라는 아랍인의 것이었지. 여섯번째는 음부가니였는데 살림 빈 알리라는 아랍인의 것이었지. 일곱번째는 쳄쳄이라 불렸는데 주마 빈 디나라는 인도인의 것이었지. 여덟번째는 응감보였는데 무하마드 빈 나소르라는 아랍인의 것이었지. 아홉번째는 음비라니였는데 알리 빈 술탄이라는 아랍인의 것이었지. 열번째는 말롤로였는데 라시드 빈 살림이라는 아랍인의 것이었지. 열한번째는 퀴하라였는데 압달라 빈 나시부라는 아랍인의 것이었지. 열두번째는 강게였는데 타니 빈 압달라라는 아랍인의 것이었지. 열세번째는 미엠바였는데 아랍인의 예전 노예였던 파르하니 빈 오트만이라는 사람의 것이었지. 그리고 다른 구역은 이투루라 불렸는데 무하마드 빈 주마라는 아랍인의 것이었어. 그는 하메드 빈 무함마드의 아버지였는데 티푸 티프라는 이름으로 불렸지. 아마 너도 그 사람에 대해 들은 적이 있을 거다.

지금 독일인들이 철도를 이곳까지 연결하려고 한다는 얘기가 있다. 법을 만들어 지배하는 것은 이제 그들이다. 실제로는 아미르 파샤와 프린지 시대부터 계속 그래왔지만 말이다. 그러나 독일인들이 오기 전 이 도시를 거치지 않고 호수지역에 간 사람들은 없었다."

상인은 유수프가 무슨 말을 할지 보려고 기다렸다. 그리고 그가 아무 말도 하지 않자 다시 말을 이었다. "너는 그렇게 많은 아랍인들이 그렇게 짧은 시간에 어떻게 이곳에 오게 됐을지 궁금하겠지. 그들이 이곳에 오기 시작했을 때는 이 지역에서 노예들을 사는 것이 나무에서 과일을 따는 것과 같을 때였다. 그들이 직접 희생자들을 잡아야 했던 것도 아니었지. 물론 일부는 재미삼아 그러기도 했지만 말이다. 장신구를 위해 자기 사촌들과 이웃들을 팔려고 하는 사람들은 얼마든지 있었거든. 어디에서나 시장이 섰어. 남쪽 아래에도 있었고 유럽인들이 사탕수수를 경작하는 섬들에도 있었고, 아라비아와 페르시아에도 있었고, 잔지바르 술탄의 새 정향나무 농장에도 있었지. 이익이 쏠쏠했거든. 인도 상인들은 상아와 노예들을 거래하려고 그 아랍인들에게 외

176

상을 줬지. 인도인 무키라 불리던 사람들이 상인이었지. 그들은 이익이 나기만 하면 무엇에든 돈을 빌려줬어. 다른 외국인들이 그랬던 것처럼 무키가 그들을 위해 행동하게 했지. 여하튼 아랍인들은 돈을 훔치고 이 근처의 야만적인 술탄들에게서 노예를 사서 밭에서 일을 하게 하고 편안한 집들을 지어 살았지. 이 도시는 그렇게 커진 거란다."

"네 아저씨가 하시는 얘기 잘 들어라." 모하메드 압달라가 유수프의 정신이 딴 데 가 있다는 듯 말했다. 그는 아지즈 아저씨가 설명하는 중일 때 그들에게 왔다. 참견하고 싶어하는 그의 모습과 초연하게 말하는 상인의 모습이 확연한 대조를 이루었다. 그는 내 아저씨가 아니에요. 유수프는 속으로 생각했다.

"그런데 왜 그는 티푸 티프라고 불렸나요?" 유수프가 물었다.

"모르겠다." 아지즈 아저씨가 관심 없다는 듯 어깨를 으쓱하며 말했다. "여하튼, 독일인 아미르 파샤가 이곳에 와서 타야리의 술탄을 만나러 갔지. 그 술탄 이름은 잊어버렸다. 아랍인들이 그를 술탄으로 만들었지. 그들이 쥐고 흔들 수 있는 사람으로 말이야. 아미르 파샤는 의도적으로 술탄을 대놓고 무시했어. 전쟁을 하도록 자극한 거야. 그게 그들의 방식이니까. 그는 술탄에게 독일 국기를 게양하고 독일 술탄에게 충성을 맹세하고 그가 가진 모든 무기와 대포를 넘기라고 요구했지. 틀림없이 그런 무기들을 처음에 독일인들로부터 훔쳤을 거라면서 말이야. 타야리의 술탄은 싸움을 피하기 위해 최대한 모든 것을 수용했지. 그는 보통의 경우에는 싸움을 제법 좋아했어. 늘 이웃나라들과 전쟁을 했어. 그의 아랍 동맹국들이 자기들 마음에 들면 그를 지원해줬거든. 그런데 유럽인들이 전쟁을 하는 무자비한 방식에 대해서는 모두가 알고 있었지. 타야리는 요구하는 대로 독일 국기를 게양하고 독일 술탄에게 충성을 맹세하고 아미르 파샤가 거주하는 곳에 선물과 음식을 보냈어. 그런데 그는 총을 포기하기를 머뭇거렸어. 이 무렵 그는 아랍인들의 지원을 잃게 되었지. 그가 배반했다는 것을 그들이 알게 된 거야. 그가 양보를 너무 많이 했던 거지. 그래서 아미르 파샤가 떠났을 때 그들은 그를 제거할 음모를 꾸미기 시작했지.

더 오래 기다릴 시간도 별로 없었지. 아미르 파샤 후임으로 독일인 사령관 프린지가 왔어. 그는 즉시 전쟁을 선포하고 술탄과 그의 자식들을, 아니 보이는 대로 다 죽였지. 처음에는 아랍인들을 자신의 발밑에 두고 부리다가 나중에는 쫓아버렸어. 그 외국인이 얼마나 철저하게 짓밟았던지 그들은 자기들 농장에서 노예들에게 일을 시킬 수조차 없게 되었어. 노예들은 그냥 숨든지 아니면 달아나버렸지. 아랍인들은 음식도 없고 편안함도 없어졌어. 그래서 떠나는 것 말고는 선택의 여지가 없었지. 일부는 루엠바로 갔고 일부는 우간다로 갔고 일부는 잔지바르의 술탄에게로 돌아갔어. 어떻게 해야 할지 모르는 소수의 사람들이 아직 남아 있는 거지. 그런데 이제는 인도인들이 그 자리를 차지하게 됐어. 독일인을 상전으로 모시고 야만인을 자기들 마음대로 부리면서 말이야."

"인도인을 절대 믿지 마라!" 모하메드 압달라가 화를 내며 말했다. "이익만 낸다면 자기 어미도 팔 놈들이니까. 돈에 대한 욕망이 끝이 없어. 겉으로는 겁 많고 비실비실해 보이지만 돈을 위해서라면 어디라도 가서 무엇이든 할 거야."

아지즈 아저씨는 음냐파라를 향해 고개를 저으며 그렇게 격렬하게 반응하는 것에 대해 훈계를 했다. "인도인은 유럽인을 어떻게 상대해야 하는지 아는 거야. 그러니 우리한테는 인도인하고 같이 일하는 것 말고 선택의 여지가 없어."

2

그들은 타야리에 오래 머물지 않았다. 도시에는 좁은 길들이 미로처럼 당황스럽게 펼쳐져 있었다. 길들은 작고 깨끗한 뜰과 광장으로 갑자기 이어졌다. 어두운 거리의 대기에서는 사람들로 가득한 방에서 나는 냄새처럼 친숙하고 오염된 냄새가 났다. 폐수가 개울을 이뤄 집의 문턱 바로 옆에서 흐르고 있었다. 빌린 집의 마당에서 잠을 잘 때, 바퀴벌레와 쥐가 그들의 몸 위를 기어다니고 군은살이 박인 발가락을 뜯어먹고 식량 자루들을 찢고 안으로 파고들었다. 음냐파라는 새로운 짐꾼들을 고용해 더 멀리까지 가지 않기로 계약된 짐꾼들을 대체했다. 그들은 며칠 후에 다시 출발했다. 타야리를 떠난 후에는 좋은 시간을 보냈다. 약한 비가 걸음을 재촉했다. 몸이 서늘해지자 그들은 노래를 부르기 시작했다. 여행에 지쳐 고통스러워하는 사람들조차 힘이 돌아오는 것을 느꼈다. 일부는 너무 아파서 노래든 농담이든 소용없었다. 그것이 걸핏하면 수풀로 잽싸게 뛰어들어가야 하는 그들의 괴로움을 덜어주지는 않았다. 그러나 그들의 동료들은 이제 침묵하는 대신 그들이 고통에 겨워 지르는 소리에 슬픈 미소를 지을 수 있게 되었다.

며칠이 지나자 그들은 호수에 가까이 왔다는 것을 알았다. 그들 앞의 빛이 아래에 있는 물 때문에 더 짙어지고 부드러워졌다. 호수를 생각하자 모두 기분이 좋아졌다. 그들이 지나친 마을과 정착지 사람들은 의미심장한 미소를 띠고 그들을 지켜보았다. 그러나 그 미소는 그들의 쾌활한 모습을 보면서 더 큼지막한 미소로 바뀌었다. 어떤 남자들은 마을 여자들을 쫓아다니느라 열심이었다. 그러다가 한 사람은 심하게 얻어맞았다. 상인이 중재해서 선물을 주고 선의를 회복해야 했다. 저녁이 되자 그들은 야영지를 만들고 동물들의 공격에 대비해 관목으로 방어용 울타리를 세웠다. 그리고 둘러앉아서 이야기꽃을 피웠다. 음냐파라는 유수프에게 그의 아저씨가 좋아하지 않을 거라며 그들과 같이 앉아 있지 말라고 경고했다. 그들은 너에게 못된 것을 가르칠 거야. 모하메드 압달라가 말했다. 그러나 유수프는 그 말을 무시했다. 그는 매일 행진하면서 더 강해지는 것을 느꼈다. 사람들은 아직도 그를 놀렸지만 점점 더 친근하게 대했다. 저녁에 같이 앉아 있으면 그들은 그를 위해 자리를 마련해줬고 이야기에 끼워줬다. 때때로 누군가의 손이 그의 허벅지를 만졌지만 다음부터 그 옆에 앉는 것을 피하면 된다는 걸 알았다. 너무 피곤하지만 않으면 악사들은 화려하고 높고 날카로운 곡을 연주했다. 사람들은 그것에 맞춰 노래를 하고 박수를 쳤다.

어느 날 저녁, 모두에게 밀어닥친 기쁨에 압도당했는지 음냐파라는 불을 피워놓고 빙 둘러앉은 사람들 속으로 들어가 춤을 췄다. 지팡이를 머리 위로 돌리며 앞으로 두 걸음을 갔다가 우아하게 인사하고 다시 뒤로 두 걸음을 갔다. 피리 부는 사람이 갑작스러운 기쁨의 탄성처럼 올라가는 즉흥적인 음조를 내며 가세했다. 그러자 심바 음웨네는 밤하늘을 쳐다보며 웃었다. 음냐파라는 새로운 음조에 맞춰 빙글 돌더니 멋진 자세를 취하며 멈췄다. 사람들이 환호했다.

유수프는 춤이 끝날 때 음냐파라의 몸이 움찔하는 것을 보았고 그 걸 본 사람이 자기만이 아니라는 사실도 알았다. 그러나 땀이 줄줄 흐르는 모하메드 압달라의 얼굴에서는 미소가 떠나지 않았다. "당신들이 내가 전에 어땠는지 봤어야 하는데." 그는 사람들을 향해 지팡이를 흔들면서 약간 숨이 찬 목소리로 소리쳤다. "우리는 지팡이가 아니라 칼을 들고 춤을 추곤 했지. 남자 사오십 명이 한꺼번에."

그는 사람들의 함성과 휘파람 소리에 맞춰 불빛 밖으로 나오기 전에 자신의 몸을 잠깐 어루만졌다. 그가 두 걸음을 떼기도 전에 응윤도가 벌떡 일어나더니 지팡이를 손에 들고 음냐파라의 춤을 흉내내기 시작했다. 악사들은 다시 즐거워하며 연주를 시작했다. 응윤도는 불빛 속에서 뛰어다녔다. 앞으로 두 걸음, 뒤로 비틀비틀 두 걸음, 그리고 음탕하게 보이는 과장된 인사. 그는 미친듯이 몇 차례 돌고 지팡이를 정신없이 휘두르다가 다리를 벌리고 갑자기 멈추더니 사타구니를 천천히 어루만졌다. "뭘 좀 보고 싶은 사람 있나요? 전 같지는 않지만 그래도 쓸 만하죠. 아직도 작동되니까요." 응윤도가 소리쳤다. 그의 비꼬는 말에 모두가 웃음을 터뜨리는 동안, 음냐파라는 불빛 가장자리에 서서 그들을 지켜보았다.

3

호수 옆 도시는 부드럽고 믿기 어려운 보랏빛 속에 잠겨 있었다. 강둑을 이루는 거대한 절벽과 언덕으로부터 나오는 심홍색이 가장자리에 묻은 보라색이었다. 배들이 물가에 끌어올려져 있었다. 작은 갈색 집들이 강둑을 따라 늘어서 있었다. 호수는 사방으로 펼쳐져 있었다. 사람들은 호수를 보며 목소리를 낮췄다. 그 모습이 그들 안에 일으킨 감정 때문이었다. 여행자들은 늘 그랬듯이 들어오라는 허락이 떨어질 때까지 도시 밖에서 기다렸다. 뱀, 비단뱀, 야생동물로 둘러싸인 사당이 가까이에 있었다. 신령이 허락해야만 사당에 안전하게 갔다가 평화롭게 그곳을 떠날 수 있었다. 그들이 기다리고 있을 때 모하메드 압달라는 그들이 쉬고 있는 곳에서 멀지 않은 작은 숲을 가리키며 말했다. "저기에 그들의 신이 살아. 야만인들은 미친 것이면 아무것이나 믿거든." 그가 말했다. "그들에게 이런저런 것들이 유치하다고 말해도 아무 소용이 없지. 그들하고는 얘기가 안 돼. 미신 얘기만 끝없이 하니까." 그는 지난번 마지막 여행 때 도시를 지나갔는데 바로 여기서 다른 쪽으로 건너갔다고 말했다. 또한 돌아올 때 부상당한 두 사람을 바로 이곳에 두고 왔다고 했다. 그들이 전에 멈췄을 때는 최악의 건기가 닥쳤을 때였다. 그들은 파리떼가 달려드는 상황에서 다친 사람들을 타야리까지 옮기는 것보다 여기에 두는 것이 더 안전하다고 생각했다. 유수프는 그런 말을 하미드의 테라스에서 들었을 때는 정말로 세심하고 고상하다고 생각했었다. 그는 아지즈 아저씨가 두 남자를 호수 옆 도시에 두고 왔다고 말했던 것을 떠올렸다. 그는 그 사람들하고는 이전에 장사를 한 적이 없었지만 다친 사람들을 돌봐줄 것이라고 믿는다고 말했었다. 호숫가를 따라 무질서하게 뻗어 있는 집들, 그리고 도시의 가장자리에서도 느껴지는 썩어가는 달짝지근한 생선 비린내는 그 설명에 다른 의미를 부여했다. 유수프는 음냐파라를 흘긋 보고 그의 눈에 어린 계산과 경계심을 보았을 때, 두 사람이 유감스럽게도 여기에 버려졌다는 것을 확실히 알게 되었다.

응윤도가 사자使者로 선택되어 그 도시로 갔다. 그가 이곳 사람들의 말을 할 줄 안다고 말했기 때문이다. 아지즈 아저씨는 술탄이 키스와 힐리어를 할 줄 안다는 걸 알면서도 일단 술탄이 쓰는 언어로 그에게 얘기하는 게 더 예의를 갖추는 것이라는 데 동의했다. 응윤도는 돌아와서 술탄이 환영한다고 말했다고 전했다. 술탄이 선물을 받고 좋아했다고도 했다. 누구보다 그의 옛친구들을 다시 보고 싶어한다고 했다. 그러나 그들이 들어오기 전에 이곳 모두에게 닥친 엄청난 슬픔에 대해서 알았으면 한다고 했다. 술탄의 부인이 나흘 전에 죽었다고 했다.

상인은 애도를 표하면서 그와 모든 카라반의 위로를 술탄에게 전하라고 했다. 또한 사자에게 더 많은 선물들을 들려 보내며 그들이 직접 애도하도록 허락해달라고 요청하라고 했다. 그들이 다시 기다리는 동안, 사람들은 죽은 사람을 기리는 관습에 대해 얘기했다. 특히 죽은 사람이 술탄의 부인일 경우를 두고 얘기했다. 누군가가 우선, 그들이 죽은 자를 늘 묻는 것은 아니라고 말했다. 때때로 아직 살아 있을 때 짐승들이 가져갈 수 있도록 수풀에 던져버린다. 수풀 속에 놓고 와서 하이에나와 표범이 가져가게 한다. 그들은 시체를 만지면 부정을 탄다고 믿는다. 어머니의 시신이라고 해도 마찬가지다. 어느 곳에서는 그럴 경우 이방인들을 모두 죽인다. 술탄이 업무를 처리할 수 없을 정도로 괴로워한다고 생각해보라. 그들이 어떤 의식과 마술을 행하고 어떤 제물을 바칠지 누가 알겠는가? 그들 중 일부는 시신을 몇 주 동안 묻지 않는다. 항아리에 넣거나 나무 밑에 둔다. 이 말에 남자들은 근처에 있는 숲을 바라보았다. "저기에 냄새나는 시체를 갖다놓았을지도 모르겠네." 그들 중 하나가 말했다.

마침내 응윤도가 들어와도 좋다는 허락을 받고 돌아왔다. 상인은 남자들에게 술탄의 사별에 대한 존중의 표시로 음악이나 소란 없이 조용히 행진하라고 지시했다. 작은 도시였다. 이삼십 채의 오두막이 서너 개씩 무리를 지어 있었다. 대기에는 상한 생선 비린내가 뒤섞여 있었다. 물가를 따라 기둥을 받친 나무 발판이 깔려 있고, 짚으로 지붕을 인 차일이 덮여 있었다. 일부는 범포와 돗자리로 덮여 있었다. 커다란 통나무배들이 물 밖으로 나와 발판 그늘 속에 놓여 있었다. 그늘 속에서 놀던 아이들이 사람들이 조용히 들어오는 모습을 보려고 달려나왔다.

사람들은 지정된 장소에 모여 상인이 협상을 마무리하기를 기다렸다. 잠시 후 몇몇 사람들이 모습을 드러내지 않고 있는 주민들을 보려고 대열에서 이탈하기 시작했다. 그들이 접촉하면서 큰 소리로 인사하는 소리가 침묵 속에 있는 다른 사람들의 귀에 들렸다. 그러자 그들 중 더 많은 사람이 대열에서 이탈했다. 술탄은 상인과 그의 부하들을 만나겠다는 다른 전갈을 보내왔다. 그러나 이런 호출 명령을 전하러 온, 화난 것처럼 보이는 노인은 네 사람만 술탄을 알현할 수 있다고 전했다. 술탄이 몹시 상심한 상태여서 많은 사람들을 만나 그들의 시끄러운 소리를 듣는 걸 견딜 수 없다고 했다. 음냐파라와 응윤도가 아지즈 아저씨를 따라 술탄의 관저로 갔다. 유수프도 같이 갔다. 땅 주인들에게 어떻게 인사해야 하는지 배울 수 있도록 우리 학생도 데려가세. 아지즈 아저씨가 말했다. 그들은 물가에 모여 있는 오두막들에 가까이 다가갔다.

오두막의 숫자가 다른 곳들보다 많았다. 그들은 입구가 가려진 큰 건물로 들어갔다. 안에 들어서자 어둑하고 연기가 자욱했다. 문 가까이에서 타고 있는 불 때문이었다. 빛은 출입구에서 들어오는 것이 유일했다. 그들이 들어간 방은 약간 밝았다. 술탄은 몸집이 큰 사람이었다. 갈색 옷을 입고 허리 부위를 새끼로 묶고 있었다. 그의 팽팽한 상체가 침침한 빛 속에서 번들거렸다. 그는 등이 없는 의자에 앉아 있었다. 허벅지에 팔꿈치를 대고 벌어진 다리 사이에 놓인, 조각이 된 두툼한 막대기를 두 손으로 잡고 있었다. 그의 태도가 그를 간절하고 정중해 보이게 했다. 그의 오른쪽과 왼쪽에 허리까지 몸을 드러낸 젊은 여자 둘이 호리병박 바가지를 들고 있었다. 그의 뒤에는 역시 반쯤 벗은 다른 여자가 부채로 술탄의 어깨 주변을 부치고 있었다. 그녀의 뒤에 있는 짙은 그늘 속에 젊은 남자가 서 있었다. 여섯 명의 원로가 술탄 양쪽의 매트에 앉아 있었다. 그들 중 일부는 가슴을 드러내고 있었다. 유수프는 방안의 연기에 숨이 차고 눈물이 났다. 그는 어떻게 술탄과 그의 신하들이 그것을 그렇게 편안하게 견딜 수 있는지 의아스러웠다.

"환영하신다고 말씀하십니다." 술탄이 미소를 지으며 몇 마디 하자 응윤도가 통역했다. "당신이 좋지 않은 시간에 오셨다고 하십니다. 그러나 친구는 언제라도 환영한답니다." 그가 신호를 하자 그의 오른쪽에 있던 여자가 바가지를 술탄의 입술에 대주었다. 그가 여러 모금을 크게 마셨다. 여자가 상인에게 왔다. 유수프는 그녀의 가슴에 난 작은 상처들을 보았다. 그녀에게서는 연기와 땀 냄새가 났다. 사람을 동하게 만드는 익숙한 향내였다. "이제 당신이 술을 마실 차례라고 하십니다." 응윤도가 미소를 감추지 못하고 상인에게 말했다.

"감사합니다만, 거절해야겠습니다." 상인이 말했다.

"왜 그러냐고 물으십니다." 응윤도가 웃으며 말했다. "좋은 술이랍니다. 거기에 독이 들었다고 생각하십니까? 그는 당신을 위해 이미 술을 마셨다고 합니다. 믿지 않느냐고 물으십니다." 그러고 나서 술탄이 뭐라고 다른 말을 더 하자, 원로들은 잇몸을 드러내며 깔깔댔다. 상인은 고개를 흔드는 응윤도를 바라보았다. 그의 몸짓은 애매했다. 어쩌면 이해를 못했거나 통역하지 않는 게 최선이라고 생각하는지도 몰랐다.

"나는 장사꾼입니다." 아지즈 아저씨는 술탄을 바라보며 말했다. "나는 당신네 도시에서 이방인입니다. 내가 술을 마시면 소리를 지르기 시작하고 싸움을 하게 될 겁니다. 장사를 하러 온 이방인이 그렇게 행동해서는 안 되지요."

"그건 당신의 신이 당신에게 허락하지 않아서 그러는 거랍니다. 그런 것은 알고 있다고 합니다." 술탄과 그의 신하들이 자기들끼리 다시 웃자 응윤도가 말했다. 응윤도는 술탄의 다음 말을 통역하는 데 오래 걸렸다. 그가 웃음기가 사라진 얼굴로 조심스럽게 통역했다. 자신이 제대로 통역하기 위해 애쓰고 있다는 인상을 주기 위해서였다. "얼마나 잔인한 신이기에 사람들에게 술을 마시지 못하게 하느냐고 물으십니다."

"많은 요구를 하시지만 정의로우신 신이라고 말씀드리게." 상인이 빠르게 말했다.

"됐다고, 됐다고 합니다. 당신은 은밀하게 당신의 술을 마시는 것 같다고 합니다. 이제 무슨 소식을 갖고 왔는지 말해달라고 합니다." 술탄이 손님들에게 마루 위의 매트를 가리키며 앉으라고 할 때 응윤도가 말했다. "장사는 잘되고 있는지, 이번에는 뭘 가져왔는지 묻습니다. 그가 공물을 요구하는 게 아니라는 것을 알겠느냐고 합니다. 빅 맨이 더이상 공물을 요구하는 것을 용납하지 않겠다고 했다는 얘기를 들었답니다. 그래서 빅 맨이 와서 듣고 그를 처벌할 경우를 대비해 뭘 요구하는 실수를 저지르지 않겠다고 합니다. 그는 당신이 어떤 빅 맨을 얘기하는지 알고 있느냐고 묻습니다." 이렇게 물으면서 술탄은 몸을 들썩이며 질척거리는 웃음을 짧게 흘렸다. "독일인이 빅 맨이랍니다. 그가 듣기로 지금은 그가 새로운 왕이랍니다. 그가 얼마 전에 이 근처에서 와서 자신이 누구인지 모두에게 얘기했답니다. 독일인은 머리가 철로 되어 있다는 얘기를 들었답니다. 그게 사실이냐고 묻습니다. 그리고 독일인은 한 방에 도시 전체를 파괴할 수 있는 무기들도 갖고 있답니다. 자신의 부족은 평화롭게 장사를 하면서 살아가기를 바란답니다. 그 독일인에게 문제가 되고 싶지 않다고 합니다." 술탄은 뭐라고 다른 말을 더 해서 그의 신하들을 다시 웃게 만들었다.

"강을 건너는 데 우리에게 도움을 주시겠습니까?" 상인이 기회가 되자 물었다.

"강을 건너 누구를 만나려고 하는지 묻습니다." 응윤도가 말했다. 술탄은 상인이 어리석거나 무모하다는 것을 보여주는 답변을 기대하듯 비판적인 태도로 몸을 앞으로 기울였다.

"마룽구 술탄 차투입니다." 아지즈 아저씨가 말했다.

술탄은 몸을 뒤로 젖히더니 부드럽게 콧숨을 들이마셨다. "차투에 대해 알고 있답니다." 응윤도가 말했다. 그들은 술탄이 술을 더 달라고 몸짓하는 것을 지켜보았다. "그는 당신에게 부인이 최근에 세상을 떠났다고 얘기했다고 말합니다. 아직도 그녀를 묻지 못해 불안하다고 합니다."

잠시 후 술탄이 말을 이었다. 그는 수의 없이는 부인을 묻을 수 없다고 말했다. 그녀가 죽은 후로 그에게서 활기가 달아나버렸고 수의를 어디에서 구해야 할지 생각할 수 없었다고 했다. "수의를 달라고 합니다." 응윤도가 상인에게 말했다.

"당신은 부인을 묻을 수의를 그에게 주는 걸 거절할 거요?" 뒤쪽 그늘 속에 서 있던 젊은 남자가 말했다. 그는 앞으로 나와서 응윤도의 도움 없이 직접 상인에게 말했다. 그의 왼다리는 병이 걸려 부어 있었다. 그는 그 다리를 질질 끌면서 앞으로 걸어나왔다. 얼굴은 멀쩡했다. 눈에는 열정도 있고 이해력도 있었다. 유수프는 이제 살이 썩는 특이한 냄새를 연기로 가득한 오두막의 매캐한 냄새와 구분할 수 있었다. 술탄의 원로들도 젊은 남자를 따라 말하면서 믿을 수 없다는 표정을 지었다. 여자들은 입술을 핥으며 혐오스럽다는 듯 중얼거렸다.

"나는 누구에게도 수의를 거절하지 않을 겁니다." 아지즈 아저씨는 이렇게 말하고 유수프에게 흰 바프타 광목 다섯 통을 가져오라고 했다.

"다섯 통이라고!" 협상을 주도하던 젊은 남자가 말했다. 원로 중 하나는 경악해서 일어나더니 상인 쪽을 향해 침을 뱉었다. 유수프의 팔에 침이 약간 튀었다. "저렇게 지체 높은 술탄에게 다섯 통의 옷감이라니. 그걸로는 강을 건너지 못할 거요. 당신은 술탄에게 다섯 통의 옷감을 주면서 부인을 묻으라는 거요? 장난치지 마시오! 부족민한테 사랑을 받는 술탄을 당신은 모욕하고 있소."

술탄과 원로들은 그들을 위해 이 말이 통역되자 웃었다. 술탄은 몸을 들썩이며 좋아했다. "저 사람은 그의 아들입니다." 응윤도가 상인에게 말했다. "그가 말하는 걸 들었습니다."

"상인, 당신은 웃지 않는 거요?" 젊은 남자가 물었다. "아니면 당신의 신이 그것도 못하게 하는 거요? 웃을 수 있을 때 웃는 게 좋을 거요. 차투한테서는 별 농담을 듣지 못할 테니까."

그들은 백이십 통의 천에 합의를 봤다. 술탄은 총과 금도 요구했지만 상인은 웃으면서 그런 것은 취급하지 않는다고 말했다. 더이상 안 한다는 말이겠지, 젊은 남자가 말했다. 결국 술탄은 상인이 사공들과 뱃삯을 흥정할 수 있도록 허락했다. "날강도네요." 모하메드 압달라가 화를 내며 속삭였다.

"우리는 작년에 왔을 때 당신들한테 두 사람을 두고 갔습니다." 상인이 미소를 지으며 말했다. "그들은 아팠고 당신들은 그들이 나을 때까지 돌봐주겠다고 약속했습니다. 그들은 어떻게 됐습니까? 나았나요?"

"그들은 가버렸소." 젊은 남자가 차분하게 말했다. 그러나 그의 얼굴에는 경멸적이면서 도전적인 표정이 어려 있었다.

"어디로 갔나요?" 아지즈 아저씨가 점잖게 물었다.

"내가 그들의 아저씨라도 되나요? 그들은 떠났어요." 그가 화를 내며 말했다. "저쪽으로 가서 찾아보세요. 당신은 내가 당신네 사람들을 모를 거라고 생각하나요?"

"나는 그들을 술탄에게 맡겼습니다." 아지즈 아저씨가 말했다. 유수프는 그의 목소리로 보아 상인이 두 사람을 이미 단념했다는 것을 알 수 있었다.

"마롱구에 갈 거요, 안 갈 거요?" 젊은 남자가 물었다.

그들이 만나러 간 사공은 카칸야가라 불리는 작고 건장한 남자였다. 그는 그들이 필요로 하는 것을 조용히 듣더니 숫자와 무게에 관해 질문하면서 그들에게서 물로 눈길을 돌렸다. 그들은 그와 함께 짐과 짐꾼들이 기다리고 있는 곳으로 돌아왔다. 그가 직접 판단할 수 있도록 하기 위해서였다. 그는 그들이 강을 건너는 데 큰 배 네 척이 필요하다고 말했다. 그리고 자신과 그의 사공들을 위한 삯을 얘기하고 그들에게 생각할 시간을 주기 위해서 좀 걷다 오겠다고 했다. 그러나 값은 적당했다. 모하메드 압달라는 빨리 떠나고 싶었다. 그래서 그들은 사공이 몇 걸음 떼기도 전에 그를 다시 불렀다.

사공은 아침에 출발하겠다고 말했다. 그리고 약속한 물품은 떠나기 전에 그들에게 달라고 했다.

"왜 당장 떠나지 않는 거요?" 모하메드 압달라가 물었다. 그는 술탄이 술을 많이 마셨다는 사실 때문에 불안했다. 술에 취한 야만인이 무슨 짓을 할지 누가 알겠는가?

"우리도 준비를 해야 하니까요." 사공이 말했다. "차투에게 서둘러 가야 합니까? 지금 떠나면 밤에도 가야 해요. 특정 시간대에는 물위에 있는 게 안전하지 못해요."

"밤에는 나쁜 혼령들이라도 있나요?" 음냐파라가 물었다. 사공은 그것이 조롱이라는 것을 알면서도 대답하지 않았다. 그는 아침에 떠나겠다고 말했다.

"당신은 우리 말을 잘하네요." 아지즈 아저씨가 기분좋은 웃음을 웃으며 말했다. "당신네 술탄 아들도 그렇고."

"우리 중 상당수가 하미드 마탕가라는 음스와힐리 상인을 위해 일했었죠. 그는 이 지역은 물론이고 다른 쪽까지 돌아다니곤 했으니까요." 사공이 머뭇거리며 말했다. 그리고 아지즈 아저씨가 부추기는데도 더 말하기를 거부했다.

"지난번 우리가 여기에 왔을 때 당신네 술탄이 키스와힐리를 조금 했던 것으로 기억하는데 지금은 잊어버린 것 같아요." 상인이 아직도 미소를 머금고 말했다. "시간은 그렇게 우리 모두를 속이죠. 그런데 말이에요, 우리가 작년에 왔을 때 여기에 아픈 사람 둘을 두고 갔어요…… 그들은 어떻게 됐나요? 몸은 좀 나아졌나요?" 그는 이렇게 말하면서 유수프에게 가져오라고 시킨 작은 묶음의 담배와 못 한 봉지를 사공에게 주었다. 사공은 대답하기 전에 잠시 망설이며 상인으로부터 그들과 같이 있는 음냐파라와 심바 음웨네, 그리고 마지막으로 유수프에게로 눈길을 옮겼다. 말하기 전에 그의 눈이 장난기를 암시하듯 약간 반짝거렸다. "떠났어요. 더 좋아진 것은 아니었고요. 저 오두막에 있었는데 냄새가 지독했어요. 그들은 우리에게 병을 가져왔어요. 동물들이 죽고 물고기들이 없어졌어요. 그러더니 젊은이 하나가 이유도 없이 죽었어요. 나이가 저 친구와 비슷했을 거요." 그는 유수프를 바라보며 말했다. "그건 너무 심했죠. 사람들은 그들이 떠나야 한다고 말했어요."

사공이 가버리자 심바 음웨네가 말했다. "저들은 여기서 주술을 행하죠."

"불경스러운 말 하지 마." 모하메드 압달라가 날카롭게 말했다. "단지 자기들의 유치한 악몽을 믿는 무식한 야만인일 뿐이야."

"여기에 두고 가지 말았어야 했어. 내 책임이고 내 잘못이야." 아지즈 아저씨가 말했다. "그러나 지금 그것을 안다고 그들이나 그 친척들에게 별 도움은 안 되겠지."

"사이드, 이 짐승들이 무식한 방식대로 살아가는 데 무엇을 제물로 삼는지 추측하려면 무슨 지식이 필요한 겁니까? 나라도 똑같이 했을 거요. 자네 말이야, 그들에게 주술을 부려 두 사람을 데려오라고 해보지 그러나?" 음냐파라는 심바 음웨네에게 경멸조로 물었다.

심바 음웨네는 움찔했다. "우리가 저 젊은 친구를 잘 지켜봐야 할 것 같아요." 그가 유수프를 쳐다보며 말했다. "제 말은 그런 뜻이었어요. 저 친구한테 아무 해가 없도록 해야 된다는 말이죠. 그들이 음카타에 대해 어떻게 얘기했고 사공이 그를 어떻게 쳐다봤는지 아시잖아요."

"그들이 뭘 어떻게 할 것 같아? 저 친구를 그들의 굶주린 악마들에게 먹이로 내줄 것 같아? 자네는 이 악취나는 어부들을 너무 심각하게 생각하는 것 같아. 마음대로 하라고 내버려둬!" 모하메드 압달라는 화가 나서 지팡이를 흔들며 소리쳤다. "당신은 뭘 생각할 수 있지? 나는 그 개자식들을 채찍으로 갈겨 지옥 문턱으로 보내버릴 거야. 그 자식들의 몸에 토할 거야. 내가 그 더러운 야만인들의 냄새나는 엉덩이에 주술을 걸 거야."

"모하메드 압달라." 아지즈 아저씨가 날카롭게 말했다.

"모두, 정신들 차려." 음냐파라는 상인이 부르는 소리를 들었다는 내색을 하지는 않았지만 그럼에도 불구하고 목소리를 낮췄다. "심바, 사람들에게 주술과 악마의 병에 관해 설명해줘. 당신은 이것을 어떻게 하는지 알잖아. 당신한테는 의미가 있을 테니까. 수풀 속으로 너무 멀

192

리 들어가서 볼일 보지 말라고 해. 그러지 않으면 귀신이나 주술을 부린 뱀이 엉덩이를 물어뜯을 테니까. 그리고 여자들 가까이 가지 말라고 해. 어이 젊은이, 사이드 옆에 늘 붙어 있어. 초조해하지 말고."

"모하메드 압달라, 그렇게 소리지르다간 소화불량에 걸릴 거야." 아지즈 아저씨가 말했다.

"사이드, 이곳은 사악한 곳입니다." 음냐파라가 말했다. "이곳을 떠납시다."

4

그들이 다음날 떠나기 전에 두 짐꾼 사이에 싸움이 붙었다. 그들 중 하나가 거래 물품 중 괭이 하나를 훔쳐 함께 시간을 보내는 값으로 주었다. 다른 짐꾼이 그 사실을 음냐파라에게 보고하자, 음냐파라는 모두가 있는 곳에서 괭이 두 개 값을 임금에서 제하겠다고 말했다. 음냐파라는 이렇게 말하면서 상스러운 욕을 많이 했다. 그 짐꾼이 여자를 사려고 물건을 훔친 것은 처음이 아니었다. 모하메드 압달라는 그를 향해 지팡이를 휘두르는 걸 애써 참고 있음을 분명히 했다. 다른 사람들은 빈정거리면서 짐꾼의 모욕감을 더 크게 만들었다. 상처를 받은 짐꾼은 공개적인 모욕이 끝나자 자신을 고자질한 사람에게 곧바로 덤벼들었다. 사람들은 둘에게 서로를 완전히 때려눕힐 공간을 확보해주고 그들을 부추겼다. 많은 사람들이 모여서 둘이 물가의 빈터에서 구르며 싸우는 것을 보고 흥분하고 좋아서 소리를 질렀다. 결국 상인이 싸움을 멈추려고 심바 음웨네를 보냈다. "우리가 질서를 잡아야지."

떠날 준비가 된 것은 늦은 아침이었다. 배에 오를 시간이 다가오자 그들의 의기양양한 기분 언저리에 불안감이 감돌았다. 사공인 카칸야가는 직접 짐들을 배치하고 아지즈와 유수프에게 자기 배에 타라고 했다. "이 젊은이는 우리에게 행운을 가져다줄 겁니다." 그가 말했다. 사공들은 더워지는 날씨 속에서 부지런히 노를 저었다. 그들의 드러난 등과 팔이 땀으로 번들거렸다. 그들은 웃으며 노래를 서로 주고받을 수 있을 정도로 가깝게 대형을 유지하고 나아갔다. 여행자들은 물의 거대함과 그들의 손에 자신들의 목숨이 달려 있는 강한 남자들 때문에 혼란스러워져 대부분 조용히 앉아 있었다. 그들 중 대부분은 고향이 바다 옆이어도 수영을 잘하지 못했다. 두 발로는 산과 평원을 수없이 건넜지만, 해변에 몰려오는 파도를 대하면 아직도 후다닥 뒤로 물러나는 사람들이었다.

두 시간 정도 갔을 때 갑자기 하늘이 어두워지고 난데없이 강한 바람이 일었다. "얄라!" 유수프는 상인이 나지막하게 말하는 소리를 들었다. 카칸야가는 바람을 향해 욕을 하며 그와 같이 있는 사람들과 다른 배들을 향해 소리를 질렀다. 그들은 모두 사공들이 소리를 지르고 노를 젓는 강도가 강해지는 것을 보고 그들이 위험에 처했음을 알았다. 파도가 더 높아지면서 허술하게 생긴 배 안으로 들어왔다. 사람들과 물건들이 흠뻑 젖었다. 그들은 마치 그 상황에서 그들에게 가장 중요한 것이 젖지 않는 것이라도 되는 듯 신경질적인 불평을 쏟아냈다. 일부 짐꾼들이 울부짖고 신을 찾고 그들의 삶의 방식을 바꿀 시간을 달라고 애원하기 시작했다. 앞서가던 카칸야가가 방향을 바꾸자 다른 배들이 뒤따랐다. 사공들은 공포에 가까운 소리를 지르고 서로를 격려하며 미친듯이 노를 저었다. 이제 파도는 배를 물에서 들어올렸다가 다시 내려놓을 정도로 강력했다. 유수프는 통나무배들이 얼마나 취약한지 갑자기 깨달았다. 배수구 속의 잔가지처럼 거친 물속에서 언제라도 뒤집힐 것만 같았다. 대기의 포효에 묻힌 기도와 울음소리가 간간이 들렸다. 어떤 사람들은 공포에 질려 자기 몸에 구토를 했다. 그 와중에도 카칸야가는 한쪽 무릎을 꿇고 노를 저으면서 끙끙대며 낮게 신음할 뿐 말이 없었다. 땀과 호숫물이 그의 등에서 흘러내렸다. 마침내 멀리 있는 섬이 보였다.

"사당입니다. 저기서 제물을 바칠 수 있어요." 그가 상인을 향해 소리쳤다.

섬을 보자 사람들은 더 미친듯이 노를 저었다. 배에 탄 사람들은 히스테리컬한 소리를 지르며 그들을 격려했다. 사공들은 안전하다는 것을 알자 승리와 감사의 함성을 질렀다. 승객들은 배가 물 밖으로 나오고 모든 짐을 내릴 때까지 웃지 않았다. 짐을 내린 후 그들은 바람과 물보라를 피해 수풀과 바위 뒤로 몰려가 안도의 한숨을 쉬고 그들의 불운에 대해 투덜거렸다.

카칸야가는 상인에게 검은 천, 흰 천, 붉은 구슬, 작은 밀가루 한 자루를 달라고 했다. 그 밖에 다른 것들도 주고 싶으면 환영이라고 말했다. 그런데 쇠로 만든 것은 아무것도 안 된다고 했다. 쇠가 사당 신령의 손을 태울 것이기 때문이라고 했다. "당신도 와야 해요." 그가 말했다. "이 기도는 당신과 당신의 여행을 위한 것이니까요. 젊은 친구도 데려가요. 이 사당의 신령은 펨베예요. 젊은이를 좋아한답니다. 우리가 사당에 들어갈 때 그의 이름을 반복해 말하세요. 그러나 내가 그러라고 할 때까지는 큰 소리 내지 마세요."

그들은 이파리가 뾰족한 덤불과 풀을 통과해 짧은 거리를 걸어갔다. 음냐파라와 몇몇 사공들이 뒤를 따랐다. 그들은 거무스름한 관목과 키가 큰 나무들로 경계를 이룬 공터의 돌 위에 작은 배가 올라와 있는 것을 보았다. 그 안에는 다른 여행자들이 바친 공물들이 있었다. 카칸야가는 그들에게 자기가 하는 말을 반복하라고 했다. 그의 통역에 따르면 이런 의미였다. "우리는 당신에게 이 선물들을 가져왔습니다. 우리가 안전하게 갔다가 돌아올 수 있도록 이 여행에서 우리에게 평화를 주소서."

그런 다음 그는 배에 선물을 놓고 이쪽 방향으로 한 바퀴를 돌고 다른 쪽 방향으로 한 바퀴를 돌았다. 상인은 카칸야가에게 그가 가져온 담배 자루를 주었다. 사공은 그것도 사당 안에 놓았다. 그들이 배가 있는 곳으로 돌아오자 바람이 잦아들었다.

"마법 같네요." 심바 음웨네가 음냐파라를 향해 웃으며 말했다.

모하메드 압달라는 그를 쌀쌀하게 쳐다보고 믿을 수 없다는 듯 고개를 저었다. "이만하길 다행이오. 그들이 우리에게 역겨운 것을 먹거나 동물과 교미하라고 했을 수도 있어." 그가 말했다. "하야, 짐을 싣자고."

다른 해변이 보일 때쯤 해가 지고 있었다. 비스듬한 빛이 붉은 절벽을 비추면서 화염 벽처럼 보이게 했다. 그들이 육지에 도착한 것은 자정 가까이 되어서였다. 밤하늘은 구름으로 완전히 뒤덮여 있었다. 그들은 배를 물 밖으로 끌어냈다. 그러나 카칸야가는 누구도 땅에서 자

는 것을 허용하지 않았다. 어둠 속의 땅에서 무엇이 걸어다닐지 누가
알겠나? 그가 말했다.

5

카칸야가와 사공들은 배에서 짐을 내리고 동이 트자마자 여행자들
과 그들의 짐을 해변에 두고 떠났다. 곧 사람들이 나타나 그들에게 무
슨 일로 왔느냐고 묻기 시작했다. 누가 거기에 데려다줬느냐? 얼마나
멀리서 왔느냐? 어디로 가느냐? 뭘 찾고 있느냐? 유수프와 심바 음웨
네는 도시의 추장들을 찾아 나섰다. 그곳은 그들이 강을 건너기 전에
보았던 도시보다 커 보였다. 그들은 마림보라는 사람의 집으로 안내
되었다. 그는 잠에서 막 깬 참이었다. 마른 노인이었다. 얼굴은 주름이
많고 흐늘흐늘했다. 그의 집은 인근에 있는 다른 집들과 달라 보이지
않았다. 그들을 그곳으로 데려간 여자는 문으로 가더니 아무런 존경심
이나 예의를 차리지 않고 거침없이 두드렸다. 마림보는 그들을 보고
좋아했다. 호기심을 보였고 친절했다. 유수프는 그의 쾌활함에도 불구
하고 그가 경계하고 있다는 것을 느낄 수 있었다. 그는 산전수전 많은
일을 겪었을 것 같았다. 응윤도는 통역을 하려고 함께 왔지만 그럴 필
요가 없었다.

"차투!" 마림보가 말했다. 그는 조심스럽게 억누르려 했지만 의미심
장한 작은 웃음이 밖으로 새어나왔다. "차투는 어려운 사람이오. 당신
이 심각한 일로 왔기를 바라오. 우습게 볼 사람이 아니오. 그의 도시까

지는 며칠만 가면 되지만, 그가 호출하지 않는 한 우리는 그곳에 안 가지. 그는 모욕을 당했다고 생각하면 사나워질 수 있소. 그러나 자기 사람들한테는 자상한 아버지지. 아, 나는 거기서 살기는 싫소. 어이 친구들, 내가 얘기해주는데 차투가 다스리는 곳에서는 낯선 사람들을 좋아하지 않는다오."

"듣고 보니 그는 광대 같네요." 심바 음웨네가 말했다.

마림보가 조심스럽게 그 농담에 동의하며 웃었다.

"그가 거래도 하나요?" 심바 음웨네가 물었다.

마림보가 어깨를 으쓱했다. "상아를 갖고 있소. 기분이 내키면 거래하려고 할 거요."

그는 안내자를 붙여주고 그들이 돌아올 때 그들의 물건을 보관해주겠다고 약속했다. "나는 전에도 여러 차례 장사꾼들과 거래를 했소." 그가 말했다. "나한테 당신들의 옷감을 줄 생각은 하지 마시오. 그런 옷감 없이 당신들이 무슨 장사를 하겠소? 당신들은 이 땅에서 이런 식으로 해왔지. 나한테 총을 두 자루 주시오. 그러면 내 아들들에게 사냥을 시켜 상아를 구해오라고 하겠소. 실크는 좀 있는 거요? 나한테 실크를 주시오. 내가 당신들에게 붙여줄 안내자는 이곳을 잘 아는 사람이오. 지금은 비가 와서 좋은 때가 아니지만, 당신들이 돈만 충분히 주면 그는 완전히 믿을 수 있는 사람이오."

이쪽 강둑의 땅은 나무들이 빽빽하고 경사가 가팔랐다. 마림보의 도시에는 사람이 더 많았다. 그런데 그들 중 더 많은 사람들이 아파 보였다. 밤이 되자 모기떼가 달려들어 무섭게 침을 찔러대는 통에 어떤 사람들은 아프고 화가 나서 소리를 질러댔다. 마림보와 협상을 마무리했으니 그들을 도시에 잡아둘 것은 이제 아무것도 없었다. 그는 물건을 돌봐주는 것에 대한 보상으로 칼과 괭이와 흰 무명천 한 꾸러미를 받았다. 그들은 돌아오면서 그와 완전하게 정산할 생각이었다. 미친듯이 달려드는 모기들 때문에 모두가 그곳을 떠나는 것을 좋아했다. 아지즈 아저씨도 가고 싶어했다. 그들이 가진 상품은 여행하면서 공물로 바쳐야 했던 탓에 이제는 현저히 줄어들었다. 그들은 장사를 한 게 별로 없었다. 그러나 아지즈 아저씨는 남은 것만으로도 충분히 가치가 있다고 말했다. 이것이 붉은 절벽 뒤의 마룽구 땅까지 먼길을 온 이유였다.

그들은 다음날 일찍 차투의 나라를 향해 출발했다. 마림보가 그들을 위해 구해준 안내자는 키가 크고 조용한 남자였다. 그는 그들에게 얘기하거나 웃지 않고 그들이 짐을 꾸리는 동안 한쪽에서 기다렸다. 그들은 좁은 산길을 통해 나아갔다. 우거진 초목을 뚫고 오르막길을 올랐다. 이상한 식물들이 그들을 때려대고 얼굴과 발을 할퀴었다. 벌레들이 구름처럼 그들의 머리를 둘러쌌다. 쉬려고 멈추자 벌레들이 그들의 몸에 내려앉아 구멍과 부드러운 살을 찾으려고 덤볐다. 마룽구에서 보낸 첫번째 날이 끝날 무렵 여러 사람이 아팠다. 그들은 너무 많은 모기에게 시달려 아침이 되자 얼굴이 온통 물려서 피가 흐르는 상처투성이였다. 그들은 다음날 그들이 통과하고 있는 엄청난 숲을 벗어나고 싶어 길을 서둘렀다. 밤새도록 수풀 속에서 나는 뭔가 요란한 소리와 으르렁거리는 소리를 들으며 들소와 뱀이 무서워 몸을 웅크리며 모여 있었다. 오줌 싸러 너무 멀리까지 가지 마. 심바 음웨네가 놀렸다. 음냐파라는 빨리 따라가라고 소리를 지르며 낙오자들을 향해 지팡이를 휘둘렀다. 그가 욕하는 소리로 숲이 쩌렁쩌렁 울렸다. 점점 가팔라지는 땅이 앞으로 나아가는 것을 어렵게 만들었다. 심바 음웨네와 응윤도는 안내자와 보조를 맞추면서 기겁할 일들이 있으면 큰 소리로 경고했다. 응윤도는 안내자의 말을 알아들을 수 있는 유일한 사람이었다. 그는 그 사실을 이용해 최대한 장난을 치며 음냐파라를 화나게 만들고 다른 사람들을 웃게 만들었다. 안내자는 거의 말을 하지 않고 하루의 행진이 끝나면 응윤도 옆에 앉아 있었다.

셋째 날이 되자 괴로워하던 사람들이 지독하게 아팠고 다른 사람들은 체력이 고갈되고 있다는 신호를 보냈다. 최악은 먹을 수도 없고 줄줄이 몸에서 쏟아지는 것을 막을 수도 없는 사람들이었다. 동료들은 교대해가며 악취를 풍기는 그들을 들고 가면서, 그들의 정신착란적인 신음소리를 최대한 무시하고 그들에게서 흘러나오는 검은 피를 피하려고 노력했다. 가파른 경사 때문에 한 번에 몇 미터만 움직일 수 있었다. 그들은 짐을 끌며 기어갔다. 넷째 날은 두 사람이 죽었다. 그들은 두 사람을 바로 매장하고 상인이 쿠란을 꺼내 말없이 한 수라를 읽는 동안 한 시간을 기다렸다. 이제 모두가 곪은 상처 때문에 고통스러워했다. 벌레들이 깊숙이 살을 파고들어 알을 낳고 피를 빨아먹으며 생긴 상처였다. 공포에 질린 그들은 안내자가 그들을 죽음으로 이끌고 있다고 확신하고 비참한 상황임에도 최대한 그를 주시했다. 음냐파라는 응윤도가 통역할 때 혐오감을 숨기지 않은 채 그를 노려보고, 종종 안내자를 호되게 꾸짖었다. 이것은 그들이 작년에 왔던 길이 아니다. 어디로 데려가는 거냐? 광대짓은 그만하고 이 질문을 똑바로 통역해라.

다른 길은 비가 온 뒤라 안전하지 않답니다. 응윤도가 통역했다.

다섯째 날 아침에 두 명이 더 죽자 사람들의 눈은 또 하루를 시작하려고 응윤도와 함께 기다리고 있던 안내자를 향했다. 모하메드 압달라는 안내자에게 다가가더니 그를 바닥에 내동댕이치고 짐꾼들과 경비요원들의 환호와 응원 속에 지팡이로 때렸다. 그 사람은 매질을 당하며 살려달라고 빌었다. 응윤도가 끼어들려 했지만 모하메드 압달라가 그의 얼굴에 지팡이를 빠르게 두 번 휘두르자 비명을 지르며 물러났다. 내 눈. 음냐파라가 다시 안내자를 향했다. 새로운 매질이 그의 맨살을 파고들 때마다 안내자는 땅 위에서 데굴데굴 구르며 울부짖었다. 음냐파라는 여전히 안내자를 지팡이로 때렸다. 다른 사람들이 막대기와 가죽끈을 손에 들고 다가가기 시작했다.

심바 음웨네가 음냐파라한테 허겁지겁 오더니 그의 팔을 잡고, 비명을 지르는 안내자를 자기 몸으로 보호하려고 했다. "그만 됐어요! 그만 됐어요!" 그가 애원했다. 모하메드 압달라는 심바 음웨네를 지팡이로 더 치려고 숨을 헐떡였다. 그의 얼굴과 팔이 땀범벅이었다.

"저 개새끼를 때리게 놔둬!" 그가 소리쳤다. "저놈이 우리를 숲에서 죽이려 하고 있어."

"하루만 더 가면 된다고 했어요. 내일쯤 이 지옥에서 벗어날 거래요……" 심바 음웨네가 음냐파라를 밀어내며 말했다.

"거짓말쟁이 야만인새끼. 응윤도 광대새끼는 저 새끼를 제대로 감시도 못하고…… 이 새끼가 우리한테 내내 거짓말을 하고 있었던 거야. 우리는 작년에 이 길로 오지 않았어." 모하메드 압달라가 말했다. 갑자기 그가 심바 음웨네를 뿌리치고 넘어져 있는 사람에게 다시 돌아가 미친듯 지팡이를 휘둘렀다. 심바 음웨네가 다시 그를 향해 달려가자 모하메드 압달라는 그를 이글거리는 눈으로 쳐다보았다.

"당신이 하고 있는 짓은 옳지 않아요." 심바 음웨네가 뒤로 물러나며 말했다.

음냐파라는 할말을 잃고 상대를 응시했다. 그의 얼굴에서 땀이 비 오듯 흘러내렸다. 상인이 사람들의 무리에서 나와 모하메드 압달라의 팔을 잡고 짧고 부드럽게 말했다. 그리고 나서 그는 유수프를 부르더니 그날 아침에 죽은 두 사람의 매장을 준비하라고 했다. 그리고 그들을 위해 야 신을 읽어주라고 했다. 그들은 수목이 점점 드문드문해지는 숲을 통과해가며 앞에서 안내자가 신음하는 소리를 하루종일 들었다. 응윤도는 맞아서 부어오른 얼굴로 안내자 뒤에서 조용히 걸어갔다. 사람들은 자신들의 경솔함이 당황스러워 고개를 저으며 웃었다. 그러나 안내자가 느끼는 고통은 그야말로 압도적이었다. 그들이 말했다. 음냐파라가 그런 식으로 때리다니! 봐, 모하메드 압달라는 짐승이고 살인마더군! 응윤도는 음냐파라한테 언젠가 한번 당할 것이라는 것을 알았어야 해.

여섯째 날 오전 중반쯤 되자 탁 트인 땅이 나왔다. 그들은 오후까지 쉬다가 차투의 도시를 향해 출발했다. 그들의 행렬이 경작지와 작은 헛간들을 지나칠 때 사람들이 그들을 보고 달아나는 게 보였다. 그들은 기진맥진해 있었지만 악사들은 행렬이 다가가고 있다는 것을 알리기 위해 음악을 연주했다. 모두가 최대한 똑바른 자세로 걸었다. 모하메드 압달라는 하층민들이 숲속에서 지켜볼 경우를 대비해 평소에 하듯이 악사들 뒤에서 으쓱거리며 걸었다.

술탄이 보낸 원로 대표단이 그들을 맞았다. 엄청나게 많은 주민들도 나와서 웃고 난리였다. 원로들은 그들을 데리고 초가지붕으로 된 길고 낮은 집들로 둘러싸인 큰 공터로 데리고 갔다. 원로들은 두터운 토담 뒤의 큰 집이 차투의 거처라고 말했다. 여기서 쉬고 있으면 사람들이 와서 음식을 팔 거요.

"술탄을 만날 수 있는지 물어보게." 상인이 응윤도에게 말했다.

"왜 그러냐고 묻습니다." 응윤도가 원로 우두머리에게 얘기한 후 통역했다. 그는 머리가 반백이고 키가 작은 남자였는데, 얘기를 나누면서 응윤도의 다친 얼굴 여기저기를 살폈다. 그는 노기와 공격성이 뒤섞인 위엄을 부리며 말했다. 싫어하는 기색이 역력했다. 응윤도는 상인에게 원로의 이름이 음피포라고 했다.

"지난번 이곳에 왔을 때 당신네 도시 근처를 지나친 적이 있는데 술탄에 관한 많은 얘기를 들었습니다. 우리는 그에게 선물을 주고 그와 그의 백성들과 장사를 하려고 다시 왔습니다." 아지즈 아저씨가 말했다.

응윤도는 이것을 통역하는 데 어려움이 있는지 안내자에게 도움을 청했다. 군중이 무슨 말이 오가는지 들으려고 거리를 좁혀왔지만 음피포가 노려보자 뒤로 물러났다. "음피포가 당신이 그를 위해 뭘 가져왔는지 묻습니다." 응윤도가 여러 번 얘기한 후 말했다. "차투가 고귀한 통치자이니 좋은 선물이어야 할 겁니다. 자질구레한 장신구로는 안 된답니다." 응윤도는 이 말을 하고 씩 웃으며 음피포가 그 이상의 말을 했음을 분명히 했다.

"우리는 그에게 선물을 드리고 싶습니다." 상인이 말없이 한참 쳐다보고 나서 말했다. "그럴 수 있으면 정말 좋겠습니다."

음피포는 상인을 경멸스럽게 쳐다보다가 잠깐 웃었다. 그는 응윤도에게 통역할 시간을 주려고 천천히 말했다. "우리에게 필요한 것은 거래가 아니라 휴식과 약이라고 합니다. 우리에게 의사를 보내겠답니다. 젊은이에게 선물을 들려 차투에게 보내랍니다. 유수프 말입니다. 그를 차투에게 보내랍니다. 차투가 만족하면 당신도 부를지 모른다고 합니다. 제 생각에는 그가 이런 말을 한 것 같습니다."

"모두가 유수프를 원하는군." 상인이 미소를 지으며 말했다.

음피포는 그에게 얘기하려는 다른 시도들을 무시하고 휘적휘적 가버렸다. 그는 몇 걸음을 뗀 후 돌아서더니 안내인을 손짓으로 불렀다. 상인과 음냐파라는 짧은 눈길을 교환했다. 그곳 사람들은 음식을 가져와 여행자들에게 팔고 그들 사이에 편안하게 자리를 잡고 뭔가 묻기도하고 농담도 했다. 그들이 하는 말들은 응윤도가 자리에 없거나 통역해주지 않으면 알아듣기 힘들었지만 그들은 충분히 이해했다. 그들은 도시의 크기와 그들의 통치자가 가진 힘에 대해 얘기했다. 그들은 당신네가 해를 끼치러 여기에 왔다면 후회할 것이라고 말했다. 무슨 해 말입니까? 그들이 물었다. 우리는 장사꾼들이에요. 평화로운 사람들이라고요. 오직 장사에만 관심이 있어요. 미친 자들이나 게으른 자들이 문제를 일으키지요. 모하메드 압달라는 병자들과 물건들을 위한 임시 거처를 만들 목재와 짚을 샀다. 그는 희미해지는 빛 속에서 공사를 감독했다. 사람들은 그가 소리치고 기괴한 짓을 하는 모습을 보면서 웃었다. 나중에 그는 중앙에 모든 짐을 차곡차곡 쌓고 그곳을 지키라고 명령했다.

상인은 몸을 씻고 기도를 한 다음 유수프를 불러 차투에게 가져갈 선물들을 준비하라고 했다. 여기서 장사를 잘하면 우리가 했던 모든 여정이 보상받는 거다, 그가 말했다. 모하메드 압달라는 아침까지 기다리면 서, 밤사이 꼼짝하지 않고 아주 철저하게 경계를 서야 한다고 생각했다. 그는 그들이 두 자루의 총만 장전하고 있는데 짐 속에 있는 두 자루를 더 장전해야 한다고 생각했다. 상인은 고개를 저었다. 그는 해가 지기 전에 선물을 보내야 한다고 생각했다. 술탄이 예의가 없다고 화를 낼지도 모르는 일이었다. 유수프는 아지즈 아저씨가 걱정하고 있다는 것을 알 수 있었다. 어쩌면 약간 흥분했는지도 몰랐다. 음피포가 소리치는 게 스스로를 위해서인지 아니면 술탄을 위해서인지 확인해야 돼, 그가 말했다. 심바 음웨네가 유수프와 같이 가기로 했다. 그는 가지고 갈 물건을 서둘러 모았다. 그리고 공터를 가로질러 차투의 거처까지 그것들을 운반할 다섯 명의 짐꾼을 선발했다. 응윤도도 통역으로 가야 했다. 그는 새로 맡겨진 일 때문에 기분이 좀 나아지고 있었다. 그러나 사람들은 그가 통역을 적당히 둘러대고 있다고 놀렸다. 그는 종종 얼굴에 난 지팡이 자국을 느끼고 찢긴 살을 자기도 모르게 쓰다듬었다.

그들은 제지받지 않고 담으로 둘러싸인 차투의 거처 안뜰로 들어갔다. 그들은 누가 뜰로 나와 그들을 안내해주기를 기다렸다. 곧 젊은 남자 둘이 그들에게 와서 차투의 아들이라고 소개했다. 사람들은 집밖에 앉아 있었다. 어떤 사람은 별 흥미를 보이지 않고 그들을 흘깃 바라보았다. 아이들은 뛰어다니고 놀이에 열중했다.

"술탄에게 선물을 가져왔습니다." 유수프가 말했다.

"그리고 사이드의 인사도. 그것도 그들에게 말해." 심바 음웨네가 유수프의 흠을 잡는 것처럼 단호하게 덧붙였다.

두 젊은 남자가 그들을 안내해 여러 개의 집 중 하나로 데려갔다. 넓은 테라스가 있어서 다른 집들과는 다른 집이었다. 여러 명의 남자들이 테라스에 있는 낮은 벤치에 앉아 있었다. 그들 중에는 음피포와 다른 원로들도 있었다. 그들이 다가가자 호리호리한 남자가 벤치에서 일어나더니 웃으면서 그들을 기다렸다. 그들이 충분히 가까이 오자 그는 테라스 밖으로 나오더니 한 손을 내밀고 환영의 말을 하면서 그들을 향해 다가왔다. 그들을 보는 게 좋은 것 같았다. 그들의 친절함과 편안한 모습은 유수프가 차투에 대해 들었던 것으로부터 예상했던 게 아니었다. 그는 그들을 테라스로 안내하고, 심바 음웨네가 응윤도를 통해 전하는 상인의 아첨 섞인 인사를 불편한 모습으로 들었다. 때때로 그는 응윤도가 말하는 것에 놀라고, 심지어 의심스러운 표정을 지었다.

"당신이 그에게 보이는 공경이 너무 지나치다고 합니다." 응윤도가 말했다. "선물들에 대해서는 우리의 너그러움에 고맙다고 합니다. 이제 앉아서 조용히 있으랍니다. 이제는 무슨 소식을 가져왔는지 들어보자고 합니다."

"바보짓 하지 마." 심바 음웨네가 그를 향해 고함을 쳤다. "우리는 여기에 놀러온 게 아니야. 농담은 신경쓰지 말고 그가 무슨 말을 하는지만 우리에게 통역해."

"앉으랍니다." 응윤도가 도전적으로 말했다. "그리고 나한테 소리 지르지 마요. 아니면 직접 얘기하든지요. 여하튼 그는 우리가 무슨 이유로 여기에 오게 됐는지 알고 싶답니다."

"장사지." 심바 음웨네가 말하고 뭔가 설명을 좀 하라고 유수프를 바라보았다.

차투는 미소가 깃든 눈길로 유수프를 바라보고 그를 더 잘 살피기 위해 몸을 뒤로 기댔다. 유수프는 자신을 쳐다보는 차투의 골똘한 눈길에 붙들려 잠시 말을 할 수 없었다. 미소로 응답하려 했지만 얼굴이 마음대로 움직여지지 않았다. 그는 자신이 우스꽝스럽고 놀란 표정을 짓고 있다는 것을 알았다. 차투가 부드럽게 웃었다. 저물어가는 햇빛에 그의 이가 반짝였다. "우리의 상인 어르신께서 어떤 품목을 갖고 있는지 설명하실 것입니다." 마침내 유수프가 불안감으로 어질어질한 채 말했다. "우리를 보낸 것은 당신에게 인사를 드리고 내일 그가 직접 당신을 찾아와도 되는지 여쭙기 위해서일 뿐입니다."

이 말을 통역하자 차투는 아주 기뻐하며 웃었다. "네가 말을 아주 잘한다고 하신다." 응윤도가 차투의 가벼운 분위기를 즐기며 말했다. "내가 너를 실제보다 더 좋게 하기 위해 모든 말을 바꿨다. 그러나 나한테 감사할 필요는 없어. 상인과 관련한 문제라면 누구든 원하면 찾아와도 된다고 하신다. 자신은 사람들의 신하일 뿐이라는 거야. 그런데 네가 상인의 하인인지, 아니면 아들인지 알고 싶다고 하신다."

"하인입니다." 유수프가 굴욕감을 느끼며 말했다.

차투는 그에게서 몸을 돌려 심바 음웨네와 잠시 얘기를 나누었다. 응윤도는 그것을 통역하는 걸 어려워했다. 차투가 몇 분간 얘기하면 잠깐만 통역할 따름이었다. "모든 게 잘되면 상인을 내일 만나시겠대요. 우리가 숲을 거쳐왔다는 얘기를 안내인한테 들었대요. 우리의 동료들이 빨리 낫기를 바라겠대요. 그리고 지금은 이런 말을 하네요. 이 아름다운 젊은이를 잘 보살피라고요. 그렇게 말했어요. 이 아름다운 젊은이를 잘 보살피시오. 너와 약혼을 시키고 싶은 딸이 있는지 내가 물어볼까? 아니면 스스로를 위해서 너를 원하는지도 모르지. 심바, 누 군가에게 빼앗기지 않고 이 친구를 해안으로 데려갈 수 있으면 우리는 운이 좋은 걸 거요."

심바 음웨네는 상인에게 열정적으로 보고를 올렸다. 그의 열성이 상 인과 음냐파라에게까지 옮겨갔다. 차투가 대단히 친절하고 합리적이 었다고 했다. 여기서는 장사가 잘될 거야, 상인이 말했다. 그들이 상아를 많이 갖고 있다는 얘기를 이미 들었거든. 대부분의 사람들은 기진맥진해 져 바닥에 드러누웠다. 오래지 않아 야영지는 조용해졌다. 보초들은 아무것에나 기대고 편안한 자세를 취하고 있었다. 유수프는 바로 잠들 었다가 왁자지껄한 소리와 섬광 속에서 갑자기 잠을 깼다. 꿈속에서 그는 튀어나온 바위들과 어슬렁거리는 짐승들의 위협 속에서 가파른 산을 힘겹게 올라가고 있었다. 낭떠러지의 가장자리를 벗어났을 때, 그는 앞에서 우레와 같은 소리를 내는 물을 보았다. 그 너머로 화염 문 이 달린 높은 벽이 보였다. 빛은 역병의 색깔이었다. 새들의 노래는 전 염병을 예언하고 있었다. 어둑한 형상이 옆에 나타나더니 부드럽게 말 했다. 너는 아주 잘 통과했다. 적어도 침을 질질 흘리며 쫓는 개는 없구 나. 그는 그 안에서 가라앉고 있는 두려움의 전율을 의식하며 속으로 비꼬았다. 그는 그들의 여행중 조용한 시간에 두려움을 느꼈던 것이 부끄러웠다. 주변에서 자고 있는 사람들을 바라보면서, 그들이 알려진 세상의 가장자리에 너무 가까이 있다는 사실을 떠올리지 않으려고 노 력했다.

그는 차투의 부하들이 사방에서 그들을 덮쳤을 때 다시 잠들어 있었 다. 그들은 보초들을 바로 죽이고 무기를 탈취했다. 그리고 잠자는 사람들을 몽둥이로 두들겨 깨웠다. 아무 저항도 없었다. 너무 완벽한 기습이었다. 여행자들은 야유하고 환호하는 남자들에게 넓은 공터 한가운데로 끌려갔다. 모인 포로들 위로 횃불들이 높이 들려 있었다. 그들은 포로들에게 손을 머리에 대고 바닥에 쭈그려앉으라고 지시했다. 그들이 어깨에 짊어지고 가져온 짐들이 시시덕거리는 남자들과 여자들에 의해 어둠 속으로 옮겨졌다. 그들을 사로잡은 사람들은 동이 틀 때까지 희희낙락하며 그들 주변을 돌면서 우스꽝스러운 행동으로 그들을 조롱하고 그들 중 일부를 때렸다.

여행자들은 큰 소리로 서로를 격려했다. 모하메드 압달라는 신음하고 흐느끼는 소리 너머로 사람들을 향해 흔들리지 말라고 소리쳤다. 몇몇 사람들은 울고 있었다. 그들 중 네 명이 죽고 여러 명이 다쳤다. 날이 밝자 유수프는 음나파라가 맞아서 다쳤다는 것을 알았다. 끈끈한 피가 그의 얼굴 한쪽과 옷에 엉겨붙어 있었다. "죽은 사람들을 덮어라." 모하메드 압달라가 말했다. "품위 있게 만들어놓아라. 신이여 그들에게 자비를 베푸소서." 그는 유수프를 보자 미소를 지었다. "적어도 우리의 젊은이는 아직 우리와 함께 있군. 저 친구를 잃으면 불행밖에 없었을 텐데."

"악마의 행운이로군." 누군가가 소리쳤다. "그가 지금까지 우리에게 무슨 행운을 가져왔는지 보시오. 모든 것이 어떤 결과로 이어졌는지 보시오. 우리는 모든 것을 잃었소."

"그들은 우리를 죽일 거요." 다른 사람이 소리쳤다.

"신을 믿으시오." 상인이 말했다. 유수프는 일어나지 않고 몸을 이리저리 움직여 아지즈 아저씨에게 더 가까이 가려고 했다. 상인이 미소를 지으며 그의 어깨를 두드렸다. "두려워하지 마라." 그가 말했다.

날이 더 밝아지자 사람들이 포로들을 보러 와서 웃고 그들을 향해 돌을 던졌다. 오전 내내 일을 팽개치고 움츠린 사람들의 무리를 지켜보았다. 그들이 뭔가 이상하거나 예기치 않은 것을 하기를 기대하는 듯했다. 죄수들은 앉은 자리에서 볼일을 봐야 했다. 아이들과 개들은 그걸 보고 흥분했다. 아침이 느지막해지자 음피포가 상인을 차투에게 데려가려고 왔다. 그는 큰 소리로 빈정거리며 말했다. "저 사람도 데려오래요." 응윤도가 음냐파라를 가리키며 말했다. "그리고 지난밤에 갔던 두 사람도."

차투는 원로들에게 둘러싸여 테라스에 다시 앉아 있었다. 뜰은 희희낙락하는 사람들로 가득했다. 차투가 일어섰지만 죄수들에게 다가오지는 않았다. 그의 얼굴은 엄중했다. 그는 응윤도를 손짓으로 불렀다. 응윤도는 머뭇거리며 다가갔다. "그가 말하는 모든 것을 내가 이해하도록 천천히 말하겠답니다." 응윤도가 다른 사람들에게 말했다. "형제들, 최선을 다하겠지만 내가 잘못해도 용서해주세요."

"신을 믿으시오." 상인이 부드럽게 말했다.

차투는 증오어린 눈길로 그를 바라보더니 말하기 시작했다. "그는 이렇게 말하고 있습니다." 응윤도가 통역을 시작했다. 그는 몇 마디마다 말을 멈추고 차투가 다시 말을 시작하기를 기다렸다. "우리는 당신들에게 오라고 하지 않았다. 당신들을 환영하지도 않는다. 당신들의 의도는 고결하지 않다. 당신들은 우리한테 오면서 악과 재앙만을 가져왔다. 우리에게 해를 끼치기 위해 이곳에 왔다. 우리는 당신들보다 먼저 왔던 다른 자들로부터 고통을 당했지만 다시는 고통당하지 않을 것이다. 그들은 우리 이웃들 사이로 들어와서 그들을 사로잡아 데려갔다. 그들이 우리 땅에 처음 들어온 후로 우리에게는 재앙만이 있었다. 그리고 당신들은 거기에 추가하려고 왔다. 우리의 곡식은 자라지 않고, 아이들은 병에 걸리고 불구가 되어 태어나고, 우리의 동물들은 들어보지도 못한 병들로 죽는다. 당신들이 우리 사이에 있게 되면서 말로 다할 수 없는 사건들이 일어났다. 당신들이 우리의 세계에 악을 가져왔다. 이게 그가 말한 내용입니다."

"우리는 장사를 하려고 왔을 따름입니다." 상인이 말했다. 그러나 차투는 그 말을 통역해줄 때까지 기다리지 않았다.

"당신 말은 듣고 싶지 않답니다. 브와나 타지리." 응윤도가 다급하게 설명하고 차투의 말을 따라가려고 애썼다. "그는 이렇게 말합니다. 우리는 당신들이 우리를 노예로 만들고 우리의 세계를 집어삼킬 때까지 기다리지 않을 것이다. 당신들 같은 사람들이 처음 이 땅에 들어왔을 때 당신네들은 굶주렸고 입을 것이 없었다. 그래서 우리는 당신들에게 먹을 것을 주었다. 일부는 아팠고 우리는 그들이 나을 때까지 돌봐줬다. 그런데 당신네들은 거짓말을 하고 우리를 속였다. 그는 이렇게 말하고 있습니다. 내가 하는 말을 듣고 말해보라! 누가 지금 거짓말을 하고 있는가? 당신들은 우리가 짐승이라서 그런 취급을 당하고도 받아들여야 한다고 생각하는가? 당신들이 가져온 모든 물건들은 우리 것이다. 이 땅에서 생산된 모든 물건들은 우리 것이기 때문이다. 그래서 우리는 당신들에게서 그것들을 가져가는 것이다. 이렇게 말했습니다."

"그렇다면 당신은 우리를 강탈하는 것입니다." 상인이 말했다. "그가 다시 말하기 전에 그에게 전해라. 우리가 가져온 것은 분명히 우리

것이다. 우리가 여기에 온 것은 그 물건들을 상아와 금, 다른 귀중한 것들과 교환하기 위해서—"

차투가 말을 중단시키고 통역하라고 했다. 통역해주자 군중이 큰 소리로 야유했다. 그러자 차투가 분노와 경멸에 찬 얼굴로 다시 말했다. "우리의 목숨만이 이제 우리 것이라고 합니다." 응윤도가 말했다.

"그것이라도 우리에게 허락하시니 고맙습니다." 상인이 미소를 지으며 말했다. 응윤도는 이 말을 전하지 않았다. 차투는 상인의 전대를 가리키며 그의 신하들 중 하나에게 그것을 떼라고 지시했다.

차투가 상인을 노려보자 모여 있던 군중 속에서 탄식하는 소리가 흘러나왔다. 잠시 후 그가 말을 시작했다. 그는 분노와 혐오가 자신의 입에 꽉 들어차게 천천히 위협적으로 말했다. "지금까지 그들에게 내린 재앙으로도 충분하다고 합니다. 그는 그들의 땅에서 우리의 피를 보는 것을 원하지 않는다고 합니다. 그렇지 않다면 우리가 이 세계에서 다른 사람들에게 문제가 안 되도록 확실히 해뒀을 것이랍니다. 그러나 그는 우리가 떠나기 전에 당신의 하인들 중 하나에게 예의를 가르쳐주고 싶다고 합니다. 이게 그가 말한 내용입니다." 차투가 신호를 보내자 그들과 함께 숲을 통과해왔던 안내자가 군중 속에서 나오더니 모하메드 압달라의 가슴에 손을 댔다. 그러자 음나파라는 자기도 모르게 혐오감에 몸을 움츠렸다. 차투가 신호를 보내자 두 남자가 모하메드 압달라를 붙잡고 다른 사람들이 그를 막대기로 때렸다. 그의 몸이 엄청난 매질에 흔들리면서 코피가 쏟아졌다. 군중이 즐거워하는 소리가 음나파라에게서 나는 소리를 압도해서 그가 경련하는 모습은 마치 소리 없는 연극처럼 보였다. 그들은 그가 바닥에 넘어져 움직임이 없어진 다음에도 계속 때렸다. 그들이 멈췄을 때 산발적인 흔들림이 음냐파라의 몸을 훑고 지나갔다.

유수프는 아지즈 아저씨의 얼굴에서 흘러내리는 눈물을 보았다.

차투가 다시 말했다. 군중은 불만스러운 소리를 냈다. 일부 원로들은 못마땅하다는 표시로 고개를 저었다. 차투가 불평하는 소리를 제압하며 목소리를 높여 다시 말했다. 그는 말하면서 눈으로는 응윤도를 주시하고 손으로는 상인을 가리켰다. "그는 이제 당신의 사악한 카라반을 데리고 여기서 사라지라고 말합니다." 응윤도가 말했다. "그의 백성들은 못마땅해하지만, 그는 이 땅에 더이상의 재앙을 가져오는 것을 원치 않는다고 합니다. 그는 그와 같은 젊은 사람들을 보면서 우리 모두가 사악한 납치범이고 인간사냥꾼일 수는 없다고 생각하고 싶답니다…… 그래서 자비를 베풀겠다고 합니다. 마음이 바뀌어 친절한 몸짓을 거둬들이기 전에 이제 떠나라고 합니다. 저 젊은이가 우리에게 마침내 행운을 가져왔답니다."

"자비는 신의 것이오." 상인이 말했다. "그에게 이 말을 전해라. 그에게 조심스럽게 말해라. 자비는 신의 것이라고. 주고 거둬들이는 것은 그가 아니라고 해라. 이 말을 조심스럽게 전해라."

차투는 믿을 수 없다는 표정으로 상인을 응시했다. 응윤도가 나직하게 통역하는 말을 들을 수 있을 정도로 가까이 있던 사람들과 원로들이 웃으면서 비아냥거렸다. "그는 말합니다. 당신은 입속에 용감한 혓바닥을 갖고 있다. 당신이 아무렇게나 혀를 놀릴까봐 다시 얘기하는데 당신 부하들을 데리고 떠나라. 그는 이렇게 말하고 있습니다, 브와나. 제 생각에 그가 다시 화를 내는 것 같습니다."

"우리 물건 없이는 그럴 수 없다고 전해라." 상인이 말했다. "그가 원하는 것이 우리의 목숨이라면 가져가라고 해라. 그것은 가치가 없는 것이라고 해라. 그러나 우리를 살려주겠다면 우리 물건도 달라고 해라. 장사를 할 수 없게 된다면 우리가 얼마나 멀리 가겠느냐? 물건 없이는 가지 않겠다고 전해라."

6

상인은 사람들에게 술탄의 궁전에서 무슨 일이 있었는지 얘기했다. 차투가 그들에게 했던 몹쓸 말, 모하메드 압달라에 대한 매질, 물건의 몰수, 도시로부터의 추방, 그리고 그가 떠나기를 거부했다는 것까지 다 얘기했다. 그는 떠나고 싶은 사람은 떠나도 좋다고 말했다. 사람들은 소리를 지르면서 상인에 대한 충성을 맹세하고 신이 정한 운명을 받아들이겠다고 말했다. 심바 음웨네는 그들에게 유수프의 젊음이 그들이 더 나쁜 상황에 처하지 않도록 막았다고 말했다. 그들은 그 말을 듣고 환호하며 추잡한 말들을 했다. 그런 다음 자신들을 포로로 잡고 있는 자들의 요구대로 조용히 앉아 그들의 주린 배와 아픈 동료들에 대해 생각해야 했다. 햇빛을 가릴 그늘도 없었다. 시간이 지나면서 불평하는 소리가 커졌다. 그들은 부상자들을 위해 옷으로 일종의 햇볕가리개를 만들고 막대기와 끈을 사용해 위에 걸어놓았다.

음나파라는 정신이 돌아왔다. 그러나 기력이 없는데다 열이 나기 시작하면서 몸을 떨었다. 그는 바닥에 누워 신음하며 아무도 굳이 알아들으려고 하지 않는 말들을 중얼거렸다. 몇 분마다 그는 흐릿한 눈을 뜨고 자신이 어디에 있는지 전혀 모르는 것처럼 주변을 둘러보았다. 사람들은 상인의 결정을 기다리면서 무엇이 최선일지 자기들끼리 얘기했다. 아직 안전할 때 가야 하지 않을까? 차투가 다음에 무슨 짓을 할지 누가 알겠는가? 이제 어떻게 해야 하지? 이곳에 계속 있다가는 굶어죽을 것이다. 물건 없이 떠나도 굶어죽긴 마찬가지일 것이다. 누군가가 그들을 포로로 잡을 게 확실했다.

"인간의 몸이 얼마나 어리석은지 봐라." 아지즈 아저씨가 유수프에게 말했다. 그의 변함없는 아득한 미소가 얼굴 구석에 다시 감돌기 시작했다. "우리의 용감한 빈 압달라를 봐라. 그의 몸이 얼마나 말도 안 되게 약해지고 믿을 수 없게 되었는지 봐라. 더 약한 사람이 저렇게 맞았다면 회복 못하겠지만 그는 회복할 것이다. 문제는 저것보다 더 나쁘다는 거다. 우리의 본성도 너무 비열하고 믿을 수 없기 때문이지. 내가 그렇지 않다는 것을 알지 못했더라면 나는 술탄이 화가 나서 하는 얘기를 믿었을 것이다. 그는 우리에게서 부숴버리고 싶은 뭔가를 보는 거다. 그가 우리한테 그런 이야기를 하는 것은 우리가 그를 만족시키는 데 동의할 수 있도록 하기 위해서다. 우리가 우리 몸을 스스로에게 맡길 수 있고, 우리 몸이 스스로의 행복과 기쁨을 돌볼 수 있게 할 수 있다면 좋을 텐데 유수프, 너는 사람들이 불평하는 소리를 들을 수 있을 거다. 너는 우리가 어떻게 해야 한다고 생각하느냐? 다른 유수프가 그랬던 것처럼 너도 밤에 꿈을 꾸고 그것을 해석해 우리를 구원할 수 있을지도 모르겠다." 아지즈 아저씨가 웃으며 말했다.

유수프는 그들에게 희망이 보이지 않는다는 말을 할 수 없어서 고개만 저었다.

"그렇다면 여기서 굶어죽는 게 최선이다. 그렇게 되면 술탄이 자신의 잔인함을 수치스럽게 생각할까?" 상인이 물었다. 유수프는 그의 말이 맞다는 듯 몸을 움츠렸다.

"심바." 상인이 심바 음웨네를 손짓으로 가까이 불렀다. "자네는 어떻게 생각해? 우리가 물건 없이 떠나야 할까? 아니면 되찾을 때까지 여기에 있어야 할까?"

"지금은 떠나고 나중에 돌아와서 전쟁을 해야 합니다." 심바 음웨네가 한 치의 망설임 없이 말했다.

"무기나 그것을 살 수단도 없이 말인가? 그런 전쟁의 결과가 어떻게 될까?" 상인이 물었다.

오후가 되자 차투가 그들에게 잘 익은 바나나와 삶은 얌과 마른 육포를 보내왔다. 일부 주민들은 그들에게 마시고 씻을 물을 가져다줬다. 얼마 후에 차투는 상인을 불렀다. 응윤도, 심바 음웨네, 유수프가 동행했다. 이번에는 차투의 뜰에 군중이 없었지만, 원로들은 전과 다름없이 편안한 자세로 테라스에 앉아 있었다. 그들은 의례적인 몸짓도 하지 않았다. 유수프는 그 사람들이 가게에 있던 노인들처럼 늘 저기에 앉아 있는 모양이라고 생각했다. 차투는 오랜 생각 후에 그런 결론에 도달한 것처럼 조용히 말했다. "이 년 전에도 우리 같은 사람들이 이곳에 왔답니다." 응윤도가 술탄의 나지막한 말을 들으려고 앞으로 몸을 기울이며 통역했다. "그들 중 일부는 브와나 타지리, 당신처럼 피부색이 밝았고 일부는 더 검었다고 합니다. 그들은 장사를 하러 왔다고 했답니다. 당신들처럼 말이죠. 그는 그들에게 금과 상아와 고운 가죽을 주었다고 합니다. 그런데 그들의 상인은 값을 치르기에 충분한 물건이 없다며 돌아가서 나머지를 갖고 돌아오겠다고 했답니다. 이후로 그는 그들을 본 적이 없답니다. 그 상인은 우리와 형제이니 이제는 우리 형제가 빚진 것을 우리 물건으로 갚는 것이라고 합니다. 그는 이렇게 말하고 있습니다."

상인이 말하려고 했지만 차투가 다시 말을 시작하며 응윤도가 자신의 말에 관심을 갖게 만들었다. "당신이 이것에 대해 어떻게 생각하는지 듣고 싶지 않다. 당신하고 충분한 시간을 허비했다. 당신은 그를 코이코이족이라고 생각하는가? 코이코이족이라면 자신이 달빛 아래서 춤추는 동안 이방인들이 뭔가를 훔쳐가게 놔둘 것이다. 나쁜 일이 생기기 전에 당신이 떠나기를 바랄 뿐이다. 이곳에 있는 모든 사람이 이런 해결방식을 좋아하는 것은 아니지만, 그는 이런 문제에 종지부를 찍고 싶을 뿐이다. 이것은 심사숙고한 끝에 내린 결정이다. 당신들이 이 땅에서 벗어날 수 있을 만큼 장사할 물건들을 주겠다. 이것에 대해 할말이 있으면 해봐라."

상인은 오랫동안 말이 없었다. "그의 결정은 그가 지혜로운 통치자라는 것을 보여주지만, 그의 판단은 공정하지 않다고 전해라." 그가 마침내 말했다.

차투는 이것을 통역해주자 미소를 지었다. "당신이 집을 떠나 이 먼 곳까지 온 이유가 무엇인가? 정의를 찾아서인가? 그는 이렇게 묻습니다. 만약 그렇다면 당신은 그것을 찾은 셈이다. 내가 당신의 물건을 가져가는 것은 나의 백성들이 당신의 형제에게 잃어버린 물건을 보상해주기 위해서다. 이제 가서 나한테서 도둑질해간 형제를 찾아 보상해달라고 해라. 내 생각에 그는 이렇게 얘기하는 것 같습니다."

그들은 다음날 다시 만나 상인에게 허용될 물건들의 양, 가져간 것의 가치, 차투에게 진 빚 등에 관한 얘기를 계속했다. 원로들은 그들 주변에 둘러앉아 할 수 있는 충고를 했지만, 차투는 그것을 온건하게 무시했다. 더 젊은 남자들은 바로 사냥을 갈 수 있도록 보초들에게서 빼앗은 세 자루의 총을 돌려주기를 원했다. 그러나 차투는 그들도 무시했다. 여자들은 아무도 가까이 오지 않았지만, 유수프는 그들이 자기들만의 일을 찾아 뜰 주변을 돌아다니는 것을 보았다. 응윤도는 각자의 말을 서로에게 전달하려고 애썼다. 양쪽은 그를 의심스럽게 바라보았다. 상인은 그들이 차투에게 아직 억류되어 있는 동안, 사람들이 여행할 수 있을 정도로 나을 때까지 자유롭게 돌아다니고 주민들이 준 음식에 대한 보답으로 일을 할 수 있는지 물었다. 차투는 유수프를 인질로 남겨놓는다는 전제하에 수락했다. 그날 밤, 유수프가 차투의 뜰에 있는 집들 중 하나의 테라스에서 자고 있을 때, 두 여행자가 도움을 요청하기 위해 몰래 그곳을 빠져나갔다.

유수프는 차투의 집에서 좋은 대접을 받았다. 술탄 자신이 직접 그에게 말을 걸었다. 그러나 유수프는 몇 개의 단어를 제외하면 알아들을 수 없었다. 아니, 그는 이해한다고 생각했다. 아주 많은 단어들이 익숙하게 들렸다. 그는 차투의 얼굴 표정과 자신이 이해하는 말들로 미뤄 무슨 질문을 하는지 짐작해 그들이 얼마나 멀리 여행했고, 얼마나 많은 사람들이 그가 사는 곳에 살고, 그들이 이렇게 먼 거리를 여행한 이유가 뭔지에 대해 대답했다. 유수프는 이 문제들에 관해서 진지하게 말했지만, 술탄이나 그의 원로들 중 누구도 그가 말하는 걸 이해하는 것 같지 않았다. 상인이 다음날 흥정하러 왔을 때, 그는 유수프를 물끄러미 바라보더니 미소를 지었다.

"저는 괜찮아요." 유수프가 말했다.

"잘하고 있다." 아지즈 아저씨가 여전히 미소를 지으며 말했다. "술탄이 너에 관해 무슨 얘기를 하는지 들을 수 있도록 이리 와서 내 옆에 앉아라."

유수프는 담으로 둘러싸인 뜰을 벗어나는 것이 허용되지 않았다. 또한 부르지 않으면 차투와 원로들이 하루 중 많은 시간을 보내는 테라스에 갈 수도 없었다. 원로들은 하고 싶은 일도 없고 돌봐야 하거나 흡족하게 바라볼 만한 농지도 없는 걸까? 어쩌면 그들이 사는 곳에 카라반이 와 있어서 다른 모든 것을 그만둘 수밖에 없었는지도 모를 일이다. 유수프도 하루종일 그늘 속에 앉아 시간이 가기를 기다리면서 여자들이 일하는 모습을 지켜보았다. 방문객이 보면 그들이 낮에 하는 일은 그늘 속에 앉아 앞을 응시하는 게 전부인 것 같았을지 모른다.

여자들은 그를 향해 크게 웃고 큰 소리로 무슨 말인가를 하며 놀렸다. 그러나 그들의 말이나 미소도 완전히 친절하게 느껴지지는 않았다. 그들은 더 젊은 여자들에게 작은 선물과 제안을 들려 보냈다. 여하튼 유수프는 그것들을 성적 유혹이라고 생각했다. 그리고 그것을 해석해보며 시간을 보냈다. 내 남편이 오늘 오후에 낮잠 잘 때 나한테 와. 수욕手浴이 필요해? 내가 긁어줬으면 하는 가려운 곳이라도 있어? 때때로 그들은 그를 향해 소리를 치며 깔깔거렸다. 나이든 여자들 중 하나는 지나갈 때마다 입맞춤을 날리고 엉덩이를 흔들었다. 그에게 음식을 가져온 여자는 그가 먹는 동안 몇 미터 떨어진 곳에 앉아 그를 빤히 쳐다보았다. 그녀는 이따금 얼굴을 찡그리고 골똘한 표정으로 그에게 말을 걸었다. 그는 거의 가리지 않은 가슴을 쳐다보지 않으려고 애썼다. 그녀는 목에 걸고 있는 장식구슬들을 약간 들어올리며 그가 감탄하며 쳐다보게 하려고 했다.

"나는 그게 뭔지 알아요." 유수프가 말했다. "그런데 나는 사람들이 왜 구슬을 그렇게 좋아하는지 모르겠어요. 우리가 지나친 어느 곳들에서는 사람들이 한줌의 구슬을 받고 양 한 마리를 팔더군요. 장신구일 뿐이잖아요. 구슬로 뭘 할 수 있겠어요?"

"이름이 뭐예요?" 한번은 그가 그녀에게 이렇게 물었지만 그녀가 알아듣게 하는 데는 실패했다. 그는 갸름한 얼굴에 웃는 눈을 가진 그녀가 아름답다고 생각했다. 종종 그녀는 아무 말 없이 옆에 앉아 있었다. 그는 자신이 더 남자다워야 할 것 같았지만 그녀에게 무례하고 싶지는 않았다. 그가 뭔가가 필요하다는 신호를 보낼 때마다 그에게 온 사람은 그녀였다. 아지즈 아저씨가 흥정하려고 오자 차투마저 그를 놀리기 시작했다. "듣기로는 우리의 젊은이가 벌써 여자들 중 하나와 결혼을 했답니다. 우리는 이것을 빚 목록에 추가해야 한답니다." 응윤도가 통역하며 유수프를 향해 씩 웃었다. "이 더러운 악마야, 너 참 빠르기도 하다. 그는 그를 여기에 두고 가서 바티에게 아들들을 낳게 해주라고 합니다. 이 장사가 그와 같이 건강하고 젊은 남자와 무슨 관련이 있느냐며 그를 여기에 남게 하면 바티가 그에게 삶에 대해 가르쳐줄 거라고 말합니다."

바티. 그게 그녀의 이름이었다. 유수프는 이제 바티가 그에게 올 때마다 사람들이 서로 쳐다보며 웃는다는 것을 알았다. 차투의 뜰에서

220

보낸 넷째 날 밤, 여자가 어두워진 다음에 그를 보러 왔다. 그녀는 옆에 앉아 손으로 그의 얼굴과 머리를 만지며 부드럽게 콧노래를 했다. 그는 그런 애무에서 느껴지는 편안함과 쾌락에 압도당해 말없이 그녀를 어루만졌다. 그녀는 오래 머물지 않고 뭔가가 생각난 것처럼 갑자기 떠났다. 그는 이튿날 하루종일 그녀에 대한 생각을 물리칠 수 없었다. 그녀를 볼 때마다 미소를 감출 수 없었다. 여자들은 그들 사이에 벌어지는 일을 보고 손뼉을 치며 웃었다.

아지즈 아저씨는 그날 다시 한번 차투를 찾아왔다가 잊지 않고 유수프에게 말을 건넸다. "우리는 곧 떠나게 될 거다. 우리 물건을 찾게 되면 떠날 거다. 위험하다."

그날 밤 여자가 다시 그를 찾아왔고 전에 그랬던 것처럼 옆에 앉았다. 그들은 서로를 애무하며 마침내 땅에 누웠다. 그는 쾌락에 들뜬 신음소리를 냈다. 그러나 그녀는 거의 즉시 일어나 앉아 떠날 준비를 했다. "가지 말아요." 그가 말했다.

그녀는 무슨 말인가를 속삭이며 손바닥으로 그의 입을 가렸다. 그가 너무 좋아서 소리를 질렀던 모양이다. 그는 그녀가 어둠 속에서 미소 짓는 걸 보았다. 누군가가 가까이에 있는 집에서 기침을 했다. 바티는 어둠 속으로 달려갔다. 유수프는 쾌락의 짧은 순간들을 다시 음미하고 아침에 그녀를 볼 것을 생각하며 오랫동안 깨어 있었다. 그는 자신의 몸이 얼마나 그녀를 바라고 그녀가 그렇게 갑자기 떠나자 얼마나 고통스러워하는지 보고 깜짝 놀랐다. 그는 차투와 상인을 생각했다. 자신이 하고 있는 짓을 알면 그들이 화낼 것 같았다. 그 생각을 하자 불안했다. 그는 바티가 일으킨 절박한 열정으로부터 벗어남으로써 그 불안감을 가라앉혔다. 그리고 그런 자신에게서 벗어나 잠을 청했다.

그는 아침에 그녀가 다른 여자들과 함께 밭으로 가는 모습을 보았다. 그녀는 어깨 너머로 그를 바라보았다. 여자들은 두 사람이 어떤 관계인지 보여주는 그녀의 행동을 보고 웃었다. 사랑이네, 그들이 소리쳤다. 결혼은 언제 할 거니? 그게 아니라면 유수프가 그들이 그런 말을 하고 있다고 생각하는 것인지 몰랐다.

7

아침이 중반쯤 지났을 때 부대가 도시에 들어왔다. 유럽인이 이끄는 부대였다. 그는 부하들을 차투의 거처 앞 공터로 바로 행진하게 했다. 큰 천막이 빠르게 설치되고 깃대가 세워졌다. 더부룩한 턱수염에 키가 크고 대머리가 되어가는 유럽인은 셔츠와 바지를 입고 있었고, 챙이 넓은 모자로 부채질을 했다. 그는 부하들이 갖다놓은 탁자 뒤에 앉자 바로 책자에 뭔가를 기록하기 시작했다. 그의 부대는 몇십 명의 아스카리*와 짐꾼들로 구성되어 있었다. 모두가 반바지에 헐렁한 셔츠를 입고 있었다. 사람들이 막사 주변에 모여들었지만, 완전무장을 한 아스카리들이 그들을 가까이 오지 못하게 했다. 상인은 부대가 도착했다는 소식을 듣자 유럽인을 만나려고 서둘렀다. 처음에는 보초들에게 제지당했지만 유럽인에게 자신이 눈에 띄도록 했다. 유럽인은 뭔가를 기

---

* 아프리카의 유럽 식민지 군대에 속한 현지인 군인.

록하는 것을 끝내고 너울거리는 흰 칸주를 입은 사람을 보더니 손짓으로 더 가까이 오라고 했다. 키스와힐리어를 유창하게 하는 그의 부관 아스카리가 앞으로 나와 통역했다. 상인은 서둘러 상세한 얘기를 하고 강탈당한 물건을 찾게 해달라고 간청했다. 유럽인은 다 듣고 나자 하품을 하더니 지금은 휴식을 취하겠다고 말했다. 그는 자신이 잠에서 깼을 때 차투가 와 있기를 바랐다.

상인과 차투는 유럽인이 잠에서 깨기를 공터에서 기다렸다. 빅 맨이 이제 여기에 왔다. 아지즈 아저씨의 부하들이 차투를 비웃었다. 이 도둑놈아, 그가 너에게 똥을 먹일 거다. 차투는 응윤도에게 유럽인들을 전에 본 적이 있는지 물었다. 그는 그들이 쇠를 먹을 수 있다는 말을 들은 적이 있다며 그것이 사실이냐고 물었다. 여하튼 그는 호출을 당했을 때 더 많은 비극이 초래될 것 같아서 스스로 왔노라고 말했다. "당신에게 그들이 어떤 사람들인지 아느냐고 묻습니다." 응윤도가 상인에게 통역했다.

"곧 직접 보게 될 거라고 말해라." 상인이 말했다. "그리고 오늘이 가기 전에 그가 나의 물건을 돌려주게 될 거라고 말해라."

유수프는 동료 여행자들과 함께 서 있었다. 그들은 술탄의 집에서 휴가는 잘 보냈느냐며 그를 놀렸다. 마침내 유럽인이 천막에서 나왔다. 자고 일어나서 얼굴이 불그레하고 주름이 잡혀 있었다. 그는 수백 명에게 둘러싸인 게 아니라 혼자 있는 것처럼 샅샅이 얼굴을 씻었다. 그리고 탁자에 앉아서 하인이 그 앞에 가져다놓은 음식을 먹었다. 다 먹고 나자 손짓으로 상인과 차투를 가까이 오라고 했다.

"당신이 차투인가?" 그가 물었다.

그의 부관 아스카리는 유럽인의 말을 차투에게 통역하고 응윤도는 아스카리의 말을 상인에게 통역했다. 술탄은 통역을 향해 고개를 끄덕이고 빠르게 몸을 돌려 유럽인을 다시 쳐다보았다. 나중에 한 얘기에 따르면, 그는 귀에서도 털이 자라고 얼굴이 반질반질한 붉은 남자처럼 이상하게 생긴 사람은 본 적이 없었다.

"당신, 차투. 당신이 빅 맨이 되었나? 당신 생각에는 그런가?" 유럽인이 다시 말하고 난 후 통역이 옮겼다. "어떻게 당신이 사람들에게서 그들의 물건을 강탈하고 있는 거지? 당신은 정부의 법이 두렵지 않은가?"

"어떤 정부 말이오? 무슨 얘기를 하는 거요?" 차투가 통역을 향해 목소리를 높이며 말했다.

"어떤 정부냐고? 어떤 정부인지 보고 싶나? 어이 친구, 당신 말이야 나한테 얘기할 때 소리지르지 않는 게 좋아. 당신처럼 말 많은 자들을 정부가 어떻게 입다물게 하고 쇠고랑을 채웠는지 못 들어봤나?" 통역이 날카롭게 물었다. 응윤도는 그 말을 큰 소리로 통역해 상인 쪽 사람들을 즐겁게 만들었다.

"그가 노예들을 잡아가려고 왔나?" 차투가 화가 나서 물었다. "당신들의 이 빅 맨이 노예들을 잡아가려고 여기에 왔나?"

유럽인은 화가 나서 얼굴이 붉어지며 참을성을 잃고 말했다. "허튼소리 집어치워." 통역이 말했다. "정부는 노예장사를 하지 않아. 노예들을 사가는 것은 이 사람들이야. 빅 맨은 그걸 막으려고 온 거야. 문제가 생기기 전에 가서 이 사람들 물건을 가져와."

"나는 이유 없이 그들의 물건들을 가져간 게 아니오. 그들의 형제 중 하나가 나의 상아와 금을 가져갔소." 차투가 항의했다. 그의 목소리가 다시 불만으로 가득해져 높아지고 있었다.

"그는 이 모든 것에 대해 들었습니다." 통역이 그 문제를 자신이 도맡으며 말했다. "더 듣고 싶지 않답니다. 이 사람들 물건을 다 가져오시오. 이게 빅 맨이 하는 말입니다…… 안 그러면 당신은 곧 정부가 뭘 할 수 있는지 알게 될 것입니다."

차투가 어떻게 해야 할지 모르고 막사 주변을 둘러보았다. "그가 쇠도 먹을 수 있소?" 차투가 물었다.

"원하는 것은 무엇이든 할 수 있습니다." 통역이 말했다. "하지만 지금 당장은 당신이 그의 말대로 하지 않으면 당신에게 똥을 먹일 것입니다."

상인의 일꾼들이 환호와 조롱의 함성을 질렀다. 그들은 차투를 향해 욕을 하고 그와 그의 도시에 신의 저주가 내리기를 빌었다. 남아 있던 모든 물건들이 운반되어 왔다. 유럽인은 상인과 그의 일꾼들에게 지금 그곳을 떠나 그들이 왔던 곳으로 돌아가라고 지시했다. 세 자루의 총은 두고 가라고 했다. 정부가 이 땅에 질서를 가져왔으니 이제는 총이 필요 없다는 것이었다. 총은 전쟁을 하고 사람들을 포로로 잡기 위한 것일 따름이었다. 빅 맨은 추장과 할 일이 있으니 지금 가라. 통역이 그렇게 옮겼다. 상인은 집들을 샅샅이 뒤져 없어진 물건들을 찾고 싶었지만 왈가왈부하지 않았다. 그들은 풀려나자 기분이 좋아지고 의기양양해져 정신없이 짐을 쌌다. 그들이 준비를 서두를 때 유수프는 마지막으로 바티를 볼 수 있기를 바라며 군중을 둘러보았다. 밤이 되기 전에 그들은 그곳을 벗어났다. 그들은 호숫가에 있는 마림보의 도시로 힘겹게 돌아갔다. 가파른 길을 내려가는 일은 공포에 가까웠다. 그들은 심바 음웨네의 기억에 의존해 왔던 길을 되짚어갔다. 그는 그들이 처음에 숲으로 왔던 길이 열에 들뜬 악몽이 되지 않은 유일한 사람이었다.

사람들은 차투에 관한 노래를 지어 불렀다. 그는 노래 속에서 귀에서도 털이 자라는 유럽 정령에게 잡아먹힌 비단뱀이었다. 그러나 숲이 그들의 목소리를 죽여 그 울림을 없애버렸다. 상인은 그들이 술탄과의 문제를 해결하지 못한 것을 안타까워했다. "이제 유럽인이 그곳에 갔으니 그 땅을 통째로 갖게 되겠군." 그가 말했다.

그들은 몇 주 동안 마림보의 도시에 머물며 휴식을 취하고 최대한 장사를 하고, 차투의 도시에서 빠져나갔던 두 사람이 나타나기를 바랐다. 사람들은 할일이 거의 없었다. 처음에는 빠져나왔다는 즐거움에 기분좋게 빈둥거리고 춤과 축제와 많은 음식에 돈을 썼다. 저녁이 되면 구름처럼 모여들어 그들을 괴롭히는 모기를 때려잡으며 카드놀이를 하고 이야기를 했다. 일부는 그곳 여자들의 꽁무니를 쫓아다녔다. 그들은 주민들에게서 맥주를 몰래 사 마셨다. 그러나 술에 취하면 밤거리에서 구슬피 울면서 그들을 그렇게 비참한 상태로 내몬 운명을 저주했다. 음냐파라는 종아리의 상처를 제외하고는 다 나았다. 그러나 고통과 모욕감이 그를 약하게 하고 말이 없게 만들었다. 그는 사람들을 통제하려고 하지 않았다. 심바 음웨네는 그들 모두와 거리를 두며 고깃배에서 일용직으로 일했다. 오래 지나지 않아 사람들 사이에서 싸움이 벌어졌다. 위협이 오가고 칼들이 번쩍였다. 마림보는 사람들의 과도한 행동에 대해 상인에게 항의했지만, 또다른 선물을 받고는 조금 더 참아주기로 했다. 유수프는 아지즈 아저씨가 지쳤다는 것을 알았다. 어깨가 축 처져 몇 시간 동안 아무 말 없이 앉아만 있었다. 유수프는 어둑한 저녁 시간에 그를 지켜보다가 갑자기 그가 껍질을 깨고 이제 밖으로 나와 오도 가도 못하는 작고 부드러운 동물 같다는 생각이 들었다. 유수프에게 얘기할 때의 목소리는 여전히 부드럽고 명랑했지만 그의 말에는 날카로움도 없고 재치도 없었다. 유수프는 어딘지도 모르는 곳의 가장자리에서 그들이 버림받는 건 아닌지 두려워지기 시작했다. 저물어가는 태양이 저녁에 비치면 자신의 몸이 불타는 느낌이었다.

"이제 갈 시간인가요?" 유수프가 어느 날 음냐파라에게 물었다. 그들은 매트에 같이 앉아 있었다. 유수프는 음냐파라의 다리에 난 번들번들한 상처를 애써 보지 않으려고 했다. 하늘을 바라보고 무수히 많은 휘황찬란한 별들을 보며 현기증을 느꼈다. 별들이 그들을 향해 돌진하는 밝은 바위벽 같았다.

"사이드에게 물어봐라." 모하메드 압달라가 그에게 말했다. "그가 내 말은 더이상 듣지 않는다. 이 지옥 같은 곳에서 썩어 문드러지기 전에 이곳을 벗어나야 한다고 말했지만 엄청난 고민이 있으신 것 같다. 내 말은 듣지 않는다."

"제가 뭐라고 할까요? 저는 감히 말씀을 못 드립니다." 유수프는 이렇게 말했지만 자신이 그렇게 하리라는 걸 알았다.

"그의 마음속에는 너를 위한 자리가 있다. 얘기해보고 뭐라고 하는지 들어봐라. 그리고 우리가 떠나야 한다고 말씀드려라. 너는 더이상 아이가 아니다." 모하메드 압달라가 거칠게 말했다. "너는 그가 왜 너한테 친절한지 알고 있니? 네가 조용하고 견실하고, 밤이 되면 우리 중 누구도 볼 수 없는 환영을 보며 울먹이기 때문이다. 아마 그는 네가 축복받았다고 생각하는 것 같다." 유수프는 음나파라의 말장난에 미소를 지었다. 축복받았다는 말은 미친 사람에 대한 완곡한 표현이었다. 모하메드 압달라도 그를 향해 씩 웃었다. 자신의 농담을 알아들어서 기분좋은 모양이었다. 곧 그는 유수프의 허벅지에 손을 대고 지그시 눌렀다.

"너, 이번 여행에서 많이 컸구나." 그가 눈길을 돌리며 말했다. 유수프는 모하메드 압달라가 옷 밑으로 발기한 것을 보고 바로 일어나서 그 자리를 벗어났다. 그는 음나파라가 혼자 껄껄거리고 헛기침을 하는 소리를 들었다. 유수프는 호숫가로 가서 어부들이 마지막 어획물을 거둬들이는 모습을 바라보았다.

그는 대기가 따뜻해지고 짐이 아직 그들에게 무겁지 않게 느껴지지 않는 아침 중반까지 기다렸다. "아지즈 아저씨, 이제 떠날 시간이 됐나요?" 그는 몇 미터 떨어져 앉아 몸을 앞으로 숙이고 공손하게 말했다. 우선 그는 너의 아저씨가 아니야! 노예가 된 후로 그를 아저씨라고 부른 것은 처음이었다. 그러나 예외적인 상황이었다.

"그래, 우리는 며칠 전에 떠났어야 했다." 상인이 말하고 미소를 지었다. "걱정했느냐? 나는 네가 나를 계속 주시하는 것을 알고 있었다. 내가 여기에 있었던 건 일종의 무거운 마음 때문이었다. 게으름 내지 침울함이라고나 할까…… 나는 개같은 놈들이 못되게 행동하고 있다는 것을 들어서 알고 있었다. 그러니 그들을 이곳에서 데리고 나갈 시간이 된 것 같다. 곧 음나파라와 심바를 부를 것이다. 그런데 지금은 여기 앉아서 네가 이 모든 것을 어떻게 생각하는지 얘기해봐라."

그들은 말없이 몇 분 동안 앉아 있었다. 유수프는 삶의 얼레가 자신의 손에서 돌아가고 있는 것을 느꼈다. 그는 얼레가 저항을 받지 않고 돌아가게 놔뒀다. 그리고 일어나서 그곳을 떠났다. 그는 부모에 대한 기억을 생생하게 간직하지 못했다는 죄의식에 가슴이 멍해져 오랫동안 혼자 조용히 앉아 있었다. 부모가 자신을 아직도 생각하고 있는지, 아직도 살아 계신지 궁금했다. 그는 자신이 그 답을 알아내고 싶은 마음이 없다는 것도 알았다. 그는 이 상태에서 떠오르는 다른 기억들에 저항할 수 없었다. 버림받았을 때의 모습들이 홍수처럼 밀려왔다. 그들 모두가 그가 스스로를 방치하도록 만들었다. 그의 삶은 사건들로 이뤄져 있었다. 그는 파편들 위로 고개를 들고 있으려 했고 더 가까운 지평선에 눈길을 주며 앞에 놓여 있는 것에 대해 부질없이 알려고 하기보다 무지를 택했다. 자신이 살았던 삶에 대한 속박에서 그를 풀려나게 할 아무것도 생각할 수 없었다.

우선 그는 너의 아저씨가 아니야. 그는 칼릴을 생각하면서 자신이 느끼는 우울함과 갑작스러운 자기연민에도 불구하고 미소를 지었다. 마음을 차분히 가라앉히면 그도 그렇게 될 것이었다. 칼릴처럼 신경질적이고 호전적이고, 사방으로부터 포위되고, 의존적이고. 미지의 한복판에서 오도 가도 못하는 신세. 그는 손님들과 주고받는 칼릴의 끝없는 농담과 불가능해 보이는 그의 쾌활함을 떠올리고 실제로는 그것이 숨겨진 상처를 감추고 있을 뿐이라는 것을 알았다. 고향으로부터 어마어마하게 떨어진 곳에 사는 칼라싱가처럼. 그리움에 애가 타고 잃어버린 완전함에 대한 생각에서 위로받으며, 악취나는 이런저런 곳들에 갇혀 있는 그들 모두처럼.

8

상인은 이익을 내는 건 고사하고 이번 여행에서 본전이라도 건질 수 있는 유일한 길은 인구가 더 많은 지역을 통과하는 다른 길을 택하는 것이라고 말했다. 그들 중에 아픈 사람이 너무 많아서 가는 길이 더딜 터였다. 여하튼 속도는 그들이 고려해야 할 것 중 최하위였다. 그들은 출발했을 때의 인원 중 거의 4분의 1을 잃었고, 물건도 공물로 주고 차투가 강탈해 가서 거의 절반을 잃었다.

그들은 남쪽으로 가는 길을 택해 호수의 남쪽 가장자리를 우회했다. 음냐파라가 다시 지휘를 했지만 예전의 활력을 잃어버린 상태였다. 그와 상인은 전보다 더 심바 음웨네에게 의존했다. 그들이 통과하는 곳들에서는 거래가 활발했다. 그러나 그들이 가진 물건들이 여기서는 큰 가치가 없었다. 그곳에서 나는 산물은 상아처럼 값진 것이 아니었다. 어느 곳에서는 코뿔소 뿔을 살 수 있었지만 그들은 대부분 가죽과 고무에 만족해야 했다. 며칠이 지나자 일종의 패턴이 나타나기 시작했다. 그들은 장사를 하기 위해 호를 그리듯 움직이고 마을들과 도시들을 찾아 길을 벗어났다. 예전에 유수프의 마음을 여행에 대한 놀라움과 두려움으로 채웠던 광경들은 이제 뿌연 먼지와 피로의 악몽으로 바뀌어 있었다. 그들은 벌레에 물리고 가시와 덤불에 베이고 긁혔다. 어느 날 저녁, 개코원숭이떼가 그들을 공격해 가져갈 수 있는 것이면 다 가져갔다. 그 일이 있은 후에는 멈출 때마다 방어용 울타리를 쌓았다. 총이 없는 그들은 밤에 주변을 어슬렁거리는 동물들로부터 공격받는 것을 더 두려워했다. 어디를 가든 사람들에게 공물을 요구하는 것을 금지하고, 아무도 이해할 수 없는 이유로 사람들을 목매달아 죽인다는 독일인들에 관한 이야기가 들렸다. 심바 음웨네는 독일인 기지들이 있는 곳에서 떨어진 쪽으로 그들을 빈틈없이 이끌었다.

그들이 돌아오는 데 다섯 달이 걸렸다. 천천히 이동해야 했고 때로는 음식을 얻기 위해 밭에서 일을 해야 했다. 큰 강의 북쪽에 위치한 음칼리칼리에서는 술탄의 가축을 위한 방어용 울타리를 만드는 일을 끝낼 때까지 여드레 동안 머물러야 했다. 그렇게 해야 그들이 여행하는 데 필요한 음식을 팔겠다고 술탄이 말했기 때문이었다.

"당신네 카라반의 장사는 끝났잖소." 음칼리칼리의 술탄은 말했다. "이 음다치*! 그들은 인정도 없소. 그들은 당신들이 우리를 노예로 만들 거라고 했소. 그래서 당신들이 여기에 있는 것을 원치 않는다고 했소. 나는 그들에게 누구도 우리를 노예로 만들지 않을 것이라고 말했소. 누구도! 우리는 해안에서 온 사람들에게 노예들을 팔곤 했소. 우리는 그들을 알고 있소. 우리는 그들이 두렵지 않소."

"이제는 유럽인들과 인도인들이 모든 것을 가져갈 거요." 상인이 말하자 술탄은 웃었다.

키공고에서 그들은 원로들의 농장에서 일을 해주고 나서야 괭이를 팔 수 있었다. 그들이 거기에 있을 때 상인이 병에 걸렸다. 그는 들려가지 않겠다고 했다. 그런데 키공고에서 사흘을 보내고 나자 출발하자고 했다. 날마다 거의 아무것도 주지 않고 그들에게서 너무 많은 것을 가져가는 도둑놈들 사이에 머무는 것을 그는 더이상 참을 수 없다

---

* 스와힐리어로 '독일인'.

고 말했다. 그가 아파서 그들은 자주 쉬었다. 유수프는 그가 피곤해할 때 거들어주려고 옆에서 걸었다. 음프웰리에 도착했을 때 그들은 해안이 가까워지고 있다는 것을 알았다. 그곳에서 며칠간 휴식을 취했다. 아지즈 아저씨는 도시에서 가게를 하고 있는 옛친구의 환영을 받았다. 그는 그들의 시련과 불행에 관한 이야기를 들으며 눈물을 글썽였다. 인도인에게 갚을 만큼은 벌었는가? 그가 상인에게 물었다. 아지즈 아저씨는 어깨를 으쓱했다.

음프웰리를 지난 후 그들은 해안을 향해 길을 서둘렀다. 엿새가 지나자 그들의 도시 외곽에 도착했다. 그들의 기쁨은 피곤과 실패로 인해 반감되었다. 그들이 입고 있는 옷은 넝마에 지나지 않았고, 그들의 얼굴은 굶주림에 수척해져 처참한 모습이었다. 그들은 웅덩이 옆에 야영지를 마련하고 최대한 몸을 씻었다. 그리고 상인이 그들을 기도로 이끌어, 그들이 저지른 잘못이 있다면 용서해달라고 신께 빌었다. 다음날 아침 그들은 도시로 들어갔다. 어떤 상황에서든 연주를 해야 한다고 주장하는 뿔피리 연주자 중 하나가 앞장섰다. 그들은 쾌활해 보이려고 갖은 노력을 다했지만 그의 피리 소리는 삐걱거리고 구슬프게 들렸다.

욕망의 숲

1

나중에 유수프는 그들이 도착했던 순간이 기억나지 않았다. 그들이 돌아오자 며칠 동안 사람들이 몰려와 집과 공터를 에워싸고 목소리를 크게 내며 웅성거렸다. 짐꾼들과 보초들도 거기에 있었다. 그들은 급료를 받기를 기다리면서 초인적인 생존에 관한 얘기를 하며 그들의 불운에 대해 투덜거렸다. 상인의 집 옆 큰 뜰에 천막들이 세워지고 모닥불이 피워졌다. 호기심 가득한 사람들과 그들에게 음식과 커피를 파는 거리의 상인들이 밤이고 낮이고 그곳을 찾았다. 당장이라도 무너질 듯한 매점들이 길가에 생겼고, 고기구이와 생선튀김 냄새가 사람들을 끌어들였다. 먹이를 찾는 까마귀떼가 다른 것은 다 팽개치고 근처의 나무들에 숨어서 날카롭고 밝은 눈으로 무방비 상태의 음식 조각이 없는지 불안하게 두리번거리고 있었다. 쓰레깃더미들이 야영지 가장자리에 이리저리 쌓였고, 시간이 지나자 거기서 활기 없는 점액질이 가느다란 물줄기를 이뤄 흘러나왔다.

상인은 가게 앞의 테라스에서 끊임없이 손님들을 맞았다. 그곳에 앉아 있던 노인들은 정중하게 자리를 내줬지만 쫓겨나기를 조용히 거부했다. 그들도 상인의 극적인 귀환 현장에 가까이 있고 싶어했다. 상인을 찾아온 손님들은 걱정스러운 표정이었다. 그들은 그와 함께 한가롭게 몇 시간을 보내며 갑작스럽게 감탄의 말이나 낮게 동정하는 소리를 내면서 여행에 대한 그의 설명을 들었다. 그들이 잡담을 하고 커피를 마시는 동안, 흥분한 군중이 그들 주변으로 모여들었다. 이따금 손님 중 하나가 메모장을 꺼내 뭔가를 적거나 집 옆의 창고 쪽으로 가서 주변을 걸어다녔다. 모하메드 압달라는 창고 중 하나에 들어앉아 아직도 극도의 피로감과 열병으로부터 회복중이었다. 그는 차투의 마을에서 맞으면서부터 생긴 이상한 통증으로 괴로워하고 있었다. 그의 방으로 가는 열린 문간에 기다란 천이 걸려서 조금만 바람이 불어도 나른하게 흔들렸다. 손님들은 잠시 멈춰 서서 그에게 인사하며 그의 회복을 빌어준 뒤 다른 창고들을 보러 갔다.

"그들은 사이드를 뼈까지 발라버리려고 온 거야." 칼릴이 유수프에게 말했다.

그의 머리에 뻣뻣한 새치가 돋아나 있었고, 그의 야윈 얼굴은 유수프가 기억하는 것보다 뾰족했다. 그는 기쁨과 환희로 열광하며 그들의 귀환을 반겼다. 유수프 주위를 돌며 펄쩍펄쩍 뛰고, 유수프를 끌어안고, 그의 등짝을 치며 기뻐서 어쩔 줄 몰라했다. "저애가 돌아왔어요." 그가 손님들에게 말했다. "내 동생이 돌아왔어요. 얼마나 컸는지 보세요!" 초반의 혼란스러운 날들이 지나가자 그는 유수프를 가게로 다시 불러들여 기분전환삼아 진짜 일을 해보라고 시켰다. 아지즈 아저씨는 너그러운 미소를 지어 보였다. 유수프는 이것이 상인의 뜻이기도 하다는 것을 이해했다. 부를 수 있는 거리에 그를 두고 싶어했고 종종 그를 불러 손님들에게 작은 호의를 베풀게 하고, 심드렁하게 잘했다는 표시를 했다. 칼릴은 손님들을 상대하다가도 유수프를 향해 끊임없이 얘기했다. 손님들에게 돌아온 그가 얼마나 멋있어졌는지 보라고도 했다. "저 근육 좀 보세요. 비실비실하던 키파 우롱고가 저렇게 될 거라고 누가 생각했겠어요? 산 너머에서 저애한테 그들이 뭘 먹였는지 몰라도, 당신들의 딸한테 어울리게 근사하게 컸어요." 밤이 되어 야영지에서 중얼거리는 소리와 웃음이나 노래가 터져나올 때, 그들은 테라스 구석에 자리를 깔았다. 매일 밤 칼릴이 말했다. "자, 이제 여행중 있었던 새로운 얘기를 해봐. 나는 모든 것을 듣고 싶다."

유수프는 악몽에서 깨어나고 있는 것 같았다. 그는 칼릴에게 자신이 여행중에 아주 자주 살이 말랑말랑한 동물 같다는 느낌을 받았다고 말했다. 껍질에서 막 열린 공간으로 나왔는데, 혐오스럽고 괴상하게 생긴 짐승이 잡석들과 가시들 속으로 난 길을 맹목적으로 짓이기는 느낌이었다고 말했다. 그는 미지의 곳 한가운데를 맹목적으로 통과하는 그들 모두가 그런 상태였다고 말했다. 자신이 느꼈던 공포는 두려움과는 다른 것이었다고 말했다. 진짜로 살아 있는 것 같지 않았고, 꿈속에서 죽음의 가장자리 너머에 살고 있는 듯한 느낌이었다고 말했다. 그러면서 사람들이 장사를 하려고 그런 공포를 극복해가면서 그토록 원하는 것이 궁극적으로 무엇인지 궁금했다고 말했다. 그는 모든 것이 무서웠던 것은 아니었지만, 전혀 아니었지만, 그래도 모든 것을 구체화한 것은 무서움이었다고 말했다. 그는 자기 안에 있는 어떤 것도 예상할 수 없었던 광경들을 보았다고 했다.

"산 위에서는 빛이 초록색이었어요." 그가 말했다. "내가 상상한 적이 없는 빛이었어요. 그리고 공기는 깨끗이 씻긴 것 같았어요. 아침에 햇빛이 눈 덮인 봉우리를 비추면 영원처럼 느껴졌어요. 결코 변하지 않을 순간처럼 말이죠. 늦은 오후가 되면 물가에서 목소리가 하늘을 향해 높이 올라가요. 우리는 어느 날 저녁 산을 올라가다가 폭포 옆에서 멈췄어요. 아름다웠어요. 모든 것이 완벽해 보였어요. 나는 그렇게 아름다운 것을 본 적이 없어요. 거기서는 신의 숨소리를 들을 수 있었어요. 그런데 한 남자가 오더니 우리를 쫓아내려고 했어요. 밤낮으로 사방이 무슨 소리로 진동하고 윙윙거리고 흔들렸어요. 어느 날 오후 호수 가까이에서 물수리 두 마리가 고무나무 가지에 조용히 앉아 있는 것을 보았어요. 그런데 갑자기 두 마리가 고개를 뒤로 젖히고 부리를 벌리고 하늘을 향해 힘차게 두세 번 소리를 지르더니 날개를 파닥이고 몸을 팽팽하게 펴더군요. 잠시 후 희미한 응답이 호수 건너에서 돌아왔어요. 몇 분이 지나자 흰 깃털 하나가 수컷 수리의 몸에서 빠져 적막 속에서 천천히 땅으로 떨어졌어요."

칼릴은 아무 말 없이 들으면서 이따금 에헴 하며 호응했다. 그러나 유수프가 칼릴이 잠든 줄 알고 얘기를 멈추자 어떤 의문이 어둠 속에서 나와 그를 자극했다. 때때로 유수프는 사람들과 동물들로 가득한 거대한 붉은 땅, 그리고 화염 벽처럼 호수 위로 솟구쳐 있던 절벽을 떠올리면서 할말을 잃었다.

"천국의 문 같죠." 유수프가 말했다.

칼릴이 믿을 수 없다는 듯 부드러운 소리로 말했다. "그 낙원에 누가 살지? 죄 없는 장사꾼들을 약탈하고 장신구 때문에 형제들을 팔아먹는 야만인들과 도둑놈들이야." 그가 말했다. "그들에게는 신이나 종교가 없어. 아니 단순한 일상의 자비조차 없어. 그곳에서 같이 사는 짐승들하고 똑같지." 유수프는 이런 식으로 사람들이 서로를 자극해 차투에 관한 이야기를 다시 한다는 것을 알았지만 침묵을 지켰다. 그는 차투의 마을에 머물던 것을 생각할 때마다 바티와 그의 목에 와닿던 그녀의 따뜻한 숨결을 떠올렸다. 칼릴이 그것을 안다면 그를 비웃을 거라고 생각하자 창피했다.

"악마 같은 모하메드 압달라는 어땠니? 야만인 술탄이 진짜로 그에게 본때를 보여줬니? 너도 거기에 있었잖아! 그런데 그전에 말이야…… 그전에 그가 무슨 짓을 했니?" 칼릴이 물었다. "모든 여행자가 끔찍한 이야기들을 갖고 돌아오지. 너도 사람들 사이에서 그의 평판이 어떤지는 알지?"

"나한테는 친절했어요." 유수프가 곧 말했다. 그는 침묵 속에서 음나파라가 춤추는 모습을 불빛으로 보았던 걸 떠올렸다. 허세를 부리는 오만한 모습이었지만 어깨의 통증을 감추려는 시도이기도 했다.

"너는 그렇게 생각해서는 안 돼." 칼릴이 흥분해서 말했다. "그는 위험한 놈이야. 여하튼 늑대인간은 보았니? 틀림없이 봤겠지. 아니라고? 어쩌면 그들은 더 깊은 숲속에서 기다리고 있는지도 모르지. 나는 그들이 그 지역에서는 유명하다는 걸 알거든. 이상한 동물들은 보았니?"

"늑대인간들은 보지 못했어요." 유수프가 말했다. "아마 그들의 땅을 짓밟는 낯선 야수들을 피해 숨어 있었는지도 모르죠."

칼릴이 웃었다. "그래서 너는 더이상 늑대인간들을 무서워하지 않는구나. 많이 컸다! 이제 너한테 아내를 얻어줘야겠다. 마 아주자가 아직도 너를 기다리고 있어. 네가 다 컸든 안 컸든 다음번에 너를 보면 너의 주브*에 코를 대고 쿵쿵거릴 것이다. 그녀는 지난 몇 년 동안 너 때문에 애를 태웠잖니."

마 아주자는 가게에서 그를 보고 놀라서 입이 벌어졌다. 오랫동안 그녀는 할말도 의지도 잃고 가만히 서 있었다. 그러더니 서서히 미소를 지으며 좋아했다. 그는 그녀의 움직임이 눈에 띄게 둔해지고 얼굴이 몹시 초췌해 보인다는 것을 알았다. "아, 내 남편이 나한테 돌아왔네." 그녀가 말했다. "신이시여 감사합니다! 저렇게 아름다울 수가! 나는 이제 다른 여자들을 조심해야 되겠네." 그러나 그녀의 놀림에는 아무런 열의가 없었다. 그녀의 목소리에는 미안함과 경의가 묻어 있었다. 마치 그가 그녀를 기분 나쁘게 생각하지나 않을까 두려워하는 것 같았다.

"마 아주자, 아름다워 보이는 것은 당신이에요." 칼릴이 말했다. "보면서도 진짜 사랑을 알아보지 못하는 허약한 이 젊은이가 아니고요. 주와르데, 나는 어때요? 나는 당신에게 코담배를 많이 줄 수 있어요. 오늘은 기분이 어때요? 가족들은 잘 있나요?"

"늘 그만그만해. 신이 우리를 위해 이런 삶을 주신 것에 감사하며 살죠." 그녀가 자기연민에 빠져 목소리를 높이며 말했다. "신은 우리를 가난하게도 만들고 부자로도 만들고 약하거나 강하게도 만들지. 우리

---

* 아랍어로 '성기'.

는 이렇게 말할 수 있을 뿐이지. 알함둘릴라. 감사합니다. 우리에게 무엇이 최선인지 신이 모른다면 누가 알겠어? 여하튼 조용히 해봐. 내 남편과 얘기 좀 하게. 그런데 너, 떠나 있는 동안 다른 여자들하고 놀아난 것은 아니기를 바라. 언제 집으로 와서 나하고 같이 살래? 진수성찬이 너를 기다리고 있어."

"저애를 자극하지 마요, 마 아주자." 칼릴이 말했다. "이제는 늑대인간이에요. 당신 집에 가서 당신을 잡아먹을지 몰라요."

마 아주자는 그 말에 작은 탄성을 질렀다. 그러자 칼릴이 좋아라 하며 엉덩이를 음탕하게 돌렸다. 유수프는 칼릴이 마 아주자가 청하는 모든 것을 넉넉히 재어서 주고 작은 설탕 봉지를 덤으로 주는 것을 보았다. "오늘밤 그 시간에 볼까요?" 칼릴이 물었다. "마사지가 필요해서요."

"당신은 나한테서 도둑질부터 하고, 다음에는 내 일에 끼어들고 싶어 하는군." 마 아주자가 소리쳤다. "나한테서 떨어져, 음토토 와 쉐타니*."

"보다시피 이분은 아직도 너만을 사랑한다." 칼릴이 용기를 내라고 유수프의 어깨를 두드리며 말했다.

2

정원 벽의 문은 낯선 사람이 그렇게나 많은데도 닫혀 있었다. 칼릴과 아지즈 아저씨만이 그 문을 드나들었다. 정원사인 노인 음지 함다

---

* 스와힐리어로 '악마의 자식'.

니도 그 문을 이용했다. 유수프는 키 큰 나무들의 우듬지가 벽 위로 올라온 것을 보고, 새벽에는 새들의 노랫소리를 들었다. 욕망의 숲으로 다시 들어가 돌아다니고 싶었다. 그는 아침이면 음지 함다니가 천막들과 쓰레깃더미를 쳐다보지 않고 돌아서 공터를 조심스럽게 통과하는 모습을 보았다. 그는 오른쪽도 왼쪽도 쳐다보지 않고 정원 벽에 있는 문으로 곧장 향했다. 그는 오후에도 조용히 떠났다. 유수프는 며칠이 지나서야 음지 함다니가 자신을 볼 수밖에 없는 자리에 가 있을 용기를 냈다. 노인은 그를 보았다는 표시를 하지 않았다. 처음에 유수프는 상처받았지만 혼자 미소를 지으며 물러났다.

공터에 있던 사람들이 차례로 떠나기 시작했다. 아지즈 아저씨는 채권자들과 상인들과 아직도 협상중이었다. 그러나 사람들은 지루해하고 다루기 힘들어졌다. 그들은 상인과 처음에 계약했던 조건이 명시된 전표를 갖고 그에게 왔다. 모하메드 압달라와 심바 음웨네는 상인이 직접 원장에 기록하는 동안 증인으로 입회했다. 그들은 상인이 주는 것을 받아들고 상인이 그들에게 줄 돈이 남았다는 전표를 받았다. 아지즈 아저씨는 약속했던 이익 배당금이 전혀 없다고 그들 각자에게 설명했다. 현재 상황에서는 채권자들에게 돈을 지불하기 위해 어딘가에서 돈을 빌려야 할 것 같았다. 사람들은 그를 믿지 않았지만 자기들끼리 있을 때만 그렇게 말했다. 거상들은 그들과 함께 여행한 사람들을 사취하는 것으로 악명이 높았다. 그들은 상인에게 좀더 달라고 불평하거나 알랑거렸다. 응윤도는 통역자로서 가치 있는 일을 한 것을 고려해달라고 요구했고, 상인은 고개를 끄덕이며 그의 전표를 적절하게 수정했다. 사람들이 돈을 받았다고 원장에 서명한 다음, 그들의 전표에 모하메드 압달라와 심바 음웨네가 표시를 했다. 그들 중 아무도 글을 쓸 줄 몰랐다. 일부는 나중에 따지려고 그들의 전표를 받는 것을 미뤘지만 결국에는 그들 모두가 상인이 제시한 것을 받아들이거나 아무것도 받지 못하거나 해야 했다. 여행중 사망한 사람들의 가족들에게는 그들의 사망한 친척들이 받았을 금액을 보냈다. 아지즈 아저씨는 시신이 수백 킬로미터 떨어진 곳에 이미 묻혔지만 수의를 만들기에 충분한 흰 무명옷감과 자기 호주머니의 돈을 추가해서 보냈다. "장례기도를 위한 것이네." 그는 그 돈을 위탁한 사람에게 이렇게 말했다.

아지즈 아저씨는 차투의 도시를 탈출해서 다시 나타나지 않은 두 사람의 돈은 보류했다. 만약 그가 그들의 가족에게 돈을 보내고 그 사람들이 나타나면 분쟁이 평생 갈 수 있었다. 만약 보내지 않으면 조만간에 친척이 나타나서 달라고 하고 배반했다며 그에게 욕을 할 것이었다. 그러나 상인은 그 경우가 덜 나쁘다고 했다.

사람들이 출발하자 뒤에 남겨진 쓰레깃더미를 뒤지는 까마귀들만 두고 거리의 상인들과 음식매점들도 떠났다. "다음번 여행 때 우리를 잊지 말아주세요." 그들은 떠나면서 모하메드 압달라에게 말했다. 그들은 예의상 그렇게 말했다. 음나파라가 병에 걸려 지친데다 몸이 몹시 약해졌다는 게 너무나 분명했기 때문이다. "우리가 당신을 위해 열심히 일하지 않았습니까? 신께서 우리의 여행에 은총을 내리시지 않았을 뿐입니다. 그러니 우리를 잊지 마세요, 음나파라."

"다음에 무슨 여행을 간다는 말이오? 다음 여행은 없을 거요." 음나파라가 악의와 조롱기로 가득하고 잔혹하고 거만한 얼굴로 말했다. "유럽인이 모든 것을 가져갔소."

마지막으로 돈을 받은 것은 모하메드 압달라와 심바 음웨네였다. 그들은 주는 것을 거의 쳐다보지도 않고 고맙다는 말을 중얼거리며 자신들의 몫을 받아들였다. 그리고 테라스에서 상인과 함께 예의바르게 앉아 있었다. 자신들이 그에게 더이상 쓰임새가 있을지 확실치 않았지만, 너무 빨리 떠나면 무례하게 비칠 수 있어 머뭇거리는 것이었다. 두 사람이 떠나려고 일어서자 상인이 한 손을 내밀어 심바 음웨네를 붙잡았다. 잠시 모하메드 압달라는 땅을 내려다보며 꼼짝 않고 서 있었다. 그리고 조용히 걸어갔다.

칼릴은 모하메드 압달라가 해고되는 것을 지켜보면서 유수프를 팔꿈치로 쿡 찔렀다. 칼릴의 얼굴은 마치 자신이 직접 일격을 가하기라도 한 것처럼 승리감에 빛났다. "저렇게 해서 더러운 개새끼는 끝난 거야." 그가 소곤거렸다. "이제 저 새끼는 황무지로 돌아가서 동물들이나 고문해야 할 거야. 개새끼야, 어서 꺼져!"

유수프는 칼릴의 증오가 그렇게 격렬한 데 놀라며 그를 바라보면서 설명해주기를 기다렸다. 그러나 칼릴은 돌아서서 쌀과 콩이 담긴 상자들을 계산대에 다시 진열하기 시작했다. 그의 눈이 빠르게 깜빡이고 입가가 뒤틀렸다. 마치 뭔가를 억누르려고 애쓰는 것 같았다. 그의 긴장한 얼굴의 정맥이 부풀어 그를 약하게 보이게 했다. 그는 불안하게 눈을 들어 유수프를 바라보며 미소를 지으려고 했다. 유수프는 다시 한번 무슨 일이냐고 묻는 얼굴을 했지만 칼릴은 못 본 척했다. 그리고 태연하게 손님들이 오는지 거리를 살피고 손뼉을 살짝 치면서 노래를 부르기 시작했다.

그날 오후 모하메드 압달라는 자신의 짐을 옆에 놓고 떠날 준비를 하고서 테라스에 앉아 있었다. 그는 상인이 낮잠에서 깨어나기를 기다리고 있었다. 가게의 계산대에는 유수프 혼자만 있었다. 손님은 아무도 없었다. 칼릴은 가게 뒤로 가서 누워 있었다. 모하메드 압달라가 손짓으로 유수프를 부르더니 벤치로 와서 옆에 앉으라고 했다. "너는 어떻게 될까?" 그가 거칠게 물었다. 유수프는 모하메드 압달라가 그에게 하고 싶은 말이 무엇인지 들어보려고 조용히 앉아 있었다. 곧 모하메드 압달라가 빈정거리는 콧소리를 내며 고개를 저었다. "악몽! 어둠 속에서 병든 아이처럼 훌쩍이고! 네가 꿈에서 보았다는, 우리가 통과했던 불행보다 나쁜 것이 무엇이었느냐? 다른 점에서 보자면, 너는 그렇게 아름다운 아이치고는 잘했다. 모든 것을 잘 참고 지켜보고, 너한테 요구되는 모든 것을 다 했다. 한번 더 여행하고 나면 너는 쇠처럼 단단해질 것이다. 그러나 이제는 유럽의 개들이 모든 곳에 있으니 더이상 여행은 없을 것이다. 우리와 갈라설 때쯤 그들은 우리의 몸에 난 모든 구멍에 그 짓을 했을 것이다. 완전히 알아볼 수 없을 정도로 우리에게 그 짓을 했을 것이다. 우리는 그들이 우리에게 먹이는 똥보다도 못하게 될 것이다. 모든 악은 우리의 것, 우리와 같은 피를 가진 사람들의 것이 될 테다. 그래서 벌거벗은 야만인조차 우리를 경멸하게 될 것이다. 두고 봐라."

유수프는 모하메드 압달라를 유심히 지켜보았지만 칼릴이 가게 뒤에서 나온 것을 알아챘다. "사이드…… 그분은 이번 여행에도 불구하고 최고의 상인이시다." 모하메드 압달라가 말을 이었다. "너는 우리가 지난번 만예마에 갔을 때 그분을 봤어야 한다. 그는 모험을 감수하는 것을 마다하지 않고 아무것도 두려워하지 않는다. 아무것도! 세상을 있는 그대로 보기 때문에 그에게는 어리석음이 없다. 세상이 잔인하고 나쁜 곳이라는 것은 너도 알겠지. 그에게서 배워라! 조심해라, 조심해…… 그들이 너를 네가 같이 살았던 뚱뚱이 바보 같은 소매상인으로 만들지 않게 해라. 엉덩이만 크고 텅 빈 가게만 지키는 하미드 말이다! 그는 스스로를 무웅와나, 명예로운 남자라고 하지만 그가 키우는 살찐 흰 비둘기들처럼 거들먹거리는 뚱뚱하고 작은 놈일 뿐이다. 사이드가 이번에 그를 정리할 때쯤이면 명예라고는 별로 안 남을 것이다. 혹은 저기 보이는 저 작은 여자도 그렇다. 저 여자 말이다. 그들이 너를 저 사람처럼 만들게 놔두지 마라." 모하메드 압달라는 지팡이를 들어 칼릴이 지켜보고 서 있는 계산대를 가리켰다. 그는 항의할 테면 해보라는 듯 칼릴을 노려보았다. 그가 더이상 얘기하지 않자 유수프는 그곳을 떠나려고 일어섰다. "조심해라." 모하메드 압달라가 씩 웃으면서 말했다.

3

심바 음웨네는 채권자들을 만나 상환일정을 조정하려는 아지즈 아저씨를 따라 시내에 갔다. 그들의 얘기에 끼어드는 게 허용되지 않았지만 그는 무슨 일이 일어나고 있는지 이해했다고 말했다. 그는 돌아와서 칼릴과 유수프에게 상인의 사업에 대해 뭘 알게 되었는지 말해줬다. 손실이 엄청나 모든 채권자들이 분담을 해야 했지만 그래도 무거운 짐은 상인이 지게 되었다. "그러나 그는 그렇게 무너지기에는 너무 똑똑하지. 그리고 인도인도 많은 돈을 잃었어. 그래서 돕는 것 말고는 선택의 여지가 없지. 우리는 기차를 타고 다른 여행을 하게 될 거야. 우리의 브와나가 귀중한 물건들을 갖고 있는 곳으로 말이지. 그런데 브와나와 나만 갈 거야." 심바 음웨네가 거만하게 말하며 유수프를 향해 미소를 지었다.

"어디로 가요? 귀중한 물건이 뭔데요? 하미드의 가게에 있는 건가요?" 유수프가 물었다.

"그는 아무것도 몰라." 칼릴이 말했다. 심바 음웨네는 사람들이 떠난 후 위압적인 모습을 조금 잃었다. 그는 때때로 칼릴의 열광적인 모습을 상대하는 것을 힘들어했다. "그는 허풍을 떠는 것뿐이야. 무식한 짐꾼들과 저 먼 곳에 있는 야만인들 앞에서 허세를 부리는 데 익숙해. 그래서 우리를 속일 수 있다고 생각하는 거야. 네 생각에 사이드가 귀중한 물건을 그에게 맡길 것 같니?"

"유수프, 너는 그곳을 아는 것 같구나. 하미드의 가게 창고에 그가 어떤 귀중한 물건을 갖고 있는지 아니? 모른다면 묻지 않는 편이 좋을 거야." 심바 음웨네는 칼릴을 무시하고 씩 웃으면서 말했다.

"무슨 물건 말이죠?" 유수프는 심바 음웨네가 말을 계속하도록 아무것도 모르는 척 얼굴을 찌푸리며 물었다. "거기에는 말린 옥수수 자루들밖에 없었어요."

"정령이 사이드를 위해 금과 보석을 보관해주는 은밀한 지하실이 있는지도 모르지." 칼릴이 말했다. "그러니까 우리의 허풍쟁이 심바가 그 보물을 가지러 가서 사이드의 사업을 구한다는 거잖아. 그만이 마법의 반지를 갖고 있고, 그만이 두꺼운 청동문을 열 마법의 말들을 안다는 거잖아."

심바 음웨네가 웃었다. "너, 응윤도가 이번 여행에서 우리에게 해줬던 이야기 생각나니? 어떤 정령이 약혼식 날 밤 공주를 집에서 훔쳤다는 이야기였지…… 그 이야기 생각나니? 그녀를 숲에 있는 지하저장실로 납치했는데 그곳에 금과 보석과 온갖 종류의 음식과 편리한 것들이 잔뜩 있었대. 열흘에 한 번씩 정령은 공주를 찾아와 밤을 보내고 일을 보러 다시 떠났어. 공주는 몇 년 동안 그곳에서 살았지. 그런데 어느 날 나무꾼이 지하실로 통하는 바닥의 뚜껑문 손잡이에 발가락을 찧은 거야. 그는 문을 열고 지하실로 통하는 계단을 내려갔고 그곳에서 공주를 발견했어. 그는 바로 그녀와 사랑에 빠졌고 공주도 그랬어. 공주는 그에게 오랫동안 갇혀 있었다는 얘기를 했어. 그는 그녀가 엄청나게 사치스러운 곳에서 살고 있는 것을 보았지. 그녀는 아름다운 꽃병을 그에게 보여줬어. 그녀가 정령에게 급히 오라고 할 때 문지르는 꽃병이었지. 나무꾼은 사흘 밤낮을 공주와 지낸 후 공주에게 같이 나가자고 설득했어. 그러자 그녀는 웃으면서 정령으로부터 도망칠 길은 없다고 했어. 정령이 열 살 때 자신을 집에서 훔쳐왔고, 그녀가 어디를 가든 찾아내는 방법을 알 거라고. 나무꾼은 사랑과 질투에 사로잡혔지. 그래서 너무 화가 나서 꽃병을 들어 벽에 던져버렸어.

그러자 정령이 금방 나타났지, 칼을 들고서 말이야. 당황한 나무꾼은 계단을 올라 도망쳤지. 그런데 신발과 도끼를 두고 온 거야. 정령은 이제 그의 공주가 다른 남자를 즐겁게 해주고 있었다는 것을 알았어. 그래서 단칼에 그녀의 머리를 베어버렸어."

"나무꾼은?" 칼릴이 간절하게 물었다. "나무꾼은 어떻게 됐어요?

계속해봐요."

"정령은 신발과 도끼 덕분에 그를 쉽게 찾아냈지. 그는 그것들을 인근 사람들에게 보여주면서 자기 친구의 것이라고 말했지. 그러자 그들이 그를 나무꾼의 집으로 데려갔어. 그가 그를 어떻게 했는지 알아? 아무것도 없는 거대한 산의 꼭대기로 그를 데려가서 원숭이로 만들어버렸어." 심바 음웨네는 음미하듯 말했다. "왜 그가 정령이 없는 아흐레 동안 공주를 찾아갈 수는 없었을까? 누가 나한테 얘기해줄 수 있어?"

"그것이 그의 운명이었기 때문이겠죠." 칼릴이 주저하지 않고 말했다.

"그러니까 아지즈 아저씨가 하미드의 가게에 비밀 지하실을 갖고 있다는 말이네……" 유수프는 하미드의 창고에 있는 밀수품으로 화제를 돌리려고 하면서 말했다. 그는 칼릴의 얼굴에 깜짝 놀라는 표정이 스치는 것을 보았다. 우선 그는 너의 아저씨가 아니야. 그는 억지로 사이드라는 말을 해보려고 했지만 그럴 수 없었다. "여하튼 하미드의 창고에 있는 귀중품이 뭔가요?"

"비푸사." 심바 음웨네가 나직하게 말했다. 코뿔소 뿔. "그런데 다른 사람에게 이 말을 하면 우리 모두 곤란해질 거야. 음다치 정부가 자기들이 모든 이익을 가져갈 수 있도록 비푸사 무역을 금지했거든. 그래서 그렇게 비싼 거야. 우리의 브와나는 편안히 앉아서 그 물건을 인도인에게 팔려고 기다리고 있는 중이지. 우리는 비푸사를 이곳으로 가져오지 않을 거야. 내가 할일은 산을 넘어 앞으로 가서 그것을 국경 위까지 그저 운반만 해서 몸바사 근처의 어느 인도인에게 넘겨주는 거야. 우리 브와나는 다른 할일이 있으시니 모든 것을 나한테 맡길 거야."

심바 음웨네는 비밀이 있는 사람처럼 거드름을 피우며 말했다. 그는 자신이 했던 말의 효과를 확인하려고 두 사람을 번갈아 쳐다보았다. 유수프는 칼릴의 경탄하는 표정을 보았다. 그는 그것이 심바 음웨네를 조롱하기 위해서라는 것을 알았다.

"사이드가 그 일에 용감한 사람, 진짜 사자를 뽑은 건 확실하네." 칼릴이 말했다.

"위험한 길이야." 심바 음웨네는 칼릴의 조롱에 신경쓰지 않고 미소를 지으며 말했다. "특히 국경이 그래. 영국인과 독일인 사이에 전쟁이 있을 거라는 얘기가 있는 지금은 더 그래."

"비푸사가 그렇게 비싼 이유가 뭐예요?" 유수프가 물었다. "그것을 어디에 써요?"

심바 음웨네가 잠시 생각해보더니 답을 찾는 걸 포기했다. "모르겠다." 그가 말했다. "아마 약에 쓰지 않을까. 세상 돌아가는 걸 어떻게 다 알겠니? 내가 아는 건 인도인이 그것을 산다는 것뿐이야. 그다음에 그가 그것을 어디에 두는지는 나와 상관없어. 그가 그것을 먹을 것 같지는 않아. 내 생각에는 약으로 쓸 게 틀림없어."

심바 음웨네가 자리를 떠 모하메드 압달라가 떠난 후로 그가 쓰고 있는 창고 방으로 돌아가자 칼릴이 말했다. "사이드는 그에게 빚을 지고 있는 사람들을 찾아가 돈을 갚으라고 할 거야. 그는 늘 뭔가를 손에 쥐고 있어. 그게 그의 방식이야. 일이 잘못된 것처럼 보일 때조차 그는 여기로 가고 저기로 가지. 그러면서 모든 것이 다시 좋아지게 돼. 네 아버지를 찾아갈 수도 있어. 그들 사이의 모든 것을 해결하게 될 거야. 그러면 너는 더이상 볼모가 아니게 될 거고. 네 아버지는 빚을 갚고 사이드는 그의 빚을 갚고, 그러면 너는 자유로워질 거야. 그러면 너는 뭘 할 거니? 돌아가서 잔지바르 출신의 그 은둔자처럼 산에서 살 거니? 그러나 그런 일은 일어나지 않을 것 같다. 네 아버지는 지금쯤 아마 너무 가난할 거야. 나의 돌아가신 아버지가 그랬던 것처럼 말이야. 그래서 이승에서든 저승에서든 빚을 갚을 수 없는 상황일지 몰라. 그러니 네가 산속으로 들어갈 일은 없겠다…… 그러나 사이드는 네 아버지에게 그런 말을 꺼내지도 않을 것 같다. 너를 좋아하거든. 저 시끄러운 심바의 거들먹거리는 표정을 봐라! 그에게 위험한 일을 맡긴 것은 사이드가 그에게 무슨 일이 생겨도 상관하지 않겠다는 거야…… 안 그러면 너를 보냈겠지."

"아니면 형이든가." 유수프는 우정과 충성심에서 말했다.

칼릴이 웃으면서 그를 향해 고개를 저었다. 유수프가 아무것도 모르는 것을 슬퍼하는 몸짓이었다. "마님 말이다." 그가 말했다. "너는 아랍어를 모르면서 어떻게 마님과 얘기할 거니? 그리고 만약 이 가게를 망치도록 내가 너한테 물려줄 거라고 생각한다면…… 만약 사이드가 모든 빚을 청산할 수 없다면 이 가게가 그의 유일한 생계수단일지 몰라. 그는 너를 위한 다른 것을 찾아주겠지. 너를 좋아하니까 말이다."

유수프는 몸을 떨었다. "그럼에도 그는 여전히 너의 아저씨가 아니야." 칼릴이 말하면서 유수프의 뒤통수를 치려고 했다. 유수프는 쉽게 공격을 피했다.

아지즈 아저씨는 내륙으로 다시 들어가기 전날 저녁, 식사를 같이하자고 그들을 초대했다. 칼릴은 일몰기도가 끝난 직후, 정해진 시간에 심바 음웨네와 유수프를 데리고 정원으로 들어갔다. 어둑어둑함과 침묵에 물소리가 가볍게 곁들여지면서 평화로웠다. 대기에는 향기가 가득했고 감각을 마비시키는 음악이 흘러나왔다. 정원의 저쪽 끝에 있는 기둥에 매달린 불이 테라스를 비추며 짙어지는 어둠을 배경으로 그 집을 황금색으로 만들었다. 불빛이 반사되면서 수로는 흐릿한 금속으로 된 길처럼 보였다. 양탄자가 테라스에 깔려 있었다. 그곳으로부터 백단과 호박琥珀 냄새가 흘러나왔다.

그들이 앉는 순간, 상인이 안뜰에서 나왔다. 아주 가벼운 면 옷을 입고 있었다. 그가 그들을 향해 걸어올 때 옷자락이 나풀거리며 물결쳤다. 그는 금색 실크로 장식된 모자를 쓰고 있었다. 그들이 모두 일어나서 그를 맞았다. 그러나 그는 웃으면서 손짓으로 그들을 앉히고 그들 사이에 앉았다. 유수프는 그가 사이드로 돌아왔다는 것을 알았다. 아무렇지도 않게 그의 부모와 집으로부터 그를 데려온 사람. 늘 미소를 짓고 평정심을 유지하며 호수까지 그 어려운 길을 갔던 사람. 차투의 도시에서 최악의 시간을 보낼 때조차 우아하고 확고한 확신이 그에게서 배어나와 그들 모두를 감싸안았다. 그는 그들이 돌아올 때도 그랬고 돌아와서도 불안감이 확산되며 자신과 함께 여행했던 사람들의 언쟁과 요구를 대해야 했다. 그러나 그는 차분하고 흐트러짐 없고 관대하고 즐거운 미소를 잃지 않는 사이드로 다시 돌아와 있었다.

그는 여행에 대해 이야기하기 시작했다. 그러나 그가 직접 거기에 갔던 것이 아니라 누군가 다른 사람의 이야기를 회고하는 것처럼 가볍게 얘기했다. 그는 몸짓과 표정으로 심바 음웨네에게 세세한 것들이 맞는지 확인하게 하고, 기억이 맞으면 만족스러운 표정으로 고개를 끄덕였다. 유수프는 심바 음웨네가 현재 상황을 이해할 거라고 추측했지만, 그의 즐거운 웃음과 더 깊어진 목소리로 미루어 상인이 치켜세우는 말에 압도당한 것 같았다. 잠시 후, 심바 음웨네의 입에서 말이 터져나왔다. 그는 조금만 추어올려주면 마치 그들이 다시 한번 시골 한복판의 모닥불 주변에 있는 것처럼 이야기에서 이야기로 계속 넘어갔다.

뜰의 문이 아주 살짝 열리자 무슨 신호라도 되는 것처럼 칼릴이 조용히 일어섰다. 그는 안으로 들어가 큰 접시에 든 밥을 갖고 나왔다. 여러 번 들락날락하면서 생선, 고기, 채소, 빵, 커다란 과일바구니를 날랐다. 음식이 나타나면서 그들의 대화가 끊겼고, 그들은 칼릴이 왔다갔다하는 동안 예의바른 침묵 속에서 기다렸다. 유수프는 음식을 쳐다보지 않으려 했지만 버터기름으로 번들거리고 건포도와 견과류가 곳곳에 뿌려진 밥에서 눈을 뗄 수 없었다. 그들이 앉아 있던 침묵 속에서 유수프는 정원에서 쫓기듯 나올 때 듣던 목소리를 다시 들었다. 그 목소리를 듣자 그 기억으로 마음이 포근해졌다. 마침내 칼릴이 놋쇠 주전자와 그릇을 들고 나왔다. 팔뚝에는 수건이 걸쳐져 있었다. 그는 손을 씻을 수 있게 한 사람씩 물을 따라줬다. 심바 음웨네도 입을 행구고 요란한 소리를 내며 정원에 물을 뱉었다. 비스밀라, 아지즈 아저씨가 말하고 그들에게 어서 먹으라고 권했다.

그들이 먹을 때 심바 음웨네는 얘기에 더 거침없어지며 숨김없이 상인에게 말했다. 그는 지난번 여행이 실패한 것은 음냐파라 때문이었다고 말했다. "그가 숲에서 그 사람을 때리지 않았다면 차투가 우리를 그렇게 심하게 대하지 않았을 거예요." 그의 목소리가 딱딱해지고 있었다. "그는 모든 사람을 하인과 노예처럼 다뤘어요. 그런 방식이 전에는 통했을지 모르지만 이제는 아무도 참지 않아요. 차투가 어떻게 생각했겠어요? 우리를 사람을 납치하고 거래하는 자들이라고 생각했을 게 틀림없어요. 브와나는 그에게 그런 자유를 주지 않으셨어야 해요. 그는 모진 사람이었어요. 동정심이라고는 조금도 없는 사람이었어요. 그러나 차투는 그보다 더 모진 사람이었던 것 같아요."

아지즈 아저씨는 조용히 고개를 끄덕이며 반박하지 않았다. 심바 음웨네는 계속 말을 이었다. 점점 더 커지는 그의 목소리가 수풀과 나무가 조용히 살랑거리는 소리를 압도하며 정원에 쩌렁쩌렁 울렸다. 그에게는 자신의 목소리가 들리지 않는 건지 유수프는 궁금했다. 여하튼 그는 술 취한 사람처럼 계속 얘기했다. 상인은 무자비한 눈길로 그를 바라보았다. 유수프는 그가 하미드의 창고에 숨겨진 비푸사와 관련해 심바 음웨네를 저울질하고 있다는 것을 알 수 있었다. 마침내 아지즈 아저씨가 칼릴에게 아랍어로 얘기하자 그가 다 먹은 접시들을 집으로 가져가기 시작했다. 그는 가져가기 전에 그들을 향해 접시를 하나하나 기울여 보였다.

"너, 그 허풍쟁이 자식이 정원에 물을 뱉을 때나 그 여행의 문제가 무엇이었는지 얘기할 때 사이드의 얼굴 표정이 어땠는지 보았니?" 칼릴이 나직이 말하고 껄껄 웃었다. 그들은 가게 앞 테라스에 매트를 깔고 머리를 맞대고 누워 있었다. "그 자식을 신뢰할 수 없다는 것을 그도 알고 있지만 선택의 여지가 없는 거야. 네 아저씨에게는 문제가 너무 많아. 눈먼 하이에나처럼 짖어대는 심바 음웨네까지 더해졌으니 말이다."

"그는 바보가 아니에요." 유수프가 말했다. "저번 여행에서 그가 유일하게 제정신인 사람이던 때가 있었어요."

"그가 제정신이란 말이냐." 칼릴이 웃었다. "그게 무슨 말이냐? 너, 어디에서 그렇게 말하는 걸 배웠니? 여행할 때 높은 사람 주변에서 얼쩡거리다가 배운 게 틀림없구나. 늙으면 하킴이 될 수 있겠네. 너는 그가 바보가 아니라고 하는데, 그렇다면 어째서 그는 그렇게 행동하는 거냐? 뭔가를 노리는 게 아니라면 말이다. 이간질을 시키고 사이드가 알기를 바라는 게 아니라면 말이다. 옛날 같으면 사이드와 모하메드 압달라가 심바를 시금치 잎에 싸서 점심으로 먹어버렸을 거다. 그런데 이제 모하메드 압달라는 끝났다. 사이드한테는 네가 있다. 너는 그가 나쁘게 행동하고 있다는 것을 느끼게 만들지. 또한 너는 그가 뭔가 다른 것을 느끼게 만드는 것 같아. 너는 늘 그를 쳐다보지. 여하튼, 네 아저씨는 냄새나는 코뿔소 뿔이 안전하다는 걸 알 때까지 며칠 밤을 제대로 못 잘 거다." 칼릴이 말했다. 자신이 그렇게 요약해 말한 것이 마음에 드는 모양이었다.

"내가 그를 쳐다보는 것이…… 뭐 어떻다는 건가요." 유수프가 얼굴을 찡그리고 화난 목소리로 물었다. "내가 그를 쳐다봐선 안 되는 이유가 뭔가요? 나는 형도 쳐다보잖아요."

"너는 모두를, 모든 것을 쳐다보지." 칼릴이 그의 목소리에서 힐난의 어조를 싹 빼고 말했다. "누가 그걸 모르니? 누구라도 네가 불쌍한 눈을 뜨고 있으며 네가 눈을 피할 생각을 하지 않는다는 건 알 수 있지. 만약 내 눈에 그게 보인다면, 사이드처럼 영리한 사람은 뭘 볼 거라고 생각하니? 어이 동생, 그는 네 눈이 그를 파고드는 것을 느끼는 거야. 모르겠니? 그를 쳐다보는 것이 뭐 어떻다는 거냐고! 너 말이야, 파리들을 무서워하는 더러운 개들 때문에 네가 똥을 지리는 것을 내가 보았다는 사실을 잊지 마라. 너는 그것들한테서 뭔가를 보았던 거야. 늑대인간들을 보았는지도 모르지. 그런데 그 짐승 같은 놈이 그 악마 같은 모하메드 압달라에 대해서 하는 얘기 들었지? 뭐, 사악한 날들은 끝났다고! 허풍쟁이 같으니라고! 너, 그 자식이 음식을 얼마나 많이 처먹는지 봤니?"

칼릴은 아침에 아지즈 아저씨에게 작별인사를 하며 그의 손에 공손하게 입을 맞추고, 옆에 서서 고개를 빠르게 끄덕이며 마지막 지시를 들었다. 아지즈 아저씨는 손짓으로 유수프를 불러 기차역까지 같이 가자고 했다. 그는 심바 음웨네에게 신호를 보내 출발하게 하고 몇 미터 뒤에서 따라갔다.

"돌아와서 얘기하자." 아지즈 아저씨가 유수프에게 말했다. "너는 잘 컸다. 이제는 네가 할 의미 있는 일을 우리가 찾아줘야겠다. 나와 함께 있는 이곳이 네 집이다. 내 생각에 너도 그건 알 거야. 네 집으로 만들어라. 돌아와서 얘기하자."

"고맙습니다." 유수프는 그의 내부에서 솟구치는 떨림을 억누르려고 애쓰며 말했다.

"하미드 말이 맞았던 것 같다. 우리가 너에게 아내를 찾아줘야 할 시간이 됐는지도 모르겠다." 아지즈 아저씨가 크게 미소 지으며 유수프의 얼굴을 구석구석 살폈다. 그의 미소는 잠깐이지만 기분좋은 웃음으로 바뀌었다. "여행중에 잘 지켜보고 미녀들에 대한 얘기가 있으면 가지고 오마. 그렇게 놀란 표정 짓지 마라." 그가 말했다.

그는 유수프가 입맞춤을 하도록 손을 내밀었다.

4

  그들은 기회가 되자마자 시내로 갔다. 칼릴은 그들이 전에 알았던 모든 곳에 가고 싶어했다. 그는 유수프가 없는 동안 시내에 간 적이 없다고 했다. 그러나 금요일 오후만 되면 그들이 같이 갔던 곳들에 대해 생각했다고 했다. "혼자서 어디로 갈 수 있었겠니? 내가 누구를 안다고." 그가 말했다. 사원에서 유수프는 쿠란에 대한 지식을 과시하는 것을 거부할 수 없었다. 그는 나중에 칼릴에게 그가 알게 된 것과 창피스러웠던 일에 대해 얘기했다. "쿠란을 알면 늘 도움이 될 거다." 칼릴이 말했다. "네가 아주 깊은 동굴이나 어두운 숲에서 길을 잃어도 말이야. 그 말들을 이해 못하더라도." 유수프는 칼릴에게 칼라싱가가 와스와 힐리인들에게 그들이 얼마나 잔인한 신을 섬기고 있는지 볼 수 있도록 쿠란을 번역하려고 한다는 얘기를 해줬다. 칼릴은 유수프에게 화를 내며 무신론자에게 그런 신성모독적인 말을 듣고도 어떻게 가만히 앉아 있을 수 있었느냐고 말했다. 내가 뭘 했어야 하죠? 돌로 쳐서 죽였어야 하나요? 유수프가 물었다. 그들은 전에 인도인들의 결혼식을 보고 하객들을 위해 어떤 남자가 노래를 부르던 거리로 갔다. 때때로 그들은 두 명의 어린아이처럼 거리에서 장난을 쳤다. 서로에게 상한 과일을 던지기도 하고 낯선 사람들 사이로 달려가기도 했다. 그들이 해변에 도착했을 때는 이미 밤이었다. 그러나 바다는 은색으로 빛났다. 파도는 거품을 내며 그들의 발을 향해 밀려왔다. 그들은 돌아오면서 카페에 들러 양고기와 콩과 빵, 달짝지근한 홍차를 주문했다. 그들은 그 카페에서 나눠 먹은 콩보다 맛있는 것을 먹어본 적이 없다는 데 의견이 일치했다.

　음지 함다니와 관련해 유수프는 때가 되기를 기다렸다. 정원사 노인은 전보다 더 나이들어 보이지는 않았지만, 유수프는 그가 더 신중하게 걸으며 전보다 더 결사적으로 사람들을 피하는 것을 보았다. 그는 어느 더운 날 그가 물 양동이를 들고 끙끙거리는 모습을 볼 때까지 기다렸다가 앞으로 나서서 도와주겠다고 했다. 음지 함다니는 너무 놀라서 마다하지 못했다. 어쩌면 수도꼭지에서 정원까지 그 더위에 이미 여러 차례 왔다갔다했기 때문에 조금 쉴 수 있게 된 데 약간의 안도감마저 느꼈는지 몰랐다. 유수프가 자신의 전략이 작은 성공을 거둔 것에 수줍은 미소를 지어 보이자 늙은 정원사는 멍한 눈길을 하지는 않았다. 그는 매일 아침 정원사의 두 양동이에 물을 채워 벽 안에 가지런히 놓고 사용할 수 있게 했다. 그는 낮이면 정원의 나무와 화초가 얼마나 자랐는지 살펴보았다. 멀리 벽을 따라 심긴 오렌지나무 묘목들은 단단해지고 몸집이 커져 있었다. 석류나무와 야자수는 거기에 오랜 세월 동안 있었던 것처럼 통통하고 단단했다. 둥글고 알맞은 크기로 자란 신양벚나무에 흰 꽃이 잔뜩 피어 있었다. 그런데 클로버와 잔디 사이에 키 큰 쐐기풀과 야생 시금치 군락이 보였다. 라벤더 꽃들은 지저분해진 백합과 붓꽃 사이에서 자기를 보여주려 애쓰고 있었다. 수로를 통해 물이 흘러드는 웅덩이 가장자리는 말_藻 무리 때문에 더껑이가 끼었다. 수로는 가라앉은 흙으로 흐름이 완만했다. 나무들에 걸려 있던 거울들은 모두 치워지고 없었다.

　그는 아침 일찍 정원에 갔다. 보통은 음지 함다니가 오기 전에 그랬다. 그는 잔디 속의 잡초를 뽑고 백합을 솎아내고 수로를 청소하기 시작했다. 늙은 정원사는 조용히 그가 하는 대로 놔뒀다. 그가 실수할 때만 와서 화를 내며 바로잡았다. 유수프는 음지 함다니가 예전보다 기도에 더 오랜 시간을 들이는 것을 보았다. 그가 부르는 노래들은 예전에 카시다를 부를 때 엄숙한 황홀경에 오르락내리락하던 음조와 달리, 오랫동안 늘어지는 애처롭고 구슬프고 고통스러운 음조를 띠었다.

칼릴은 도움이 필요하거나 마 아주자가 가게에 오면 유수프를 불렀다. 그러지 않으면 정원에 대한 그의 열정을 흥미롭다는 듯 묵인했다. 만약 그가 만류한다면, 그것은 그를 두고 손님들에게 농담하는 방법을 통해서일 뿐이었다. 그는 유수프가 늦은 오후에도 정원에 있으면 안달하며 그를 부르러 왔다. "이 무식한 음스와힐리야, 나는 너를 먹이려고 땀을 뻘뻘 흘리고 있는데 너는 하루종일 정원에서 노닥거리려 하는구나. 이리 와서 마당 쓸고 자루 옮기는 일 좀 거들어라. 여기에 오는 사람들 모두가 네 안부를 묻는다. 노인들은 여행 이야기를 듣고 싶어하고. 손님들은 네 안부를 묻는다. 그들이 네 동생 어디 있느냐고 물어. 동생! 나는 그들에게 그 멍청이는 정원에서 노닥거리고 있다고 말해주지. 그놈은 자기가 부자 상인의 조카라고 생각하고 오렌지나무 밑에 누워 낙원에 대한 꿈을 꾸기를 좋아한답니다." 그러나 유수프는 저녁이 다가오면 마님이 그가 정원에 있는 것을 원치 않을 거라고 생각했다. 어쩌면 그녀가 정원에 나오고 싶어하는 시간이 그때일지 몰랐다. 그가 그곳에 있으니 그러지 못하는 모양이었다.

어느 날 늦은 오후, 그는 웅덩이에 연결된 네 개의 수로 중 하나를 넓히려다가, 그가 청소했던 얕은 둑에서 작고 검은 돌을 보았다. 무심코 집으려고 몸을 숙였다가 그게 돌이 아니라 작은 가죽 주머니라는 것을 알았다. 흙 때문에 닳고 거칠어져 있었다. 물 때문에 가죽이 거무튀튀해졌지만 그것이 무엇인지 알기에는 충분히 온전했다. 분명 그것을 찬 사람을 위한 기도문이 담겨 있을 히리지, 즉 팔에 차는 부적이었다. 한쪽 구석의 바느질이 풀려 있고 그 틈으로 안에 든 작은 금속상자가 보였다. 그는 부적을 흔들어보았다. 달가닥거리는 소리가 들렸다. 안에 무엇이 있든 아직 온전하고 땅속에서 썩지 않았다는 의미였다. 작은 나뭇가지로 갈라진 틈에서 흙을 더 긁어내자 금속상자의 윤곽이 희미하게 드러났다. 그는 부적이 지닌 주술에 대해 떠올렸다. 부적을 문지르면 높은 곳에 사는 정령을 부를 수 있다는 얘기였다. 그는 새끼손가락 끝을 틈으로 밀어넣어 금속에 닿을 수 있는지 보려고 했다. 그때 높은 목소리가 들려 고개를 들었다. 그는 아지즈 아저씨와 저녁을 먹던 날 밤 칼릴이 들락거리던 뜰로 연결된 문이 열려 있는 것을 보았다. 희미해져가는 빛에서도 그는 누군가가 거기에 서 있는 것을 보았다. 다시 목소리가 높아졌다. 이번에는 그것이 마님의 목소리라는 것을 알아들었다. 그 사람이 멀어질 때 문가에 한줄기 빛이 나타났다. 그리고 문이 닫혔다.

그날 저녁 칼릴은 음식을 가지러 집안에 들어가서 오랫동안 나오지 않았다. 유수프는 자신이 정원에 너무 오래 있어서 마님이 화를 내고 불만스러워하고 있다고 상상했다. 만약 그녀가 일정한 시간에 정원에서 그를 보고 싶지 않으면 그에게 얘기하면 될 터였다. 나는 모모 시간에 정원에 그가 있는 것을 원치 않는다. 그 말이면 충분했다. 그는 확실히 거기에 있지 않을 것이었다. 그들이 안에서 은밀히 소곤거리고 있다고 생각하자 그는 아이가 된 기분이었다. 자신이 불순한 눈길로 그녀의 명예를 훼손함으로써 무례를 범했다고 오해받을까봐 초조했다. 그는 칼릴이 어떤 지시를 받고 나올지 궁금했다. 그는 정원에 못들어가게 되는 걸까? 그녀가 그에 대해 내릴 수 있는 다른 게 뭐가 있을까? 그는 손가락으로 부적에 난 틈을 만지작거리고 있었다. 은색 상자가 모습을 조금 더 드러냈다. 그는 그것의 서늘한 감촉을 느끼고 정령을 불러 그를 구해달라고 하거나 앞에 놓인 새로운 재앙으로부터 지켜달라고 해야 하는 게 아닐까 싶었다. 어떤 이유에서인지 모르지만 그는 차투를 으르렁거리는 정령이라고 생각했다. 그 생각을 하자 기분이 좋아졌다. 포로로 잡힌 며칠 동안 있었던 뜰에 대한 기억이 떠올랐다. 그는 다시 한번 목에 와닿던 그 여자의 따뜻한 숨결을 떠올렸다.

밖으로 나왔을 때 칼릴은 화난 것처럼 보였다. 그는 식은 밤과 시금치가 담긴 접시들을 그들 앞에 놓고 말없이 먹기 시작했다. 그들은 아직 열려 있는 가게의 불빛에 의지해 먹었다. 나중에 칼릴은 접시를 물로 헹구고 가게 안으로 들어가 하루의 매상을 계산하고 선반에 물건을 다시 채우기 시작했다. 유수프는 식사를 끝내고 접시를 닦고 일을 거들려고 가게 안으로 들어갔다. 그런데 칼릴은 그가 식사를 마치기를 기다리고 있었을 뿐이었다. 그가 접시들을 갖고 다시 집안으로 들어갔기 때문이었다. 그는 너무 괴롭고 당황한 것 같았다. 그래서 유수프는 혀끝에 걸린 분노의 말들을 입 밖에 낼 수 없었다. 대체 왜 그렇게 야단법석이람?

칼릴이 테라스로 와서 조금 떨어진 자기 자리에 누웠을 때 그는 이미 어둠 속에서 매트에 누워 있었다. 오랫동안 말이 없던 칼릴이 조용히 말했다. "마님이 미쳤다."

"내가 정원에 너무 오래 있어서요?" 유수프는 믿을 수 없다는 듯한 목소리로 자신이 느끼는 짜증스러움을 표현하며 물었다.

칼릴이 어둠 속에서 갑자기 웃었다. "정원! 이 정원 말고는 아무것도 생각 안 하냐! 너도 미쳐가는구나." 그가 웃으면서 말했다. "너는 네 에너지를 쓸 다른 뭔가를 찾아야 해. 여자들을 쫓아다니거나 성자가 되는 건 어떠니? 그런데 너는 음지 함다니처럼 되고 싶은가보다. 왜 여자들의 꽁무니를 쫓아다니지 않는 거니? 그거 재미있는 소일거리다. 잘생긴 네 얼굴이면 세상을 다 가질 수 있어. 성공 못하더라도 너를 늘 기다리고 있는 마 아주자가 있잖아……"

"그 얘기 또 시작하지 말아요." 유수프가 날카롭게 말했다. "마 아주자는 나이 먹은 여자이고 더 존중받을 자격이 있어요……"

"나이를 먹었다고! 누가 그러더냐? 나도 그녀를 이용했는데 늙지 않았더라. 진심으로 하는 말인데 나, 그녀와 같이 있었어." 칼릴이 말했다. 침묵 속에서 유수프는 칼릴이 부드럽게 숨을 쉬는 소리를 들었다. 그러더니 갑자기 경멸스럽다는 듯 콧방귀를 뀌는 소리가 들렸다. "너는 그게 혐오스럽지? 나는 혐오스럽지도 않고 창피하지도 않아. 내가 그녀에게 간 것은 그게 필요해서야. 나는 돈을 주고 그녀의 몸을 이용했어. 그녀에게도 필요한 게 있잖아. 잔인할지 모르지만 우리 중 누구도 선택의 여지가 없어. 너는 내가 어떻게 하기를 바랐니? 공주가 비누를 사러 가게에 왔다가 나와 사랑에 빠지기를 기다릴까? 아니면 아름다운 정령이 내 약혼식 날 밤에 나를 납치해 성노예로 만들고 지하실에 가둬놓기를 기다릴까?"

유수프는 대답하지 않았다. 잠시 아무 말이 없다가 칼릴이 한숨을 쉬었다. "신경쓰지 마라. 너는 네 공주를 위해 순수하게 있어라. 야, 마님이 너를 보자고 하신다." 그가 말했다.

"아, 안 돼요!" 유수프가 진저리나는 듯 한숨을 쉬었다. "해도 너무하네요. 뭣 때문에 그러죠? 제가 정원에 있는 게 싫으신 거면 안 들어가겠다고 말 좀 전해주세요."

"또 그놈의 정원 얘기네." 칼릴이 화를 내며 말했다. 그는 말을 잇기 전에 하품을 두 번 했다. "그것과는 상관없는 일이야! 네가 생각하는 것과 달라."

"그분을 이해 못하겠어요." 유수프가 잠시 후 말했다.

칼릴이 웃었다. "그래, 못하겠지. 그러나 그분은 너하고 얘기하고 싶어하는 게 아니야. 너를 보고 싶은 거야. 내가 너한테 그분이 정원에 있는 너를 본다는 얘기를 했잖아. 내가 전에 얘기했잖아. 지금은 더 가까이서 너를 보고 싶어하셔. 너를 직접 만나겠다는 거야. 내일."

"뭣 때문에요? 왜요?" 유수프는 칼릴이 말하는 방식만이 아니라 칼릴의 말 때문에 혼란스러워 물었다. 그 안에는 불안감과 패배감이 있었다. 위협적이고 피할 수 없는 곤경에 대한 체념이었다. 얘기해줘요. 유수프는 소리치고 싶은 유혹을 느꼈다. 대체 이게 무슨 일이죠? 나는 어린애가 아니라고요. 당신은 나를 위해 뭘 꾸미고 있는 거죠?

칼릴이 하품을 하고 유수프에게 부드럽게 말하려는 듯이 가까이 다가왔다. 그러더니 다시, 또다시 하품을 했다. 그리고 멀어지기 시작했다. "얘기하자면 길어, 정말이야, 내가 지금은 너무 피곤하다. 내일, 금요일. 내일 시내에 갈 때 얘기해줄게." 그가 말했다.

5

"들어봐." 칼릴이 말했다. 그들은 주마아 사원에 가서 기도를 하고 말없이 시장을 통과했다. 그리고 부두 옆 방파제에 앉았다. "너는 아주 인내심이 많구나. 나는 네가 이것에 대해 뭘 알고 있는지, 네가 얼마나 많이 듣고 이해하고 있는지 모른다. 그래서 처음부터 얘기해주려고 한다. 너는 이제 아이가 아니니까. 너한테 이런 얘기를 해주지 않는 게 옳지 않은 것 같긴 해. 이 모든 비밀들은 우리가 사는 방식일 따름이니까. 거의 십이 년쯤 전에 사이드는 마님과 결혼하셨다. 그는 이곳과 잔지바르 사이를 오가며 옷감과 연장과 담배와 건어를 가져오고 가축과 통나무를 그쪽으로 가져가는 소규모 상인이었지. 그녀는 막 과부가 되었는데 부자였어. 그녀의 남편은 온갖 종류의 짐을 싣고 해안을 오가는 다우선을 여러 척 갖고 있었지. 펨바의 곡식과 쌀, 남부의 노예, 잔지바르의 향신료와 참깨를 실어날랐어. 그녀는 더이상 젊지 않았지만 그녀의 부는 가문 좋고 야망 있는 남자들을 유혹했지. 그런데 그녀가 거의 일 년 동안 모두를 거부하자 유명해지기 시작했어. 너도 여자들이 청혼을 거절하면 어떤 일이 벌어지는지 알잖아. 사람들은 여자에게 뭔가 문제가 있다고 생각하는 거야. 그녀가 아프다고 말하는 사람들도 있었고, 남편을 잃어 미쳤다고 말하는 사람들도 있었지. 그녀가 불임이라는 얘기도 있었고 남자보다 여자를 좋아한다는 얘기도 있었어. 부인한테 청혼을 넣고 그녀의 대답을 남자들의 가족한테 전하는 여자들은 그렇게 못생긴 여자치고는 너무 거들먹거린다고 얘기했지.

그녀는 사업 얘기를 하다가 자기보다 한참 어린 사이드에 대해 듣게 되었어. 당시에는 모두가 사이드에 대해 좋게 얘기했지. 그래서 배경이 좋은 모든 구혼자들이 있었음에도 그녀는 그를 선택했어. 그를 부추기는 말이 신중하게 전달되고, 선물들이 오가고, 몇 주가 지나 그들은 결혼했어. 나는 어떤 계약이 맺어졌는지 몰라. 그러나 사이드가 사업을 주관해 번창하게 만들었지. 그는 선박 사업에서 손떼고 배들을 모두 팔았어. 그가 내륙 멀리까지 들어가서 무역을 하는, 우리가 아는 사이드가 된 것은 바로 그때였어.

　내 아버지는 바가모요 남쪽의 음리마 해안 마을에서 작은 가게를 하고 있었어. 전에 너한테 얘기한 적이 있지. 어머니, 형 둘, 여동생 하나가 거기에 살았어. 가난했지. 형들은 때때로 배에서 일을 하려고 멀리 갔어. 나는 이전에 사이드가 우리를 보러 왔던 것은 기억 안 나. 너무 어려서 그랬던 건지도 모르지. 나는 어느 날 내가 그를 보았다는 걸 알아. 아버지가 그에게 얘기하고 있었어. 나는 그가 누구에게도 그런 식으로 얘기하는 것을 본 적이 없어. 내게는 아무 얘기도 해주지 않았어. 나는 어린애였을 뿐이니까. 그러나 나는 사이드가 떠난 후로 그들이 그에 대해 무슨 말을 하는지 듣게 되었지. 어머니는 그가 악마의 아들이고 지금은 이블리스*의 딸이나 아프리트** 혹은 그보다 더 나쁜 것에 씌었다고 말했어. 그는 개이고 개의 새끼라고 했어…… 마술을 부리고 다른 것들도 한다고 했어. 그렇게 말도 안 되는 얘기들을 했던 거야. 몇 달 후 사이드가 다시 오더니 우리와 함께 이틀을 묵었어. 그는 나에게 재스민나무와 초승달이 그려진 레이스 모자를 선물로 줬어. 아

---

* 스와힐리어로 '사탄'.

** 아라비아 신화의 악마.

직도 갖고 있지. 그러나 이제 나는 엿들은 모든 것으로부터 아버지가 사이드에게 빚을 지고 있다는 것을 알았어. 아버지는 내 형이 작은 사업에 투자하는 데 필요한 돈을 빌렸는데 그게 실패한 거야. 나의 큰형과 친구들은 미코코니에 있는 고깃배를 샀고 그 배가 암초에 부딪힌 거야. 여하튼 우리의 가게는 너무 가난해서 그 돈을 갚을 수가 없었지. 이틀 후에 사이드는 떠났어. 나는 그들이 작별인사를 할 때 아버지가 그의 손에 여러 차례 입맞춤을 하는 것을 보았어. 그러고 나서 사이드가 나한테 오더니 동전 하나를 줬어. 내 생각에 아버지가 그토록 고마워했던 건 사이드가 시간을 더 주겠다고 해서였던 것 같아. 그러나 당시에는 내가 그걸 이해 못했던 것 같아. 나한테는 아무 말도 해주지 않았으니까. 아버지가 어떻게 비참해지고 성격이 나빠지는지를 보지 않는 것은 불가능했어. 그는 우리 모두를 향해 소리를 지르고 기도용 깔개 위에서 오랜 시간을 보냈어. 한번은 그가 작정으로 큰형을 때렸어. 내 어머니와 다른 형이 가까이 가자 괴로움에 울부짖고 있어서 아무도 그를 막을 수 없었어. 그는 치욕감에 울부짖으며 아들을 때렸어.

그러던 어느 날 그 악마 같은 모하메드 압달라가 와서 나와 내 여동생을 잡아 이곳으로 데려온 거야. 아버지가 빚을 갚을 때까지 볼모로 잡힌 거지. 내 불쌍한 아버지는 얼마 못 가 돌아가셨어. 어머니와 내 형제들은 우리를 여기에 두고 아라비아로 돌아갔어. 그냥 가버린 거야. 우리를 여기에 두고."

칼릴은 조용히 앉아 바다를 바라보았다. 유수프는 소금기를 머금은 바람 때문에 눈이 따끔거렸다. 칼릴이 여러 번 고개를 끄덕이더니 다시 말을 이었다.

"나는 지난 구 년 동안 사이드와 같이 있었다. 우리가 처음 왔을 때 가게에는 다른 남자가 있었어. 내 또래였어. 그는 나에게 일을 가르쳤어. 이름이 모하메드였지. 저녁에 가게를 닫으면 그는 대마초를 여러 개비 들고 성욕을 풀 곳을 찾아다녔어. 여동생은 마님의 시중을 들게 되어 있었지. 당시 일곱 살이었는데 마님이 동생을 무섭게 했어." 갑자기 칼릴이 웃으면서 그의 허벅지를 찰싹 때렸다. "마샤알라, 동생이 너무 우는 바람에 그들은 나를 불러 동생과 얘기해서 조용해지도록 해야 했지. 그래서 나는 그 집 뜰에서 자게 되었어. 비가 오면 음식 창고에서 잤어. 가게를 닫으면 모하메드는 더러운 짓을 하러 가버리고 나는 잠을 자러 안으로 들어갔지. 당시에도 마님은 미쳐 있었지. 그녀는 아팠어. 왼쪽 볼에서 목까지 큰 자국이 있었어. 내가 가까이 있으면 그녀는 얼굴을 숄로 가렸어. 그러나 나한테 말은 했지. 여동생은…… 마님이 종종 거울을 보면서 운다고 했어. 내가 뜰에 누워 있으면 그녀가 와서 나를 쳐다보곤 했어. 나는 잠을 자는 척했지. 그녀는 내 주변을 돌아다니며 신에게 고통을 없애달라고 기도를 했어. 사이드가 집에 있으면 그녀는 조용해지고 아미나와 나한테 고통을 풀었어. 모든 것에 대해 우리를 비난하고 추잡한 말로 우리를 모욕했어. 사이드가 어디로 가면 그녀는 다시 미쳐서 어둠 속을 배회했지. 그리고 네가 온 거야." 칼릴이 유수프의 턱을 잡고 머리를 이쪽저쪽으로 돌리며 그를 향해 씩 웃었다.

"모하메드는 어떻게 됐어요?" 유수프가 물었다.

"어느 날 가버렸어. 계산이 잘못됐다면서 사이드가 손을 들어 그를 쳤거든. 그냥 일어나서 가버리더라고. 나는 그가 친척이었는지 어쩐지는 몰라…… 그가 가게 외에는 아무것도 내게 얘기하지 않았으니까. 사이드가 며칠 자리를 비우더니 너를 데리고 돌아왔어. 황무지에서 불쌍한 음스와힐리 아이를 데려온 거지. 내 아버지처럼 바보 멍청이인 아버지를 둔 녀석 말이지. 그는 내가 더이상 그를 위해 일하고 싶어하지 않을 때를 대비해 가게 일을 배울 누군가가 필요했던 것 같아. 그렇게 네가 와서 내 동생이 된 거야." 칼릴은 이렇게 말하고 다시 손을 뻗어 유수프의 턱을 만지려고 했다. 그러나 유수프가 그의 손을 쳐냈다.

"계속해봐요." 유수프가 말했다.

"마님은 사람들을 피하지. 밖으로 나오질 않아. 그녀를 찾아오는 몇 안 되는 여자는 친척이거나 그녀가 외면할 수 없는 사람이야. 그녀는 자신이 밖으로 나가지 않고도 정원을 볼 수 있도록 나무들에 거울을 걸어놓으라고 했어. 그렇게 해서 너를 보게 된 거야. 네가 정원에 매일 일하러 가면 그녀는 거울로 너를 지켜보았어. 그러잖아도 미쳤는데 네가 그녀를 더 미치게 만든 거지. 그녀는 신이 너를 자기에게 보냈다고 했어. 자기를 치료해주라고 말이지."

유수프는 두려움과 허탈한 웃음 사이에서 갈피를 잡을 수 없어 오랫동안 이것에 대해 생각했다. "어떻게요?" 그가 한참 후에 물었다.

"처음에는 네가 자기를 위해 기도를 하면 나을 거라고 말했어. 그다음에는 네가 자기한테 침을 뱉어야 한다고 우겼지. 신이 좋아하는 사람들의 침에는 강력한 힘이 있다면서. 어느 날은 네가 장미 한 송이를 들고 있는 것을 보고 네가 만져주면 나을 거라고 확신했어. 네가 자기 얼굴을 장미를 만지듯이 만져주면 병이 나을 거라는 거야. 나는 그곳에 들어가는 걸 막으려고 했지만 너는 정원에 미쳐 있었어. 사이드가 돌아오자 그녀는 더이상 광기를 숨길 수 없어서 그에게 말해버렸어. 저 잘생긴 아이가 한번 만져주면 가슴의 상처가 나을 것 같다고 말이야. 사이드가 너를 데리고 가서 산에 놓고 온 게 그때였어. 너는 아무 의심도 안 들었니? 아미나가 나한테 얘기해줬는데, 네가 정원에 있을 때는 마님이 벽 밑에 서서 너를 부르며 자신을 가엾이 여겨달라고 한다는 거야. 너는 아무 소리도 못 들었니?"

유수프가 고개를 끄덕였다. "무슨 목소리가 들리긴 했어요. 나더러 그곳에서 나가라고 투덜거리는 소리라고 생각했죠. 때로는 노래도 했어요."

"노래는 안 부르는데." 칼릴이 말하고 얼굴을 찌푸렸다. "나는 그녀가 노래 부르는 것을 들은 적이 없는데."

"내가 상상한 게 틀림없어요. 때때로 밤에 정원에서 음악이 흘러나온다고 생각했는데 그럴 리가 없잖아요. 하미드를 찾아왔던 여행자 중 하나가 헤라트에 있는 정원 얘기를 해줬는데, 어찌나 아름다운지 그곳에 오는 모든 사람은 이성을 마비시키는 음악을 듣는다지 뭐예요. 어느 시인이 그곳을 그렇게 묘사했다는 거죠. 아마 그래서 그런 생각을 하게 된 건지도 몰라요."

"그 산의 공기가 너도 미치게 만든 게 틀림없다." 칼릴이 화를 내며 말했다. "요란스러운 꿈을 꾸는 것도 모자랐는지 이제는 음악까지 듣는다니. 미치광이를 둘이나 떠맡고 있다니, 운도 좋지. 사이드는 그녀와 같이 너를 여기 두고 떠나는 걸 걱정했지만 너를 여행에 데리고 가는 걸 원치 않았어. 아마 네 아버지를 찾아갔는지도 몰라. 일이 복잡하게 되는 것을 원치 않은 거지. 혹은 실제로 자신이 얼마나 무자비한 인간인지 네가 아는 것을 원치 않았던 건지도 몰라. 아직은 말이야. 그런데 지금 마님이 너를 원해, 이 운좋은 새끼야. 그녀는 그동안 너를 볼 수 없었거든. 사이드가 너를 데려간 후로 나한테 거울을 모두 떼라고 지시했기 때문이지. 그런데 그녀는 네 목소리를 들어."

"어제는 문에서 쳐다보고 있었어요." 유수프가 말했다.

칼릴이 얼굴을 찌푸렸다. "내 생각에는 그렇지 않아. 그런 말씀 없으셨거든. 그러나 우리가 사이드와 식사할 때 너를 보았어. 지금은 그녀에게 새로운 광기가 생겼어. 아주 위험한 상황이야. 너한테 위험하다는 말이야. 잘 들어, 그녀는 네가 이제는 남자니까 자신의 상처를 낮게 할 길은 네 손으로 그녀의 온 마음을 가져가는 거라고 말하고 있어. 알아듣겠니? 도대체 그녀의 속내가 뭔지 말할 수는 없다만, 그녀가 무슨 생각을 하는지 네가 이해했으면 싶다. 알아듣겠니? 아니면 너는 너무 어리고 생각이 순수한 거니?"

유수프는 고개를 끄덕였다. 칼릴은 그의 반응에 완전히 만족하지는 않았지만 잠시 후 그도 고개를 끄덕였다. "그녀는 너를 보겠다고 했어. 너를 자기한테 데려오라고 명령하고 애원하고 호통도 쳤어. 너를 데려오지 않으면 자기가 나와서 너를 잡아가겠다고 했어. 우리는 사이드가 돌아올 때까지 최선을 다해 그녀를 진정시켜야 해. 그녀를 어떻게 다룰지는 그가 알 거야. 나는 오늘 너를 데려가겠다고 약속했어. 최대한 그녀에게서 떨어져 있어라. 그녀가 무슨 말을 하고 어떤 행동을 하든 그녀의 몸에 손대지 마라. 나한테 바짝 붙어 있어. 그녀가 다가오면 내가 가운데에 있게 해. 나는 사이드가 돌아오면 무슨 짓을 할지 모르지만, 네가 마님의 몸에 손을 대거나 더럽혔다면 네 목숨이 위험해질 거라는 것쯤은 안다. 그에게는 선택의 여지가 없을 거다."

"왜 내가 안 보겠다고 할 수는 없는 거예요……?" 유수프가 말했다.

"그렇게 되면 그녀가 무슨 짓을 할지 모르니까 그래." 칼릴이 애원하듯 목소리를 약간 높이며 말했다. "더 나쁜 짓도 할 수 있으니까. 내 여동생이 그녀와 같이 있잖니. 내가 늘 너와 같이 있을게."

"그런데 왜 전에는 이런 얘기를 나한테 하지 않았던 거죠?"

"네가 모르는 게 더 좋았으니까 그랬지." 칼릴이 말했다. "네가 잘못한 것이 아무것도 없는 게 확실했으니까."

유수프가 바로 말했다. "어제 문에서 지켜본 사람은 형의 여동생이었네요. 뭔가 이상하다고 생각했어요. 틀림없이 목소리는 다른 쪽에서 들려왔거든요. 형이 동생 이야기를 했을 때 나는 젊은 여자라고 생각했어요. 지금 생각해보니 내가 본 것은 동생이었던 게 틀림없네요……"

"그애는 결혼한 여자다." 칼릴이 짧게 말했다.

유수프는 믿을 수 없어 가슴이 뛰는 것을 느꼈다. "아지즈 아저씨하고?" 그가 잠시 후에 물었다.

칼릴이 껄껄 웃었다. "너는 아저씨 어쩌고 하는 거 절대 그만두지 않을 거다, 그렇지? 그래, 네 아저씨가 작년에 그애와 결혼했지. 그러니 이제 그는 네 아저씨일 뿐만 아니라 내 처남이기도 하지. 우리는 낙원의 정원에 사는 행복한 가족이구나. 그애는 내 아버지의 빚에 대한 변제란다. 그가 그 아이를 데려가면서 빚을 탕감해줬다."

"그럼 형은 떠나도 되겠네요." 유수프가 말했다.

"가긴 어디로 가? 나는 갈 곳이 없어." 칼릴이 담담하게 말했다. "그리고 내 동생이 아직 여기에 있어."

6

그는 머리를 헝클어뜨린 채 고함을 지르고 말이 안 되는 요구를 하며 그를 향해 덤벼드는 여자를 만날 거라고 생각했다. 마님은 뜰 쪽으로 창문이 난 큰 방에서 그들을 맞이했다. 바닥에는 두툼하고 화려한 양탄자가 깔려 있었다. 수놓인 커다란 쿠션이 벽을 따라 간격을 두고 놓여 있었다. 쿠란 구절이 쓰인 액자와 카바 성전 사진이 흰 벽에 걸려 있었다. 그녀는 가장 기다란 벽에 기대고 똑바로 앉아 문을 바라보고 있었다. 그녀의 옆에는 향로와 장미수 펌프가 놓인 칠기 쟁반이 놓여 있었다. 공기 중에 몰약냄새가 풍겼다. 칼릴은 그녀에게 인사하고 그녀로부터 멀리 떨어져 앉았다. 유수프는 그의 옆에 앉았다.

그녀의 얼굴은 부분적으로 검은 숄로 가려져 있었지만, 그는 그녀의 피부가 흐릿한 적갈색이고 그녀의 눈이 그들을 향해 계속 반짝이고 있다는 것을 알았다. 칼릴이 먼저 얘기하고 잠시 후 그녀가 대답했다. 그녀의 목소리는 권위와 확신을 느끼게 하는 조용한 억양 때문인지 방안에서 더욱 풍부하게 들렸다. 그녀가 말하면서 숄 매무새를 살짝 가다듬자, 얼굴에 새겨진 가느다란 주름이, 그로 인해 기민하고 결단력 있어보이는 용모가 드러났다. 그것은 그가 예상치 못한 모습이었다. 칼릴이 다시 말하기 시작하자 그녀가 부드럽게 그를 제지하고 유수프를 바라보았다. 그는 자신의 눈이 그녀의 눈과 얽히기 전에 고개를 돌렸다.

"기분이 어떤지 물으시고 이 집에 다시 온 것을 환영한다고 하신다." 칼릴이 그를 향해 반쯤 몸을 돌리고 말했다.

마님이 다시 말했다. "너의 부모님이 안녕하시고 신이 그분들을 계속 잘 지켜주시기를 바란다고 하신다." 칼릴이 통역했다. "다음에 부모님을 뵈면 안부를 전해달라고 하신다. 그리고 너의 모든 계획에 신의 축복이 함께하고 너의 모든 소망이 이뤄지기를 바라고, 그와 비슷한 다른 얘기를 더 하신다. 또한 신이 너에게 많은 자식들을 주시기를 바란다고 하신다."

유수프가 고개를 끄덕였다. 그런데 이번에는 그녀의 눈길을 피할 만큼 빠르지 못했다. 그녀의 눈은 그를 재어보는 듯 조심스럽고 강렬했다. 그는 자신이 눈길을 돌리지 않자 그녀의 눈이 약간 밝아지는 것을 보았다. 유수프는 그녀가 다시 말하기 시작하자 바로 시선을 내려뜨렸다. 그녀가 한동안 얘기했다. 그녀의 목소리가 애교를 부리며 오르락내리락했다.

"동생아, 자 시작한다." 칼릴이 작게 한숨을 쉬며 시작했다. "네가 정원에서 일하는 것을 보았다고 하신다. 네가…… 신의 은총, 신의 선물을 갖고 태어났다고 하신다. 네가 손대는 모든 것이 잘 자란다고 하신다. 신이 너에게 천사의 모습을 주시고 선한 일을 하라고 이곳에 보냈다고 하신다. 이것은 불경스러운 말이 아니라고 하신다. 네가 여기에 와서 하도록 되어 있는 일을 하지 못하면 좋지 않다고 하신다. 내가 너에게 얘기하는 것 이상의 이야기를 하지만, 이런 식으로 계속 말하고 있으시다."

유수프는 고개를 들지 않고 마님이 다시 말하는 소리를 들었다. 그녀의 목소리에 간절함이 묻어나기 시작했다. 그는 신의 이름이 여러 번 언급되는 것을 들었다. 그녀의 말이 계속되면서 목소리가 점차 다시 차분해지고 말을 끝낼 때쯤에는 그녀가 그들을 맞이했을 때와 똑같이 차분한 어조가 되어 있었다.

"이분께서는 잔인한 병으로 고생하고 있다고 하신다. 이 얘기를 여러 차례 하신다. 또한 불평하는 게 아니라고 하신다. 이 말도 여러 차례 하신다. 병으로 고생하고 있지만 불평하려는 게 아니라고 하신다. 온갖 약을 다 써보고 기도도 해봤지만 지금까지 만났던 이들이 축복받은 사람들이 아니어서 병을 낫게 하지 못했다고 하신다. 그래서 네가 치료해주겠느냐고 물으신다. 그러면 이 세상에서도 충분한 보상을 해줄 것이고 다음 세상에서도 네가 가장 고귀한 보상을 받도록 기도할 거라고 하신다. 너는 한마디도 하지 마라!"

갑자기 마님이 숄을 치웠다. 얼굴에 내려온 머리카락을 넘기자 날카로운 용모와 잘생긴 얼굴이 드러났다. 얼굴 왼쪽이 자주색을 띠고 있어 비대칭적으로 화난 표정처럼 보였다. 그녀는 유수프를 지그시 바라보며 그의 눈에 공포가 떠오르기를 기다렸다. 그는 소름도 돋지 않았고, 마음속에 슬픔이 차올랐다. 마님은 그에게서 너무 많은 것을 기대하고 있었다. 잠시 후 그녀가 얼굴을 가리고 부드럽게 몇 마디 했다.

"이것이 자신의……" 칼릴은 잠시 말을 멈추고 알맞은 단어를 생각해내려고 했다. 그는 스스로가 답답한 듯 짜증스러운 소리를 냈다.

"병." 그들 뒤에서 누군가가 말했다. 유수프는 곁눈질로 뒤에 있는 인물을 보았다. 그는 다른 사람의 존재를 느끼고 있었지만 돌아보지는 않았다. 눈을 돌려서 보니 은색 실로 수놓인 기다란 갈색 드레스를 입은 젊은 여자가 있었다. 그녀도 숄을 두르고 있었다. 그러나 얼굴과 머리의 일부가 보이도록 뒤로 젖힌 채였다. 아미나구나, 그는 생각했다. 미소가 저절로 떠올랐다. 그는 눈길을 돌리면서 그녀가 칼릴과 닮지 않았다는 생각을 문득 했다. 얼굴이 그보다 더 둥글고 검었다. 방 안의 램프 불빛으로 보이는 그녀의 피부에서는 빛이 나는 것 같았다. 마님을 향하는 그의 얼굴에 아직도 미소가 묻어 있었지만 그는 의식하지 못했다. 마님이 숄을 더 여미고 있어서 그가 볼 수 있는 것은 얼굴의 윤곽과 조심스러운 눈길이 전부였다. 칼릴이 그녀에게 얘기하고 나서 유수프를 위해 통역했다. "나는 이분이 해야 하는 말을 네가 들었고 이분이 너에게 보여주고 싶었던 것을 네가 보았다고 말씀드렸다. 이분이 느끼는 고통을 네가 유감스럽게 생각한다고 말씀드렸다. 네가 병에 대해 아무것도 모르고, 네가 도울 수 있는 것이 없다는 말씀도 드렸다. 덧붙이고 싶은 것이 있니? 독하게 말해라."

유수프는 고개를 저었다.

마님은 칼릴이 말을 멈추자 흥분해서 말했다. 그들은 몇 분 동안 화를 내며 옥신각신했다. 그것은 칼릴이 굳이 통역하지 않았다. "이분이 자신을 낫게 할 것은 너의 지식이 아니라 너의 재능이라고 하신다. 기도를 해달라고 하신다…… 그리고…… 그리고…… 거기에 손을 대달라고 하신다. 너, 하지 마라! 이분이 무슨 말을 하더라도 하지 마라! 생각나는 기도가 있으면 해라. 그러나 가까이 가지 마라. 이분은 네가 자신의 심장을 만져 거기에 난 상처를 치료해주면 좋겠다고 하신다. 그냥 기도만 하고 가자. 아니, 기도도 생각나지 않는 척해라."

유수프는 잠시 고개를 숙이고 사원의 이맘이 그에게 가르쳐준 기도 중 생각나는 것을 중얼거리기 시작했다. 그는 바보가 된 기분이었다. 그가 아민 하고 말하자 칼릴이 큰 소리로 따라 했다. 마님과 아미나도 따라 했다. 칼릴이 일어서더니 유수프도 일으켜 세웠다. 그들이 떠날 때 마님은 아미나에게 그들의 손에 장미수를 뿌려주고 그들 앞에 향로를 흔들어주라고 했다. 유수프는 아미나가 다가올 때 눈을 내리까는 것을 깜빡 잊었다. 그는 눈을 내리깔기 전에 그녀의 눈에 깃든 호기심을 보았다.

7

"아무에게도 얘기하지 마." 칼릴이 경고했다. 다음날 그들이 다시 호출을 받았지만 이번에는 칼릴 혼자서 갔다. 아, 안 돼, 우리가 이렇게 해서는 안 돼. 그가 말했다. 얘기는 한동안 이어졌다. 적어도 한 시간은 그랬다. 그는 시무룩하고 패배한 얼굴로 나왔다. "네가 내일 들어가서 기도하게 하겠다고 약속했다. 사이드가 나를 죽일 거다."

"괜찮아요. 그냥 기도만 후다닥 하고 나오면 되니까요." 유수프가 말했다. "치료가 가능하다는데 가엾은 아픈 여자를 돌보지 않고 버려둘 수는 없잖아요. 나는 내일 있을 기도에 많은 힘을 쏟을게요. 여하튼 그것이 이맘의 가장 강력한……"

"놀아나지 마." 칼릴이 화를 내며 말했다. "뭐가 그렇게 웃기냐? 너, 조심하지 않으면 곧 웃음거리가 되고 말 거다."

"왜 그러는 거예요? 기도를 해달라고 하면 해주면 되잖아요." 유수프가 기분좋게 말했다. "형은 신이 그분에게 보낸 선물을 주지 않을 셈인가요?"

"나는 네가 이 일로 바보짓을 하는 게 싫어." 칼릴이 말했다. "이건 심각한 거야, 아니 심각해질 수 있어. 특히 너한테 그래. 나는 그분이 생각하고 있는 게 무서워."

"그게 뭔데요?" 유수프는 여전히 미소 지으며 물었지만 칼릴이 걱정하는 게 신경쓰였다.

"그분의 미친 마음에 뭐가 있는지 정확히 누가 알겠느냐만 나는 최악의 상황을 가정하는 거야. 문제는 그분이 아무것도 괘념치 않는 것처럼 보인다는 거야. 자신이 하는 짓을 두려워하지 않는 거지. 그리고 이렇게 허황된 찬사…… 신의 천사 어쩌고저쩌고. 이건 미친 것보다 더해. 너는 천사가 아니야. 너한테는 재능도 없어. 너는 이 문제와 관련해 두려움을 느껴야 해. 이걸 염두에 두는 게 좋을 거야."

그들이 다음날 들어가자 마님이 미소를 지었다. 늦은 오후였다. 안쪽 뜰이 더위로 부드럽게 고동치고 있었다. 그녀가 그들을 맞이한 방에서는 햇빛이 얇은 커튼 너머로 들어오고 있었다. 향로에서는 작은 우디* 부스러기들이 타며 향기를 내뿜고 있었다. 그녀는 그들이 처음 갔을 때보다 덜 긴장했는지 몸을 약간 뒤로 젖혀 쿠션에 기대고 있었지만, 눈은 아직도 조심스럽게 빛났다. 아미나는 전과 똑같은 곳에 앉아 있었다. 유수프가 자기 쪽을 바라보자 그녀도 미소를 지어 보였다. 유수프는 기도하려고 시선을 내려뜨리고 두 손을 합장했다. 방안에 감도는 깊은 정적이 느껴졌다. 낮은 새소리와 희미한 물소리가 정원에서 들려왔다. 그는 미소를 억누르며 최대한 길게 정적을 늘이다가 마무리하듯이 기도를 시작했다. 그의 아민 소리가 크게 울렸다. 곧장 뭐라고

---

* 스와힐리어로 '알로에'.

말을 시작한 마님을 보니 그녀의 눈이 기쁨으로 반짝이고 있었다.

"네가 첫 기도를 하고 나서 효과를 느꼈다고 하신다." 칼릴이 인상을 쓰며 말했다. 그녀는 그보다는 길게 얘기했다. 칼릴이 짧게 통역하는 게 너무 명백해지자 그녀는 왜 그러냐는 듯한 눈길로 아미나를 쳐다보았다. "다시 와서 기도를 해달라고 하신다." 칼릴이 마지못해 말을 이었다. "그리고 안에서 식사를 하라신다…… 우리 둘 다. 우리가 개나 집 없는 부랑자처럼 밖에서 식사한다며 매일 여기서 식사하라고 하신다. 내 생각에 이건 곤란한 일이다. 너는 이것은 안 될 일이라고 말해야 한다…… 아니…… 아니면 너의 재능이 못쓰게 될 것이라고 해라."

"직접 말하세요." 유수프가 말했다.

"이미 했다. 그런데 네가 직접 말하는 것을 듣고 싶어하신다. 내가 통역해줄 테니 아무 말이나 해라. 그리고 안 된다고 말하는 것처럼 고개를 몇 번 저어라. 한두 번 단호하게 고개를 저으면 된다."

"집안에서 식사하라는 불가능한 얘기를 들으면 내가 바보가 된 기분이 든다고 말씀드리세요." 유수프가 말했다. 아미나가 뒤에서 미소를 짓는 것 같았다. 아니면 그러기를 바라는지도 몰랐다. 칼릴이 그를 노려보았다.

그들은 다음날도, 그다음날도 다시 갔다. 가게에서 일하는 동안은 마님에 대해 거의 아무 얘기도 하지 않았다. 그러나 그들이 그녀의 상처와 관련해 기도한 후로 칼릴은 다른 얘기도 거의 하지 않았다. 유수프는 그를 놀리면서 그의 불안감을 달래주려고 애썼다. 그러나 칼릴은 걱정하고 소리지르는 것을 그만두지 못했다. 그는 미친 여자의 아첨을 즐기면서 자신이 빠진 위험을 깨닫지 못하고 있다며 유수프를 몰아붙였다. 사이드는 내가 잘못했다고 할 거야, 그가 말했다. 나를 비난할 거야. 너는 사이드가 어떻게 할지 모르겠니?

유수프가 다시 정원에서 일을 시작하게 된 것은 며칠이 지나서였다. 칼릴은 그곳에 가지 말라고 했지만, 며칠이 지난 후 유수프는 칼릴의 말을 무시하고 들어가서 그의 얼굴을 찌푸리게 했다. 어째서 너는 거기에 다시 가야 되니? 그가 물었다. 너 자신의 정원을 여기서 가꿀 수는 없니? 유수프는 쉬쉬하던 비밀들과 거기에 자신이 관여되었다는 사실을 알았을 때 처음에는 당황했었다. 그가 일할 때 마님이 바라보며 황당한 생각을 한다는 것이 메스꺼웠다. 음지 함다니는 대추야자나무 그늘 밑에서 들리는 그의 찬송가 소리가 더 애절하게 들린다는 점을 제외하면 유수프가 없어도 신경쓰지 않거나, 아니면 자신이 안다는 티를 전혀 내지 않았다. 어느 날 오후 유수프는 가게에서 할일이 너무 없고 칼릴이 너무 안절부절못하기에 어깨를 으쓱하고 정원으로 갔다. 음지 함다니는 조용히 그를 반기고 평소보다 더 오래 머물렀다. 유수프는 웅덩이를 청소하고 풀을 뽑으며, 여행 갔을 때 배운 노래를 부드럽게 흥얼거렸다. 누군가 거기에 서 있는지 확인하려고 뜰의 문 쪽으로 눈길이 가는 것을 애써 억눌렀지만 잘되지 않았다. 그는 약간의 기대감을 갖고 그 집에 다시 들어갈 때를 기다렸다.

"네가 오늘 정원에서 일하는 소리를 들었다고 하신다." 칼릴이 말했다. "거기서 더 자주 일하라고 하신다. 그리고 아무때나 들어와도 된다고 하신다."

마님은 길게 얘기했다. "너한테 재능이 있다고 거듭 말씀하신다. 이것은 늘 하시는 말이다. 너한테는 재능이 있다. 너한테는 재능이 있다." 칼릴은 이렇게 말하고 제대로 된 말을 찾으려는 듯 머뭇거렸다. "네가 정원을 보고 좋아하면…… 음…… 그것은 이분에게도……"

"기쁨이다." 아미나가 말했다. 그녀는 거의 말을 하지 않았지만, 유수프는 칼릴이 말을 찾으려고 애쓸 때면 늘 그의 오른쪽 어깨 너머에 있는 그녀를 의식했다.

"그리고 네가 노래하는 것을 좋아하신단다." 칼릴이 믿을 수 없다는 듯 고개를 저으며 말했다. "내가 여기에 앉아 이 짓을 하고 있다니 믿기지 않는다. 웃지 마라. 너는 이게 농담이라고 생각하느냐? 네 목소리가 몹시 위로가 된다고 하시는구나. 신이 너한테 노래하는 법을 가르쳐 너를 치유의 천사로 보낸 것이 틀림없다고 하신다."

유수프는 칼릴이 불편해하는 것을 보고 웃었다. 마님을 흘긋 바라보자 그녀도 웃고 있었다. 그녀의 얼굴이 기쁨으로 변해 있었다. 갑자기 그녀가 손짓으로 그를 불렀다. 너무 명확하고 너무 단순해서 유수프는 거절할 길이 없었다. 그는 일어나서 다가갔다. 그가 가까이 다가오자 그녀는 숄을 팔꿈치까지 내렸다. 그녀는 자잘한 은색 캡단추들이 달린 반짝이는 청색 스퀘어라운드넥 블라우스를 입고 있었다. 그녀는 자신의 볼에 난 자국을 만지고 가리키며 유수프에게 거기에 손을 대라고 했다. 그녀의 웃음이 더 부드러운 미소로 바뀌었다. 유수프는 무모한 감정이 몰려오는 것을 느꼈다. 자신의 손동작이 서툴다는 것은 그도 알았다. 칼릴이 나직이 말했다. 안 돼, 안 돼. 마님이 서서히 숄을 얼굴 위로 쓰며 중얼거렸다. 알함둘릴라. 유수프는 그녀에게서 뒷걸음 쳤다. 칼릴이 그의 뒤에서 나직하게 한숨 쉬는 소리가 들렸다.

"다시는 그분 가까이 가지 마라." 칼릴이 나중에 말했다. "두렵지도 않니? 무슨 일이 일어날지 모르겠니? 저 정원을 멀리해라. 노래도 하지 마라."

그러나 그는 멀리하지 않았다. 칼릴은 더욱더 의심스러운 눈길로 그를 바라보면서 그에게 정원을 멀리하라고 화를 내며 다그쳤다. 그러나 유수프는 전보다 더 많은 시간을 정원에서 보내고 집에서 나는 소리나 움직임에 눈과 귀를 곤두세웠다. 음지 함다니는 그를 위해 일거리를 남겨두기 시작하고, 신을 찬미하는 카시다를 즐겁게 부르며 그늘에서 더 많은 시간을 보냈다. 때때로 유수프는 아미나가 노래하는 소리를 들었고, 그러면 그의 몸은 그가 불러오지도, 거부하지도 않는 열정으로 요동쳤다. 때때로 살짝 열린 문 사이로 그림자가 늘어질 때가 있었다. 그는 은밀한 사랑의 기쁨이 무엇인지 알 것 같았다. 저녁이 되면 그는 칼릴이 점점 더 머뭇거리고 불안해하는데도 집안으로 불려가기를 기다렸다. 어느 날 칼릴은 너무 화가 나서 부름에 응하기를 거부했다.

"턱도 없어. 우리는 안 가. 그만하면 됐어." 그가 소리를 질렀다. "이런 일이 벌어지고 있다는 것을 누가 알면 우리는 조롱거리가 될 거야. 그들은 우리가 미쳤다고 생각할 거야. 저기 안에 있는 발광한 식물 인간처럼 미쳤다고 말이야. 이것이 사이드에게 얼마나 치욕일지 생각해봐라!"

"그럼 나 혼자 갈게요." 유수프가 말했다.

"왜? 무슨 일이 일어나고 있는지 모르겠니?" 칼릴이 일어서면서 고통이 느껴질 정도로 목소리를 높여 호통을 쳤다. 유수프를 때려서라도 정신을 차리게 할 기세였다. "그분은 사악한 짓을 하고 너를 비난할 거야. 너는 이걸 일종의 농담으로 생각하는 모양인데 나는 그게 싫어. 너는 늑대인간들과 황무지를 거치며 살아왔어. 그런데 어째서 스스로를 영원히 치욕스럽게 하려는 거니?"

"치욕은 없어요." 유수프가 차분하게 말했다. "그분은 나한테 아무 해도 끼칠 수 없으니까요."

칼릴은 왼쪽 손바닥에 고개를 떨구었고 두 사람은 한동안 말없이 앉아 있었다. 그리고 고개를 들어 유수프를 이상하다는 듯이 쳐다보더니 더 소스라치게 놀라는 표정을 지었다. 불현듯 상황이 이해된 것이었다. 그의 눈이 분노와 고통으로 가득해지고 입술 가장자리가 떨렸다. 그는 아무 말 없이 앞을 응시하며 매트 위에 앉아 있었다. 유수프가 안으로 들어가려고 일어서자 그가 고개를 돌려 바라보았다.

"동생아, 앉아. 가지 마라." 유수프가 테라스를 막 벗어나 정원을 향할 때 그가 부드럽게 말했다. "여기 앉아서 얘기 좀 하자. 스스로에게 치욕을 불러오지 마라. 네가 무슨 생각을 하는지 모르겠다만 나쁜 결과로 이어질 거다. 이것은 동화가 아니야. 여기에는 네가 아직도 이해 못하는 것들이 많아."

"그렇다면 얘기해주세요." 유수프가 조용히 그러나 움직이지 않고 서서 말했다.

칼릴이 화가 나서 고개를 저었다. "어떤 것들은 그런 식으로 막 얘기할 수 있는 게 아니야. 앉아라. 그러면 얘기해줄 테니까. 네가 지금 가면 너는 너 자신과 우리 모두를 수치스럽게 할 것이다."

유수프는 칼릴이 미친듯이 돌아오라고 소리지르는 것을 무시하고는 한마디 말도 없이 정원을 향해 돌아섰다.

"저분의 이름은 줄레카예요. 저분은 당신이 자신의 이름을 확실히 알기를 바라세요." 아미나가 말했다. 그녀는 마님과 떨어져 그의 오른쪽 앞에 앉아 있었다. 그는 듣는 시늉을 하며 그녀의 얼굴을 살폈다. 그가 황급히 바라보면서 생각했던 것보다 훨씬 더 둥글었다. 그녀의 눈에는 유쾌함과 흡사한 무모한 즐거움이 있었다. 그는 고개를 끄덕이며 그녀가 미소 짓는 것을 보았다. 그러나 마님의 날카로운 눈이 자신을 향해 있다는 것을 느끼고 미소로 응답하는 것을 자제해야 했다.

"칼릴은 늘 저분이 말한 모든 것을 당신에게 얘기해주지는 않았어요." 아미나가 말을 이었다. "저분도 그것을 알고 있었고요. 그는 자기가 하고 싶은 말만 했어요. 아마 저분이 어려운 말을 사용할 때…… 그것에 맞는 말들을 찾지 못할 때도 종종 있었을 테고요."

"당신은 그보다 말을 더 잘하네요. 내가 그에게 얘기해볼게요. 그런데 어떻게 된 거죠? 그가 나한테 얘기하지 않은 것이 무엇이었나요?" 유수프가 물었다.

아미나는 그 질문을 무시하고 마님을 향해 그녀의 다음 말을 기다렸다. 마님이 애무처럼 부드러운 어조로 짧게 말하고 아미나에게서 눈을 돌려 그를 바라보았다. "칼릴이 당신에게 얘기하지 않은 것은 저분이 고통만이 아니라 치욕감으로 인해 마음에 상처를 입었다는 거예요. 저분은 고통이 자신의 힘줄을 비틀 때조차 그것이 행복을 가져다준다고 말하고 있어요. 내 생각에 당신 기도가 저분에게 도움이 된 것 같아요. 저분이 그렇게 말하고 있어요."

유수프는 항의하고 싶었다. 그따위 것은 신경쓰지 마요. 그가 마님을 바라보니 그녀의 눈이 물기로 반짝이고 있었다. 그는 문득 자신이 복잡한 상황에 처했다는 것을 확신하고, 기도를 하려고 재빨리 고개를 숙였다.

"저분은 당신에게 저녁에 안에서 식사하라고 하십니다. 혹은 원한다면 뜰에서 자도 된다고 하십니다." 아미나가 이제 드러내놓고 미소 지으며 말했다. "그러나 칼릴은 당신이 집안에서 자게 내버려두지 않을 거예요. 난리를 치며 저분을 제지할 거예요. 그러나 저분은 당신이 원할 때는 언제든 오기를 바라세요, 오라고 할 때까지 기다리지 말고요."

"고맙다고 전해주세요." 유수프가 말했다.

"고마워할 필요 없어요." 아미나가 마님을 대신해 담담하게 말했다. "당신이 있는 것 자체가 저분을 행복하게 합니다. 따라서 고마워해야 하는 것은 저분입니다. 저분은 당신이 얘기해주기를 바라세요. 어디에서 왔으며 어디에 다녀왔는지 더 얘기해주기를 바라세요. 당신을 알수 있도록 말이죠. 그 대신 당신의 삶이 더 편안해지도록 저분이 할 수있는 것이 있다면 말하랍니다."

"저분이 몇 마디 말로 그 말씀을 다 하셨다는 말인가요?" 유수프가 물었다.

"저분은 그렇게 말씀하셨고 칼릴이 당신에게 통역해주지 않은 더 많은 것들을 말씀하셨어요." 아미나가 말했다. "저분이 하시는 말들이 그를 기겁하게 했거든요."

"당신은 그런 말들에 기겁하지 않았나요?"

아미나는 웃으면서도 대답하지는 않았다. 마님이 뭐라고 물었다. 아미나가 여전히 얼굴에 미소를 머금은 채 그녀에게 돌아섰다. 그녀가 뭔가를 얘기하자 마님도 미소를 지었다. 유수프는 그들을 바라보면서 자기도 모르게 몸을 떨었다. 이상할 만큼 자신이 취약하게 느껴졌다. 그는 떠날 준비를 하고 일어섰다. 마님이 전처럼 그를 손짓으로 부르더니 숄을 내리고 얼굴을 드러냈다. 그는 손을 내밀어 검푸른 자국을 만졌다. 손바닥에 뜨거운 기운이 느껴졌다. 그는 그녀가 다시 청하면 자신이 그렇게 할 것임을 알고 있었다. 그녀는 부드러운 신음소리를 내며 신에게 감사했다. 그는 아미나가 한숨을 쉬며 일어서는 소리를 들었다. 그녀가 정원으로 통하는 문까지 그를 배웅했다. 그녀가 그의 등뒤로 바로 문을 닫지 않았기 때문에 그는 돌아서서 그녀에게 말을 건넸다. 그는 그녀의 얼굴을 볼 수 없었지만 떠오르는 달의 희미한 빛이 그녀의 윤곽을 선명하게 드러냈다.

"당신과 칼릴은 남매간인데 너무 다르게 생겼어요." 그가 말했다. 그는 그들이 다르다는 사실에 관심이 있는 게 아니었다. 그저 가능한 한 오래 그녀를 붙들고 싶을 뿐이었다.

그녀는 아무 대답도 하지 않았다. 꼼짝도 하지 않아서 그녀가 말을 할 거라고는 생각되지 않았다. 잠시 후 그가 돌아서서 어두컴컴한 정원으로 걸어가기 시작했다. 그녀가 자신을 붙들려고 할지 확인하기 위해서였다.

"때때로 나는 여기서 당신을 지켜봐요." 그녀가 말했다.

그는 걸음을 멈추고 돌아섰다. 그리고 그녀를 향해 서서히 움직이기 시작했다.

"당신은 그것이 즐겁게 보이도록 해요…… 이 일 말이에요." 그녀는 자신의 말에서 강세나 강렬함을 의도적으로 빼고 가볍게 말했다. "당신을 보면 참 부러워요. 당신이 수로를 파는 것을 보면서 정말로 매력적이라고 생각했어요. 나는 그가 없을 때면 이따금 밤에 정원을 걸어요. 당신이 부적을 발견했을 때도……"

"맞아요." 그는 셔츠 위로 그것을 만지며 말했다. 그것은 그의 목에 걸려 있었다. "나는 그걸 문지르면 착한 정령을 불러올 수 있다는 것을 알게 됐어요. 내가 시키는 건 무엇이든 정령이 해줄 거라는 것도요."

그녀가 소리를 낮춰 부드럽게 웃고 다시 한숨을 쉬었다. "당신의 착한 정령이 당신에게 무엇을 주던가요?" 그녀가 물었다.

"아직 뭘 달라고 하지는 않았어요. 아직 계획을 세우는 중이거든요. 안 그래도 바쁠 정령을 불러 장신구나 달라고 하는 것은 말이 안 되죠." 그가 말했다. "만약 내가 바보 같은 것을 달라고 하면 화가 나서 다시는 안 나타날 것 같아요."

"이곳에 왔을 때 나한테 부적이 있었어요. 그러다가 어느 날 벽 너머로 던져버렸어요." 그녀가 말했다.

"아마 이것인지 모르겠네요."

"그것으로 착한 정령이 온다는 건 사실이 아니에요." 그녀가 말했다.

"왜 버렸어요?" 그가 물었다.

"그것이 나를 악으로부터 보호해줄 거라고 들었는데 아니었거든요. 당신이 갖고 있는 부적은 내가 버린 것보다 더 효능이 있으면 좋겠네요. 나보다 당신을 더 잘 지켜주면 좋겠어요."

"무엇도 우리를 악으로부터 지켜줄 수는 없어요." 그가 말했다. 그

284

리고 문 쪽의 어둠을 향해 걸어가기 시작했다. 그와의 거리가 아직 있었지만 아미나는 뒷걸음쳐 문을 닫았다.

유수프가 돌아갔을 때 가게는 닫혀 있고 칼릴은 어디에도 보이지 않았다. 그들의 매트는 잠자리를 위해 벌써 깔려 있었다. 유수프는 몸을 누이며 칼릴이 돌아오면 물어볼 것들에 대해 생각했다. 인내심을 갖고 그를 기다렸다. 생각했던 것보다 더 많은 시간을 혼자 있게 되어서 기뻤다. 그런데 기다림이 길어지자 걱정되기 시작했다. 어디 갔지? 둥근 달이 4분의 1쯤 하늘에 떠올라 있었다. 너무 가깝고 무거워 보여 쳐다보고 있자니 답답했다. 가장자리가 검은 구름들이 달무리 옆에서 쏜살같이 달리면서 뒤틀린 형태로 바뀌었다. 검은 구름들이 그의 뒤쪽 하늘을 가득 채우더니 별들을 가려버렸다.

그는 폭풍의 따뜻한 도리깨질이 몸을 때리는 통에 갑자기 잠에서 깼다. 그 주위로 엄청난 비가 쏟아지고 있었고, 거세지는 바람이 테라스를 때려댔다. 달은 사라지고 없었지만 떨어지는 물이 밝은 회색빛을 발해 어둑한 수풀과 나무들을 비추면서 그것들을 바다 밑의 거대한 둥근 돌처럼 보이게 했다.

핏덩어리

1

 "직접 들어라." 칼릴은 유수프가 아미나에 대해 묻자 말했다. 그는 폭풍우가 치던 날 밤 새벽에 돌아왔었다. 피곤해 보이고 옷은 흐트러지고 머리는 잔가지와 마른풀 조각들이 엉켜 작은 매듭이 져 있었다. 그는 난리법석을 피우지 않고 가게를 조심스럽게 열었지만 어디 다녀왔는지에 대해서는 한마디 설명도 없었다. 그는 적개심을 드러내지 않은 채 유수프와 거리를 지켰다. 그러면서 하루종일 친밀하게 굴려는 모든 시도를 가볍게 물리쳤다. 우스꽝스러운 친절을 말없이 베풀던 초창기로 돌아가 있었다. 폭풍우가 쳤는데 어떻게 젖지 않을 수 있었느냐고 유수프가 묻자 칼릴은 그 말을 들은 내색도 하지 않았다. 유수프는 칼릴과 화해하려고 시도했지만 결국에는 지쳐서 그를 상처받은 채로 그냥 내버려둘 수밖에 없었다.

칼릴은 저녁이면 음식이 담긴 접시들을 가지러 들어갔다가 굳은 미소를 억지로 지어 보이며 나왔다. 비참함과 분노를 도저히 숨기지 못하는 미소였다. 왜 얘기를 안 하려고 해요? 유수프가 물었지만 칼릴은 음식이 담긴 접시들을 가리키더니 먹기 시작했다. 그들은 침묵 속에서 식사를 했다. 식사가 끝나자 유수프는 접시들을 돌려주고 마님과 아미나를 방문하기 위해 일어섰다. 그는 칼릴이 안에 들어갔을 때 무슨 얘기를 했을 거라고 생각했다. 그들에게 따지면서 하지 말아야 할 것들에 대해 얘기하고 위협하기도 했을 거라고 생각했다. 그는 칼릴이 자기를 제지하려 한다고 생각했다. 폭력을 써서라도 그럴 것 같다고 생각했다. 그러나 그는 유수프가 안으로 들어가려고 일어섰을 때 쳐다보지도 않았다.

마님은 환한 미소를 지으며 맞았다. 그녀의 높은 목소리가 날카로운 선율을 이뤄 오르내리며 방안을 채웠다. 그녀는 이야기를 하고 싶어했다. 첫 남편과 살기 위해 집에 도착했을 당시에 대해서 그들에게 얘기했다. 신이시여, 그에게 자비를 베푸소서. 그녀의 남편은 나이가 많은, 아마 쉰이나 그 정도 된 남자였다. 그녀는 곧 있으면 열다섯 살이었다. 그는 불과 몇 달 전 부인과 갓난아이였던 아들을 잃었다. 병과 다른 사람들의 질투심 때문이었다. 그 갓난아이는 그의 자식들 중에서 몇 주 이상 살았던 유일한 아이였다. 다른 아이들은 이름을 지어줄 정도까지만 살았다. 그녀의 남편은 그들 하나하나를 다 기억했다. 그는 죽는 날까지 눈물 없이는 아내와 아이들에 대해 얘기할 수 없었다. 신이시여, 그들 모두에게 자비를 베푸소서. 마님은 도시에서 자랐고 남편의 슬픔에 대해 알고 있었다. 사람들은 그 슬픔이 그에게 유리하게 작용했다고 생각했다. 그는 마음의 짐에도 불구하고 그녀에게 친절했다. 병이 깊어져 성마르고 까탈스러워졌던 마지막 일이 년 전까지는 그랬다. 그렇게 해서 그녀는 이 집에 살게 되었고 그때만 해도 그리 늙지 않았던 음지 함다니를 데리고 오게 되었다.

정원을 만든 것은 음지 함다니였다. 물론 아무것도 없었던 건 아니었다. 수령이 오래된 나무들 중 일부는 이미 그곳에 있었다. 그러나 그는 땅을 고르고 웅덩이를 만들고 어린아이처럼 모든 시간을 거기서 보냈다. 그의 노래가 그녀의 남편을 미치게 만들곤 했다. 그래서 그녀는 노래를 부르지 말라고 해야 했다. 그는 그녀의 아버지가 준 결혼선물이었다. 그녀는 아이였을 때부터 그를 알았다. 오래전 세상을 떠난, 세베라는 이름의 더 나이 많은 노예도 있었다. 신이시여, 그에게 자비를 베푸소서. 그녀는 십 년도 더 전에 사이드와 결혼할 때 음지 함다니에게 선물로 자유를 주겠다고 제안했다. 당시의 법은 사람들을 사고파는 것을 금지했지만 노예로 잡혀 있는 사람들을 그들의 의무로부터 풀어줄 것을 요구하지는 않았다. 그래도 그녀가 자유를 주겠다고 하자 음지 함다니는 거절했다. 그래서 그 가엾은 노인은 카시다를 부르며 아직도 정원에 있는 것이었다.

"그가 왜 함다니라고 불리는지 아느냐고 물으십니다." 아미나가 아득하게 느껴지는 흐릿한 눈을 하고 말했다. "노예였던 그의 어머니가 그를 늦게 낳았기 때문이랍니다. 태어나준 것에 대한 감사의 마음에서 그를 힘다니라고 불렀다고 합니다. 어머니가 죽자 그녀의 아버지가 그를 소유한 가족에게서 함다니를 샀답니다. 빚을 많이 졌던 가난한 집안이었답니다."

침묵 속에서 마님은 기분좋은 미소를 띠고 유수프를 오랫동안 바라보았다. 말을 이으면서도 그 미소가 그녀의 얼굴에 머물렀다. 그런데 이번에는 그녀가 한참 말을 잇지 않았다.

"가까이 와서 앉으시랍니다." 아미나가 말했다. 그는 어떻게 해야 좋을지 안내를 받으려고 그녀의 눈을 쳐다보려 했다. 그러나 그녀는 뭔가로 바쁜 척하며 그의 눈길을 피했다. 마님은 그녀에게서 30센티미터 정도 떨어진 곳의 양탄자를 두드리며 그가 수줍은 아이라도 되는 것처럼 그를 향해 미소를 지었다. 그가 앉자 그녀가 그의 손을 잡고 자신의 상처로 가져가 대고 있었다. 그녀는 눈을 감고 길게 소리를 냈다. 안도감과 쾌감 사이에 있는 소리였다. 그녀와 그렇게 가까이 앉아 있던 그는 그녀의 얼굴과 목의 살이 단단하고 촉촉하다는 사실을 알게 되었다. 잠시 후 그녀가 손을 놓아줬다. 그는 재빨리 일어나서 물러났다.

"당신이 기도를 하지 않았다고 하십니다." 아미나가 작고 멀게 느껴지는 목소리로 말했다. 그는 늘 그런대로 핑계를 대며 급하게 나왔다. 그의 손에는 마님 얼굴의 온기가 아직도 남아 있었다.

그가 칼릴에게 아미나에 대해 물은 것은 그후였다. 칼릴은 증오어린 표정으로 그를 바라보았다. 그의 야윈 얼굴이 경멸감으로 비틀려 있었다. 그래서 유수프는 그가 자기에게 침을 뱉을 거라고 생각했다. "직접 들어라." 그는 이렇게 말하고 설탕을 계산대에 진열하는 일로 돌아갔다. 저녁 내내 그들 사이에 딱딱한 침묵이 감돌았다. 유수프는 그것을 깨고 싶지 않았다. 그러나 칼릴이 입을 열고 그를 향해 분노와 우려를 토해낼 것 같은 느낌이 들 때가 있었다. 비록 상황이 어디까지 자신을 데려가도록 내버려둘지 불안하고 불확실하기도 했지만 지금 자신이 하고 있는 일에 대해서는 냉정하고 집요한 끈기를 느꼈다. 적어도 자신이 할 수 있는 한에서 음모와 소문에 대해 알리려고 했으며, 그는 아미나를 보고 그녀의 말을 듣는 것에서 저항할 수 없는 즐거움을 느꼈다. 자신이 어디에서 이렇게 행동할 힘을 찾아냈는지 몰랐다. 칼릴의 경고와 그 스스로 알고 있고 다짐한 것에도 불구하고, 그는 안으로 오라고 하면 거부하지 않았다.

다음날 그는 대추야자나무 그늘 아래에 카시다서를 갖고 앉아 있는 음지 함다니를 찾아갔다. 노인은 짜증을 내며 주변을 둘러보았다. 평화롭게 앉아 있을 수 있는 다른 나무를 찾으려는 것 같았다.

"제발 가지 마세요." 유수프가 말했다. 그의 목소리에 깃든 친밀한 뭔가가 노인을 머뭇거리게 만들었다. 음지 함다니는 잠시 기다려 얼굴의 긴장된 근육이 풀어지게 했다. 그는 조바심을 치며 고개를 끄덕이고 늘 그랬듯이 다른 사람의 말을 듣는 것을 주저했다. 어서 해봐.

"마님께서 어르신에게 자유를 주겠다고 했을 때 왜 거절하셨어요?" 유수프는 노인이 앞으로 몸을 기울이자 그를 향해 얼굴을 찌푸리고 짜증을 내며 물었다.

노인은 땅바닥을 내려다보며 한참 기다렸다. 그리고 나이가 들면서 길고 누리끼리해진 몇 개 안 되는 이를 드러내며 미소를 지었다. "어쩌다 그렇게 됐지." 그가 말했다.

유수프는 회피하는 것으로 보이는 대답에 속아넘어가는 것을 거부하고 늙은 정원사를 향해 다급하게 고개를 저었다. "그러나 당신은 그분의 노예였잖아요…… 지금도 그분의 노예고요. 당신은 그렇게 되고 싶은 건가요? 자유를 준다고 할 때 왜 받아들이지 않았던 거죠?"

음지 함다니가 한숨을 쉬었다. "너는 아무것도 모르냐?" 그가 날카롭게 물었다. 그러고는 더이상 아무 얘기도 하지 않을 것처럼 말을 멈췄다. 그런데 잠시 후 그가 다시 말하기 시작했다. "그들은 내게 자유를 선물로 주었어. 그녀가 줬지. 그녀가 그걸 줄 수 있다고 누가 말해줬을까? 나는 네가 얘기하는 자유가 뭔지 알아. 내가 태어난 순간 가지고 있던 자유지. 이 사람들이 넌 내 것이다, 나는 너를 소유한다고 할 때, 그것은 비가 지나가는 것이나 하루의 끝에 해가 지는 것과 같은 거야. 그들이 좋아하든 말든 다음날 아침해는 다시 뜬다고. 자유도 마찬가지야. 그들은 너를 가두고 쇠사슬로 묶고 네가 가진 하찮은 것까지 모두 남용하지만, 자유는 그들이 가져갈 수 있는 게 아니야. 네가 쓸모없어질 때도 여전히 너를 소유하는 것과는 거리가 멀어. 네가 태어난 날 그랬던 것처럼 말이야. 내 말 알아듣겠니? 이것은 나한테 하라고 주어진 일이야. 저 안에 있는 사람이 이것보다 더 자유로운 것을 나한테 줄 수 있겠니?"

유수프는 그것이 노인의 이야기라고 생각했다. 거기에 지혜가 담겨 있는 건 틀림없었지만 그것은 인내와 무력감의 지혜였다. 그 자체로 찬탄할 만한 것일지 모르지만, 약자를 못살게 구는 자들이 여전히 사람을 깔고 앉아 더러운 방귀를 뀌어대는 한 그렇지 않았다. 유수프는 침묵을 지켰다. 그러나 전에는 자신에게 그렇게 많은 말을 한 적이 없으며 지금쯤 아마 그랬던 것을 후회할지도 모르는 노인을 자신이 슬프게 했다는 사실을 깨달았다.

"고향이 어디세요?" 그는 노인을 치켜세워주고 달래려고 물었다. 자신의 어머니에 대해 그에게 묻고 싶기도 했다. 자신에게 무슨 일이 있었는지 음지 함다니에게 얘기하고 싶었다. 어머니를 어떻게 잃었는지 얘기하고 싶었다. 음지 함다니는 아무 대답도 하지 않고 카시다서를 집어들었다. 그리고 잠시 후 손을 내저으며 유수프에게 가라고 했다.

2

그는 자기를 향한 칼릴의 소리 없는 경멸을 무릅쓰고 사흘 동안 매일 저녁 안으로 들어갔다. 칼릴을 설득해 대화하려는 모든 노력이 실패로 돌아갔다. 손님들마저 걱정스러운지 그에 대해 물었다. 사흘째 되는 날 밤, 유수프가 정원으로 통하는 어둠에 다가가는데 칼릴이 큰 소리로 불렀다. 유수프는 잠시 걸음을 멈췄다가 무시하고 이제는 그를 위해 열린 뜰의 문으로 통하는 보이지 않는 길을 걸어갔다. 그는 마님이 묻는 질문들에 대답했다. 그의 어머니, 내륙 여행, 산동네에서 보낸 시간에 대한 질문들에 대답했다. 그녀는 벽에 기대 그의 이야기를 들으면서 미소를 지었다. 아미나가 통역할 때조차 그녀는 그에게서 눈을 떼지 않았다. 숄이 때때로 어깨 아래로 흘러내려 시퍼렇게 멍든 목과 가슴이 드러났다. 그녀는 숄을 올리는 데 관심이 없는 것 같았다. 그는 그녀가 몸을 뒤로 젖히는 모습을 바라보면서 차갑고 단단한 외로움의 중심을 자기 안에서 느꼈다. 그도 질문을 했다. 아미나를 향한 질문이었다. 그녀는 그것을 마님에 관한 긴 답변으로 얼버무렸다. 그는 만족하며 들었다. "상처는 어렸을 때 저분이 첫 남편과 결혼한 직후에 생겼대요." 아미나가 말했다. "처음에는 그냥 반점이었는데 시간이 지나면서 조금씩 더 깊어지고 깊어져 심장에 닿았대요. 고통이 너무 심해서 자신의 흉한 모습을 조롱하고 고통에 겨워 소리를 지르는 모습을 비웃기만 하는 사람들과 같이 있는 것을 참을 수 없었대요. 그런데 당신이 기도해주고 만져주면서 저분을 치료해주고 있어요. 저분은 고통이 완화되는 걸 느낄 수 있대요."

"당신이 처음 여기에 왔을 때는 어땠나요? 당신은…… 뭐가 될 거라고 생각했나요?" 그가 아미나에게 물었다.

"생각을 하기에 나는 너무 어렸어요." 그녀가 담담하게 말했다. "교양 있는 사람들 사이에 있을 때는 두려울 게 없었어요. 줄레카 아주머니는 친절하고 신앙심이 깊기로 유명한 분이었어요. 정원과 이 집은 낙원 같았고요. 특히 나처럼 가난한 시골 아이한테는. 이곳을 찾는 사람들은 정원의 아름다움을 보고 몹시 부러워했어요. 못 믿겠으면 이 도시에 있는 누구라도 붙잡고 물어보세요. 매년 자선을 베푸는 때가 되면 줄레카 아주머니는 가난한 사람들에게 점점 더 많은 것을 나눠줬어요. 빈손으로 돌아가는 사람은 아무도 없었어요. 마님이 이렇게 이상한 병에 걸려 아픈 동안, 사이드가 하시는 일은 잘되었어요. 이것이 우리로서는 판단할 길 없는 신의 방식인가봐요."

그는 미소를 짓지 않을 수 없었다. "나는 그렇게나 단순한 질문을 했는데 왜 이렇게 기묘한 방식으로 얘기하는 거죠?" 그가 물었다.

마님이 갑자기 말했다. 뭔가를 억누르는 듯한 목소리였다. 잠시 후 목소리가 부드러워졌다. 유수프는 아미나가 애매하게 잠시 말을 멈췄다가 통역을 시작하는 것을 보았다. "저분은 내가 말을 너무 많이 하는 게 싫대요. 당신 얘기를 듣고 싶으시대요. 저분은 당신이 하는 말을 전혀 모르지만 당신이 너무 아름답게 말을 한다고 하세요. 가만히 앉아 있을 때조차 당신의 눈과 피부에서 빛이 난다고 하세요. 머리도 너무 아름답다고 하세요."

유수프는 놀라서 마님을 잠깐 바라보았다. 그는 그녀의 눈에 눈물이 차오르고 얼굴이 무모한 표정으로 빛나는 것을 보았다. 뒤돌아보니 아미나는 고개를 숙이고 있었다. "저분의 얼굴에 입김을 불어 자신을 낫게 해달라고 하십니다." 그녀가 말했다.

"저는 이제 가는 게 좋을 것 같습니다." 유수프는 오랫동안 무서운 침묵을 지키다가 말했다.

"저분은 당신을 보는 것이 고통스러울 정도로 너무 좋답니다." 아미나가 아직도 고개를 숙이고 말했다. 그러나 목소리에 웃음기가 묻어 있는 것이 이제 명백했다.

마님이 화를 내며 말했다. 유수프는 그 말을 이해할 수 없었지만 그녀가 아미나에게 나가라고 한다는 것을 알았다. 아미나가 방을 나간 직후 그도 일어났지만 어떻게 나가야 할지 어정쩡했다. 마님은 분노로 몸을 곧추세운 채 앉아 있었다. 얼굴은 고통으로 일그러져 있었다. 분노가 서서히 가라앉자 그녀는 손짓으로 더 가까이 오라고 했다. 그는 방에서 나오기 전에 그녀의 반들반들한 자주색 상처에 손을 대고 그 아래에서 고동치는 상처를 느꼈다.

아미나는 안뜰 문 옆의 어둠 속에서 그를 기다리고 있었다. 그는 걸음을 멈추고 그녀를 향해 손을 내밀고 싶었지만, 그러면 그녀가 더이상 상대해주지 않을 것 같아 두려웠다. "나, 돌아가야 해요." 그녀가 속삭이는 소리로 말했다. "정원에서 기다리세요. 기다리세요."

정원에서 기다리는 그의 마음속에는 온갖 가능성이 들끓고 있었다. 가벼운 산들바람이 나무들과 수풀 사이로 지나갔다. 밤벌레들이 내는 깊고 만족한 소리가 향기로운 대기에 가득했다. 칼릴이 뭔가에 대해 경고하고 뭔가에 대해 하지 말라는 것과 흡사하게, 그녀가 마님과 관련해 그를 혼낼 것만 같았다. 혹은 그가 순진한 꿈을 꾸면서 매일 저녁 그녀와, 아미나와 같이 있으려고 집으로 온다는 것을 안다고 말할 것 같았다. 시간이 지나고 기다리는 시간이 끝없이 길어지는 듯하자 그는 걱정되기 시작했다. 수치스러운 강도짓을 꾸미며 한밤중에 정원에 숨어 있다가 발각될 것만 같은 심정이었다. 갑자기 무슨 소리가 나면 칼릴이 그를 찾아와 난리를 치는 게 아닐까 싶었다. 그는 몇 번이나 그곳을 떠나려다가 가까스로 참았다. 마침내 문소리가 났다. 그는 안도하며 서둘러 문으로 갔다.

그가 다가가자 아미나가 조용히 하라고 했다. "오래 못 있어요." 그녀가 속삭였다. "이제 당신은 그분이 뭘 하려는지 알 거예요. 그분이 말한 것을 내가 당신한테 옮기지 말았어야 했어요. 그러나 적어도 이제 당신은 그분이 뭘 하려는지 알게 됐어요. 그분은 이것에 강박이 있어요…… 조심하셔야 해요…… 그분으로부터 떨어져 있어요."

"떨어져 있으면 당신을 볼 수 없을 거예요." 그가 말했다. 오랜 침묵 후에 그가 다시 말을 이었다. "당신은 내가 무슨 질문을 해도 대답하지 않지만 그래도 나는 당신을 계속 보고 싶어요."

"무슨 질문 말인가요?" 그녀가 물었다. 그는 그녀가 어둠 속에서 미소 짓는 걸 본 것 같았다. "질문할 시간 없어요. 그분이 들을 거예요."

"나중에," 그가 들떠서 말했다. "그분이 잠든 다음에 말이에요. 정원을 걸을 수 있잖아요."

"그분은 화가 나 있어요. 우리는 한방에서 자요. 그분이 들을 거예요……"

"여기서 당신을 기다릴게요." 유수프가 말했다.

"아뇨, 모르겠어요." 아미나는 이렇게 말하더니 뜰의 문을 닫았다. 몇 분 후에 그녀가 돌아왔다. "그분은 이제 자요. 그러는 척하는지도 모르고요. 무슨 질문이었어요?"

그는 무슨 질문이든 신경쓰지 않았다. 그러나 자신이 그녀의 몸에 손을 대면 그녀가 다시는 가까이 오지 못하게 할 것 같아 두려웠다. "당신과 칼릴은 왜 그렇게 다르죠? 오누이라고 하기에는…… 말하는 것이 너무 달라요. 서로 다른 언어로 말을 하는 것 같아요."

"우리는 오누이가 아니에요. 그런 얘기 안 하던가요? 왜 얘기 안 했을까요? 어떤 남자들이 어린 여자애 둘을 배에 태우려고 애쓰는 모습을 그의 아버지가 봤대요. 그들은 얕은 물속을 걸어가고 있었는데 여자애들이 울고 있었대요. 그의 아버지가 소리를 지르며 물속으로 달려갔지요. 납치범들은 아이들 중 하나를 버리고 다른 하나만 데리고 도망쳤고요. 그가 나를 집으로 데려갔어요. 나중에는 그 집에 입양됐고요. 그래서 오누이처럼 자라게 되었지만, 우리 사이에 혈연관계는 없어요."

"나한테는 그런 얘기 안 했어요." 유수프가 조용히 말했다. "다른 아이는 어떻게 됐나요? 다른 여자아이는?"

"제 동생 말인가요? 그애가 어떻게 됐는지는 나도 몰라요. 어머니가 어떻게 됐는지도 모르고요. 아버지에 대해서는 기억 안 나요. 아무것도요. 기억나는 것은 우리가 자고 있을 때 누군가가 데려갔고 우리가 며칠 동안 걸었다는 거예요. 달리 또 물어볼 것이 있나요?" 그녀의 목소리에 비통한 냉소가 깃들어 있었다. 그는 그것을 어둠 속에서 똑똑히 들었다. 그것이 그를 움츠러들게 했다.

"고향은 기억나요…… 그러니까, 고향이 어디예요?" 그가 물었다.

"이름을 알 것 같은데…… 붐바 혹은 품바라고 불리는 곳이었어요. 바다 가까이에 있었던 것 같고요. 내가 세 살이나 네 살밖에 안 되었을 때였어요. 어머니가 어떻게 생겼는지도 기억 안 나요. 그런데 나, 이제 가야 돼요."

"잠깐만요." 그가 말하고 그녀를 붙들려고 손을 뻗었다. 그는 그녀의 팔을 잡았다. 그녀는 팔을 빼려고 하지 않았다. "당신은 그와 결혼했나요? 그가 당신 남편인가요?"

"맞아요." 그녀가 차분히 말했다.

"안 돼." 그의 목소리에 고통이 가득했다.

"맞아요." 그녀가 말했다. "그런데 당신은 그것도 몰랐단 말인가요? 늘 알고들 있었는데…… 그분이 내가 처음 여기에 왔을 때 모두 설명해줬어요. 그분이요! 당신이 주운 부적 있잖아요, 칼릴의 아버지가 날 입양할 때 줬던 거예요. 그들은 어떤 사람을 불러 입양서류를 준비하게 했어요. 그 사람은 나에게 부적도 만들어줬어요. 그것이 늘 나를 지켜줄 거라고 했지만, 아니었어요. 하기야 적어도 나는 삶을 얻었잖아요. 그러나 나도 알아요, 그것이 텅 비었기 때문에, 내가 거부당했기때문에 삶을 갖게 되었을 뿐이라는 것을요. 그는, 사이드 말이에요, 그는 천국에는 대부분 가난한 사람들이 살고 지옥에는 대부분 여자들이 산다고 말하기를 좋아해요. 지상에 지옥이 있다면 바로 이곳이 그곳이에요."

그는 할말이 생각나지 않았고, 잠시 후에는 그녀의 팔을 놓아줬다. 괴로움과 좌절감을 너무도 차분하게 얘기하는 그녀의 태도에 압도당한 것이었다. 그녀의 조용한 미소와 당당한 침묵을 봐서는 그런 괴로움을 속으로 삼켜야 했다는 걸 짐작도 못했을 것이었다.

"당신이 정원에서 일하는 모습을 지켜보곤 했어요." 그녀가 말했다. "칼릴이 당신에 대해, 당신이 어떻게 이곳으로 오게 됐는지 얘기해줬어요. 나는 그늘과 물과 땅이, 강탈당한 것에서 생긴 당신의 고통을 더는 데 도움이 된다고 상상하곤 했어요. 당신이 부러웠고, 그래서 언젠가 당신이 문가에 있는 나를 발견하면 나도 밖으로 나오게 할 거라고 생각했어요. 나와서 놀자, 당신이 이렇게 말하는 것을 상상했어요. 그런데 그분이 당신을 미치도록 좋아하자 그들은 당신을 멀리 보냈어요. 여하튼 그 얘기는 이 정도로 할게요…… 나한테 묻고 싶은 게 또 있나요? 나, 가야 돼요."

"있어요." 그가 말했다. "당신은 그를 떠날 건가요?"

그녀가 부드럽게 웃으며 그의 볼을 어루만졌다. "당신은 몽상가로군요." 그녀가 말했다. "정원에 있는 당신을 봤을 때 몽상가라고 상상했어요. 그분이 또 난리치기 전에 돌아가는 게 좋겠어요. 그분에게서 떨어져 있어요. 내 말 알겠어요?"

"잠깐만요! 어떻게 당신을 보죠? 내가 가지 않으면."

"안 돼요." 그녀가 말했다. "볼 게 뭐가 있나요? 모르겠어요."

그녀가 가고 나서도 그는 볼에 무슨 흔적처럼 그녀의 손길이 느껴졌다. 그는 그것이 타오르는 것을 느끼려고 손을 가져갔다.

3

"당신은 왜 그런 비밀스러운 이야기를 감추고 그렇게 끔찍하게 화만 냈던 거죠? 그냥 단순하게 모든 것을 말해줄 수도 있었잖아요." 유수프가 매트에 이미 누워 있는 칼릴 옆에 앉으며 말했다.

"그럴 수 있었겠지." 칼릴이 머뭇거리며 말했다.

"그런데 왜 안 했어요?" 유수프가 물었다.

칼릴은 주변에서 윙윙거리는 모기들 때문에 시트를 몸에 두르고 일어나 앉았다. "왜냐하면 간단한 문제가 아니니까. 아무것도 간단하지 않아. 이것은 내가 너한테 이봐, 이건 어때? 하면서 그냥 얘기할 수 있는 것이 아니었어." 칼릴이 말했다. "너는 내가 끔찍하게 화를 냈다고 하는데, 그것은 네가 너 자신을 창피하게 생각하도록 만들었기 때문이야."

"좋아요, 당신이 실제로는 화가 난 게 아니고 창피하게 생각했다니 미안하네요. 그런데 이제는 그 간단하지 않은 것을 좀더 얘기해줄 수 있을 것 같군요."

"그녀가 뭐라고 했니? 자기에 대해서……" 칼릴이 물었다.

"당신 아버지가 그녀를 납치범들에게서 구해 딸로 입양했다고요."

"그게 전부니? 아, 그런데, 그건 중요한 게 아니야." 칼릴이 부루퉁해져 등을 구부리며 말했다. "그 앙상한 늙은 가게 주인이 어디에서 그런 용기를 냈는지 모르겠다. 그 사람들은 총을 갖고 있었어…… 그랬을 거야. 그런데 아이들을 놓아주라고 그들을 향해 소리를 지르며 물속으로 뛰어들었던 거야. 수영도 할 줄 모르는 사람이.

우리는 이곳으로부터 남쪽에 있는 작고 가난한 동네에 살았어. 이 얘긴 이미 했었지. 우리 가게는 어부들과 소규모 농부들을 상대로 장사를 했어. 그들은 채소와 달걀을 팔고 못이나 옷감이나 설탕을 사 갔지. 그리고 운좋게 약간의 밀수품이 생기면 늘 환영이었고. 그 아이가 그런 처지였어. 어딘가에 팔릴 마겐도였던 거지. 자기 동생이 팔렸듯이 말이지. 나는 그 아이가 왔을 때를 기억해. 울먹이고 지저분하고…… 겁에 질려 있었어. 마을 사람 모두가 그 아이의 사연을 알았지만 아무도 그 아이를 달라고는 하지 않았어. 그래서 우리와 살게 된 거야. 아버지는 그 아이를 키파 우룽고라고 불렀지." 칼릴은 이 말을 하고 나서 웃었다. "아침이 되자 내 아버지는 빵을 먹을 준비를 마치고 바로 그 아이를 불렀어. 그 아이가 그것을 가져와 같이 앉아서 조금씩 떼어 먹였지. 그 아이가 아기 새라도 되는 것처럼 말이야. 매일 아침 기장빵에 버터기름을 발라서 먹었어. 그녀는 옆에 앉아 재잘거리며 그가 작게 떼어주는 것을 입을 크게 벌리고 받아먹었어. 내 어머니가 일하는 동안 졸졸 따라다니거나, 내가 밖으로 나가면 나를 따라다녔고. 그러던 어느 날 아버지가 그 아이에게 이름을 지어줘야겠다고 했어. 그 아이가 우리 가족 중 하나가 되도록 말이지. 그는 신이 우리 모두를 핏덩이에서 만드셨다고 말하곤 했어. 그 아이는 우리 중 누구보다 그곳 사람들과 얘기를 더 잘할 수 있었어. 너처럼 그 아이는 음스와힐리야. 말씨가 약간 다르긴 하지만.

그때 사이드가 왔어. 이 부분은 아주 간단해. 그 아이가 일곱 살이었을 때 내 불쌍하고 어리석은 아버지는, 신이시여 그에게 자비를 내려주소서, 사이드에게 그 아이를 변제금의 일부로 주겠다고 했어. 아버지가 그때까지 나를 찾아오지 않으면, 그 아이가 혼기가 차서 결혼할 때까지 내가 그의 레하니*로 있기로 했어. 그런데 아버지가 돌아가신 거야. 어머니와 형제들은 아라비아로 돌아갔어. 우리의 치욕과 함께 나를 여기에 두고 간 거지. 그 악마 모하메드 압달라가 우리를 데리러 왔는데, 그 아이의 옷을 벗기고 더러운 손으로 만지더라."

칼릴이 조용히 울기 시작했다. 눈물이 그의 얼굴로 조용히 흘러내렸다.

"사이드는 결혼하고 나자 나한테 더 있고 싶으면 있어도 된다고 했어." 칼릴이 말을 이었다. "그래서 나는 내 아버지가, 신이시여 그의 영혼에 자비를 내려주소서, 노예로 팔아버린 그 가엾은 아이를 돌보려고 여기에 남은 거야."

"하지만 당신들 중 어느 쪽도 더이상 여기에 남아 있을 필요가 없잖아요. 그녀도 원하면 떠날 수 있잖아요. 누가 막을 수 있죠?" 유수프가 소리쳤다.

"동생아, 너 참 용감하구나." 칼릴이 울다가 웃으며 말했다. "모두가 도망쳐서 산에 살 수 있겠지. 떠나고 안 떠나고는 그녀에게 달렸어. 만약 그녀가 사이드의 동의를 받지 않고 떠나면 나는 레하니로 돌아가거나 빚을 갚아야 할 거야. 이게 계약이야. 이건 명예의 문제야. 그래서 그녀는 떠나지 않을 거야. 그녀가 있으면 나도 있는 거고."

"당신이 어떻게 명예에 대해 얘기할 수 있죠······?"

"내가 달리 무슨 얘기를 해야 한다고 생각하니?" 칼릴이 물었다.

---

* 스와힐리어로 '담보'.

"나의 가엾은 아버지, 신이시여 그에게 자비를 내려주소서. 그리고 사이드는 나에게서 다른 모든 것을 가져갔어. 네가 보다시피 나를 쓸모없는 겁쟁이로 만든 게 그들이 아니라면 누구겠니? 어쩌면 나는 그냥 본성이 그런지도 모른다. 아니면 우리가 사는 방식이 그렇든지…… 우리의 관습 말이야. 그러나 그녀로 말할 것 같으면, 그들은 그녀의 마음을 부숴버렸어. 그것 말고 간직할 게 뭐가 있니? 그것을 명예라고 부르기 싫으면 네 마음대로 아무렇게나 불러라."

"나는 당신의 명예를 생각하는 게 아니에요." 유수프가 화를 내며 말했다. "그건 또다른 고상한 말을 만들어 뒤에 숨는 것에 불과하니까요. 나는 이곳에서 그녀를 데리고 나갈 겁니다."

칼릴이 매트에 털썩 드러누웠다. "사이드가 그녀와 결혼한 날 밤, 나는 기뻤어." 그가 말했다. "비록 우리가 몇 년 전에 보았던 인도인들의 결혼식처럼 거창하지는 않았지만 말이야. 노래도 없었고 보석도 없었어…… 하객들마저 없었어. 나는 이제 그녀가 더이상 새장에 갇혀 슬픈 노래를 부르는 작은 새가 아닐 거라고 생각했지. 그녀가 이따금 밤에 노래하는 걸 들은 적 있니? 나는 결혼이 그녀의 치욕을 쓸어갈 거라고 생각했어. 원하면 그녀가 떠날 수 있다고! 누가 오랜 세월 동안 네가 떠나지 못하도록 막았니? 그녀를 데리고 어디로 갈 거니? 사이드는 너한테 손 하나 까딱할 필요가 없을 거다. 너는 모든 사람에게 비난을 받겠지, 합당한 이유로 말이다. 범죄자가 되는 거지. 이 도시에 머문다면 너의 안전조차 장담 못할 거다. 그녀는 뭐라고 하는데? 그러겠다고 해?"

유수프는 대답하지 않았지만, 화가 누그러지는 걸 느낄 수 있었고 자신의 무모한 결심이 도전받는다는 사실에 안도감이 들기 시작했음을 감지했다. 어쩌면 그가 할 수 있는 일은 아무것도 없을지 몰랐다. 안뜰 문가의 어둠 속에 서 있던 아미나에 대한 기억이 그의 손에 아직도 따뜻하게 남아 있었지만, 그는 벌써 그것이 더 조용한 것으로, 조용할 때 풀어보는 소중한 보물 같은 것으로 식어가는 것을 느낄 수 있었다. 어떻게 그녀와 도망가겠다는 말을 할 수 있었을까? 그녀는 그의 얼굴에 대고 코웃음친 다음 살려달라고 소리쳤을지 모른다. 그런데 그녀가 아지즈 아저씨에 대해 얘기할 때도, 자신의 삶을 지옥이라고 했을 때도 목소리에 괴로움이 묻어 있었다는 것이 떠올랐다. 자신의 볼에 와닿던 그녀의 손길이 떠올랐다. 볼에 와닿던 그녀의 손길. 아지즈 아저씨를 떠나겠느냐는 질문에 그녀가 웃던 모습……

"아뇨, 그녀는 아무 말도 안 했어요. 나를 몽상가라고 생각해요." 유수프는 긴 침묵 끝에 말했다. 그는 칼릴이 더 물어볼 거라고 생각했지만 잠시 후 그가 한숨을 쉬고 잠잘 채비를 하는 소리가 들렸다.

유수프는 피로와 죄의식을 느끼며 잠에서 깼다. 밤새도록 자다 깨다 하면서 그 문제를 그냥 놔둬야 할지 아니면 아미나에게 단도직입적으로 얘기해야 할지 고민했다. 그는 그녀가 자신의 삶과 그의 삶에 대해 얘기했고 그를 지켜봤다고 얘기했던 것으로 미뤄, 그녀가 그에게 등을 돌리지 않고, 그들이 같이 살 수 있을 것이라고 생각했다. 그가 그녀를 향해 느끼는 욕망에도 그것과 비슷한 게 있었다. 그는 자신의 욕망을 그녀에게 얘기하기에 동원할 수 있는 말들을 다 갖고 있지는 않았지만, 그것이 전적으로 자신이 말하는 대로 생겨나는 사소한 것이 아님을 알았다. 그 모든 것은 그녀가 하겠다고만 하고 이후에 올 것과 비교

하면 나직한 중얼거림일 뿐이었다. 그럼에도 불구하고 그는 그녀에게 얘기해보기로 결심했다. 그는 이렇게 말하고 싶었다. 여기가 지옥이라면 떠나요. 내가 같이 갈게요. 그들은 우리가 두려워하고 순종적이고, 우리를 학대할 때조차 그들을 존경하도록 키웠어요. 떠나요. 내가 같이 갈게요. 우리 둘 다, 이름도 없는 곳 한가운데에 있어요. 어느 곳이 이보다 더 나쁠 수 있겠어요? 어디를 가든 탄탄한 삼나무들과 끊임없는 수풀들, 과일나무들과 예기치 않게 화사한 꽃들이 있는, 담으로 둘러싸인 정원은 없을 거예요. 우리가 낮에 맡을 수 있는 오렌지나무 수액의 쌉싸름한 향과 밤에 우리를 깊이 포옹해주는 재스민향도 없을 거예요. 석류 씨나 가장자리에 난 향긋한 풀들의 향내도 없을 거예요. 웅덩이와 수로에서 나는 물소리도 없을 거고요. 지독히 더운 한낮에 대추나무 숲에서 느끼는 만족감도 없을 거예요. 우리의 감각을 마비시키는 음악도 없을 거예요. 추방이나 마찬가지겠죠. 그러나 어떻게 이보다 더 나쁠 수 있겠어요? 그러면 그녀는 미소 지으며 한 손으로 그의 볼을 만져 발그레하게 물들일지 몰랐다. 당신은 몽상가라고 말하면서, 이보다 더 완전한 그들만의 정원을 만들겠다고 약속할지도 몰랐다.

그는 부모에 대한 가책을 느끼지 않겠다고 생각했다. 그러지 않을 것이었다. 자신들의 자유를 위해 수년 전에 그를 버린 사람들이었다. 이제는 그가 그들을 버릴 차례였다. 그가 붙잡혀 있는 것으로부터 그들이 느꼈던 안도감은 이제 끝났다. 그는 스스로를 위한 삶을 살고자 했다. 자유롭게 평원을 돌아다니면서 언젠가 그들한테 들러 그런 삶을 시작하도록 어려운 교훈을 가르쳐준 것에 고맙다고 할지도 몰랐다.

4

가게는 그날 바빴다. 칼릴은 즐겁게, 닥치는 대로 일에 전념했다. 그래서 가장 의기소침한 손님들까지 미소 짓게 만들었다. 그들은 그가 기백을 되찾았다고 말했다. 신이시여, 감사합니다! 그의 놀림은 때로 조롱에 가까울 정도로 대담해졌지만, 도저히 물리치기 어려운 애교를 섞어서 누구의 기분도 상하지 않게 했다. "저 사람 어떻게 된 거야?" 손님들은 유수프에게 물었다. 유수프는 웃으면서 어깨를 으쓱하고 왼쪽 관자놀이를 살짝 만졌다. 다양한 설명들이 제시되었다. 잘못된 것이지만 건강하고 기분좋은 젊음의 혈기 때문이라고 했다. 삶이 꼬이기 전에 웃으며 사는 것도 괜찮다는 말도 있었다. 대마초를 피워서 그런지도 모른다는 말도 있었다. 아마 그것에 익숙지 않아 열이 나서 그런지도 모른다고 했다. 머리에 바르려고 2온스의 코코넛기름을 사러 왔다가 칼릴한테서 마사지의 즐거움에 대한 과장된 이야기를 들은 여자는 누가 그 젊은이의 자지에 후추를 바른 건 아닌가 싶었다. 테라스의 노인들은 그 모습을 보며 껄껄 웃었다. 칼릴은 눈을 피했지만, 유수프는 그의 무모한 눈길에 깃든 즐거운 광기를 보고 그를 피했다.

오후에 속도가 완만해지면서 칼릴은 여봐란듯 상자 하나를 가게 구석으로 밀어놓고 그 위에 앉아 졸았다. 유수프가 기억하기로 전에는 한 번도 없던 일이었다. 그래서 그렇게 갑자기 기력이 떨어진 것을 의기소침과 광기의 연장이라고 생각했다. 유수프는 음지 함다니가 물 양동이 때문에 끙끙대는 모습을 보고 웅덩이에 물을 보충하려나보다 짐작했다. 노인이 정원을 향해 몇 걸음 떼기도 전에 물이 찰랑이면서 양동이 옆으로 흘러내렸다. 그의 발에 물이 튀기고 바닥이 질척거렸다. 유수프는 그를 도우러 바로 달려가지 않고 부러움과 짜증이 섞인 눈으로 그 모습을 바라보았다. 노인은 전처럼 뭔가에 정신이 팔려 있었고, 그를 의식하고 있다는 내색은 하지 않았다. 나중에 그는 노인이 뒤도 돌아보지 않고 노래기가 나아가는 것처럼 꾸준한 속도로 발을 끌며 공터를 걸어가는 모습을 보았다. 그의 목소리가 간간이 들렸다. 좀처럼 알아듣기 힘든 노래였다. 가사를 거꾸로 부르는 것처럼 들렸다.

저녁이 되어 유수프는 보통과 같은 시간대에 안으로 들어갔다. 속으로 이번이 마지막이라고 말했다. 마님을 위해 빠르게 기도를 하고 아미나를 만나…… 용기가 생기면 그녀에게 같이 떠나자고 할 작정이었다. 안뜰 문이 열려 있었다. 그는 안으로 들어가 부드러운 소리로 왔다고 알렸다. 방은 향내로 가득했다. 마님이 혼자서 그를 기다리며 앉아 있었다. 그는 들어가기가 두려워 문에서 멈칫했다. 그녀가 미소를 지으며 손짓으로 들어오라고 했다. 그는 그녀가 화려한 옷차림을 하고 있는 것을 보았다. 황갈색 실로 장식해 반짝이는 기다란 크림색 드레스를 입고 있었다. 그녀는 숄을 잡아당기며 앞으로 몸을 숙이고, 절박한 손짓으로 더 가까이 오라고 했다. 그는 두 걸음을 떼었다가 멈췄다. 자신이 떠나야 한다는 것을 알고 가슴이 쿵쿵 뛰었다. 그녀는 조용히 그에게 말하기 시작했다. 목소리에 감정이 한껏 실렸고, 말을 할 때 미소는 더욱 부드러워졌다. 유수프는 그녀가 그에게서 뭘 원하는지 알 수 없었다. 그러나 그녀의 얼굴에 떠오른 정열과 갈망의 표정은 모를 수가 없었다. 그녀는 가슴을 손바닥으로 누르더니 일어섰다. 그녀가 어깨에 손을 대자 그는 부르르 몸을 떨었다. 그가 뒤로 물러나기 시작했고 그녀가 따라왔다. 그는 도망치려고 돌아섰다. 그러나 그녀가 뒤에서 셔츠를 잡아당겼다. 그는 그녀의 손에 그것이 찢어지는 것을 느꼈다. 그 방을 달려나올 때 그녀가 괴로움에 울부짖는 소리가 들렸다. 그러나 그는 뒤돌아보지도 않았고 머뭇거리지도 않았다.

"너, 무슨 짓을 한 거니?" 그가 어두워지는 정원에서 그를 지나쳐 달려갈 때 칼릴이 소리쳤다. 유수프는 테라스에 앉았다. 먹먹하기도 하고 혐오스럽기도 했다. 그가 처한 상황의 견딜 수 없는 불결함이 그를 압도했다. 그는 수치심과 분노 사이를 오가면서 테라스에서 기다렸다. 몇 시간이 흐른 것 같았다. 복잡한 일들이 벌어지기 전에 즉시 이곳을 떠나야 할지도 모르겠다고 생각했다. 그러나 그는 수치스러운 짓을 한 게 아무것도 없었다. 수치스러운 것은 그들이 그에게 살도록 강요한, 그들 모두에게 살도록 강요한 방식이었다. 그들의 음모와 증오와 보복적인 탐욕이 단순한 미덕들조차 교환과 교역의 상징으로 만들어버렸다. 그는 떠나려고 했다. 그보다 단순한 것은 없었다. 모든 것이 그에게 요구하는 억압적인 것들을 피할 수 있는 어딘가로 가야 했다. 그러나 그는 외로움의 단단한 덩어리가 그의 추방당한 가슴에 오래전부터 만들어졌다는 것을, 그리고 어디를 가든 그것이 함께 있으면서 그가 작은 성취를 위해 계획하는 걸 축소시키거나 흩어놓으리라는 것을 알았다. 그는 산동네로 갈 수 있었다. 그런데 그곳에 가면 하미드가 독선적인 질문들로 그를 괴롭힐지 모르고, 칼라싱가가 허황된 생각으로 그의 관심을 딴 데로 돌리게 할지 몰랐다. 혹은 산장에 사는 후세인한테 갈 수도 있었다. 그곳이라면 작은 일이나마 뭔가를 할 수 있을 것이었다. 혹은 차투한테 가서 그의 쇠락해가는 영지의 궁정 광대가 될 수도 있었다. 혹은 위투에 가서 대마초쟁이 모하메드의 어머니를 찾고 그가 그런 짓을 해서 잃어버린 좋은 땅을 찾을 수도 있었다. 그런데 어디를 가든 아버지와 어머니, 형제자매에 관한 질문을 받을 것이고, 무엇을 가져왔고 무엇을 가져가기를 바라는지에 관한 질문을 받을 것이었다. 그는 이러한 질문들 중 어떤 것에도 애매한 대답밖에 할 수 없을 것이었다. 사이드는 장신구가 든 자루들과 자신의 우월함에 대한 확신만 갖고서, 향수를 잔뜩 뿌리고 낯선 땅 속으로 깊이 들어갈 수 있었다. 숲속의 백인은 무장한 군인들에게 둘러싸여 깃발 아래에 앉아 있으면 아무것도 두려울 게 없었다. 그러나 유수프에게는 깃발도 없고 그것을 갖고 우월한 명예를 주장할 확실한 지식도 없었다. 그는 자신이 아는 작은 세계가 그에게 유효한 유일한 세계라는 것을 이해한다고 생각했다.

칼릴이 어둠 속에서 그를 향해 잰걸음으로 다가오더니 때릴 것처럼 팔을 들어올렸다. "이것이 문제만 일으킬 거라고 내가 얘기했잖아." 그는 화가 나서 말했다. 그는 그를 바닥으로 잡아당겨 끌고 가기 시작했다. "여기서 나가자. 시내로 가자. 이 멍청한, 멍청한…… 그분이 뭐라고 하는지 말해줄까? 그렇게 친절하게 대해줬는데 네가 자기를 공격했고 짐승처럼 옷을 찢었다고 말하고 있어. 자신이 고발하는 것에 증인을 서도록 시내에서 사람들을 데려오려 하고 있어. 그들이 너를 때리고 너한테 침을 뱉고…… 무슨 짓을 더 할지 누가 알겠어."

"나는 그녀의 몸에 손대지 않았어요." 유수프가 말했다.

칼릴이 그의 팔을 놓아주고 분노로 날뛰며 마구잡이로 그를 때리기 시작했다. "알아, 안단 말이야! 왜 내 말을 안 들었냐?" 그가 소리쳤다.

"손대지 않았다고! 그분이 이곳에 모을 사람들에게 그 말을 해봐라."

"그러면 무슨 일이 일어나는데요?" 유수프가 화가 나서 칼릴을 밀치고 일어섰다.

"너는 당장 떠나야 해."

"범죄자처럼요? 어디로 갈까요? 나는 내가 원할 때 떠날 거예요. 그런데 잡히면 어떻게 되나요?"

"모두가 그분의 말을 믿을 거야." 칼릴이 말했다. "나는 그분이 필요로 하는 사람들을 시내에서 데려오겠다고 했다. 안 그러면 그분이 살려달라고 비명을 지르고 난리를 칠 테니까. 그들은 그분이 하는 말을 믿을 것이다. 어쩌면 우리가 무시하면 내일 아침에는 멈출지 모르겠지만, 나는 그렇게 생각하지 않는다. 너는 떠나야 해. 이 사람들을 모르니? 그들이 너를 죽일 거야."

"그분이 내 셔츠를 뒤에서 잡아당겨 찢었어요. 내가 그분에게서 달아나고 있었다는 증거예요." 유수프가 말했다.

"웃기는 소리 하지 마!" 칼릴은 소리를 지르며 믿을 수 없다는 듯 웃었다. "누가 너한테 그걸 물을 시간이 있겠니? 누가 상관하겠어? 뒤에서 잡아당겼다고?" 그는 유수프의 등을 바라보고는 실성한 웃음을 도저히 억누르지 못했다. 그리고 뭔가를 떠올리려는 것처럼 잠시 생각에 빠졌다.

그들은 서둘러 해안가로 가서 몇 시간 동안 앉아서 얘기할 수 있는 어두운 곳을 골랐다. 유수프는 자신이 정말로 범죄자라도 되는 것처럼 한밤중에 떠나는 짓은 하지 않겠다고 했다. 그리고 칼릴이 떠나라고 하는데도, 떠나기 전에 고발을 당하고 변호할 수 있을 때까지 기다리겠다고 우겼다. 안 돼, 안 돼, 안 돼. 칼릴이 그를 향해 소리를 질렀다. 그의 목소리가 그들 발밑의 벽을 끊임없이 때리는 바닷물 소리를 갈랐다.

그들이 가게로 돌아온 것은 한밤중이 다 되었을 때였다. 도시는 모든 것이 닫혀 조용했다. 유수프의 꿈에 출몰했던 야윈 개들만이 무리지어 다녔다. 가게에 도착하자마자 유수프는 공기가 심상치 않음을 느꼈다. 그들이 없는 동안 무슨 일이 있었던 것만 같았다. 잠시 후 그는 무슨 일이 있었는지 확실하게 알았다. 아지즈 아저씨가 왔음을 알린 건 향수였다. 그는 칼릴을 흘깃 바라보고 그도 안다는 것을 알았다. 파라오가 돌아왔다.

"사이드." 칼릴은 긴장된 소리로 나직하게 말했다. "틀림없이 저녁에 오신 거야. 이제 신만이 너를 도울 수 있다."

모든 것에도 불구하고 유수프는 아지즈 아저씨가 돌아왔다는 사실에 희열을 느꼈다. 그는 자신이 상인에 대한 두려움을 전혀 느끼지 않고 있다는 데 놀랐고, 자신에 대한 고발에 관해 그가 뭐라고 말할지 그저 흥분 섞인 호기심이 들 뿐이었다. 정령이 나무꾼에게 그랬던 것처럼 자신을 원숭이로 만들어 민둥산 정상으로 보내버리려 할까? 그를 기다리고 있는 끔찍한 운명에 대해 칼릴이 이야기하는 동안, 유수프는 매트를 펼치고 누웠다. 분통이 터지게 하는 그의 침착함에 칼릴은 입을 다무는 수밖에 없었다.

5

아지즈 아저씨는 동이 트자마자 찾아왔다. 그가 왔을 때 칼릴은 늘 그랬듯이 열성적으로 상인의 손을 향해 몸을 던지고, 흥분해서 인사말을 하는 사이사이 그 손에 입을 맞췄다. 아지즈 아저씨는 칸주를 입고 샌들을 신고 있었지만 모자는 쓰고 있지 않았다. 사소한 것이지만 그렇게 격식을 차리지 않자 편안하고 따뜻해 보였다. 그러나 유수프를 향해 돌린 얼굴은 엄했다. 평상시처럼 입맞춤을 하라고 손을 내밀지 않았다.

"내가 들은 이 해괴한 행동은 무엇이냐?" 그는 매트에서 방금 일어난 유수프에게 다시 앉으라는 몸짓을 하며 물었다. "너, 정신이 나갔던 모양이구나. 말 좀 해볼 테냐?"

"저는 그분에게 잘못한 것 없습니다. 그분이 들어오라고 해서 같이 앉아 있었습니다. 제 셔츠는 뒤에서 찢겼습니다." 유수프가 말했다. 그의 목소리가 예상치 못하게 짜증으로 떨리고 있었다. "그것이 제가 도망치고 있었다는 증거입니다."

아지즈 아저씨가 미소를 짓더니 참지 못하고 웃었다. "아, 유수프." 그가 조롱하듯이 말했다. "우리의 본성은 천하다고 내가 말하지 않느냐? 어째서 너는 그 모든 것을 다시 겪어야 했던 거냐? 누가 너에 대해 그런 것을 생각할 수 있었겠느냐? 뒤에서? 그래, 그것이 증거는 된다. 네 셔츠가 뒤에서 찢겼기 때문에 어떤 위해도 의도하거나 가해진 것이 없었다."

칼릴이 아랍어로 설명하기 시작했다. 아지즈 아저씨는 잠시 듣더니 손으로 제지했다. "직접 말하게 놔둬라." 그가 말했다.

"저는 아무 짓도 하지 않았습니다." 유수프가 말했다.

"너는 안에 자주 들어갔다." 아지즈 아저씨가 다시 굳은 얼굴로 말했다. "그런 태도는 어디에서 배웠느냐? 나는 너에게 내 집을 맡겼는데 너는 그것을 험담과 치욕의 장소로 만들고 있다."

"제가 안으로 들어갔던 것은 그분이 원하셨기 때문입니다. 그분의 상처를 위해…… 기도해달라고 하셔서."

아지즈 아저씨가 그를 지그시 바라보았다. 무슨 말을 해야 할지 혹은 어떻게 행동해야 할지 숙고하는 것 같았다. 내륙 여행을 할 때 유수프에게 익숙한 표정이었다. 그렇게 숙고하고 나면 상인은 거의 항상 개입하지 않고 일이 알아서 되어가도록 내버려두는 편을 택했다. 재앙이 닥치기 전의 침묵이 흘렀다. "내가 너를 데리고 갔어야 했다." 그가 마침내 말했다. "내가 예상했어야 했다…… 그녀는 몸이 좋지 않다. 불명예스러운 일이 없었다면 우리는 이 문제를 여기서 끝내야 한다. 특히 네 셔츠가 뒤에서 찢긴 것을 보면 그렇다. 하지만 이 문제를 외부인들에게 발설해서는 안 된다. 그래도 네가 그렇게 자주 안으로 들어간 것은 잘못이었다."

칼릴이 다시 아랍어로 빠르게 말했다. 아지즈 아저씨는 몇 차례 날카롭게 고개를 끄덕이다가 다시 아랍어로 대꾸했다. 몇 번에 걸쳐 말이 오간 후에 아지즈 아저씨가 턱짓으로 가게를 가리켰다.

"왜 그렇게 자주 안으로 들어갔느냐?" 칼릴이 가게문을 열러 가자 아지즈 아저씨가 물었다.

유수프는 대답하지 않고 상인을 바라보았다. 아지즈 아저씨는 이제 칼릴이 누워 있던 매트에 앉아 있었다. 한쪽 다리를 구부리고 한쪽 팔에 몸을 기댔다. 유수프는 그의 대답을 기다리는 아지즈 아저씨의 얼굴에 차분하고 재미있어하는 미소가 어리기 시작하는 것을 보았다.

 "아미나를 보러 갔습니다." 유수프가 말했다. 그 말들이 그의 입에서 나오기까지 오랜 시간이 걸렸다. 그는 미소가 커지면서 아지즈 아저씨의 입술에 편하게 내려앉는 것을 보았다. 상인은 가게 쪽을 쳐다보았다. 유수프가 그의 눈길을 좇았다. 칼릴이 계산대 옆에서 분노와 증오의 눈길로 그들을 응시하고 있었다. 그는 돌아서더니 셔터를 여는 일을 계속했다.

 "더 있느냐?" 아지즈 아저씨가 다시 유수프를 향해 물었다. "너, 참 용감하구나. 지난 몇 주 사이에 이런 일을 벌이다니!"

 유수프가 자신이 어느 정도까지 말해야 하며 그것이 무슨 차이를 가져올까 생각하느라 답변하는 데 시간을 지체하자 상인이 다시 말하기 시작했다. "이번 여행에서 네가 살던 곳에 갔다가 네 아버지를 찾아갔다. 너를 여기에 있게 하면서 돈을 주고 일을 시키기 위해 네 아버지와 협상을 하고 싶었다. 그 대신 그가 나에게 진 모든 의무를 없애주려고 했다. 그런데 네 아버지가 돌아가셨더구나. 신이시여, 그의 영혼에 자비를 내려주소서! 네 어머니는 이제 그곳에 살지 않는다. 어디로 갔는지 아무도 얘기해주지 못하더구나. 아마 고향으로 돌아갔는지 모르지. 고향이 어디니?"

 "모르겠습니다." 유수프가 말했다. 상실감은 느껴지지 않았지만, 문득 어머니도 어딘가에 버려졌구나 하는 슬픈 생각이 들었다. 그 생각을 하자 그의 눈이 촉촉해졌다. 그는 자신이 그렇게 슬픔을 내보이자 아지즈 아저씨가 고개를 약간 끄덕이는 걸 보았다. 상인은 유수프가 문제를 얼마나 멀리까지 끌고 갈지 스스로 결정하게끔 놔둔 것이 만족스럽다는 듯 기다리고 있었다. 이어지는 긴 침묵 속에서 유수프는 그 안에 불타오르는 말들을 입 밖에 낼 수 없었다. 나는 그녀를 데리고 어딘가로 가고 싶습니다. 당신이 그녀와 결혼한 것은 잘못이었습니다. 그녀에게 자기 것이 아무것도 없는 것처럼 그녀를 능욕한 것도 잘못이었습니다. 당신이 우리를 소유하듯 사람들을 소유하는 것도 잘못이었습니다. 마침내 아지즈 아저씨가 일어나서 유수프에게 손을 내밀어 입맞춤을 하게 했다. 유수프는 짙은 향수 냄새가 밴 그에게로 몸을 기울일 때 아지즈 아저씨의 다른 손이 자신의 뒷머리를 순간적으로 빠르게 한 번 쓰다듬는 것을 느꼈다.

"계획에 대해서는 나중에 얘기하게 될 거다. 네가 나를 위해 가장 잘할 수 있는 게 뭔지 찾아보자꾸나." 아지즈 아저씨가 쾌활하게 말했다. "나는 이런 여행들에 지쳐가고 있다. 네가 나를 위해 그걸 좀 해줄 수 있지 않을까 싶다. 너는 옛친구 차투를 만나게 될지도 모르지. 그런데 조심해라, 너희 둘 다. 칼릴! 너도. 북쪽 국경에서 독일인과 영국인 사이에 전쟁이 일어날 거라는 얘기가 있다. 어제 오후 시내에 들어갔다가 상인들에게서 들은 얘기다. 언제라도 독일인들이 자기 군대를 위해 짐꾼으로 쓰려고 사람들을 납치하기 시작할 것이다. 그러니 정신 바짝 차려라. 그들이 오는 걸 보면 즉시 가게를 닫고 숨어라. 너희도 독일인들이 무슨 짓을 할 수 있는지 들었잖느냐? 좋아, 어서 하던 일 해라."

6

"그는 너를 좋아해." 칼릴이 행복하게 말했다. "내가 너한테 늘 얘기했잖아. 사이드는 엄청난 분이야. 누가 그걸 의심할 수 있겠니? 그는 돌아와서 마님을 쓱 한번 보고는 속으로 이렇게 생각했을 거야. 이 미친 여자가 내 귀여운 젊은이를 괴롭히고 있었구나. 여자들이 늘 문제야. 내 것은 최상급 원숭이야, 이 망할 년아. 흐느끼는 목소리며 상처 어쩌고 하는 소리며, 누가 봐도 그녀가 미쳤다는 걸 알 수 있어. 그리고 찢어진 네 셔츠까지! 아, 찢어진 셔츠! 대단한 이야기야! 너한테는 너를 돌봐주는 천사들이 있는 것 같다. 이제 사이드는 너한테 문제가 생기지 않도록 아내를 구해줄 거다. 시골 가게에 사는 작고 예쁜 여자로 말이다. 내 생각에는 그가 떠나기 전에 이미 너를 위해 누군가를 마음에 두고 있었던 것 같아. 어쩌면 나한테도 하나 사줄 수 있을 거야. 그러면 우리는 합동결혼식을 올릴 수 있겠다. 두 사람이 자매일 수도 있겠지. 동시에 두 개를 하면 더 싸겠지. 의식을 거행하는 카디한테 줄 돈도 반밖에 안 들고, 결혼 첫날밤 다음에 한 번만 크게 설거지를 하면 될 테고. 우리는 도로 저쪽에 있는 집 중 하나를 세내서 같이 살 수도 있겠다. 우리 아내들은 쌍둥이를 낳고 서로 도우면서 힘든 일들을 하겠지. 우리는 테라스의 매트에 앉아 세상일에 대해 얘기하고 말이야. 그거 좋겠다. 신의 약속이 실현된 것이랄까. 그리고 아침이면 우리는 도로를 건너 사이드의 일을 하러 가고 말이지. 어떻게 생각하니?"

칼릴은 손님들에게 이후에 있을 합동결혼에 대해 얘기하면서 사이드가 약속한 연회에 그들을 초대했다. 그는 그들에게 말했다. 당신들도 사이드를 알잖아요, 모든 것이 이슬람식이고 순수할 겁니다. 그는 연회를 묘사하기 시작했다. 무희들, 가수들, 죽마를 타고 걷는 사람들, 향료 접시를 든 아이들의 행렬, 그들 옆에서 장미수를 공중에 뿌리는 남자들 등등. 온갖 종류의 음식이 나오는 연회. 밤새도록 울려퍼지는 음악. 유수프는 사람들을 따라 웃었다. 그러지 않기가 힘들었다. 칼릴이 미친듯이 멋대로 생각해내고 꾸며냈다. 손님들이 사실이냐고 묻자 유수프는 그들에게 칼릴이 돌아버렸다고 말했다. "열에 들떠 정신이 혼미한 거예요." 그가 말했다. "그러니 귀담아듣지 마세요. 그랬다간 여러분 때문에 신경과민이 될 테고, 그랬다간 더 나빠질 테니까요."

음지 함다니가 늘 하던 일을 하러 정원에 오자 칼릴이 그를 소리쳐 불렀다. "왈리이*, 성인이시여, 우리 둘 다 결혼합니다. 놀라셨어요? 우리 사이드가 우리에게 그렇게 해주실 겁니다. 시간 있으시면 우리를 위해 카시다 한번 불러주세요. 우리에게 그런 행운이 올 줄 누가 예상했겠어요? 여하튼 이제 이 친구를 이 정원에서 볼 일은 없을 거예요. 곧 다른 꽃밭들을 가꾸고 다른 관목들의 가지치기를 하게 될 테니까요."

처음에 유수프는 일이 그리 나쁘지 않게 된 것에 칼릴이 안도감을 느껴 익살을 부린다고 생각했다. 아지즈 아저씨는 마님과 관련된 일을 가볍게 물리쳤고, 유수프는 아미나와 관련해 감히 도전할 생각을 하지 않았다. 때가 되면 아지즈 아저씨는 자기가 적당하다고 생각하는 방식으로 그를 다룰 것이었다. 나중에야 유수프는 칼릴이 자신을 조롱하고

---

* 스와힐리어로 '탁발수사' 혹은 '성인(聖人)'.

있다는 것을 알았다. 전에는 열정적이고 용감하게 얘기를 했지만 그는 이제 상인의 쌀쌀맞은 응대에 풀죽은 침묵을 지킬 수밖에 없었다. 그는 그들이 둘 다 기꺼이 상인을 위해 봉사하고 있다는 점에서도 이제는 같다고 생각했다. 손에 입을 맞추는 사람들. 칼릴은 자신의 비참함에 대한 설명을 만들어냈다. 아버지가 아미나에게 저질렀던 잘못을 속죄하기 위해 그곳에 있다고 생각했다. 그런데 유수프는 상인에게 봉사하며 머무는 이유를 설명하지 못했다.

"사이드, 너는 이제 그렇게 말하는 것을 배우는 게 좋겠다." 칼릴이 웃었다.

7

그들이 군인들에 대해 처음 알게 된 것은 가게를 지나 길에서 뛰어가는 남자들을 보았을 때였다. 늦은 오후였다. 사람들이 바람을 쐬고 대화를 하려고 서늘한 거리를 산책하고 다른 사람들이 시내에서 집으로 돌아가는 시간이었다. 갑자기 작은 무리의 사람들이 아스카리라고 소리치고 흩어지기 시작해 길에서 벗어나거나 시골 쪽으로 달려갔다. 칼릴은 집안으로 달려가서 큰 소리로 경고했고, 그동안 유수프는 최대한 빨리 가게문을 닫았다. 그들은 가슴을 두근거리며 어두컴컴한 굴속에 앉아서 서로를 보고 웃었다. 처음에는 상품에서 나는 냄새가 올라와서 질식할 것 같았다. 그러나 퀴퀴한 환경에 익숙해지면서 숨쉬기가 더 편해졌다. 그들은 판자 사이의 틈으로 공터의 일부와 도로를 볼 수 있었다. 오래지 않아 군인들이 열을 지어 서두르지 않고 절도 있게 행진하는 모습이 보였다. 그 뒤에 흰옷을 입은 유럽인 장교가 있었다. 군인들이 더 가까이 다가오자, 키가 크고 마르고 미소를 띤 독일인이 보였다. 그들도 서로 미소를 주고받았다. 칼릴은 가게 판자에 난 구멍에서 물러나 한숨을 쉬며 깊숙이 들어앉았다.

아스카리들은 맨발로 완벽한 질서를 유지하며 행진했다. 장교가 가게 앞의 공터로 향했다. 그들이 그와 함께 급히 방향을 꺾었다. 공터에 이르자 대열은 줄 뽑힌 목걸이처럼 뿔뿔이 흩어졌다. 그들은 소리 없이 최대한 그늘을 찾아들었다. 짐을 바닥에 내던지고 활짝 웃으며 한숨을 쉬고 주저앉았다. 장교는 짐과 닫힌 가게를 쳐다보며 잠시 서 있었다. 여전히 미소를 머금은 그가 그들을 향해 절박한 기색 없이 어슬렁거리며 걷기 시작했다. 장교가 떠나자 남자들은 자기들끼리 얘기하면서 웃기 시작했다. 그들 중 하나는 큰 소리로 욕을 했다.

유수프는 구멍에서 눈을 떼지 못했다. 미소를 머금은 장교를 두렵고 찡그린 얼굴로 지켜보았다. 장교는 테라스에서 멈추더니 유수프의 시야에서 사라졌다. 큰 소리로 명령이 떨어지자 쉬고 있던 아스카리들 사이에서 야전 의자와 접이식 탁자가 테라스로 옮겨졌다. 장교가 앉았다. 그의 얼굴이 가게 판자의 다른 쪽 면에서 몇 센티미터밖에 떨어지지 않았다. 그때 유수프는 장교가 멀리서 보았을 때처럼 젊지 않다는 것을 알았다. 화상을 입었거나 병에 걸렸던 것처럼 얼굴이 팽팽하게 당겨지고 수염 없이 매끈했다. 그의 미소는 기형적인 찡그린 미소였다. 단단하게 늘어진 얼굴 살이 벌써 썩어 입 주변에서 떨어져내리듯 치아가 드러났다. 송장처럼 보이는 얼굴이었다. 유수프는 그 추하고 잔인한 모습에 충격을 받았다.

아스카리들은 부사관의 명령으로 곧 일어나야 했다. 부사관은 유수프에게 심바 음웨네를 연상시키는 강렬한 인상의 남자였다. 그들은 불만을 품은 채 서서 기다렸다. 그들 모두 독일군 장교 쪽을 바라보고 있었는데, 장교는 이따금 술잔을 들어올려 입술에 갖다대며 전방을 응시했다. 그는 술을 홀짝거리기보다, 아픈 입술에 술잔 가장자리를 대고 있다가 들이부었다.

아스카리들은 부사관의 입에서 명령이 떨어지기가 무섭게 행동을 개시했다. 놀라운 속도와 정확성으로 열을 맞춰 차려 자세로 서 있더니 세 명씩 짝을 지어 서로 다른 방향으로 달려갔다. 군인들 중 셋은 뒤에 남아 지휘관을 호위했다. 가게의 정면 양쪽에 아스카리가 하나씩 서 있고, 세번째 아스카리는 측면을 돌아 결국 정원 문을 강제로 열었다. 장교는 잔을 입술로 들어올리고 기울여 벌어진 입에 들이부었다. 게걸스럽게 빨아먹느라 얼굴이 붉어졌다. 희끄무레한 액체의 일부가 턱으로 흘러내리자, 그는 손등으로 닦아냈다.

정원에 들어갔던 아스카리가 돌아와 보고했다. 유수프는 순간 그가 키스와힐리어로 얘기하고 있다는 것을 알았다. 정원에 과일이 있지만 그게 전부이며, 집으로 들어가는 문은 잠겨 있다는 얘기였다. 장교는 군인을 쳐다보지 않았다. 그러나 그가 보고를 끝내고 나무 밑에서 빈둥거리려고 돌아가자, 장교가 몸을 돌려 뒤에 있는 닫힌 가게를 응시했다. 유수프에게는 그가 자신의 눈을 똑바로 쳐다보고 있는 것만 같았다.

아스카리들이 그들의 포로들을 앞세우고 노래를 하고 고함을 치며 돌아오기 시작할 때까지 꽤 오랜 시간이 지난 것 같았다. 공터는 남자들의 무리로 가득해졌다. 독일인 장교가 일어나서 손을 뒤로 맞잡아 깍지를 끼고 테라스 가장자리로 걸어갔다. 곡과 마곡. 칼릴이 유수프의 귀에 대고 속삭였다. 끌려온 대부분의 남자들이 겁에 질린 표정으로 가운데로 모였다. 그들은 마치 낯선 환경에 있는 것처럼 주변을 조용히 둘러보았다. 다른 사람들은 자기들끼리 얘기도 하고 아스카리들에게 장난으로 욕도 하면서 충분히 행복해 보였다. 아스카리들은 별로 즐거워하는 것 같지 않았다. 그들은 몇 분 동안 기다렸다가 익살을 떠는 사람들 사이를 돌아다니며 세게 때려 그들의 얼굴에서 웃음이 사라지게 했다.

모든 아스카리들이 돌아오고 모든 포로들이 웃음기 없이 한가운데로 모였을 때, 부사관이 명령을 하달받으려고 테라스로 걸어갔다. 독일인 장교가 고개를 끄덕이자 부사관이 만족스럽게 복창하고 사람들을 향해 돌아섰다. 포로들은 두 줄로 조용히 서 있었다. 그들은 짙어지는 어둠 속에서 도시가 있는 쪽으로 행진했다. 독일인 장교는 지척거리며 걸어가는 대열의 앞에서 몸을 곧추세우고 정확하다는 말보다 더 정확한 동작으로 걸어갔다. 그의 흰 제복이 희미해져가는 빛 속에서 반짝였다.

대열이 시야에서 사라지기 전에 칼릴이 가게에서 나와 옆을 돌아 달려갔다. 집안에 있는 사람들 모두 무사한지 확인하기 위해서였다. 정원은 가라앉은 침묵에 잠겨 있었고, 밤의 음악이 어둠 속에서 미세하게 전율하고 있었다. 유수프는 아스카리들이 있었던 야영지의 잔해를 살펴보러 갔다. 그는 코를 킁킁거리고 냄새를 맡으며 조심스럽게 접근

했다. 마치 아스카리들이 지나간 자리에 매캐한 흔적을 남겼기를 기대하기라도 한 것 같았다. 땅은 사람들의 발자국들로 헤집어져 있었고 혼란스러움이 대기를 떠돌았다. 그는 수피나무 그늘 너머에서 똥무더기 여러 개를 발견했다. 개들이 벌써 그것을 조금씩 먹고 있었다. 개들은 그를 의심스러운 눈초리로 흘깃 보았다가 곁눈질로 경계했다. 그들은 몸을 살짝 틀어 자신들이 먹는 것을 그의 탐욕스러운 눈길로부터 지켰다. 그는 너무 놀라 그 모습을 잠시 바라보았다. 그렇게 더러운 것을 먹는다는 사실이 너무 놀라웠다. 개들은 똥을 먹고 사는 자를 보았을 때 즉각 알아보았던 것이다.

그는 다시 한번 자신의 비겁이 산후產後의 점액으로 뒤덮여 달빛에 반짝이는 모습을 보고, 자신이 어떻게 그것이 숨쉬는 것을 보았는지를 떠올렸다. 그건 버림받은 것에 대한 첫번째 두려움의 탄생이었다. 지금, 개들의 품위 없는 굶주림을 보면서, 그는 그것이 뭐가 될지 알 것만 같았다. 그가 정원에서 문의 빗장이 걸리는 소리를 들었을 때도 여전히 행진하는 행렬이 눈에 보였다. 그는 주변을 빠르게 둘러보고 따끔거리는 눈으로 그 행렬을 뒤쫓았다.

이슬람 아프리카 작가의 유목민적인 소설[*]

"모든 자서전은 스토리텔링이다. 모든 글은 자서전이다." 2003년 노벨문학상 수상자인 남아프리카공화국 출신 소설가 J. M. 쿳시의 말이다. 소설과 더불어 자전적인 글을 써왔지만, 그러면서도 한없이 내성적인 작가의 말이기에 예사로이 들리지 않는다. 그의 발언은, 자서전이라 하더라도 허구적 요소가 들어가는 것은 불가피하며, 허구적인 글이라 하더라도 그러한 글을 쓰는 주체의 자전적인 요소가 들어갈 수밖에 없다는 의미다. 그렇다면 작가의 모습을 보다 포괄적이고 총체적으로 드러내는 것은 오히려 자서전의 외양을 취하지 않으면서 자전적인 요소를 포함하는 허구적인 작품일 수도 있다는 논리가 된다. 허구

---

* 이 글은 압둘라자크 구르나가 2021년 노벨문학상 수상자로 결정된 후 집필해 『현대문학』 11월호에 발표한 것을 수정하고 보완한 것이다.

적인 소설이 자서전보다 더 자전적일 수 있다니, 묘한 역설이 아닐 수 없다. 이 역설은 2021년 노벨문학상 수상자 압둘라자크 구르나의 경우에도 무리 없이 적용된다.

실제로 그가 지금까지 발표한 열 권의 장편소설은 그의 삶과 밀접한 관련이 있다. 그가 거쳤던 삶의 행로에 의해 예술의 행로가 결정되었다고 해도 과언이 아닐 만큼, 그의 작품은 그의 삶의 연장이자 확장이요 변주에 해당한다. 최근 들어 제국주의, 식민주의, 탈식민주의, 디아스포라, 난민 등에 관한 논의가 활발히 이뤄지며 그와 관련된 문학작품들이 쏟아지고 있지만, 구르나가 소설을 쓰기 시작한 1980년대 중반만 해도 이런 상황이 아니었다. 그는 달랐다. 그는 처음부터 그러한 삶을 실제로 살아야 했고 그것이 곧 창작의 토대가 되었다. 탈식민주의 문학을 가르치는 교수로서도 자신의 절박한 관심사를 학생들에게 가르쳤다. 그의 삶과 문학, 직업이 한데 어우러진 것이다. 게다가 그는 이슬람이었다. 기독교와 백인이 중심인 영국 사회에서 아프리카인이자 이슬람으로 산다는 것은 보통 일이 아니었다. 그의 삶은 그래서 이중 삼중의 억압이 가해지는 삶이었다. 그런데 역설적으로 그 삶이 다른 작가들에게는 가능하지 않은 주제와 형식과 배경을 그에게 제공했다. 그는 아프리카인이자 이슬람이었기에 식민주의와 탈식민주의, 이민, 난민을 비롯한 지구적인 문제들을 더 넓게 바라보고 더 깊게 사유할 수 있었다. 그의 삶이 그의 문학이었고 그의 문학이 그의 삶이었다.

그는 1948년 잔지바르에서 태어났다. 잔지바르가 아직 탄자니아의 일부가 되기 전 영국의 보호령 아래 있을 때였다. 그는 1968년 잔지바르를 떠나 영국에 도착해 대학에 다니고 이후 켄트대학 교수로 자리를 잡은 뒤 영국에서 계속 살았다. 그가 영국으로 간 것은 영국이 좋아서가 아니라 박해를 피하기 위해서였다. 학생비자로 영국에 갔지만 실제로는 망명자였다. 지금과 달리 망명이라는 개념이 광범위하게 통용되지 않던 시기였지만 그는 분명 이슬람에 대한 박해를 피해 영국으로 간 난민이었다. 그는 그렇게 디아스포라의 삶, 유목민의 삶 속으로 내던져졌다. 그의 소설들이 어디에도 정착하지 못하고 떠도는 유목민적인 텍스트인 것은 스스로가 그러한 삶을 살아서였다. 개인적 삶이 예술의 테두리를 정해버렸다. 고독하고 고달프고 우울한 유목민적 삶이 역설적이게도 그의 소설을 독특한 것으로 만들었고 그것은 다시 영문학의 지평을 확장하는 데 기여했다.

잔지바르는 포르투갈 식민지(1498~1698)였다가 오만 제국의 속국(1698~1890)과 영국의 보호령(1890~1963) 시기를 거쳐 1963년 12월 10일에 술탄을 지도자로 하는 독립 군주국이 되었다. 그런데 그로부터 한 달 후인 1964년 1월 12일 혁명이 일어났다. 급진적이고 폭력적인 흑인 혁명주의자들은 쿠데타를 일으켜 술탄을 몰아내고 정권을 탈취했다. 그리고 잔지바르는 1961년 영국으로부터 독립한 탕가니카와 합해져 지금 우리가 알고 있는 탄자니아가 되었다.

혁명이 일어났을 때 혁명군은 아랍계 및 아시아계 아프리카인들을 닥치는 대로 죽이고 밖으로 내몰았다. 구르나의 말에 따르면 "수천 명이 학살당하고 모든 공동체가 축출되고 수백 명이 감옥에 갇혔다. 이어진 유혈극과 박해 속에서 징벌적인 테러가 삶을 지배했다." 그 여파로 많은 아랍인들과 인도인들이 박해를 피해 잔지바르를 떠났다. 그들

중에는 반세기 후에 노벨문학상을 수상하게 될 이슬람 청년 구르나도 있었다. 그것은 구르나에게 평생 잊을 수 없는 상처가 되었다. 그가 지금까지 발표한 소설들이 어떻게든 동아프리카와 연결되어 있는 것은 고향땅에서 받은 그 상처 때문이다. "나는 그곳에서 떠나왔지만, 마음속에서는 그곳에 산다"는 구르나의 말처럼 그곳은 그를 놓아주지 않았다. 그래서 그의 소설에는 자신처럼 고향을 떠나 타지에서 살아가는, 여기에도 저기에도 속하지 못하는 일종의 유목민이 많이 등장한다. 이런 사실들을 두루 감안하면 그의 소설들이 전반적으로 우울한 분위기로 흐른 것은 불가피했다.

1994년 부커상 후보작이 되어 구르나에게 작가로서 돌파구를 마련해주었을 뿐만 아니라, 구르나의 노벨문학상 수상을 오래전부터 예견한 바 있는 자일스 포든이 최고 걸작이라고 평가한 『낙원』은 대단히 상징적인 소설이다. 소설은 유수프라는 소년이 집을 떠나는 장면에서 시작되는데, 이는 스토리의 도입부인 동시에 구르나의 많은 소설들이 형상화하고 있는 다양한 형태의 디아스포라의 삶을 환기한다. 유수프는 자신의 집에 자주 들르던 부유한 이슬람 상인한테 팔려 부모와 헤어지게 된다. 아버지가 상인한테 진 빚 때문에 아들을 넘겨준 것이다. 소설은 소년이 상인을 따라 아프리카 내륙 깊숙이 들어가면서 경험한 것들을 묘사하는 내용이어서, 영국인 선장 말로가 증기선을 타고 콩고강을 거슬러 내륙으로 들어가며 목격한 것들을 형상화한 영국 작가 조지프 콘래드의 『어둠의 심연 Heart of Darkness』(1899)을 떠오르게 한다. 콘래드의 소설이 19세기를 배경으로 대서양에서 콩고 내륙으로 들어갔다가 나오는 스토리라면, 구르나의 소설은 제1차세계대전 직전을 배경으로 인도양에 위치한 스와힐리 해안에서 탕가니카 호수, 콩고, 그 너머까지 들어갔다가 나오는 스토리다.

물론 『낙원』은 작가가 태어나기 훨씬 이전을 배경으로 하고 있어서 시대적으로는 작가와 직접적인 관련성이 없다. 그러나 작가가 경험한 유목민적인 삶이 아프리카 역사, 특히 동아프리카 역사에 강박적인 관심을 갖게 만들었고, 그 관심이 곧 이 소설로 이어졌다는 점에서는 분명 그와 밀접한 관련이 있다. 소설은 독일에 의해 식민화된 동아프리카를 공간으로 하는데, 거기에서 감지되는 것은 영국군과 독일군의 임박한 전쟁이다. 그러니까 이 소설은 영국이 동아프리카를 독일로부터 넘겨받기 이전에 관한 것으로, 디아스포라의 동시대적인 삶을 다루는 구르나의 다른 소설들에 시간적으로 선행한다. 그의 다른 소설들을 종합적으로 이해하기 위해서는 『낙원』을 먼저 읽는 것이, 먼저가 아니라면 나중에라도 읽는 것이 필수적인 이유다. 이 소설을 바탕으로 그의 다른 소설들이 쓰였다고 해도 과언이 아니다. 그만큼 이 소설이 중요하다는 말이다.

소설이 보여주듯, 구르나는 영어권 문학에서 찾기 어려운 아랍계 동아프리카인들의 삶을 깊은 사유가 깃든 스토리로 형상화했다. 특히 동아프리카 이슬람들을 중심에 놓고 그들의 실존을 밀도 있게 그려냈다. 그가 아프리카에 관해 자신만의 독특한 목소리를 낼 수 있었던 것은 그가 고백했듯이 잔지바르를 떠나 영국에 도착했을 때 정체성이 이미 확립되어 있었기에 가능한 일이었다. 그는 당시 스무 살 청년이었다. 비록 아랍계 이슬람 동아프리카인으로서의 정체성을 계속 유지하는 게 그 자신에게는 불안정하고 때로는 분열적인 상태였을지 몰라도 적어도 영문학에는, 아니 세계문학에는 다행스러운 일이었다. 거의 아무도 그들의 이야기를 하지 않을 때 그는 제국의 중심인 영국에서 제국의 언어인 영어로(그의 모국어는 스와힐리어였다) 이슬람 아프리카인들에 관한 이야기를 했다. 그의 정서는 기본적으로 이슬람 정서였다. 다른 아프리카 작가들이 백인/흑인, 식민주의자/피식민주의자의 이분법으로 아프리카를 재현할 때, 그는 자신이 잘 알고 있는 아프리카인, 아랍인, 인도인, 페르시아인 등이 공존하는 아프리카를 소설이라는 공간에 재현할 수 있었다. 그는 이 점에서도 선구자였다.

잔지바르는 섬이지만 넓게 보면 스와힐리 해안지역, 즉 동아프리카에 위치한 모잠비크, 탄자니아, 케냐의 해안지역에 속한다. 스와힐리 해안지역은 역사적으로 인도양 무역의 중심이었다. 아프리카인, 말레이인, 중국인, 인도인, 아라비아반도의 아랍인, 페르시아인, 포르투갈인, 네덜란드인, 독일인, 영국인이 서로 만나 상거래를 하고 각축하며 살았다. 동아프리카에서 상인들과 선원들과 현지인들이 어우러진 것은 이러한 역사적 맥락에서였다. 그곳은 인도양 무역의 중심이었고, 다양한 사람이 만나서 어우러지는 공간이자 물건과 생각이 교환되고 서로 다른 언어와 문화와 종교가 합류하는 공간이었다.

그렇다고 그곳이 다문화적 낙원이었다는 말은 아니다. 다양한 인종이 만나는 곳이면 늘 그러하듯 노예무역의 중심지인 그곳에는 포르투갈, 아랍, 독일, 영국의 식민주의 폭력이 난무했다. 낙원과는 거리가 멀었다. 소설의 제목 '낙원'이 아이러니한 이유도 그래서다. 어떻게 보면 낙원은 부재하기에 낙원이다. 삶이 낙원 같지 않기에 낙원을 상상하고 상정하는 것이다. 그럼에도 다양한 곳에서 동아프리카로 모여든 사람들은 거기에서 독특한 다언어적, 다인종적 문화를 형성하며 역동적으로 살아왔다. 그들은 시간이 지나면서 섞이고 또 섞이며 자신들이 누구인지 더이상 알지 못하게 되었다. 이것이 그들의 정체성이었다. 이질적인 문화를 가진 사람들이 섞이면서 지금까지 존재하지 않던 새로운 혼종적 정체성이 생겨난 것이다. 구르나가 잔지바르 및 스와힐리 해안 사람들과 공유하고 있는 것도 바로 이 정체성이다. 그의 소설에 나오는 인물들이 국가의 이름을 좀처럼 입에 올리지 않는 이유도 그들을 묶어주는 것이 국가가 아닌 혼종적 정체성이기 때문이다. 특히 잔지바르의 주민 대부분은 이슬람교도였다. 그들을 묶는 것은 인종이나 국가가 아니라 종교였다. 그래서 구르나의 소설에서 국가나 국가주의는 서술의 차원에서도 의식의 차원에서도 부재한다. 국가의 부재가 곧 그들의 정체성인 셈이다. 1964년의 잔지바르 혁명은 이러한 정체성을 부정하고 흑인들을 제외한 다른 혼혈인, 아랍인, 아시아인을 적으로 몰아 살육하고 투옥하고 쫓아냈다. 그때는 '나와 같지 않으면' 모두가 적이었다. 피부가 아프리카인처럼 충분히 검지 않으면 모두가 적이었다. 혁명의 본질은 그러한 본질주의였고 그것이 집단적 폭력을 정당화했다. 많은 국가들이 만들어질 때 그러하듯 그들이 전복하고 세운 국가의 기초에는 배타적인 폭력이 있었다. 그것은 자크 데리다가 말하는 "토대적 폭력"이었다. 1964년 탕가니카와 합쳐져 탄자니아의 일부가 되는 잔지바르의 역사는 그래서 배제의 역사요 폭력의 역사였다. 구르나는 그 역사를 응시하며 소설을 써왔다. 그의 소설의 캔버스가 크고 넓을 수밖에 없는 이유다.

일반적으로 사람들은 아프리카를 흑인들의 나라로 규정하고 아프리카 역사를 흑인 대 백인, 피해자 대 가해자, 피식민주의자 대 식민주의자, 아프리카 대 유럽의 이분법적 구도로 보는 경향이 있다. 그런데 이러한 시각의 문제는 아프리카를 지나치게 단순화한다는 데 있다. 흑백 구도로만 아프리카 대륙을 파악하다보니 아프리카에서 오랫동안 살아온 아랍인들과 다른 인종들을 배제하게 된다. 그래서 그들은 아프리카에서 몇백 년을 살아오면서도 존재를 무시당한다. 백인들에게서도 소외당하고 흑인들에게서도 소외당하는 게 아프리카의 아랍인, 인도인, 아시아인의 현실이다. 흑인 중심주의자들은 식민주의 이전으로 돌아가 순수한 아프리카의 뿌리를 찾아야 한다고 믿는다. 소위 본질주의다. 1986년 노벨문학상을 수상한 나이지리아 작가 월레 소잉카를 비롯한 많은 아프리카 작가들과 지식인들이 이러한 본질주의적 사고를 공유한다. 그들은 기본적으로 이슬람에 적대적이다. 이슬람에 대한 소잉카의 적대적인 태도는 익히 알려져 있다. 그들에게 아랍인은 침입자이고 이슬람은 폭력적인 종교다. 아프리카는 흑인들만의 땅이고 또 그래야 한다. 흑인 뿌리 찾기 운동인 '네그리튀드négritude'의 본질주의가 바로 이것이다. 구르나의 소설들은 그러한 본질주의적인 사고에 도전한다. 아프리카를 아프리카 대 유럽의 이분법적인 시각으로 본다면 거기에서 예외가 되는 모든 사람을 배제하고 지워야 하는데, 그렇게 되면 남아프리카의 백인들이나 탄자니아를 비롯한 다른 아프리카 국가들의 혼혈인, 인도인, 아랍인, 아시아인은 아프리카인이 아니게 된다. 본질주의의 위험이 여기에 있다. 이것은 유럽 식민주의자들이 백인 대

흑인의 이분법으로 아프리카를 보는 시각을 방향만 바꾼 것에 불과하다. 유럽 중심주의나 아프리카 중심주의는 본질에서는 서로 크게 다르지 않다. 구르나의 소설들은 아프리카를 그러한 본질주의적인 시각으로 바라보는 것이 현실을 도외시하는 일이며 자의적인 상상적 현실을 실제적인 현실이라고 믿는 시대착오적인 오류임을 분명히 한다. 그래서 그에게는 아프리카인 중심주의자들에게서 찾아볼 수 있는 과거나 본질에 대한 잘못된 향수나 집착이 없다. 잘못된 방향의 본질주의가 없는 대신, 그에게는 건강한 냉소와 아이러니와 회의주의가 있다.

많은 학자들이 구르나의 소설을 가리켜 '디스토피아 소설'이라고 하는 것은 동아프리카의 현실을 불필요하게 감상적이거나 낭만적인 시각으로 바라보지 않으려 하는 특성에 기인한다. 구르나의 소설은 처음부터 그러했다. 그에게는 낭만이나 환상, 감상이 없었다. 현실은 도피가 아니라 응시의 대상이었다. 눈앞의 인종적 현실도 그랬고 역사적 현실도 그랬다. 그의 소설에 나오는 거의 모든 인물이 행복한 결말에 이르지 못하는 것은 세상을 바라보는 작가의 비타협적이면서 염세적인 세계관 때문이다.

중요한 것은 그가 주류에서 밀려난 주변적인 존재들을 연민의 눈으로 바라보고 있다는 점이다. 그도 한때는 주변적인 존재였다. 어쩌면 영국 시민으로 살고 있는 지금도 심리적으로는 여전히 주변적인 존재일지 모른다. 그는 스무 살에 영국에 온 이후로 영국에서 계속 살고 있지만, 자신이 "두고 온 사람들에 대한 죄의식"을 지금도 갖고 있고, 자신을 "필요로 하지 않는 사람들 사이에 살고 있다는 것"을 예리하게 의식하며 살아온 작가다. 그래서 주변적인 존재에 대한 연민의 감정은 그에게는 각별하면서 지극히 자연스러운 것이다. 스웨덴 한림원의 노벨문학상 선정위원회 위원장 안데르스 올슨이 그를 2021년 수상자로 선정하면서 "동아프리카에서의 식민주의 영향, 뿌리가 뽑혀 이주하는 개인들의 삶에 대한 식민주의의 영향을 시종일관 연민을 갖고 천착했다"고 한 것은 아주 적절한 평가다. 뿌리가 뽑힌 사람들에 대한 연민은 역사의 바람에 떠밀려 영국으로 망명했고 차별에도 불구하고 그곳에 뿌리를 내리려 했던 그 자신에 대한 감정이기도 했다.

이렇듯 그의 문학은 그의 삶과 불가분의 것이다. 그는 아프리카를 떠남으로써 아프리카를 더 크고 더 넓고 더 겸손하게 볼 수 있게 되었다. 학자로서도 그랬고 창작을 하는 작가로서도 그랬다. 그는 공간적으로는 아프리카에서 멀어졌지만 심리적으로는 아프리카에 더 가까이 있었고, 이것이 그를 영어권 문학에서 좀처럼 찾기 힘든 따뜻하면서도 예리하고, 예리하면서도 따뜻한 이슬람 동아프리카 작가로 만들었다.

결국 "모든 글은 자서전이다"라는 쿳시의 말처럼 구르나의 소설들은 일종의 기다란 자서전이다. 동아프리카 출신 이슬람 작가의 탈식민적 자서전으로 인해 영문학은 한층 더 풍요로워졌다. 그래서 이 겸손한 작가가 노벨문학상을 수상함으로써 그동안 과소평가되었던 그의 소설들이 관심의 대상이 된 것은 여간 반가운 일이 아니다.

구르나의 걸작 『낙원』을 번역하는 일은 쉽지 않았다. 언어들이 교차하는 다언어적인 공간을 다루고 있어서 그렇기도 했지만, 주된 이유는 묘사의 세밀함 때문이었다. 그래도 그 세밀함을 따라가는 일은 즐거움이었고, 더 중요하게는 큰 교훈이었다. 나는 이 소설을 번역하는 내내 앞서 언급한 콘래드의 『어둠의 심연』을 떠올렸다. 아프리카를 묘사하는 방식이 이토록 대조적일 수 있을까 싶었다. 폴란드 출신 백인 영국 작가의 눈으로 본 아프리카와 동아프리카 출신 이슬람 영국 작가의 눈으로 본 아프리카는 달라도 너무 달랐다. 하나가 인상주의적이고 상징주의적인 스토리를 펼치고 있다면, 다른 하나는 이보다 더 사실적일 수 있을까 싶을 정도로 사실적인 스토리를 펼치고 있다. 하나가 아웃사이더의 시각이라면, 다른 하나는 인사이더의 시각이다. 그래서 탈식민주의적인 관점에서 보자면, 구르나의 소설은 콘래드의 소설을 '다시 쓴' 것이라고 해도 과언이 아니다. 아프리카는 구르나의 소설에 이르러서야 제대로 묘사된다. 적어도 아프리카를 동아프리카로 한정하면 그렇다. 하기야 어마어마한 아프리카 대륙을 제대로 묘사하기란 불가능한 일일 것이다. 여하튼, 아프리카를 배경으로 하는 콘래드와 구르나의 소설은 서로를 비추는 일종의 거울로 두고두고 남을 것 같다.

늘 느끼는 바지만, 번역을 끝내고 잠시 느끼는 즐거움과 안도감은 얼마 지나지 않아 오역에 대한 두려움으로 바뀐다. 번역서의 수가 많아지는 것은 두려움이 그만큼 많아진다는 의미다. 나의 번역서는 끝없이 보완하고 수정되기를 기다리는 운명에 처해 있지만, 그래도 위안을 삼는 것은 위대한 작품이란 불완전한 번역에도 불구하고 자신의 혼과 내적 진실을 독자에게 전달하는 힘을 갖고 있다는 사실이다.

왕은철

| 1948년 | 잔지바르 술탄국에서 케냐와 예멘 출신의 부모 사이에서 태어나다. 모국어는 스와힐리어. |

1948년   잔지바르 술탄국에서 케냐와 예멘 출신의 부모 사이에서 태
             어나다. 모국어는 스와힐리어.
1964년   잔지바르 혁명이 일어나다. 아랍인 및 아시아인에 대한 박
             해가 시작되고, 잔지바르는 탕가니카와 합해져 탄자니아의
             일부가 되다.
1968년   잔지바르를 떠나 학생비자로 영국에 도착해, 캔터베리 크라
             이스트처치 칼리지에 입학하다.
1969년   영어로 소설 습작을 시작하다.
1975년   교사 자격증을 이수하다.
1976년   런던대학교에서 교육학 학사학위를 받다(그가 다니던 캔터
             베리 크라이스트처치 칼리지는 당시 런던대학교에서 학위
             를 수여함).
1976~1979년 병원 잡역부로 임시 취업했다가 켄트에 위치한 학교에서 교
             사로 근무하다.
1980~1982년 켄트대학교에서 박사학위 논문을 쓰는 동안 나이지리아 바
             예로대학교에서 강의하다.
1982년   켄트대학교에서 「서아프리카 소설 비평의 척도*Criteria in
             the Criticism of West African Fiction*」로 박사학위를 받다.
1983년   켄트대학교 영문학 및 탈식민문학 교수로 부임하다.
1984년   아버지의 임종을 지키기 위해 17년여 만에 잔지바르를 다
             시 찾다.
1987년   장편소설 『떠남의 기억*Memory of Departure*』을 출간

하다.

1988년	장편소설 『순례자의 길Pilgrim's Way』을 출간하다.
1989년	단편소설 「우리Cages」를 발표하다.
1990년	장편소설 『도티Dottie』를 출간하다.
1994년	장편소설 『낙원Paradise』을 출간하다. 이 작품으로 부커상 및 휫브레드상 후보에 선정되다. 단편소설 「두목Bossy」을 발표하다.
1995년	『아프리카 저술에 관한 에세이Essays on African Writing』를 편집하다.
1996년	장편소설 『침묵을 기리며Admiring Silence』를 출간하다.
1996년	단편소설 「호위Escort」를 발표하다.
2001년	장편소설 『바닷가에서By the Sea』를 출간하다. 부커상 및 로스앤젤레스 타임스 도서상 후보에 선정되다.
2005년	장편소설 『배반Desertion』을 출간하다. 이듬해 이 작품으로 커먼웰스상 최종후보에 선정되다.
2006년	단편소설 「내 어머니는 아프리카의 농장에서 살았다My Mother Lived on a Farm in Africa」를 발표하다. 왕립문학회 펠로에 추대되다.
2007년	『바닷가에서』로 프랑스 공영방송 RFI 테무앵 뒤 몽드 상을 수상하다. 『살만 루슈디 케임브리지 안내서The Cambridge Companion to Salman Rushdie』를 편집하다.
2011년	장편소설 『마지막 선물The Last Gift』을 출간하다.
2012년	단편소설 「왕자의 사진The Photograph of the Prince」을 발표하다.
2016년	부커상 심사위원에 위촉되다.
2017년	장편소설 『괴로운 마음Gravel Heart』을 출간하다. 켄트대학교 영문학 및 탈식민문학 교수직에서 퇴임하다.

2018년   켄트대학교 명예교수에 임명되다.
2020년   장편소설『그후의 삶*Afterlives*』을 출간하다.
2021년   노벨문학상을 수상하다.

세계문학은 국민문학 혹은 지역문학을 떠나 존재하는 문학이 아니지만 그것들의 총합도 아니다. 세계문학이라는 용어에는 그 나름의 언어와 전통을 갖고 있는 국민문학이나 지역문학의 존재를 인정하면서 그것을 넘어서는 문학의 보편적 질서에 대한 관념이 새겨져 있다. 그 용어를 처음 고안한 19세기 유럽인들은 유럽문학을 중심으로 그 질서를 구축했지만 풍부한 국민문학의 전통을 가지고 있는 현대의 문학 강국들은 나름의 방식으로 세계문학을 이해하면서 정전(正典)의 목록을 작성하고 또 수정한다.

한국에서도 세계문학 관념은 우리 사회와 문화의 변화 속에서 거듭 수정돼왔다. 어느 시기에는 제국 일본의 교양주의를 반영한 세계문학 관념이, 어느 시기에는 제3세계 민족주의에 동조한 세계문학 관념이 출현했고, 그러한 관념을 실천한 전집물이 출판됐다. 21세기 한국에 새로운 세계문학전집이 필요하다는 것은 명백하다. 우리의 지성과 감성의 기준에 부합하는 세계문학을 다시 구상할 때가 되었다.

문학동네 세계문학전집은 범세계적으로 통용되는 고전에 대한 상식을 존중하면서도 지난 반세기 동안 해외 주요 언어권에서 창작과 연구의 진전에 따라 일어난 정전의 변동을 고려하여 편성되었다. 그래서 불멸의 명작은 물론 동시대 세계의 중요한 정치·문화적 실천에 영감을 준 새로운 작품들을 두루 포함시켰다.

창립 이후 지금까지 한국문학 및 번역문학 출판에서 가장 전문적이고 생산적인 그룹을 대표해온 문학동네가 그간 축적한 문학 출판 경험을 바탕으로 새로운 세계문학전집을 펴낸다. 인류가 무지와 몽매의 어둠 속을 방황하면서도 끝내 길을 잃지 않은 것은 세계문학사의 하늘에 떠 있는 빛나는 별들이 길잡이가 되어주었기 때문이다. 우리가 자부심과 사명감 속에서 그리게 될 이 새로운 별자리가 독자들의 관심과 애정에 힘입어 우리 모두의 뿌듯한 자산이 되기를 소망한다.

문학동네 세계문학전집 편집위원
민은경, 박유하, 변현태, 송병선, 이재룡, 홍길표, 남진우, 황종연

지은이 압둘라자크 구르나

2021년 노벨문학상 수상자. 현재까지 10편의 장편소설을 펴냈다.『떠남의 기억』『순례자의 길』『도티』『낙원』(부커상 및 휫브레드상 최종후보)『침묵을 기리며』『바닷가에서』(부커상 후보, 로스앤젤레스 타임스 도서상 최종후보)『배반』(커먼웰스상 최종후보)『마지막 선물』『괴로운 마음』『그후의 삶』(월터스콧상 후보, 오웰상 최종후보). 켄트대학교 영문학 및 탈식민문학 명예교수이며, 캔터베리에 살고 있다.

옮긴이 왕은철

『현대문학』을 통해 문학평론가로 등단했으며 유영번역상, 전숙희문학상, 한국영어영문학회학술상, 생명의신비상, 전북대학교학술상, 부천디아스포라문학상 번역가상 등을 수상했다. 현재 전북대학교 영문과 석좌연구교수로 재직중이다.『피의 꽃잎들』『천 개의 찬란한 태양』『야만인을 기다리며』『철의 시대』『마이클 K의 삶과 시대』『거짓의 날들』등 50여 권의 역서가 있으며,『문학의 거장들』『애도예찬』『타자의 정치학과 문학』『트라우마와 문학, 그 침묵의 소리들』『환대예찬』등의 저서가 있다.

세계문학전집 211
낙원

1판 1쇄 2022년 5월 20일
1판 4쇄 2023년 6월 5일

지은이 압둘라자크 구르나 │ 옮긴이 왕은철

책임편집 이현정 │ 편집 송혜리 고선향 황문정 오동규
디자인 신선아 유현아 │ 저작권 박지영 형소진 최은진 오서영
마케팅 정민호 김도윤 한민아 이민경 안남영 김수현 왕지경 황승현 김혜원
브랜딩 함유지 함근아 박민재 김희숙 고보미 정승민
제작 강신은 김동욱 임현식 │ 제작처 영신사

펴낸곳 (주)문학동네 │ 펴낸이 김소영
출판등록 1993년 10월 22일 제2003-000045호
주소 10881 경기도 파주시 회동길 210
전자우편 editor@munhak.com │ 대표전화 031)955-8888 │ 팩스 031)955-8855
문의전화 031)955-1927(마케팅), 031)955-1917(편집)
문학동네카페 http://cafe.naver.com/mhdn
인스타그램 @munhakdongne │ 트위터 @munhakdongne
북클럽문학동네 http://bookclubmunhak.com

ISBN 978-89-546-8678-5 04840
       978-89-546-0901-2 (세트)

www.munhak.com

● 문학동네 세계문학전집은 계속 출간됩니다